Le palais des silences

SVEVA
CASATI MODIGNANI

Traduit de l'italien par
Hélène Tordo

City
Roman

À Annamaria Cancellieri, femme politique et ministre qui gère des situations complexes de l'Italie avec talent, honnêteté et une profonde sensibilité.

Publié en Italie par Sperling & Kupfer Editori S.p.A,
sous le titre *Palazzo Sogliano*
Photo de couverture : © CollaborationJS/Arcangel Images
ISBN : 978-2-8246-0494-7
Code Hachette : 18 7780 1

Rayon : Roman
Collection dirigée par Christian English & Frédéric Thibaud.

Catalogue et manuscrits : www.city-editions.com

Dépôt légal : septembre 2014
Imprimé en France par France Quercy, 46090 Mercuès - n° 41208/

Orsola et Edoardo

I

Saverio frappa plusieurs fois à la porte sans obtenir de réponse. Il finit par se décider à ouvrir le battant pour pénétrer dans la pièce plongée dans la pénombre. La lumière du matin filtrait par les persiennes, et une lame de soleil éclairait la chambre à coucher. Le tapis français moelleux étouffa les pas du jeune homme qui s'approcha du lit de sa mère.

La femme dormait profondément. Le jeune homme se pencha vers elle en murmurant :

— Maman.

Elle n'eut aucune réaction hormis un pincement des lèvres.

— Maman, répéta Saverio d'une voix plus forte.

Elle ouvrit les yeux. Son fils lui caressa le front tout en s'asseyant auprès d'elle, juste au bord du lit.

— Maman chérie, il faut que tu te lèves. Les visiteurs commencent déjà à arriver, insista le jeune homme d'une voix attentionnée.

Orsola Sogliano aurait préféré replonger dans le sommeil pour élever une barrière protectrice entre elle et la réalité.

— Cela m'est bien égal. Je veux qu'on me laisse tranquille, grommela-t-elle.

— Tu ne te sens toujours pas mieux ? Dois-je rappeler le médecin ?

Il était inquiet. La veille au soir, sa mère avait eu un vertige. Appelé d'urgence, le docteur Sergio De Santis, qui soignait la famille depuis vingt ans, avait trouvé sa tension trop haute ; il lui avait aussitôt administré un comprimé pour la faire baisser avant de pratiquer une injection qui avait rapidement envoyé Orsola au pays des songes.

— Le décès de ton mari, avait expliqué le médecin qui était devenu un ami, n'a pas frappé que toi, mais aussi toute la famille. Tu as toujours eu tellement de force ! Et tu dois garder courage parce que tout le monde a besoin de toi.

Il était parti en recommandant de la laisser se reposer le plus longtemps possible.

Orsola aurait pu continuer à dormir si son fils aîné ne l'avait pas réveillée en la ramenant à une réalité qui s'apparentait plutôt à un cauchemar.

— Je me sentirai encore plus mal si tu ne t'en vas pas, dit-elle sur un ton désormais plaintif.

Saverio laissa échapper un soupir résigné.

— D'accord, je trouverai une excuse, conclut-il en se levant.

Il l'embrassa sur la joue et sortit de la chambre.

Orsola se sentit alors envahie par une vague d'angoisse qui lui serra la gorge. Elle n'aurait jamais imaginé qu'à cinquante ans, après une existence sereine, la vie lui aurait réservé coup sur coup deux épreuves si douloureuses : la première, la perte brutale de son époux qui avait trouvé la mort dans un accident de la route et, aussitôt après, la découverte par hasard d'un sombre secret. Elle pensa à la foule de parents et d'amis qui l'attendait au rez-de-chaussée. Elle ne se sentait pas capable d'affronter les étreintes et les poignées de main, les paroles de réconfort, les regards chargés de peine. Sa peine allait bien au-delà du deuil qui la frappait, mais tous l'ignoraient.

Peu après, la porte de la chambre s'ouvrit de nouveau, cette fois sur la silhouette mince de sa belle-mère.

— Puis-je entrer ? demanda Margherita Sogliano d'une voix douce.

Orsola alluma la lampe de chevet et se redressa sur son lit avant de répondre :

— Mais oui, entrez donc, mère. Asseyez-vous à côté de moi.

— Comment vas-tu, ma fille ? demanda la vieille dame.

Margherita Sogliano était la belle-mère dont toutes les femmes rêvaient. Douce, généreuse, loyale, jamais envahissante, elle avait fait en sorte que, dès son entrée dans le clan Sogliano, Orsola se sente à son aise. Dès le début, elle avait compris qu'il n'était guère facile pour la jeune femme d'une vingtaine d'années, originaire du Nord, fille de cordonnier de surcroît, de s'adapter à la famille, mais aussi aux gens de Torre del Greco. Plus que son mari Edoardo, c'est sa belle-mère qui l'avait guidée dans le monde étourdissant du corail et des corailleurs.

Les Sogliano formaient une famille prospère, dont la fortune remontait au début du XIXe siècle. Nobles par le corail plutôt que par le sang, ils formaient, avec quelques rares familles qui, depuis deux cents ans, vivaient et travaillaient dans la petite cité accrochée aux pentes du Vésuve, l'aristocratie qui dominait le marché mondial du précieux matériau rouge arraché à la mer. Cette noblesse comptait des armateurs, des patrons de pêche, des courtiers et des orfèvres doués d'imagination et d'un talent artistique extraordinaire pour transformer les branches arrachées à la mer en chefs-d'œuvre d'esthétique. Les « corailleurs », voilà comment ils se désignaient. Ils vivaient dans de grandes villas ou d'antiques palais, où ils traitaient également leurs affaires. À côté des grandes salles de réception, des salons d'apparat et des pièces de vie, ces bâtisses abritaient les entrepôts, les ateliers et les bureaux où, de l'aube au crépuscule, résonnait le bruit incessant des voix, des machines, des pleurs et des rires des enfants aussi. Parfois, au milieu des bavardages à peine chuchotés, l'arôme du café venait se mêler à l'odeur saline du corail, une odeur puissante qui ne disparaissait jamais vraiment, même après que les branches avaient été lavées et lavées encore, dégrossies, sculptées et polies.

Le corail symbolisait les merveilles de la mer et le mystère d'une nature en équilibre entre les règnes minéral, végétal et animal. Il évoquait la pierre, mais n'avait rien d'un caillou ; si ses touffes rappelaient les plantes, il n'avait rien d'un végétal ; et, malgré la nature animale des millions de polypes qui sécrétaient le support calcaire auquel il devait sa robustesse et sa couleur rouge du plus clair au plus vif, il n'avait d'animal que le nom. À Margherita qui lui demandait comment elle se portait, Orsola répondit en lui serrant affectueusement la main :

— C'est plutôt à vous que je devrais poser la question.

— Dieu donne et Dieu reprend, chuchota la vieille dame en laissant échapper un audible soupir de tristesse.

Orsola aurait voulu lui dire à quel point elle la comprenait, mais elle sentait que ce n'était pas le moment d'ajouter à la douleur de cette mère, qui venait de perdre son enfant, une nouvelle cause de souffrance.

— Ils vont bientôt le ramener à la maison et, jusqu'à demain, il sera encore des nôtres, poursuivit Margherita. Il faut que tu te lèves. Tu dois faire face. Cela te fera du bien ! On supporte toujours mieux la douleur que l'on partage.

Orsola observa le visage marqué par les ans, les yeux clairs, voilés de larmes, les fines lèvres pincées en signe de souffrance et, dans un élan spontané, elle étreignit sa belle-mère. Tout contre elle, elle trouva le courage de se confier.

— Je ne peux pas imaginer supporter les amis et les parents ; j'ai besoin d'être encore un peu seule.

— Ton mari nous a quittés, ce qui signifie que tu auras tout le temps d'être seule, déclara Margherita en se détachant des bras de sa belle-fille. À présent, tu dois jouer ton rôle dans notre famille et dans notre communauté. Tu ne dois pas oublier que tu es une épouse Sogliano ! s'exclama-t-elle non sans douceur.

Orsola pensa justement que c'était parce qu'elle était une épouse Sogliano qu'elle ne pouvait pas se présenter aux hôtes, parce qu'elle était à la fois trop désorientée et trop perturbée par ce qu'elle avait découvert le soir même où son mari était mort.

— Habille-toi et descends, insista Margherita au moment de sortir de la chambre.

Restée seule, Orsola se leva enfin pour se diriger dans la salle de bains. La lumière éblouissante du jour qui pénétrait par la porte-fenêtre donnant sur les jardins l'aveugla un instant. Elle se pencha sur le lavabo, ouvrit le robinet d'eau froide et se rinça le visage. Puis, elle se sécha, retira sa chemise de nuit et entra dans la cabine de douche, laissant les jets d'eau chaude lui fouetter le corps pendant que sa mémoire revenait aux événements de la veille au soir.

À l'heure du dîner, elle était avec ses enfants à attendre Edoardo pour passer à table lorsque le téléphone avait retenti. C'est elle-même qui avait répondu. Un capitaine de la police lui avait raconté l'accident de la route dans lequel Edoardo avait perdu la vie. Elle s'était lors précipitée à l'hôpital Cardarelli de Naples, en compagnie de ses enfants, mais il était trop tard et ils n'avaient eu qu'à reconnaître le corps. Elle était ensuite revenue à Torre del Greco pour récupérer les vêtements nécessaires et revêtir la dépouille d'Edoardo.

En quête d'argent liquide, elle était entrée dans le cabinet de travail de son mari et c'est là qu'elle avait trouvé un coffret posé sur le bureau. Elle l'avait ouvert et, parmi les documents et les lettres, elle était tombée sur une photographie en couleurs qui représentait un beau garçon aux yeux en amande.

Le jeune homme était vêtu d'un polo blanc et tenait une raquette de tennis. Il avait l'air d'avoir neuf ou dix ans. À travers ses larmes, elle n'avait jeté qu'un coup d'œil distrait au cliché. Son cœur serré par le chagrin, elle ne pensait à rien d'autre qu'à son mari, le père de ses merveilleux enfants, gisant sur le marbre de la morgue de l'hôpital. Sans le vouloir, elle avait retourné la photo au moment de la remettre dans le coffret. Au verso, une écriture d'enfant avait rédigé :

Cher papa,
Quand tu viendras me voir à Hong Kong, je jouerai au tennis avec toi et tu pourras voir que j'ai l'étoffe d'un champion. Viens vite. Tu me manques beaucoup.
Ton fils, Steve

Au-dessous, il y avait une date : 12 mai 2013.

Cela faisait dix jours que cette date était passée. Comme les autres corailleurs, les Sogliano possédaient des succursales dans la grande cité asiatique, où ils se rendaient régulièrement pour affaires. Soudain glacée, Orsola s'était mise à fouiller frénétiquement dans le coffret et, d'une main tremblante, avait exhumé d'autres photographies qui représentaient son mari en compagnie du jeune garçon. Sur tous les clichés, l'enfant et l'homme se tenaient l'un contre l'autre, adressant le même sourire enjoué à l'objectif.

Alors, elle avait verrouillé le coffret, ses jambes ne la soutenaient plus, et elle s'était évanouie.

2

Depuis le début du XIXe siècle, les Sogliano vivaient à Torre del Greco dans un palais du XVIIIe siècle qui avait appartenu aux Spinelli, une noble famille de Naples à laquelle ils l'avaient racheté. Ce jour-là, l'un des battants monumentaux avait été fermé en signe de deuil et, dans cette partie de la rue Humbert-Ier, la circulation avait été déviée pour permettre aux véhicules des pompes funèbres de décharger le catafalque, les chandeliers, les tentures de lourd velours qui viendraient draper la porte cochère et orner le grand hall et l'escalier monumental pour guider la procession de visiteurs jusqu'au salon vert où était installée la bière.

Pour la dépouille de son fils, Margherita Sogliano avait choisi un cercueil sobre en bois. Il avait été frappé à l'âge de cinquante-cinq ans par un infarctus du myocarde qui ne lui avait laissé aucune chance, le faisant croiser la Faucheuse dans sa Mercedes alors qu'il roulait sur la route qui le ramenait chez lui depuis Naples. Du moins, c'était ce que mentionnait le rapport du médecin. En l'espace de quelques heures, la nouvelle de sa disparition avait fait le tour du monde, et, dès l'aube le lendemain matin, les télégrammes, les fleurs, les coups de téléphone et les e-mails de condoléances avaient commencé à arriver. Au fil des heures, les messages de soutien affluaient de Paris, de Londres, de New York, de Kobe, de Tokyo, de Hong Kong ou de Sydney. En Italie comme à l'étranger, Edoardo Sogliano était, en effet, considéré comme l'un des principaux corailleurs de Torre del Greco et du monde.

Le quotidien *Il Mattino* de Naples avait publié une rubrique nécrologique détaillée avec des photographies qui reprenaient les étapes importantes de sa vie. On le voyait à la cour de l'empereur du Japon, avec le président des États-Unis, la reine Élisabeth II d'Angleterre, au parlement de Strasbourg, à un séminaire de biologie marine à Melbourne ou avec le président de la République italienne qui lui accordait à Rome l'insigne honneur du titre de chevalier. Dans le salon vert, Margherita Sogliano, ses deux filles et ses petits-enfants accueillaient les amis et les proches qui venaient exprimer leur affection et leur soutien. La doyenne de la famille pensa que la vie n'était qu'une suite de répétitions. C'était la deuxième fois qu'elle perdait un fils. Dans les années 1970, à dix-huit ans, Michele avait trouvé la mort. Son fils aîné avait été envoyé à New York par son père pour s'occuper des affaires familiales et notamment pour diriger la bijouterie de la Cinquième Avenue. Dix ans plus tard, elle enterrait Saverio, son mari, emporté par un cancer. À présent, elle était sur le point d'ensevelir son deuxième fils. Orsola, la veuve, n'était pas encore descendue de ses appartements, mais Saverio, le fils aîné d'Edoardo, était là qui remplaçait efficacement sa mère.

À vingt-neuf ans, le jeune homme avait le sens des affaires de son père et une conception stricte de ses responsabilités comme sa mère. Du moins jusqu'à la veille au soir. Margherita attira l'attention de Giulietta, la plus jeune de ses petits-enfants, qui était en train de bavarder avec des camarades d'école.

— Oui, grand-mère ? dit la jeune fille en s'approchant d'elle.

— Tout le monde réclame ta mère. Va donc la chercher, murmura-t-elle.

— Tu l'as déjà appelée, et Saverio aussi, répondit la petite-fille sur le même ton.

Margherita caressa les cheveux cuivrés qui descendaient sur les épaules de sa petite-fille en boucles serpentines. Giulietta était sa préférée. Plus que chez ses sœurs Cristina et Paola, elle se retrouvait en elle comme quand elle était jeune : la jeune fille avait les mêmes reflets rouge feu dans les cheveux, la même force de caractère et la même joie de vivre.

— Fais-la descendre, ordonna-t-elle avec un ton qui n'admettait aucune réplique.

Assise devant le miroir de sa coiffeuse, Orsola était en train de glisser un peigne en écaille de tortue dans le lourd chignon qui lui ornait la nuque. Elle avait revêtu un tailleur en soie Georgette gris anthracite et, autour de son cou, elle avait accroché un rang de perles naturelles au fermoir ancien en corail de Sciacca. Giulietta entra dans la chambre et s'arrêta pour observer le reflet de sa mère dans le miroir. Sa beauté ne s'était pas fanée et elle paraissait toujours aussi jeune ! Comprenant soudain qu'elle ne verrait plus jamais son père à ses côtés, elle sentit les larmes lui monter dans la gorge. Comme elle ne parvenait pas à réprimer ses sanglots, le bruit avertit Orsola de sa présence. Elle se tourna alors vers sa fille et la prit dans ses bras pour la serrer tendrement contre elle.

— Ma toute petite, tu as mille raisons de te désoler et d'être en colère contre moi qui suis encore ici au lieu d'être avec toi et tes frères. Mais je suis là et je ne te laisserai pas tomber, murmura-t-elle.

— Pas comme papa, qui m'a laissée… Il n'avait pas le droit de faire ça. Je suis tellement triste, balbutia Giulietta entre ses larmes.

— Nous le sommes tous, ma chérie, commenta Orsola.

— Mais toi, tu ne pleures pas, alors que moi je me sens perdue, avoua la jeune fille en sanglotant de plus belle.

— Moi, je suis une Milanaise coriace, et toi, au contraire, tu es la douceur même, comme l'était ton père. Courage ! Descendons rejoindre le reste de la famille.

Elles se rendirent ensemble au rez-de-chaussée. En approchant du salon vert, elles perçurent le bruissement des bavardages et la mélopée des incantations que psalmodiaient les religieuses venues du couvent voisin. Elles pénétrèrent dans le salon, dont les murs étaient constellés de vitrines qui abritaient certains des chefs-d'œuvre d'art d'orfèvrerie façonnés par l'entreprise Sogliano depuis le XIXe siècle. Au centre de la pièce, sur un catafalque drapé d'un pan de velours vieil or, trônait le cercueil dans lequel reposait Edoardo Sogliano.

Tout autour, ses enfants, ainsi que Priscilla et Archetta, ses deux sœurs aînées, veillaient la dépouille. « Il ne manque plus que Steve, son fils secret », pensa Orsola, dont le cœur se serra comme sous l'effet d'une morsure cuisante.

3

La foule des visiteurs se fendit en deux pour laisser passer Orsola qui avançait aux côtés de Giulietta. Devant le cercueil, la jeune fille quitta sa mère pour aller rejoindre ses frères et sœurs. Dans le salon, dont les rideaux avaient été tirés en signe de deuil, les murmures cessèrent aussitôt pour faire place à un grand silence.

Orsola baissa la tête pour se recueillir au pied du cercueil.

Elle se souvint du beau visage d'Edoardo encadré de son épaisse chevelure châtain cuivré qui effleurait le col de ses chemises. La mort lui avait arraché l'homme tant aimé qui, pendant trente ans, avait été le compagnon d'une vie sereine. À présent, il l'abandonnait, non sans lui livrer ce lourd secret ! À cette pensée, Orsola ne put retenir ses larmes, et les sanglots jaillirent enfin de ses yeux. Elle se reprit cependant aussitôt, releva la tête et sortit du salon pour rejoindre sa belle-mère dans la petite pièce contiguë.

Margherita Sogliano avait pris place sur un sofa recouvert de soie damassée jaune d'or. Orsola se pencha sur elle, lui effleura le front d'un baiser et s'assit à ses côtés.

Margherita posa la main sur celle de sa belle-fille en lui adressant un sourire. Pendant ce temps, Titina et Rosaria, les deux fidèles domestiques qui travaillaient dans la maison Sogliano depuis leur enfance, s'avancèrent avec déférence pour exprimer leurs condoléances tout en s'essuyant les yeux avec des mouchoirs bordés de noir.

— Merci, leur répondit Orsola. Vous pouvez maintenant servir le café.

Dans le salon vert envahi par les amis et les connaissances, le père Antonio Bartiromo, curé de la basilique de Santa Croce, fit son entrée. C'était un homme dans les soixante ans à la carrure de lutteur. Lors de ses sermons dominicaux, qu'il prononçait toujours d'une voix forte, il condamnait avec vigueur les vices de ses ouailles contre lesquelles il n'hésitait pas à invoquer les foudres divines pour les punir de leurs mauvaises actions, qu'il s'agisse de leur avidité ou de leur absence de respect pour les valeurs sacro-saintes de la famille.

Tous les dimanches, même les plus vertueux de ses paroissiens sortaient de la messe en frissonnant sous le coup de la culpabilité, même lorsqu'ils n'avaient rien à se reprocher. Toutefois, au moment de la confession, lorsqu'il avait affaire à chacun séparément, le père Bartiromo se faisait plus paternel, écoutait et offrait toute sa compassion. Les habitants de Torre, qui l'appréciaient, n'hésitaient pas à s'agenouiller devant lui pour implorer par son intermédiaire le pardon de Dieu.

Il pénétra dans le salon de son pas guerrier, s'empara d'une chaise et la plaça devant les deux femmes avant de se laisser tomber dessus tout en repêchant dans sa poche de tunique un mouchoir en tissu avec lequel il essuya son visage en sueur.

— J'ai tant de peine pour vous, mes amies, commença-t-il.

Les deux femmes savaient qu'il ne s'agissait pas seulement là de paroles de circonstance.

— Merci, mon père, répondit Margherita.

— Edoardo méritait de vivre plus longtemps, ne serait-ce que pour guider vos enfants qui sont encore jeunes et qui auraient bien besoin de soutien, continua l'homme d'Église.

Il tourna les yeux vers Orsola avant de poursuivre :

— Je me fais davantage de souci pour toi, ma fille. Ton calme ne me dit rien qui vaille. Je préférerais te voir en proie à une crise de larmes plutôt qu'aussi réservée et maîtresse de toi-même.

— Je vais bien, affirma Orsola d'une voix atone.

— Tant mieux, conclut-il, parce que, avec la mort d'Edoardo, c'est sur tes épaules que tout va retomber. Dois-je te rappeler que le poids que tu devras porter est loin d'être léger ? C'est à toi que revient désormais la tâche de t'occuper à la fois de tes enfants et de l'entreprise familiale. C'est toi qui la diriges désormais. Tu verras que les propositions en tout genre ne vont pas tarder à affluer. Certaines risquent de te paraître si alléchantes que tu devras résister à la tentation de céder cet immense patrimoine qui représente deux siècles d'histoire des Sogliano. Ta tâche est de le transmettre ainsi intact à tes héritiers. Si tu as besoin de soutien spirituel, tu sais où me trouver. Si tu as besoin de soutien pratique, ne le cherche qu'au sein de ta famille ou des proches collaborateurs d'Edoardo. Tu comprends ce que je veux dire ?

Orsola hocha la tête tandis que sa belle-mère murmurait :

— Que voilà des paroles saintes !

Orsola était reconnaissante au père Bartiromo d'avoir exprimé son réconfort en termes simples et sincères pour aborder rapidement les questions pratiques.

Cela lui évitait de se laisser emporter par l'émotion. Elle devait serrer les dents et ne pas s'écrouler avant que son mari n'ait été enseveli dans sa dernière demeure. Ensuite, seulement, elle affronterait le problème qui la taraudait.

Dans le petit salon continuèrent ensuite à affluer les personnes qui, après avoir rendu hommage à la dépouille d'Edoardo dans la pièce voisine, souhaitaient présenter leurs condoléances à Orsola et à Margherita. Le curé se leva, salua les deux femmes et quitta les lieux. Par petits groupes, les jeunes Sogliano vinrent rejoindre leur mère et leur grand-mère et se placèrent derrière elles, tandis que Titina et Rosaria entraient avec un plateau roulant chargé de tasses et de cafetières en argent qui exhalaient un fort arôme de café.

C'est à ce moment-là qu'entra Onofrio Di Salvo, qui avait bâti sa fortune sur le travail des camées avec les coquillages des mers tropicales. C'était un homme intelligent, d'environ soixante-dix ans, qui était doté d'un extraordinaire sens du commerce. Malgré cela, il n'avait jamais appris l'italien, langue à laquelle il avait rarement recours, et il parlait un dialecte régional enrichi de circonvolutions, ce qui lui donnait un discours parfois pompeux. Il n'en restait pas moins qu'il communiquait parfaitement avec tous les acheteurs du monde. Son père pêchait déjà le corail, et lui-même avait, dès l'âge de huit ans, commencé son apprentissage auprès d'un orfèvre. Il avait rapidement appris à reconnaître la qualité des coquillages et, tout en se perfectionnant à l'art de la gravure sur corne, il s'était révélé capable de sculpter des camées avec un talent des plus remarquables. Depuis longtemps, sa fabrique réalisait de véritables chefs-d'œuvre pour les bijoutiers les plus célèbres d'Italie et d'ailleurs. Quant à ses fils, tous diplômés d'études supérieures, ils travaillaient à ses côtés et n'avaient de cesse d'admirer son habileté et son professionnalisme.

— Madame Sogliano mère. Madame Sogliano, salua-t-il en inclinant la tête.

Margherita lui fit signe de s'asseoir sur le siège que le père Bartiromo venait de quitter.

Il s'installa et laissa échapper un profond soupir avant de parler.

— Je suis venu vous présenter ma sympathie la plus sincère pour le malheur qui s'abat aujourd'hui sur votre précieuse famille.

Après un autre soupir tout aussi profond, il ajouta :

— Je suis également venu vous offrir toute l'aide dont vous pourriez avoir besoin. Je suis prêt à faire tout ce que vous voulez. Il suffit de me le demander. Vous savez, la disparition de votre époux me bouleverse d'autant plus que je le considérais comme un ami véritable, un homme que j'estimais entre tous. Je serais extrêmement honoré que vous fassiez appel à moi à n'importe quelle occasion, pour vous-mêmes, mais aussi pour votre très précieuse famille. Et je vous assure que je parle également au nom de tous les membres de ma propre famille. Je vous prie aussi de présenter mes condoléances à chacun de vos très précieux enfants.

Malgré leur affliction, les deux femmes eurent du mal à réprimer un sourire.

Elles avaient beau être habituées à sa manière de s'exprimer, il ne les en surprenait pas moins chaque fois.

— Merci de tout cœur, Onofrio. Remercie également ta famille de notre part, je t'en prie, répondit simplement Margherita.

— Prendrez-vous du café ? demanda Orsola tandis que Titina tendait une tasse.

— J'en prendrai volontiers en l'honneur de mon ami défunt, répondit-il.

Avant de saisir la tasse que lui tendait, d'une main pas très sûre, la domestique, il émit un nouveau soupir aussi profond que les autres, comme s'il était soulagé d'avoir enfin achevé le discours qu'il avait sans nul doute longuement préparé.

D'autres visiteurs se présentèrent, et Titina continua à servir le café tandis que Rosaria faisait des allées et venues depuis la cuisine pour remplir les cafetières. Le salon vert résonnait encore des voix des religieuses qui récitaient le rosaire, et la demeure embaumait du parfum lourd des fleurs et les chandelles en train de brûler.

C'est alors qu'entra Vincenzo Scapece. Le *commandatore* Scapece, grand séducteur de ces dames, comme il aimait à se définir, avait quelques années de plus que Margherita.

Il comptait comme l'un des plus riches corailleurs du secteur parce que sa famille avait eu la judicieuse idée d'acheter des quantités considérables de corail mort de Sciacca, pêché au large de la Sicile, dès la découverte des gisements, corail dont la valeur avait augmenté avec le temps jusqu'à dépasser désormais la cotation de l'or.

— Voilà le requin, chuchota Margherita à sa belle-fille. C'est de lui qu'il faudra te méfier.

— Sois tranquille ! Je n'ai aucunement l'intention d'entretenir quelque relation que ce soit avec lui ou avec quiconque, répliqua Orsola d'un ton déterminé.

4

Onorato Spinelli, notaire de Torre del Greco, était l'un des plus proches amis d'Edoardo. Ils avaient le même âge et avaient fréquenté les mêmes bancs de l'école à l'université, où tous deux avaient fait leur droit. Ensuite, Onorato avait poursuivi ses études afin de devenir notaire comme son père et son grand-père, tandis qu'Edoardo s'était lancé dans la direction de l'entreprise familiale. Après les funérailles, alors que toute l'assemblée quittait le cimetière, il attendit que les Sogliano sortent pour les embrasser un par un. Lorsque ce fut le tour d'Orsola, il en profita pour lui murmurer à l'oreille :

— Je t'attends demain matin à neuf heures, à mon étude.

Orsola se contenta d'acquiescer d'un hochement de tête. Elle avait déjà pris la décision d'aller le consulter. Onorato se chargeait depuis toujours des affaires de la famille Sogliano, et les deux hommes entretenaient un profond lien de confiance, d'affection et d'estime réciproque qui s'étendait également à leurs épouses. Lorsqu'ils étaient jeunes, Orsola avait toujours séché les larmes d'Emanuela Spinelli, qui se désespérait de ne pouvoir mettre des enfants au monde.

En retournant chez elle après les obsèques, Orsola se demanda si Onorato était au courant pour Steve, le fils secret d'Edoardo.

Le lendemain, avec quelques minutes d'avance, elle se présenta devant l'hôtel particulier du XIXe siècle qui donnait sur le port et où se trouvait, au rez-de-chaussée, l'étude du notaire. Onorato vivait d'ailleurs dans le même bâtiment, au deuxième étage où il avait son appartement. Orsola pénétra dans les bureaux au moment précis où la doyenne des employées, la vieille Cesarina, était en train de désactiver l'alarme.

À Torre del Greco, toutes les entreprises, tous les ateliers et les boutiques, tous les bureaux étaient autant de forteresses imprenables, dotées de systèmes de sécurité modernes et extrêmement sophistiqués. Les habitants affirmaient que les voleurs s'arrêtaient à Ercolano, juste au nord de Torre del Greco. Sans doute que, afin de bénéficier d'une tranquillité absolue, les familles de corailleurs avaient-elles accepté de verser un dû à qui de droit ? Toutefois, si la délinquance prospérait aussi à Torre comme partout, l'aristocratie du corail se tenait à bonne distance de la pègre véritable, consciente que la transparence et l'honnêteté rapportent bien davantage que les malversations.

— Madame Sogliano, asseyez-vous, je vous en prie ! s'exclama la secrétaire qui l'accueillit pour l'introduire dans l'antichambre de l'étude. Vous avez rendez-vous avec maître Spinelli ? Dois-je le prévenir ?

— Non, ne le dérangez pas. Attendons qu'il arrive. C'est lui qui m'a fixé ce rendez-vous, répondit Orsola.

La jeune femme la fit entrer dans l'étude du notaire et l'invita à s'installer sur l'un des confortables fauteuils en cuir qui faisaient face à une superbe table de travail ancienne. Avant de sortir, la secrétaire ajouta :

— Madame, je tenais à vous dire à quel point je suis désolée de la peine qui vous frappe.

Orsola la remercia, mais elle se sentait lasse. Elle n'avait pratiquement pas dormi de la nuit, d'autant que Giulietta était venue la rejoindre dans son lit pour être près de sa mère.

Elle entendit la voix d'Onorato qui saluait Cesarina et, aussitôt après, le notaire entra dans son bureau tout en lançant à sa secrétaire :

— Apportez-nous deux cafés, je vous prie !

Orsola se leva du fauteuil pour aller se blottir dans les bras affectueux de son vieil ami.

— Assieds-toi, Orsola, finit-il par dire tout en prenant place derrière son bureau. Tu as dû te demander pourquoi ma femme n'est pas venue te saluer hier et pourquoi elle n'était pas aux funérailles.

— Que lui est-il arrivé ? demanda Orsola.

— Cela fait trois jours qu'elle est à l'hôpital. On l'a opérée d'urgence pour une grossesse extra-utérine. Elle a failli en mourir.

— Elle ne m'avait pas dit qu'elle était enceinte !

— Elle ne le savait même pas, expliqua Onorato.

Cesarina entra avec le café qu'elle posa sur la table de travail avant de ressortir. Onorato reprit alors son récit :

— Comme tu le sais, cela fait plus de dix ans que nous nous sommes résignés à ne pas avoir d'enfant et, à présent qu'Emanuela croyait avoir atteint la ménopause, voilà ce qui lui arrive, continua-t-il d'un ton peiné.

— Comment va-t-elle maintenant ? demanda Orsola d'un air inquiet.

— Elle est hors de danger, mais elle n'est pas sortie d'affaire.

— Puis-je aller lui rendre visite ?

— Cela lui fera plaisir de te voir. Tu ne sais pas à quel point elle regrette de ne pas avoir été à tes côtés dans ces moments difficiles.

Ils se turent pour boire le café avant qu'Orsola ne déclare :

— J'avais décidé de venir te voir avant que tu ne me le demandes.

— Pour la lecture du testament ? demanda le notaire.

— J'ignorais qu'il y avait un testament, s'étonna Orsola.

— Edoardo l'a rédigé voici deux ans, lorsqu'il a appris qu'il souffrait d'une affection cardiaque, mais il ne vous en a pas parlé pour ne pas vous inquiéter.

— Toi, tu aurais pourtant pu m'en parler, réagit Orsola.

Blessée par la révélation, elle se demandait avec angoisse si son mari lui avait dissimulé d'autres secrets.

— Edoardo s'adressait alors au notaire, pas à l'ami ! se justifia Onorato. Outre le testament, il m'a confié pour toi une lettre que je devais te remettre s'il disparaissait brutalement. C'est la raison pour laquelle je t'ai demandé de venir ce matin.

Il se leva, s'approcha du coffre-fort encastré dans le mur situé derrière son bureau, l'ouvrit et en sortit une enveloppe qu'il lui tendit.

— Puis-je l'ouvrir tout de suite ? demanda-t-elle, le cœur battant au point de lui couper le souffle.

— Tu ne préfères pas la lire chez toi ? Lorsque tu seras seule ?

— Non, je veux savoir tout de suite, décida-t-elle en déchirant l'enveloppe d'une main légèrement tremblante.

Elle en tira un feuillet rédigé de la graphie claire et minutieuse d'Edoardo pour lire ce qu'elle savait déjà. Quelques phrases courtes dans lesquelles son mari lui parlait de son fils Steve. Elle replia le feuillet, hésita un moment avant de tendre la lettre à son ami.

— Je voudrais que tu la lises aussi, dit-elle.

Le notaire lut la lettre avec toute l'attention voulue avant de lever les yeux vers Orsola et de lui dire dans un murmure :

— Je n'en savais rien. Et toi ?

— Je l'ai découvert par hasard le soir où Edoardo est mort.

5

Lorsqu'une fois rentrée de l'étude du notaire, Orsola arriva au palais Sogliano, elle fut accueillie comme toujours par l'odeur puissante du corail. Saverio et Cristina, ses deux enfants aînés, vérifiaient une livraison de corail qui venait d'arriver de Tunisie dans une cantine en zinc. Ils l'avaient déchargée au milieu de la cour sur un étal en bois, montagne de petits rameaux grisâtres encore imprégnés d'eau de mer parce que les vendeurs les avaient humidifiés afin d'augmenter leur poids. C'était la dernière acquisition d'Edoardo, qui remontait à une semaine, lorsqu'il s'était envolé là-bas pour négocier cette acquisition. Le frère et la sœur plongèrent les mains dans le corail brut pour en prélever quelques branches et les évaluer en échangeant leur impression du bout des lèvres.

Des ateliers provenait le bruit des cuves dans lesquelles on retirait l'« écorce » des rameaux (c'est-à-dire le tissu conjonctif gélatineux), des lames qui sciaient et taillaient les rameaux nettoyés et dégrossis, des meules qui polissaient les fragments et des aiguilles qui les perçaient. Orsola remarqua l'absence du vacarme habituellement dû aux bavardages. Comme la demeure, la fabrique était encore en deuil, pensa-t-elle.

Elle laissa échapper un long soupir de tristesse avant de saluer ses deux enfants.

— Grand-mère te cherchait. Nous ne savions pas que tu étais sortie, dit Cristina.

— Je vais la voir tout de suite. Où sont les autres ? demanda Orsola.

— Giulietta est retournée à l'école, Gianni est à Naples avec Paola, annonça Saverio.

Orsola monta à l'étage et traversa la terrasse qui surplombait le jardin. Assise dans un fauteuil en bambou, Margherita tenait sur ses genoux un plateau rempli de minuscules rameaux de corail qu'elle enfilait et nouait un par un.

Assise à côté sur son tabouret, Titina confectionnait de la dentelle au fuseau avec une agilité stupéfiante.

— Bonjour, mère, dit Orsola en prenant place dans le fauteuil situé à côté de celui de sa belle-mère.

Margherita lui sourit en se disant qu'Orsola ne faisait vraiment pas les cinquante ans qu'elle venait de fêter, et ce, malgré quelques fils blancs qui éclairaient ses cheveux noirs et un réseau de minuscules rides qui partaient du coin de l'œil vers les tempes. Orsola était vraiment une très belle femme, dont les origines nordiques ne transparaissaient que par la pâleur de sa carnation, son léger accent milanais et son goût pour les tenues plus sobres.

Margherita se demanda une fois de plus si sa belle-fille était pleinement consciente de la responsabilité qui pesait désormais entièrement sur ses épaules.

Elle devait diriger l'entreprise à la place d'Edoardo, sans pouvoir compter sur les sœurs de son époux. Priscilla, désormais âgée de soixante-cinq ans, était veuve et sans enfant, et elle se consacrait entièrement à la bijouterie de famille à Caserte ; quant à Archetta, elle souffrait de trisomie 21.

— Ma très chère fille, il faut que nous ayons une conversation, toi et moi, commença Margherita.

Elle se tourna vers la domestique :

— Titina, apporte-nous de la citronnade fraîche, s'il te plaît.

La femme comprit que ses patronnes souhaitaient demeurer seules, et elle s'éloigna en laissant là son tambour.

— Sergio est passé nous voir. Tu savais que mon fils avait des problèmes cardiaques ?

Orsola secoua la tête en préférant taire qu'elle venait à peine de l'apprendre.

— Il semble que, depuis quelques années, il avait des problèmes à l'aorte et qu'il ne s'en est jamais occupé, expliqua Margherita. Il est mort d'un infarctus qu'il aurait peut-être pu éviter s'il avait suivi les prescriptions de Sergio.

Elle réprima un sanglot, avant de changer totalement de sujet :

— Il nous faut remercier toutes les personnes qui nous ont envoyé leurs témoignages de sympathie. Et il faudra bien entendre ce qu'Onorato a à nous dire, au cas où il y aurait un testament, sans parler de régler la succession.

Ensuite, comme dans un murmure, elle ajouta :

— À mon âge, c'était à moi de mourir d'abord, pas à mon fils. Et voilà, je suis là et lui…

— Il nous a laissés, mais, désormais plus que jamais, nous avons besoin de vous, mère, de votre affection et de vos conseils, la coupa Orsola en la prenant dans ses bras.

— Merci, murmura Margherita.

Elle se leva ensuite en disant :

— Pardonne-moi, mais j'ai besoin de me reposer un peu. Je n'ai pas fermé l'œil de la nuit.

Orsola lui prit le bras pour l'accompagner à l'intérieur de la maison. Ensuite, elle monta au premier étage pour aller s'isoler dans sa propre chambre. Dans son sac, elle prit la lettre d'Edoardo, s'allongea sur le lit et se mit à lire :

Mon amour,

Tu es la seule femme que j'aie aimée et qui m'a rendu heureux, et tu es la personne qui compte le plus dans ma vie. C'est avec toi que j'ai bâti cette grande et merveilleuse famille.

J'ai été mille fois sur le point de t'avouer que j'avais un fils, Steve, né d'une rencontre d'un soir avec une jeune Chinoise, lors d'un séjour à New York. Je m'y étais rendu pour le travail à l'époque où tu étais souffrante. J'étais terrorisé à l'idée que tu risques de ne pas guérir.

Lorsque la mère de Steve m'annonça qu'elle était enceinte, elle ne m'a rien demandé et elle n'a rien obtenu de moi. Je ne l'ai d'ailleurs plus jamais revue, bien que je me sois occupé de prévoir un fonds de placement pour l'enfant, afin qu'il puisse suivre des études supérieures et démarrer la vie avec un petit legs.

J'aime Steve, et ce n'est pas sa faute s'il est venu au monde. Alors, je veux le confier à ta générosité.

À ta sensibilité, à ton amour. Parce que je suis sûr que tu sauras décider ce qui est mieux pour lui, pour nos enfants, pour notre famille, comme tu l'as toujours fait.
Je te demande pardon. Je n'ai pas eu le courage de me confier à toi, c'est vrai, parce que, comme tous les amoureux, j'avais trop peur de te perdre, et cette peur était plus forte que la nécessité profonde, douloureuse, tourmentée d'être honnête avec toi.
Je te joins l'adresse e-mail à Hong Kong du grand-père de Steve au cas où tu souhaiterais entrer en contact avec lui.
Mon amour, tout ce que je peux dire, c'est que je t'aime.
Edoardo

Orsola replia la lettre pour l'enfermer dans le coffre de sa commode.

Elle était troublée, triste, certes, mais surtout perplexe, et ne savait pas comment aborder et affronter la situation. Il lui faudrait du temps, du temps pour réfléchir calmement et retrouver un peu de sérénité afin de comprendre exactement de quoi il retournait et comment elle devait se comporter.

Le soir même, au cours du dîner qui rassemblait toute la famille, elle annonça :

— Demain matin, je pars pour Milan, dans mon ancienne maison de la rue Melzo, parce que j'ai besoin d'être un peu seule. Je ne veux pas que vous vous inquiétiez. Je vais bien et nous pourrons nous téléphoner autant de fois que vous le souhaitez, mais je vous demande de me laisser un peu de temps pour me permettre de réorganiser mes émotions et mes pensées. Je vous promets de revenir bientôt.

Milan

I

Malgré le fait qu'elle se soit totalement intégrée, et depuis longtemps, à la vie et à l'atmosphère de Torre del Greco, Orsola se sentait plus pleinement à son aise lorsqu'elle revenait à Milan, la ville où elle était née, où elle avait grandi et où elle avait vécu jusqu'à son mariage avec Edoardo. Toutefois, pour la première fois depuis trente ans, elle ne ressentit pas, lorsqu'elle descendit du train à la gare centrale, l'étreinte chaleureuse avec laquelle la cité l'accueillait d'habitude à son arrivée.

Elle traversa la place du Duc-d'Aoste et respira l'air du printemps plus tardif que dans le Sud, où il avait surgi depuis un moment dans un triomphe de lumières et de couleurs.

Comme elle avait peu de bagages, elle décida d'aller à pied jusqu'à la rue Melzo et profita de la promenade pour faire des courses dans la rue Vitruvio, où elle acheta des fruits, des légumes, du pain, du jambon et du fromage.

Tout en marchant vers sa demeure, elle se demandait si, après les événements des derniers jours, elle allait réussir à retrouver la sérénité et l'équilibre qui avaient jusqu'alors caractérisé son existence.

Elle entendit résonner la sonnerie du téléphone portable dans la poche de son jean et répondit à Saverio qui voulait savoir si son voyage s'était bien passé et en profita pour prendre des nouvelles de sa famille.

Saverio, son fils aîné, était sans doute le plus responsable de ses enfants, celui qui avait dû partager l'amour et les attentions de ses parents avec ses frères et sœurs arrivés après lui et dont il s'était toujours occupé. Maintenant, il semblait avoir décidé de prendre également en charge sa mère, mais Orsola le rassura.

— Je t'aime, ajouta-t-elle dans un murmure avant de couper la communication.

Certes, elle aimait tous ses enfants pareillement, mais elle avait avec Saverio un lien particulier parce qu'il lui ressemblait davantage. Il était, en effet, tout le contraire de son père qui lui répétait :

— Ne laisse pas les autres comprendre tout de suite ce que tu penses, mais incite-les plutôt à le découvrir progressivement.

Elle traversa le cours Buenos Aires et tourna dans la rue Melzo, qu'elle remonta jusqu'au bout pour pénétrer sous le porche d'un bâtiment de la fin du XIXe siècle, à l'angle de la rue Lambro.

Autrefois, le portail était sous la surveillance de l'autoritaire madame Gina, une sorte de cerbère qui était au courant de tout, savait tout sur tout le monde, et qui considérait les locataires des appartements comme des recrues auxquelles il fallait imposer règles et discipline de fer. D'ailleurs, elle ne faisait qu'exécuter les ordres du docteur Corsetto, l'ancien et richissime propriétaire de l'immeuble, constamment assailli par une meute d'héritiers qui attendaient avec impatience de faire main basse sur son patrimoine immobilier considérable.

Après sa mort, lesdits héritiers avaient tout vendu, notamment le bâtiment de la rue Melzo, ce qui avait permis aux parents d'Orsola d'acquérir, au prix d'un emprunt non négligeable, l'appartement du quatrième étage où ils vivaient depuis toujours, tandis que certaines des autres familles avaient déménagé dans des demeures moins coûteuses.

Parmi celles qui étaient restées, il y avait les époux Banfi qui avaient deux enfants, l'aîné, employé dans les chemins de fer du Nord, et la plus jeune, Damiana, camarade d'école et amie d'enfance d'Orsola. Damiana vivait encore là ; elle ne s'était jamais mariée et possédait une boutique de vêtements de luxe dans la très chic avenue Borgospesso.

La concierge avait disparu, et la loge de madame Gina avait été louée à une entreprise qui vendait du papier peint. Par ailleurs, l'immeuble avait été entièrement rénové et équipé d'interphones et deux ascenseurs, dont un pour le personnel de maison, transformant le bâtiment modeste de jadis en un établissement de luxe avec portier pendant la journée et service de nettoyage sous-traitant pour le reste.

Après le décès de ses parents, alors qu'elle était déjà mariée depuis quelques années, Orsola avait fait redécorer l'appartement par un architecte d'intérieur qui en avait fait une demeure très élégante.

À présent, alors qu'elle glissait la clef dans la serrure, elle fut tentée d'aller d'abord sonner à la porte de Damiana, qui habitait sur le même palier, mais elle se rappela qu'il n'était que seize heures et que son amie devait encore se trouver dans sa boutique.

Elle franchit le seuil de son appartement et fut accueillie par la pénombre et une vague odeur d'humidité. Elle actionna aussitôt le compteur pour mettre l'électricité en marche et ouvrit grand les fenêtres. Dans la minuscule cuisine, elle déposa ses emplettes et rangea les produits frais dans le réfrigérateur. Puis, elle alla se rafraîchir dans la salle de bains, entra dans la chambre à coucher et se débarrassa de son jean, de sa veste bleue et de son pull blanc pour enfiler une légère robe de chambre. De retour dans la cuisine, elle mit en route la cafetière électrique et, en attendant, mangea une pomme.

La lumière et la douceur de l'après-midi avaient envahi les lieux. Orsola alla s'installer sur la terrasse du séjour pour siroter son café. La rambarde était ornée de vases regorgeant de bouquets de pétunias blancs et violets.

Damiana, qui possédait un jeu de clefs de l'appartement, se chargeait d'entretenir les plantes de son amie et, de temps en temps, demandait à sa propre femme de ménage de passer un coup de chiffon dans les pièces.

Orsola revint dans le séjour, se laissa tomber sur le canapé et promena les yeux autour d'elle. Son appartement milanais était meublé de quelques meubles modernes, peu nombreux mais superbes et linéaires. C'est ainsi qu'elle l'avait voulu, minimaliste pour compenser le décor de la résidence Sogliano, où les meubles, les tableaux et les bibelots garnissaient le moindre recoin.

Elle se dit qu'elle avait bien fait de revenir ici dans son ancien foyer. Ce n'est qu'ici qu'elle serait capable de penser aux trente années de son mariage, à la merveilleuse famille qu'elle avait construite avec Edoardo. Ce n'est qu'ici qu'elle saurait décider de ce qu'elle allait faire ensuite pour ses enfants… et pour le fils de son mari.

La sonnerie du téléphone mobile, qu'elle avait laissé sur la table de la cuisine ne lui donnait aucun répit, mais elle ne se déplaça pas, ni pour répondre ni pour l'éteindre.

La dernière fois qu'elle était venue à Milan, c'était au mois de février, et elle était avec Edoardo. Tous deux avaient passé quelques jours dans la cité du Nord pour honorer des rendez-vous et des déjeuners d'affaires, mais ils avaient également consacré quelques soirées paisibles, sur ce canapé, à bavarder tous les deux. Aujourd'hui, Orsola aurait voulu retenir ces moments pour plonger ses yeux dans ceux d'Edoardo et lui demander :

— Y a-t-il autre chose de toi que j'ignore ?

Elle sentit enfin se défaire en elle ce nœud qui l'avait jusque-là empêchée de pleurer. Depuis qu'elle avait découvert ce secret inimaginable dans le coffret de la table de bureau de son mari, elle avait réprimé ses larmes. Là, chez elle, les larmes jaillirent, parce que l'homme qu'elle aimait était mort et qu'il laissait dans sa vie un vide incommensurable.

Elle n'entendit pas la sonnette de la porte, ni les coups de heurtoir. Elle n'entendit pas la voix qui appelait son nom. Ce n'est que lorsqu'une main se posa sur son épaule qu'elle se secoua et que, à travers ses larmes, elle vit Damiana, l'amie de toujours, qui se penchait vers elle pour la prendre dans ses bras.

2

Le soir était tombé lorsqu'Orsola rejoignit Damiana dans la cuisine.

— Comment te sens-tu ? lui demanda son amie tout en posant sur la table dressée deux assiettes de spaghettis au pesto.

— Mieux… Cela faisait tellement de jours que je retenais mes larmes…, répondit Orsola.

Elles s'assirent l'une en face de l'autre, puis Damiana reprit la parole :

— Te souviens-tu quand nous étions enfants et que nous pleurions parce que nos mères ne voulaient pas nous laisser sortir avec les copines ?

— Elles disaient : pleurez, pleurez, vous n'en aurez que de plus beaux yeux, se souvint Orsola en esquissant un sourire. Elles n'expliquaient pas pourquoi elles ne nous laissaient pas sortir. Elles disaient non, c'est tout.

— Pour autant que cela puisse sembler impossible aujourd'hui, les parents se comportaient ainsi autrefois, raisonna Damiana.

Contrairement à Orsola, qui était une brunette à la silhouette mince, aux traits fins, à la taille légèrement inférieure à la moyenne, Damiana était une grande femme corpulente avec une épaisse chevelure blonde.

Les deux amies étaient très différentes de par leur allure physique, mais aussi de par leur caractère. Orsola était réservée et silencieuse alors que Damiana était plutôt exubérante et bruyante.

Elles étaient nées à un mois d'écart, et c'est ensemble qu'elles avaient appris à ramper, à parler et à marcher.

Elles dégustèrent les pâtes parfumées au basilic et au parmesan qu'Orsola appréciait par-dessus tout.

— J'ai bien fait de revenir chez moi, affirma-t-elle.

— Même s'il ne s'agit que d'un appartement d'appoint, observa Damiana tout en lui resservant des spaghettis, parce que, c'est à Torre del Greco que tu as passé les trente dernières années de ta vie et que c'est là qu'est ta véritable maison.

— Oui, et j'ai cinq enfants absolument fantastiques. Mais ce n'est que dans ce petit appartement que j'arrive à retrouver mes forces pour affronter les problèmes qui m'attendent à Torre del Greco, avoua Orsola d'un air soucieux.

— Je suis certaine que tout se passera bien, la rassura Damiana avant d'essayer de lui changer les idées.

— Tu te souviens de nos rêves de fillettes ?

— On pensait toujours avoir un mari. Quand tu étais toute petite, tu voulais épouser un glacier parce que ta mère ne voulait jamais t'acheter de glaces et que tu étais obligée de venir chez nous pour en manger, lui rappela Orsola.

— Toi, tu voulais te marier avec un poète, parce que tu avais le béguin pour le poète Montale et tu passais ton temps à réciter ses poèmes par cœur, évoqua Damiana. Mais tu as eu ton mari... tandis que moi... Laissons tomber ! Je me suis pris une claque après l'autre, et il faut encore que je me fasse des illusions et que je continue à croire que je vais trouver un jour l'homme de ma vie ! avoua-t-elle.

Orsola était parfaitement au courant des amours malheureuses de son amie, notamment de sa liaison avec un riche notaire marié qui lui avait promis de divorcer pour vivre avec elle et qui, pour finir, était demeuré auprès de son épouse, non sans, pour faire taire son sentiment de culpabilité, lui avoir offert une boutique dans la via Borgospesso, dont Damiana était seule propriétaire.

— Nous voici pratiquement revenues au point de départ, si ce n'est que nous sommes deux quinquagénaires seules qui se goinfrent de spaghettis, plaisanta Damiana.

Il était tard et elles étaient fatiguées. Elles se levèrent de table, et Damiana promit qu'elle demanderait à sa femme de ménage de venir ranger la cuisine.

— Tu te sens capable de dormir seule ? Tu ne veux pas venir chez moi pour cette nuit ? s'inquiéta-t-elle au moment de partir.

— Je frapperai à ta porte demain matin, et c'est moi qui viendrai te servir le petit-déjeuner au lit, rétorqua Orsola en l'étreignant.

Il était dix heures du soir, l'heure à laquelle, à Torre del Greco, sa famille venait à peine de terminer de dîner. Elle appela le numéro de la maison, et ce fut la vieille Titina qui lui répondit.

— Attendez, j'appelle Rosaria, se hâta de dire la fidèle servante.

Elle était toujours très émue de devoir répondre au téléphone, et elle préférait passer l'appareil à l'autre domestique. Orsola l'entendit appeler Rosaria avant de marmonner :

— Elle est sourde comme un pot !

Les deux vieilles passaient leurs journées à se chamailler et à se critiquer, mais elles étaient inséparables.

— Je voudrais parler à madame Margherita, déclara Orsola, une fois que Rosaria l'eut saluée.

— Je suis désolée, madame, mais elle s'est déjà retirée. Elle était extrêmement lasse. Les autres sont encore à table et vont bien. Voulez-vous que j'appelle monsieur Saverio ? demanda la domestique.

Saverio, qui attendait d'ailleurs auprès du téléphone dès qu'il avait compris qu'il s'agissait de sa mère, lui répondit aussitôt.

— Comment vas-tu, maman ?

— Bien, merci. Je me sens un peu sonnée, un peu abattue, mais tout va bien. Et vous, les enfants ?

— Écoute, prends tout le temps qu'il te faut. Ici, tout est sous contrôle, la rassura son fils.

— Tu es un amour. Je vous aime tant. À présent, je vais me coucher, conclut Orsola.

Peu après, elle était au lit et, contrairement à ses habitudes, elle n'avait pas envie de lire. Elle éteignit la lumière en espérant s'endormir le plus rapidement possible. Elle pensa à Titina qui appelait toujours Rosaria à la rescousse. Cela lui rappela sa première visite à Torre del Greco, lorsqu'elle n'était encore que fiancée à Edoardo, quelques semaines avant le mariage.

Il y avait eu ces journées frénétiques de rencontres avec les parents et amis, des excursions quotidiennes à Naples pour faire des achats dans les boutiques les plus élégantes et flâner dans la rue Caracciolo, sans parler des excursions touristiques à Posillipo, Ercolano, Caserte. Orsola s'était laissé emporter par l'exubérance de la famille Sogliano, n'hésitant pas à avoir recours à de petits expédients pour s'isoler et disposer d'un peu de temps à elle.

Un jour, elle s'était même réfugiée sur la terrasse de la cuisine, entre les plants de thym et de basilic. Peu après, les deux domestiques étaient entrées dans la pièce en poursuivant la discussion qu'elles avaient dû entamer plus tôt.

— On dirait que monsieur Edoardo s'est laissé séduire par le charme nordique ! Tu crois que ça durera ? avait demandé Titina à Rosaria.

— Cela devrait durer s'il l'épouse !

— Mademoiselle Orsola est trop différente de nous. Elle vient de Milan, un endroit où il fait toujours froid. Imagine ! En hiver, il y tombe de la neige. C'est pour ça que les gens de là-bas sont aussi froids, qu'ils ne rient jamais et qu'ils parlent peu et toujours à voix basse. Même moi, qui ne suis pas sourde comme toi, je n'arrive pas à l'entendre quand elle parle.

— Tu as raison, elle parle à voix basse, mais, quand même, elle est très belle. Pourtant, qu'est-ce qu'elle en sait, cette pauvrette, du corail, de notre Vésuve, de nos traditions ? Lorsqu'elle s'adresse à nous, elle nous dit « vous » comme si nous étions des dames ! Et elle appelle *donna* Margherita « madame ». Comment ça se fait ? Elle devrait l'appeler « maman » ! Même à moi, elle m'a donné du madame Titina ! On n'a jamais vu ça !

Après un instant de silence, elle ajouta :

— Elle est timide, modeste, et la richesse de la famille Sogliano lui fait peur. Qui sait comment ils vivent là-bas, dans le Nord, lorsqu'il tombe de la neige.

— Moi, je suis sûre qu'ils se réfugient dans des cavernes, avait plaisanté Titina avant d'éclater de rire, aussitôt imitée par Rosaria.

C'est le moment qu'avait choisi Orsola pour se manifester. En souriant, elle avait déclaré aux deux femmes :

— L'été, nous vivons dans les arbres !

Sur ce, elle était sortie de la cuisine d'un pas léger, les laissant toutes deux ébahies.

Alors qu'elle était sur le point de s'endormir, elle murmura :

— Je suis tellement bien ici, dans ma caverne, loin de Torre del Greco, où il fait rarement froid et où la neige ne tombe jamais.

3

— Tu sais que, lorsque je suis allée pour la première fois à Torre, les domestiques des Sogliano m'ont qualifiée de femme des cavernes ? raconta Orsola en riant à son amie.

Il était huit heures du matin et elles prenaient leur petit-déjeuner sur la terrasse de l'appartement de Damiana, pendant que, comme promis, la femme de ménage de celle-ci s'occupait de celui d'Orsola.

Bien décidée à ne pas se laisser submerger par la peine et par l'anxiété de ce qu'elle aurait à endurer à présent qu'Edoardo n'était plus, Orsola s'était réveillée tôt et était allée acheter des brioches toutes chaudes dans la boulangerie de la rue Lambro.

— Une femme des cavernes ? Je n'ai pas l'impression que ce soit un jugement très flatteur ! commenta Damiana en s'emparant d'une brioche fourrée à la confiture.

— Ce n'était pas mal intentionné. Après tout, je n'étais qu'une étrangère qui venait du Nord, d'un autre monde, d'une autre culture. Après le mariage, une fois qu'elles ont appris à me connaître, elles m'ont témoigné du respect et de l'affection. Ensuite, dès que j'ai commencé à fournir un enfant après l'autre, je suis devenue l'une des leurs. Quant à ma belle-mère, elle m'aime comme si j'étais sa propre fille. Et maintenant qu'Edoardo n'est plus, je suis pour tout le monde, pour la famille, pour le personnel de l'entreprise, pour les amis, celle qui a hérité du gouvernail. Une position de prestige que j'ai gagnée jour après jour pendant trente ans à vivre à leurs côtés, même si je me demande aujourd'hui si je suis prête à accepter vraiment toutes ces responsabilités et tout ce pouvoir qui ne me permettront plus d'être la Milanaise transplantée dans le Sud. Je n'ai pas vraiment d'alternative : si je veux diriger l'entreprise et guider la famille, je dois devenir une authentique corailleuse. Tu comprends, Damiana ?

— Parfaitement, répondit son amie.

Elle avait cessé de manger pour écouter d'un air pensif Orsola lui expliquer la situation. Elle lui sourit et ajouta :

— D'ailleurs, je sais que tu prendras la meilleure décision, comme toujours. Maintenant, je voudrais que tu viennes avec moi à la boutique pour que je te montre la nouvelle collection d'été. Je pense qu'elle est remarquable, même si je sais bien que je ne vendrai que quelques pièces parce que la crise frappe aussi ma clientèle. Ils sont riches, mais on dirait qu'ils ont honte d'acheter du superflu. Après, nous irons prendre un panini au bar du Grand Hôtel et de Milan et, cet après-midi, je te propose d'aller au cinéma. À la boutique, ils peuvent se passer de moi. D'ailleurs, ma vendeuse est beaucoup plus efficace que moi !

Voyant que les yeux d'Orsola se remplissaient de larmes, Damiana changea de sujet :

— Tu as du chagrin et tu es bouleversée, ma pauvre chérie. Si tu préfères, je peux rester ici avec toi, proposa-t-elle doucement.

— Je suis désolée, mais j'ai besoin de rester un peu seule. Je te rejoindrai à une heure au bar du Grand Hôtel. Pour l'instant, je vais retourner dans mon appartement. Merci pour tout, murmura Orsola avant de quitter son amie en hâte.

La femme de ménage que Damiana employait à l'heure, une Indienne du nom de Kiki, venait tout juste de remettre de l'ordre dans le petit appartement et elle s'apprêtait à partir. Orsola se laissa tomber sur un fauteuil du salon, mit le lecteur de CD en marche et se laissa emporter par les notes de la *Cinquième Symphonie* de Beethoven, qui résonnèrent aussitôt dans la pièce. Elle pensa à la mort brutale d'Edoardo et s'interrogea sur ce qu'avaient été ses dernières pensées. Les médecins avaient, certes, évoqué un infarctus fulgurant.

— Il a été frappé juste avant de venir heurter le garde-fou avec son automobile, avaient-ils précisé.

Orsola se demanda alors pourquoi, tout en sachant qu'il souffrait d'une affection cardiaque, son mari ne s'était jamais soigné. Pourquoi avait-il refusé de prendre acte de sa maladie et d'en parler au moins avec elle, sinon avec le reste de la famille ?

Souhaitait-il se punir pour ce fils secret ? Ou avait-il cru qu'il serait plus fort que le mal ? Orsola se souvint d'un séjour en Sardaigne, des années et des années plus tôt, alors qu'elle était enceinte de leur premier enfant. Un jour, ils étaient allés se promener en bateau à rames, et Edoardo avait plongé pour chasser le poisson.

Comme il tardait à remonter, elle avait commencé à éprouver de l'inquiétude et s'était mise à scruter les fonds cristallins de l'eau afin d'essayer de distinguer sa silhouette. Tout à coup, dans son dos, la barque s'était inclinée sous le poids d'Edoardo qui était en train de se hisser à bord.

Il brandissait fièrement son harpon au bout duquel pendait un énorme turbot, mais Orsola avait éprouvé une telle peur de le perdre qu'elle s'était déchaînée contre lui, l'insultant et le bourrant de coups de poing sur le torse. Au point que la barque s'était mise à osciller et qu'ils avaient tous deux fini à l'eau. Une fois qu'ils étaient remontés dans l'embarcation, Edoardo l'avait prise dans ses bras en lui chuchotant amoureusement :

— Tu ne dois jamais avoir peur pour moi. Je suis immortel ! Tu l'ignorais ?

Le souvenir fit sourire Orsola qui ferma les yeux et écouta jusqu'à la fin la magnifique symphonie qu'elle aimait tant.

La musique lui avait rendu toute son énergie et l'avait réconfortée. Elle ouvrit grand les fenêtres, enfila un tailleur en coton qui était dans sa penderie depuis quelques années et sortit de l'immeuble.

Elle prit le métro pour aller jusqu'à la moderne place San Babila et emprunta le cours Matteotti jusqu'à ce qu'elle se retrouve devant la boutique du bijoutier pour lequel elle avait travaillé pendant un temps dans sa jeunesse.

Elle s'arrêta pour admirer les pièces précieuses exposées dans la vitrine. Le propriétaire avait changé, mais il semblait bien que la qualité des bijoux n'en ait pas pâti. Elle prolongea ensuite sa promenade jusqu'au petit bistrot de l'angle de la rue Verri, où elle avait l'habitude d'aller manger sur le pouce pendant sa pause déjeuner.

Au fil du temps, cette visite quotidienne lui avait permis de faire la connaissance de Tonino, le jeune serveur napolitain qui, quand Orsola terminait son repas frugal par un café, lui offrait toujours un chocolat noir amer en lui disant :

— Quand je trouverai une fiancée, je viendrai voir ton patron pour lui acheter la bague, et tu lui diras un mot pour qu'il me fasse un bon prix !

L'endroit était toujours bondé. Un jour, Tonino lui avait demandé s'il pouvait installer à sa table un client de passage. C'est ainsi qu'elle avait fait la connaissance d'Edoardo.

À l'époque, elle n'avait même pas vingt ans. On était au mois de décembre. Milan traversait une période de prospérité presque indécente, et les gens dépensaient à tout va. Orsola, qui avait passé son baccalauréat deux ans plus tôt, espérait réussir le concours pour devenir institutrice. En attendant, elle travaillait chez le bijoutier du cours Matteotti.

4

L'échoppe de Libero Luraghi était située dans la cour de l'immeuble de la rue Melzo et portait l'inscription : L'ARTISAN DE LA CHAUSSURE. Comme son père avant lui, Libero était un anarchiste qui lisait beaucoup et participait à des réunions du mouvement, sans parler de l'aide qu'il apportait, chaque fois qu'il le pouvait, à ses compagnons en difficulté. Cela faisait longtemps qu'il ne rêvait plus de changer le monde, mais il continuait à affirmer avec fierté que le monde corrompu dans lequel il vivait n'avait pas réussi à le changer, lui.

« Pauvre mais honnête », voilà comment il se qualifiait tout en découpant des semelles et en réparant des talons de ses grandes mains noueuses noircies par la poix. Il fabriquait rarement des chaussures neuves, pour se livrer plus souvent à des ressemelages ou réparer des paires de chaussures usées qu'il qualifiait de « machins industriels » destinés à ne durer qu'une ou deux saisons. Il soutenait que la véritable élégance d'un individu se voyait toujours à ses chaussures et que les plus beaux spécimens étaient les souliers « faits à la main » qui « duraient toute la vie ».

— Nous vivons dans la civilisation du jetable, se lamentait-il.

Pour se changer de sa mauvaise humeur, il lisait et relisait les textes de l'histoire de l'anarchie, de Bakounine à Malatesta, et parcourait inlassablement les chapitres glorieux du « mouvement de pauvres diables » tel que le définissait sa femme Diletta.

À dire vrai, Libero n'avait jamais officiellement épousé Diletta Conforti, même s'il la considérait comme son épouse à tous les points de vue : tous deux composaient avec leur fille la famille qu'il aimait profondément. Le seul moment où son union avec Diletta avait été mise en danger fut celui où ils durent choisir le prénom de la petite qui venait de naître.

— Elle s'appellera Ribelle, comme la fille du professeur Molinari, avait-il annoncé en évoquant son vieux compagnon anarchiste.

— Pas question, avait rétorqué sa femme. Elle s'appellera Anna, comme ma mère.

— Je ne veux pas de nom de saint ni de martyr, avait insisté Libero.

C'est alors que Diletta avait menacé de le quitter et, comme il la connaissait bien, il savait qu'elle en était capable. Il avaient donc décidé de l'appeler Orsola, qui était le diminutif du latin *Ursa*, pour « ourse », et si par hasard une sainte portait ce nom, qu'importe, ce n'était certainement pas un nom issu de la tradition chrétienne, avait admis Libero.

Orsola était donc devenue la prunelle de ses yeux. De ses mains gigantesques qui contrastaient avec sa frêle corpulence, il avait cousu pour sa petite fille ses premières chaussures en fin cuir de chevreau bleu.

Lorsque sa fille lui avait demandé une paire de sandalettes blanches pour assortir à sa tenue de première communion, il s'était mis à pleurer en disant que ses deux femmes l'avaient trompé : allant à l'encontre de tous ses principes anarchistes, elles fréquentaient la paroisse.

Après une dispute mémorable avec sa compagne, il avait baissé le rideau de son échoppe, suspendu un écriteau qui disait FERMÉ POUR CAUSE DE DEUIL et était parti en laissant sa femme et sa fille seules. Il était allé jusqu'à Venise, chez son meilleur ami anarchiste, professeur de philosophie à l'université Ca' Foscari, sur lequel il avait déversé toute sa peine et sa déception.

— Je n'ai ni été baptisé ni confirmé, je ne me suis pas marié, mais cela ne m'a pas empêché de me montrer loyal envers ma compagne. Là, je découvre qu'elle s'est laissé embobiner par le curé et qu'elle veut faire baptiser notre fille et la faire communier. Où s'est interrompue ma liberté de pensée ? lui avait-il demandé.

— Ta liberté s'achève là où commence celle de Diletta qui, tout en étant catholique, partage nombre de tes idées sur beaucoup de sujets. C'est pour cela, par exemple, qu'elle ne t'a jamais obligé à l'épouser. Mais vous avez une enfant qui doit aller à l'école, étudier et travailler dans un pays catholique. Tu veux qu'elle soit mise à l'écart par tout le monde parce qu'elle n'est ni baptisée ni confirmée ? Résigne-toi, Libero : notre foi anarchique est et demeure une utopie.

Son ami lui avait également avoué qu'il avait épousé une noble vénitienne très proche des cercles du patriarche de la cité des Doges et qu'avec sa femme, il ne manquait aucune des cérémonies religieuses officielles à la basilique Saint-Marc.

Libero Luraghi avait séjourné chez son ami qui habitait avec sa femme à l'étage noble d'un palais donnant sur le Grand Canal. Il avait dîné à leur table dressée de lin amidonné et de vaisselle en argent, servi par des domestiques en livrée.

Au bout de trois jours, il était retourné chez lui, avait rouvert la boutique et improvisé un lit de fortune derrière les étagères où il rangeait les cuirs. Le jour suivant, Orsola était venue le voir et lui avait déclaré :

— Papa, tu me manques tellement.

C'était une fillette gracieuse comme une miniature et claire comme l'eau d'une source.

— Si tu reviens à la maison, je renonce à faire ma première communion.

En la prenant dans ses bras, Libero avait soudain compris à quel point sa fille était plus importante que son idéal politique et que, personne, pas même son compagnon vénitien, n'avait plus le cœur à lutter pour un monde différent.

— Comment se porte ta mère ? avait-il demandé.

— Elle ne fait que pleurer, mais, tu la connais, plutôt que de céder… Toutefois, elle m'a dit qu'elle préférait que je n'aille plus à l'église, parce que, a-t-elle dit « cela fait trop de mal à ton père ».

— C'est moi qui me suis trompé, avait répondu Libero en la serrant contre lui. Tu dois être libre de faire ce que tu veux. Et, maintenant, dépêchons-nous d'aller voir maman. Tu sais, vous m'avez manqué, toutes les deux, vous aussi.

Il s'était écoulé tant d'années depuis ce jour ! Orsola était ensuite devenue une belle jeune fille qui tournait ses yeux pleins d'espoir vers l'avenir, avec dans la tête des rêves de réussite et d'accomplissement.

Ce matin-là, Libero était allé jusqu'à la boutique et, comme d'habitude, il avait mis en marche le petit radiateur électrique pour repousser le froid gourd de décembre. Artisan consciencieux qu'il était, il tenait à terminer toutes ses commandes avant Noël, d'autant qu'il avait prévu d'aller à Marseille avec Diletta, après les fêtes, afin de participer à un congrès anarchiste sur le cheminot Giuseppe Pinelli et sur l'attentat de la piazza Fontana au cours duquel une bombe avait éclaté dans les locaux de la Banque nationale de l'Agriculture.

Il ne pouvait s'empêcher de cultiver ses idéaux, et Diletta le soutenait, sans doute plus par amour que par conviction ; en outre, elle n'était jamais allée en France, et l'idée de passer quelques jours à Marseille lui plaisait. Orsola, quant à elle, était contente de rester seule à la maison pour une fois, d'autant plus qu'elle voulait se préparer pour un nouveau concours et qu'elle comptait sur la compagnie de Damiana.

Baccalauréat en poche, comme elle, son amie avait cependant renoncé à l'idée de devenir enseignante pour cueillir au vol un emploi modeste dans une étude notariale de la place Saint-Érasme.

Orsola y faisait quelques remplacements en attendant de décrocher un poste d'enseignante titulaire dans une institution privée.

Pour arrondir ses fins de mois, elle occupait également des emplois alimentaires et, depuis un mois, confectionnait des emballages cadeaux pour Noël et se chargeait des livraisons à domicile pour la bijouterie Mariani du cours Matteotti.

Comme tous les matins, avant de sortir de l'immeuble, elle passait dans la boutique de son père pour lui apporter une thermos de café sucré. Ce geste d'affection avait toujours été l'apanage de sa mère, mais, depuis deux ou trois ans, Diletta souffrait du cœur, et les quatre étages à remonter ensuite la fatiguaient trop. Dès que Libero vit entrer sa fille dans son échoppe, son visage sévère s'éclaira d'un grand sourire.

— Voilà ton café, papa, annonça Orsola en posant la thermos sur le petit bureau, entre une poignée de minuscules clous, de poinçons et autres outils de cordonnier.

— Merci ! répondit-il sans cesser de sourire.

Il tendit sa joue fraîchement rasée pour recevoir son baiser quotidien.

Orsola avait revêtu un manteau en loden qu'il lui avait offert à l'automne et qu'il avait acheté dans une boutique élégante spécialisée dans le style britannique, et de superbes chaussures en chevreau couleur tabac qu'il avait cousues tout spécialement pour elle. Il aimait la gâter, mais Orsola n'était pas pour autant orgueilleuse, et elle remettait toujours soigneusement ses quelques gains à sa mère.

— Bonne journée, papa.

— À toi aussi, et prends garde aux loups-garous !

C'était sa petite phrase rituelle du matin. Il était jaloux comme un tigre de tous ceux qui approchaient sa fille et il craignait par-dessus tout les individus mal intentionnés qui risquaient de lui faire de la peine ou du mal.

— Promis, papa, répondit-elle en lui rendant son sourire avant de sortir.

Elle prit le métro pour sortir à la station de la place San Babila et se mêla à la foule qui allait travailler. Peu après, elle rejoignait l'immeuble où se trouvait la boutique des Mariani, franchissait le porche en saluant le portier, traversait la cour et sonnait à la porte blindée qui se trouvait à l'arrière pour donner accès à la bijouterie.

Depuis peu, le propriétaire avait relevé le rideau, et les premières tâches d'Orsola consistaient à faire la poussière dans la vitrine, sur les deux tables, passer un chiffon sur les fauteuils, changer l'eau des vases, vaporiser une essence au léger parfum de muguet et ranger, sur une table à demi dissimulée dans un renfoncement du mur, les rubans et les décorations destinés aux emballages cadeaux. Elle ne savait pas encore que ce 15 décembre allait être le jour le plus important de sa vie.

5

Comuzzi était un chemisier de la rue Verri, dont la clientèle était des plus sélectives. Il confiait souvent à Diletta des chemises qu'il avait taillées pour qu'elle les assemble et se charge des finitions, notamment lorsqu'il fallait broder les monogrammes. Lorsqu'elles étaient prêtes, elle les repassait impeccablement, et Orsola avait alors la mission de les livrer à la boutique. En observant l'habileté de sa mère à l'aiguille, Orsola avait appris à confectionner, avec des chutes de tissu, des nœuds et des ornements de couleurs vives pour décorer les œufs de Pâques, les brioches et les boîtes de chocolats d'une épicerie qui se trouvait juste à côté de la boutique du chemisier Comuzzi.

Comuzzi et l'épicier avaient alors recommandé Orsola aux bijoutiers Mariani qui cherchaient une personne de confiance pour la confection et la livraison de colis précieux à domicile.

Ce matin de décembre, madame Mariana avait glissé deux lourds paquets emballés par Orsola dans un grand sac en toile qui paraissait des plus communs. Orsola devait ainsi livrer un service à café en argent massif et un coffret à cigarettes de table en or.

La jeune fille sortit par l'arrière-boutique et rejoignit le portail, où l'attendait un taxi. Dans le chaos de la circulation des jours précédant Noël, il lui fallut un temps infini pour effectuer les deux livraisons, et elle ne revint à la bijouterie qu'à midi passé.

— Dépêche-toi d'aller manger un morceau, parce que tu dois faire d'autres livraisons après et qu'il y a aussi des paquets à emballer, lui annonça monsieur Mariani.

Elle se hâta donc vers le bistrot le plus proche, à l'angle de la rue Verri, où Tonino, le sympathique serveur napolitain, lui suggéra de prendre le plat du jour, un succulent gratin de macaronis qui sortait tout juste du four.

Orsola s'installa à sa table habituelle en échangeant au passage des saluts avec les autres convives qu'elle croisait tous les jours. Quelques minutes plus tard, Tonio s'approcha d'elle avec une assiette qui dégageait un arôme appétissant et la demi-bouteille d'eau gazeuse que la jeune fille avait l'habitude de commander. Derrière lui se tenait un beau jeune homme à l'air un peu gauche, aux traits marqués, à la peau émaillée de petites taches de rousseur et aux cheveux châtains tirant sur le roux. Il était vêtu d'un complet bleu à la coupe impeccable.

— Cela ne t'ennuie pas si j'installe ce monsieur à ta table ? Nous n'avons plus une seule place, demanda Tonino.

Elle hocha simplement la tête tandis que l'inconnu la remerciait en souriant et tirait la chaise pour s'asseoir en face d'elle.

— Que prendrez-vous ? demanda le serveur.

— La même chose que mademoiselle, répondit le jeune homme.

Il se releva pour retirer son manteau et l'accrocher au dossier de la chaise.

— Je m'appelle Edoardo, se présenta-t-il en tendant la main.

— Et moi, Orsola, dit la jeune femme en la serrant.

— Bonjour, Orsola, bon appétit, répliqua-t-il joyeusement en s'asseyant.

— Ce n'est pas ce qui me manque ! plaisanta-t-elle.

— Ai-je fait le bon choix ? demanda Edoardo.

— Le meilleur, répondit-elle.

Elle se dit que ce beau garçon avait un accent très proche de celui de Tonino : il devait donc lui aussi venir de Naples. Lorsqu'Edoardo fut servi, il se précipita sur son assiette de gratin qu'il termina en quatre coups de cuiller. Il jeta ensuite un regard à sa montre et déclara :

— J'ai un rendez-vous dans la rue Cerva dans un quart d'heure, mais je ne connais pas Milan suffisamment pour savoir combien de temps il me faut pour m'y rendre. Pensez-vous que je risque d'être en retard ? demanda-t-il.

— Si vous partez tout de suite, vous arriverez avec quelques minutes d'avance. Vous connaissez le chemin ? lui demanda Orsola en se levant de table.

Ils se dirigèrent vers la caisse pour payer leur repas.

— Plus ou moins, répondit Edoardo. Je vais jusqu'à la place San Babila et je prends la rue Borgogna, n'est-ce pas ?

Il ouvrit son portefeuille et ajouta :

— Vous croyez qu'ils vont accepter la carte de crédit ? Je n'ai pas de liquide sur moi.

— Si vous n'avez pas de monnaie, je peux vous offrir de payer. Ce n'est pas une grosse somme et vous devez vous dépêcher si vous voulez arriver à l'heure.

— Merci infiniment, mais je tiens à vous rendre la pareille ! Vous connaissez le St. Andrews Restaurant ?

Orsola hocha la tête. Elle le connaissait, mais elle n'y avait jamais mis les pieds parce qu'il s'agissait d'un établissement très élégant et plutôt coûteux.

— J'y suis allé il y a deux ou trois mois, invité par un client. Je vous y attendrai à huit heures. Et je n'accepterai aucun refus ! affirma Edoardo en enfilant son manteau.

Orsola toussota, rougit et balbutia :

— Je ne suis pas sûre de pouvoir venir.

— Quoi qu'il en soit, j'y serai et je vous y attendrai, rétorqua-t-il en s'éloignant d'un pas vif alors qu'elle était encore en train de faire la queue devant la caisse.

En proie à une allégresse vertigineuse, elle retourna ensuite à la boutique. Elle n'arrivait pas à croire que ce beau garçon à l'allure de gentleman l'ait invitée dans le restaurant le plus sélect de la ville. Tout en le regardant s'éloigner, elle avait observé ses chaussures : modèle d'hiver, double semelle, du cousu main, laçage parfait. Il aurait réussi l'examen de son père haut la main. Quel métier pouvait-il exercer ? Elle avait également remarqué sa montre, une Patek Philippe, ronde, plate, au bracelet en cuir. Sans parler de la qualité de sa veste et de son manteau qui trahissaient le sur-mesure d'un tailleur de talent. De même que son eau de toilette, une essence discrète mêlée d'orange et de bois de santal. Délicieuse. Elle se dit qu'il était trop jeune pour occuper un poste de direction. Peut-être était-il médecin ? Ou avocat ? Mais oui ! Tous les Napolitains étaient avocats, dont certains, très renommés. Par ailleurs, il ne connaissait pas Milan, ce qui signifiait qu'il n'était que de passage. Il avait probablement passé la matinée au tribunal et il se rendait ensuite à un rendez-vous avec un client.

— Droit civil ou droit pénal ? murmura Orsola en entrant dans la bijouterie du cours Matteotti.

— Tu parles toute seule maintenant ? lui demanda madame Mariani, qui était en train de polir au chiffon des bracelets sur un plateau après qu'un client en eut choisi un qu'il souhaitait offrir à son épouse et, un second, plus important, qu'il destinait à sa secrétaire.

— Moi ? Non, je ne crois pas ! bafouilla Orsola en pleine confusion.

Elle se dirigea vers l'arrière-boutique pour poser son manteau et son sac tandis que madame Mariani soupirait.

— Ah ! jeunesse insouciante ! Vingt ans et la tête pleine de rêves !

Elle pensait qu'elle aurait aimé revenir en arrière en se disant que, à présent qu'elle avait passé la cinquantaine, les meilleures années de sa vie étaient derrière elle.

Peu après, Orsola la rejoignit en lui annonçant :

— Je viens d'être invitée à dîner pour huit heures, ce soir. Je voudrais pouvoir rentrer chez moi me changer entre deux. Pensez-vous que je pourrais terminer un peu plus tôt ?

— Bien sûr que oui ! C'est même un ordre ! Tu vas aller faire tes livraisons tout de suite et tu demanderas ensuite au chauffeur du taxi de te ramener directement chez toi. Je te dis à demain, déclara la propriétaire de la bijouterie dans un grand sourire.

6

Avant de rentrer, Orsola passa chez le coiffeur pour mettre en valeur la souplesse et le brillant de ses épais cheveux bruns. À la maison, elle examina les quelques vêtements dont elle disposait pour rapidement se rendre compte qu'elle ne possédait rien qui allait pouvoir convenir à un dîner élégant.

— Mets ta jupe noire plissée soleil et ton pull à col roulé. Tu seras parfaite, suggéra sa mère.

— On dirait que je vais à des funérailles, rétorqua Orsola en se regardant dans le miroir après avoir enfilé les vêtements conseillés.

— Quoique… si tu me prêtes ton collier de perles…, ajouta-t-elle.

— Pas question d'aller dîner dans le restaurant le plus élégant de Milan avec de fausses perles. Mieux vaut ne rien mettre, décréta Diletta.

— Et les chaussures ? Ne penses-tu pas que je devrais avoir un peu de talons ? Je n'ai que des ballerines et j'aimerais paraître un peu plus grande, continua la jeune fille.

— Mais tu es petite et c'est très bien comme ça. Tu commences à m'inquiéter, parce que je ne t'ai jamais vue si excitée à l'idée d'un rendez-vous avec quelqu'un dont tu ne connais que le prénom. N'oublie pas Renato ! C'est un brave garçon. Il a une position solide. Depuis des mois qu'il t'invite à sortir, je ne comprends pas que tu trouves une excuse chaque fois ! En revanche, voilà que se présente ce garçon dont tu ne sais absolument rien, mais qui brille de mille feux et, hop ! Pas d'hésitation : tu dis oui tout de suite ! Si ton père était au courant !

Renato était le propriétaire de la tannerie qui se trouvait dans la cour de l'immeuble, juste à côté de l'échoppe de Libero. Il avait une trentaine d'années et avait repris l'affaire de son père, mais il vivait encore sous la sévère houlette de sa mère.

— Maman, tu sais bien que Renato sent la naphtaline à plein nez !

— Et Bruno ? Tu es restée deux ans avec lui et vous avez même eu des rapports, malheureuse ! Pourquoi l'as-tu quitté ?

— J'étais bien obligée : il voulait m'épouser !

— Non, mais quelle impertinence !

— Maman chérie, ne nous disputons pas. Je ne sais pas qui est cet Edoardo, mais il m'a tout de suite plu.

— Je vais te le dire, moi, qui c'est. C'est un gros paysan du Sud avec les poches pleines qui a envie de passer une bonne soirée avec une petite Milanaise pas trop farouche. Une fois que monsieur aura eu ce qu'il veut, il disparaîtra sans plus donner de nouvelles ! s'exclama Diletta qui aurait aimé que sa fille soit moins rêveuse et plus raisonnable.

— Maman, là, tu es méchante. J'ai simplement accepté une invitation à dîner et je ne suis pas née de la dernière pluie. Je te promets de me conduire comme une jeune fille convenable et je serai rentrée à onze heures. Promis.

— Si tu penses arriver plus tard, appelle-moi. Je dois encore en parler avec ton père, précisa Diletta en glissant un peu d'argent dans le sac de sa fille.

— Pour quoi faire ? demanda Orsola.

— On ne sait jamais. Je ne veux pas qu'il te raccompagne en voiture. Appelle un taxi avant de quitter le restaurant, ordonna encore sa mère sur un ton qui n'admettait aucune réplique.

— Mais pourquoi, enfin ?

— Dois-je vraiment te le dire ? S'il te ramène à la maison, il risque de réclamer un baiser et qui sait quoi d'autre ? C'est clair ?

Lorsque sa mère prenait ce ton, Orsola savait qu'elle n'avait qu'à obéir. Elle emprunta le métro pour aller jusqu'au centre-ville et sortit à l'angle de la rue Bagutta, qu'elle parcourut presque en courant. Ce n'était pas tant qu'elle fût en retard, mais elle avait enfilé des collants très fins, et ses ballerines ne la protégeaient guère du froid.

Edoardo était installé au comptoir du bar, en train de prendre l'apéritif. Il s'était changé pour une veste sombre et paraissait fatigué, mais son visage s'éclaira dès qu'il aperçut Orsola.

— Bonsoir, dit-il. Je craignais de ne pas vous voir.

— Eh bien, me voici ! dit Orsola en souriant.

Un serveur les escorta jusqu'à leur table et tira la chaise pour que la jeune fille puisse s'asseoir.

Elle avait imaginé un lieu tout en miroirs, moulures et dorures, chandeliers à pampilles, alors que la salle était plutôt austère, et la lumière, tamisée.

En outre, les clients, peu nombreux à cette heure, murmuraient davantage qu'ils ne parlaient.

Quand le serveur leur apporta la carte, Orsola choisit les plats les plus simples : galettes de risotto en entrée et, ensuite, des œufs au beurre, sans truffe.

— Vous ne voulez même pas une pincée de truffe râpée ? insista le serveur.

— Non, merci, répondit-elle.

Elle n'ignorait pas que la truffe était un mets extrêmement onéreux et préférait l'éviter.

— Vous mangez toujours de manière aussi frugale ? lui demanda Edoardo lorsque le serveur se fut éloigné.

— Je pense que nous appartenons à des mondes très différents et je ne souhaite pas vous paraître différente de ce que je suis, répondit-elle d'un ton placide.

— Mais, ce soir, vous êtes mon invitée et vous pourriez laisser la frugalité de côté. Je pense que vous êtes une jeune femme très imbue d'elle-même.

— C'est peut-être le cas, mais je n'ai pas envie de parler de moi. D'ailleurs, il n'y a pas grand-chose à en dire. En attendant d'être titularisée comme enseignante, je multiplie les petits emplois. En ce moment, je me charge des emballages cadeaux pour Noël dans une bijouterie du cours Matteotti et, comme vous le savez déjà, je mange un morceau dans le bistrot où vous êtes venu. Maintenant, c'est à votre tour.

Tandis qu'Edoardo parlait, Orsola l'observait avec attention. Il avait les cheveux châtains tirant sur le roux, les yeux bleus et un regard empreint de douceur, presque mélancolique.

Il lui rappelait Robert Redford, un acteur qu'elle aimait beaucoup, bien que, après avoir vu le film *L'Arnaque*, elle lui préférât Paul Newman.

Par ailleurs, il était évident qu'Edoardo n'avait absolument rien en commun ni avec Renato, le tanneur timide qui la courtisait, ni avec Bruno, le garçon avec lequel elle était sortie pendant deux ans et qui affichait sa virilité en se montrant constamment possessif et dominateur.

Elle avait fini par se lasser de lui. Lorsqu'il lui avait lancé son ultimatum : « Ou tu m'épouses ou je te quitte », elle n'avait pas hésité une seconde pour répondre : « Je te quitte. »

Quant à Edoardo, il avait toutes les qualités d'un gentleman et il lui plaisait beaucoup.

— Vous devez être douce et sensible, même si vous faites tout pour ne pas le paraître. J'aimerais vraiment que nous fassions mieux connaissance, dit-il.

— Je ne crois pas que je vais vous le permettre. Vous venez du Sud, et nous, les Milanais, nous savons à quel point vous êtes des baratineurs là-bas. D'ailleurs, vous ne m'avez rien dit de vous encore, répliqua Orsola d'un ton déterminé.

— Moi ? Je suis corailleur.

Orsola ne comprit pas tout de suite ce que le mot signifiait. Comme il lui était inconnu, elle demanda :

— Que voulez-vous dire ?

— Mon métier consiste à m'occuper de tout ce qui concerne le corail.

— Comme celui des bijoux ?

— Exactement.

— Je croyais que vous étiez avocat !

— D'une certaine manière, parce que j'ai fait mon droit. Mais je n'ai jamais pratiqué. Je suis né et je vis à Torre del Greco, la capitale mondiale du corail.

— Que faites-vous donc à Milan ?

— Je suis venu rendre visite à des clients.

Lorsqu'elle était enfant et qu'elle passait des heures dans

l'échoppe de son père, Orsola voyait parfois arriver les représentants des fournisseurs de cuir. Vêtus de complet-veston et cravate, ils avaient l'air de messieurs, mais ce n'étaient que des vendeurs qui gagnaient de petites commissions sur chaque affaire qu'ils réussissaient à conclure.

Orsola en conclut qu'Edoardo devait être une sorte de représentant en corail et elle commença à remettre en doute les idées positives qu'elle s'était faites sur lui. Son père assurait, en effet, que les représentants étaient tous des fanfarons et des plaisantins. Le beau jeune homme, qui affirmait être diplômé en droit, avait sans doute décidé de l'épater en l'invitant dans ce restaurant sélect. Il devait se dire qu'il lui serait plus facile de satisfaire ensuite son caprice…

Une fois qu'il aurait atteint son objectif, il s'envolerait aussi vite qu'un rouge-gorge qui, après avoir picoré les miettes dans votre main, disparaît à la vitesse de l'éclair.

Ils étaient en train de savourer leur café accompagné de mignardises de zestes d'orange caramélisés dans le restaurant désormais complet.

Après avoir jeté un coup d'œil à sa montre, Orsola déclara :

— Il est tard et je dois rentrer. Je vous remercie pour le dîner.

— C'était le minimum que je peux faire. Je vous raccompagne, proposa Edoardo en faisant signe au serveur pour demander la note.

— Je vous remercie, mais je préfère rentrer seule. J'ai fait appeler un taxi tout à l'heure en me rendant aux toilettes, et je pense qu'il est déjà là, dehors, à m'attendre.

— Vous avez un orgueil presque pathologique, commenta-t-il en souriant.

Il glissa la main dans la poche intérieure de sa veste pour en tirer son portefeuille et éclata soudain de rire.

— J'ai oublié mon portefeuille dans l'autre veste ! Je n'ai pas un sou. Ce doit être vous qui avez une influence négative sur mon image de parfait gentleman !

Orsola lui jeta un regard furieux, mais elle ne proféra aucun son. Elle s'empara de la facture que le serveur venait de poser sur la table, en lut le montant et paya tout en bénissant intérieurement sa mère qui lui avait glissé l'argent nécessaire dans son sac.

Edoardo, qui lui avait pris le poignet, lança d'une voix aigre :

— On dirait que vous aimez faire exprès de m'humilier. Cependant, il est hors de question que je vous laisse payer ce soir encore.

Elle se libéra de sa prise et se leva d'un bond.

Edoardo l'imita en ordonnant :

— Asseyez-vous. Attendez que j'appelle mon hôtel pour qu'on me fasse apporter de quoi payer l'addition.

En le fixant droit dans les yeux, Orsola lui murmura d'un ton glacial :

— Ne vous avisez plus jamais de poser la main sur moi, pas même un seul doigt.

En l'espace de quelques secondes, elle récupérait son manteau au vestiaire, sortait du restaurant et grimpait dans le taxi qui l'attendait effectivement.

7

— Dans quel pétrin t'es-tu mise ? s'inquiéta Diletta dès qu'elle vit rentrer sa fille comme une furie.

Elle n'était pas très fière d'elle, car elle avait menti à Libero en affirmant qu'Orsola était sortie avec une amie. Pour toute réponse, la jeune fille siffla :

— Laisse-moi tranquille ! Je n'ai aucune envie de parler !

— Baisse un peu le ton si tu ne veux pas réveiller ton père. J'avais un mauvais pressentiment. Que t'a donc fait ce garçon ? souffla sa mère.

Orsola retira son manteau et ses ballerines pour enfiler des chaussons bien chauds. Ensuite, elle alla dans la cuisine et se laissa tomber sur une chaise, posa ses coudes sur la table et mit sa tête entre ses mains. Bien décidée à lui faire raconter tout en détail, Diletta s'assit en face d'elle, mais sa fille continuait de se taire. Alors, elle finit par lui demander :

— Comment as-tu pu te fier à quelqu'un dont tu ne sais rien ? Dis-moi la vérité, ma fille. T'a-t-il fait du mal ?

— Ce n'est pas ce à quoi tu penses, mais, d'une certaine manière, c'est pire : il a démoli l'image que je m'étais faite de lui, et il m'a donné l'impression d'être une idiote. Après s'être fait offrir le déjeuner, il voulait aussi se faire offrir le dîner. Il m'a invitée dans le restaurant le plus chic de Milan sans un sou en poche. Voilà ce qu'il a fait. À présent, tu sais tout, éclata la jeune fille.

Diletta était devenue pâle, le visage ridé par l'inquiétude, et son cœur malade battait irrégulièrement. Orsola se sentit coupable de lui donner tant de soucis.

— C'est toi qui avais raison, ma mamounette, dit-elle en lui caressant le visage. Je n'aurais pas dû accepter l'invitation d'un inconnu. Mais je t'assure que, si tu le voyais, tu flancherais, toi aussi. Il est beau et élégant comme un mannequin de Paris, comme dirait papa, avec des manières de gentleman, alors que ce n'est qu'un crève-la-faim. Il n'a même pas voulu m'expliquer son métier. Il a dit qu'il était corailleur !

— Corailleur ? Qu'est-ce que c'est ? Une sorte de colporteur ? Quand j'étais petite, juste après la guerre, il y avait toutes sortes de marchands ambulants à Milan. Ils vendaient du tissu de mauvaise qualité à des prix qui semblaient intéressants. Et je ne te dis pas quel bagout ils avaient ! Ils s'habillaient comme des princes, mais ce n'étaient que de pauvres hères ! Ma pauvre chérie… Quelle leçon ! Au moins, tu as appris que tout ce qui brille n'est pas d'or ! s'exclama Diletta qui commençait à retrouver son calme.

— Maman chérie, je suis vraiment désolée d'avoir dépensé tout cet argent pour rien.

— Ne t'en fais pas. Tu es jeune et tu ne connais pas encore le monde. Ce soir, tu as appris une bonne leçon qui te permettra d'éviter les déceptions à l'avenir. Tu t'en es bien sortie, ma fille, la rassura sa mère.

Orsola se leva pour s'approcher de sa mère et lui donner un baiser.

— S'il te plaît, n'en parle pas à papa, précisa-t-elle.

— Pour quoi faire ? Cela ne ferait que le préoccuper, raisonna sa mère.

— Es-tu sûre qu'il dort ?

— Un instant avant ton retour, je suis allée dans la chambre éteindre la lampe de chevet. Il s'est assoupi en lisant les essais de La Boétie.

— Quelle barbe avec tous ces livres ! Quand ce n'est pas Montaigne, c'est Pascal… Cela ne m'étonne pas qu'il finisse toujours par s'endormir ! commenta Orsola.

— Ces philosophes donnent un sens à la vie qu'il a choisie. Moi aussi, je les trouve ennuyeux, mais, quand il m'explique, ils me plaisent.

Le lendemain matin, avant d'aller travailler, Orsola descendit l'escalier avec sa thermos habituelle de café pour son père et, sous le porche, elle trouva le tanneur en chemise blanche et nœud papillon rouge qui fermait le col de sa chemise. L'homme lui tendit un petit vase en céramique qui contenait une rose de Noël.

— C'est pour toi, annonça-t-il.

— Ah, ben, merci, répondit la jeune fille d'un air expéditif.

— Je voulais t'inviter à dîner un de ces soirs, insista-t-il d'un air suppliant.

Orsola aurait bien aimé que cet amoureux transi et peu attirant lui plaise, mais ce n'était pas le cas. Plus il la comblait d'attentions, plus elle le détestait. À la place de son visage insignifiant, elle voyait les traits fascinants de ce goujat d'Edoardo, ce qui ne fit qu'augmenter sa colère, et elle dut faire un effort pour ne pas envoyer le tanneur au diable.

— Je suis pressée, Renato. Excuse-moi.

— Tu ne m'as pas donné de réponse, insista-t-il.

— Je ne sais pas si je pourrai sortir. Je te le redirai, rétorqua-t-elle avant de tourner les talons.

Elle pénétra dans l'échoppe de son père, qui était assis à son établi à retirer les clous d'un talon à réparer.

— Voilà ton café ! annonça-t-elle.

Elle débarrassa une petite table couverte de marteaux, de tenailles, de poinçons, d'alênes et de chasse-clous, et déposa bien en vue le pot contenant la rose de Noël.

— Une fleur rouge pour mon papa, chantonna-t-elle gaiement.

— Cela fait une demi-heure que ce sansonnet de Renato tourne dans le coin, son hellébore dans la main, observa Libero en dévissant le bouchon de la bouteille thermos.

— Un jour ou l'autre, il se lassera de me faire la cour, répliqua-t-elle.

— Où étais-tu hier soir ?

— Maman ne t'a pas raconté ?

— Ta mère ? Elle ne dirait pas la vérité même sous la torture !

Orsola observa cet homme simple, honnête, qui était son père, armé du feu sacré de son idéal, et elle sentit monter dans sa gorge tout l'amour qu'elle nourrissait pour lui.

— Papa, j'aimerais bien un jour rencontrer un homme qui te ressemble au moins un peu, dit-elle.

Et elle lui planta un baiser sur la joue avant de partir en courant. Libero se moucha sous le coup de l'émotion. Lorsqu'il regardait sa « petite fille », son cœur bondissait de joie dans sa poitrine. Il savait qu'Orsola et Diletta avaient leurs petits secrets, mais il faisait mine de ne rien deviner. Lorsqu'Orsola arriva à la bijouterie, madame Mariani était en train de déguster son cappuccino rituel dans l'arrière-boutique.

— Alors, comment s'est passé ton dîner d'hier au soir ? demanda-t-elle aussitôt.

— Vous voulez vraiment le savoir ?

— Pas du tout, si j'en crois la mine que tu fais. La réponse est claire.

La jeune fille rangea son manteau dans la penderie avant de marmonner :

— Je me demande pourquoi on laisse en liberté certains individus qui feraient mieux de rester derrière les barreaux.

— Crois-moi, ce n'est pas la peine de te tourner les sangs, répliqua madame Mariani. Mettons-nous donc au travail.

La journée s'écoula tranquillement. Le soir, alors que l'heure de la fermeture approchait et que le bijoutier retirait les pièces de la vitrine, que sa femme comptait l'argent et les chèques qu'elle allait mettre en banque et qu'Orsola rangeait les tables, la sonnette de la porte d'entrée retentit.

Lorsque monsieur Mariani regarda l'écran pour vérifier qui était le visiteur, il sourit en reconnaissant le jeune homme.

— Ouvre-lui tout de suite ! lança-t-il à Orsola.

Elle reconnut le ton que son patron adoptait pour les personnalités importantes qui venaient à sa boutique. La jeune fille se précipita pour découvrir Edoardo, le visage éclairé d'un immense sourire et les bras chargés de roses rouges. Furieuse, elle lui claqua la porte au nez. Monsieur Mariani, qui n'avait pas l'air d'apprécier, lui jeta un regard des plus sévères.

— Qu'est-ce qui te prend ?

— Je le connais. C'est un malappris, un pique-assiette, répondit Orsola sans douter d'elle-même.

— En fait, ce jeune homme possède tant d'argent qu'il pourrait acheter la boutique et tout l'immeuble avec, siffla monsieur Mariani en se précipitant vers la porte pour accueillir lui-même son royal client.

8

Monsieur Mariani et Edoardo se saluèrent avec une franche cordialité.

— Je vous en prie, monsieur Sogliano, asseyez-vous. Je vous prie d'excuser ma vendeuse qui, comme il est tard, pensait que vous n'étiez qu'un passant, mentit le bijoutier.

Edoardo pénétra dans la boutique et s'approcha d'Orsola qui lui lançait un regard déconcerté.

— Je suis venu vous voir ! s'écria-t-il. Et, à votre place, j'aurais réagi de la même manière, déclara-t-il en lui tendant un bouquet de roses.

Muets, le bijoutier et son épouse observaient la scène sans vraiment comprendre de quoi il retournait. Orsola sentit son cœur faire un bond dans sa poitrine tandis qu'elle tendait la main pour prendre les fleurs.

— Vous avez une idée de ce que j'ai pu ressentir hier soir ? souffla-t-elle.

— Je sais et je vous demande pardon. Vous ne m'avez même pas laissé le temps de me rattraper ! Je vous aurais bien passé un coup de fil, si seulement j'avais eu votre numéro. Pour me faire pardonner, je voudrais que vous veniez dîner avec moi. Je dois vous parler. Et je vous promets que, cette fois, je n'ai pas oublié mon portefeuille !

Orsola était perplexe et ne savait que faire. Edoardo lui plaisait, mais elle ne savait que penser de lui.

— Je ne sais pas qui vous êtes et je ne comprends pas ce que vous cherchez. Je vous en prie, laissez-moi tranquille.

Elle lui rendit le bouquet de roses, retourna dans l'arrière-boutique, saisit son manteau et sortit en hâte. Elle n'avait qu'une envie, c'était de retourner chez elle pour tout raconter à sa mère. Elle monta prestement les quatre étages de l'immeuble et fit irruption dans le petit appartement où elle tomba sur Damiana qui l'attendait.

— Que fais-tu donc ici ? lui demanda-t-elle.

Elle savait qu'à cette heure, son amie devait assister à un cours du soir d'anglais au British Institute afin de décrocher le diplôme qui allait lui permettre de trouver un emploi mieux payé et plus intéressant que celui qu'elle occupait dans l'étude du notaire.

— Je veux faire partie des gens qui comptent et voyager à travers le monde, avait-elle expliqué à Orsola lors de son inscription du British Institute. Tu comprends ce dont je rêve ? avait-elle ajouté. De voyages, de séminaires, de réunions à haut niveau, et la possibilité de rencontrer un homme extraordinaire qui deviendra mon mari et le père de mes enfants. Tellement d'enfants que je cesserai de travailler et que je deviendrai une femme aisée et très heureuse !

— Tu dois vraiment en passer par là pour être heureuse ? lui avait demandé Orsola, plutôt amusée.

— C'est ça ou rien ! Toi comme moi, nous démarrons dans la vie avec un handicap et nous devons nous bagarrer pour nous en sortir.

— Moi, je voudrais simplement passer le concours et être titularisée. J'ai suivi les cours de fac parce que je veux enseigner et continuer à étudier. Oui, j'aimerais ensuite me marier et avoir un bon mari, et je l'aimerai comme il m'aimera, comme j'aime mon père et ma mère. Peu importe qu'il soit riche ou non, je veux juste qu'il soit intelligent. Je voudrais aussi qu'il soit un compagnon romantique, qu'il compose des poésies pour moi, qu'il me parle de son monde idéal, comme le fait mon père, avait déclaré Orsola d'un air rêveur.

— Réveille-toi, ma fille ! avait lancé Damiana. Un homme de confiance qui t'emmène au bord de la mer en été et dans un chalet à Sestriere en hiver !

Quand Orsola s'était séparée de Bruno, Damiana l'avait réprimandée.

— Tu es folle de le laisser partir. Bruno est beau garçon et il travaille dans l'entreprise familiale. Il t'aurait assuré un excellent niveau de vie.

Toutefois, au cours des années qu'ils avaient passées ensemble, Orsola avait constaté que le futur entrepreneur n'était pas vraiment fait pour elle : il ne lisait jamais ; il s'ennuyait au théâtre ; il n'allait au cinéma que pour voir des films de science-fiction ; et il évitait toute discussion qui risquait de faire vaciller ses convictions, allant jusqu'à soutenir que les femmes n'étaient que le produit raté d'une côte de l'homme. Lorsqu'Orsola lui avait annoncé qu'elle souhaitait le quitter, il lui avait simplement jeté un regard haineux en sifflant :

— Tu n'aurais pas dû me faire ça ! C'était à moi de te quitter. Mais ça vaut mieux pour moi. D'ailleurs, je suis sûr que tu ne trouveras jamais personne qui acceptera de t'épouser !

Sa mère n'avait pas vraiment compris non plus les raisons profondes de la décision de sa fille.

— Bruno t'aurait assuré un avenir stable, avait commenté Diletta.

— Alors, tu t'es mise du côté de papa et, tout ce que vous voulez, c'est que j'aie un avenir stable ? l'avait défiée sa fille.

Orsola savait parfaitement à quel point il avait été difficile pour sa mère de vivre aux côtés de Libero. Toutes ces nuits que son père avait passées au poste de police, parce qu'il était arrêté et interrogé comme anarchiste, parce qu'il était fiché… Elle n'était alors qu'une enfant, mais elle se souvenait parfaitement de ces moments.

Le soir, après l'école, elle rentrait à la maison pour retrouver souvent Damiana qui l'attendait.

— Tu vas venir dîner chez moi parce que ta mère est au commissariat de police, disait sa meilleure amie.

Ce soir-là, les choses furent totalement différentes.

— Où est ma mère ? demanda Orsola à Damiana.

— Ton père l'a emmenée à l'hôpital parce qu'elle ne se sentait pas bien, et ma mère les a accompagnés. Ne t'inquiète pas, ils vont revenir bientôt.

Orsola eut l'impression de geler sur place. En l'espace d'un instant, elle sentit disparaître l'euphorie avec laquelle elle était revenue en hâte à la maison pour raconter à sa mère ses dernières aventures avec le corailleur. Si Diletta était malade, elle se sentait coupable parce que, la veille au soir, elle l'avait inquiétée avec cette histoire absurde du dîner avec un inconnu dans ce restaurant trop chic. Comment avait-elle pu être aussi égoïste au point d'oublier que sa mère devait être traitée avec la plus grande attention ?

— Je veux aller la voir tout de suite, dit-elle d'une voix chargée d'inquiétude.

— Calme-toi. C'est arrivé il n'y a que quelques heures. Par chance, ma mère était là, avec elle, lorsque Diletta s'est évanouie. Elle a pu avertir immédiatement ton père qui a compris aussitôt ce qui se passait et a appelé une ambulance. Libero m'a assuré qu'il nous téléphonerait le plus tôt possible pour donner des nouvelles, expliqua Damiana. Je vais rester avec toi pour attendre son coup de fil.

9

Diletta, qui n'avait pas encore fêté ses cinquante ans, rendit l'âme dans la nuit. Orsola et son père furent anéantis par le chagrin. Une semaine après les obsèques, le matin de Noël, ils étaient toujours déchirés par la douleur.

— Je n'ai même pas eu le temps de l'emmener à Marseille, se lamenta Libero. Elle avait tellement envie d'aller en France !

Il fixait sa tasse de café au lait que sa fille avait posée sur la table.

— Et moi, je n'ai pas réussi à lui montrer la lettre du ministère qui m'a confié un poste dans l'école de la rue Cusani, souligna Orsola en buvant son café.

— Elle aurait été tellement contente, murmura Libero. Sans elle, c'est comme si tout l'air avait disparu et que je ne puisse plus respirer.

— Papa, c'est notre premier Noël sans maman. Que veux-tu faire ? Nous ne pouvons pas rester là, assis devant cette table, à attendre que les heures passent tout en nous lamentant.

— Et que proposes-tu ? demanda Libero.

— Je n'en sais rien, hélas.

— Eh bien, moi, je le sais. Allons à la messe de Noël ! s'exclama-t-il. Bien qu'elle ne me l'ait jamais demandé, je crois que ta mère aurait toujours voulu que nous assistions à la messe avec elle le jour de Noël. Alors, nous allons y aller tous les deux, juste pour elle. Au retour, nous irons manger chez Piola, rue Abruzzi, et, après, tu me feras le plaisir d'accepter l'invitation de ton amie Damiana qui t'attend chez elle. Ma Diletta ne serait pas contente du tout de nous voir réduits à cet état.

— Je suis d'accord avec toi, affirma Orsola.

Elle décida de se secouer.

— Si nous ne voulons pas être en retard, il faut que tu te dépêches de t'habiller. La messe débute à onze heures ! Et tu sais que nous ne le faisons pas seulement pour ta mère, nous le faisons aussi pour moi, précisa-t-il d'un air expéditif.

Après la messe, alors qu'ils sortaient de l'église, le père et la fille échangèrent un regard et un sourire de connivence, comme si cet instant de grâce les avait consolés et réconciliés avec la vie.

— Si les curés se mêlent de nos oignons depuis deux mille ans, c'est bien qu'il doit y avoir une raison, marmonna Libero.

— Papa, tu ne vas pas te transformer en grenouille de bénitier, quand même ? plaisanta Orsola.

— Ça, jamais, même si mon père m'affirmait que, d'une certaine manière, Jésus était un socialiste. Peut-être parce qu'il avait chassé les marchands du Temple et condamné ces hypocrites de pharisiens. Ils étaient exactement comme le sont les cardinaux du Vatican aujourd'hui : je prêche le bien, mais, en pratique, je magouille, je magouille !

— Moi, j'aime imaginer que maman est au paradis et que, de là-haut, elle nous voit et continue à veiller sur nous, soupira la jeune fille.

— Ta mère est dans nos cœurs, dans notre mémoire, dans l'amour que nous éprouvons encore pour elle. Voilà son paradis.

— J'ai l'impression qu'elle est contente de nous savoir si proches, de savoir que nous parlons encore d'elle, que nous ne l'oublierons jamais. C'est peut-être toi qui as raison, papa : le paradis est dans notre cœur. La vie éternelle, c'est le souvenir qui est en nous, et maman vivra tant que nous serons là pour nous en souvenir, dit Orsola.

Chez Piola, il y avait d'autres familles qui étaient venues fêter le jour de Noël. Selon la tradition, le repas se composait de raviolis en sauce à la volaille, de poule farcie et de légumes frais, et de panettone accompagné par la douceur du muscat d'Asti. Chaque table était occupée par une famille qui comptait aussi bien les enfants, les parents, les grands-parents que les oncles et tantes. Au cours du déjeuner, Orsola et son père ne se sentaient pas seuls, comme si Diletta était avec eux.

De temps en temps, une larme tombait de leurs yeux, mais il suffisait qu'ils échangent un regard pour qu'ils retrouvent le sourire. Lentement, dans la chaleur et la douceur, la douleur s'effaçait peu à peu. Ils rentrèrent à la maison côte à côte dans le froid après-midi de décembre, traversant les rues désormais désertes après la foule qui avait précédé le jour de Noël. Lorsqu'ils eurent franchi le porche de leur immeuble, Libero traversa la cour pour retirer du rideau de fer de son échoppe l'écriteau qui disait FERMÉ POUR CAUSE DE DEUIL. Il reprendrait le travail après le 26 décembre. Ils furent accueillis par la chaleur du petit appartement où, depuis la mort de Diletta, régnait le désordre le plus complet : des assiettes sales empilées dans l'évier de la cuisine, des vêtements jetés çà et là sur les chaises de la chambre à coucher, de la poussière sur les meubles…

— On voit bien que ta maman n'est plus là, observa Libero d'un ton triste.

— Peut-être, admit Orsola, mais je vais me mettre au travail tout de suite.

— Non, tu vas aller rejoindre ton amie Damiana qui doit déjà t'attendre. Le ménage, c'est moi qui m'en charge.

Damiana et ses parents étaient venus leur rendre visite la veille au soir pour les inviter à déjeuner, mais ils avaient décliné.

— Venez au moins demain pour le café, après le déjeuner, avait insisté madame Banfi.

Orsola dit à son père :

— Viens aussi, au moins pour dire bonjour aux parents de Damiana.

Elle craignait qu'une fois seul, son père ne sombre dans le chagrin.

— Plus tard, répondit-il. Je vais appeler mon copain Cesare. Ces derniers jours, je n'ai pas répondu à ses coups de fil, mais, aujourd'hui, je me sens prêt à réagir. Et je passerai chez lui. À propos, il faudra ouvrir tout ce tas de courrier sur le buffet.

Orsola feuilleta les lettres et découvrit que l'une d'entre elles provenait de Torre del Greco. L'expéditeur était Edoardo Sogliano.

IO

Chère Orsola,
J'ai obtenu votre adresse par les Mariani, auxquels j'ai téléphoné dès mon retour à Torre del Greco, le lendemain du jour où nous nous sommes croisés dans la bijouterie. Ils m'ont parlé du deuil qui vous frappe. J'imagine que vous traversez des jours terribles, vous et votre père, et je vous assure que je compatis pleinement à votre douleur.
Je serai de retour à Milan en février et j'aimerais vous revoir, ne serait-ce que pour me faire pardonner mon comportement absurde. J'espère que vous m'offrirez l'occasion de me racheter, parce que vous me plaisez énormément et que je suis convaincu que nous sommes destinés à nous rencontrer.

Très chaleureusement,
Edoardo

Orsola lut la lettre à deux reprises. Elle replia ensuite le feuillet avec soin, le glissa dans la poche de sa jupe, dit au revoir à son père et alla jusqu'à la maison des Banfi, où elle fut aussitôt enveloppée d'affection.

Le père de Damiana posa sur la table la boîte de jeu du marchand de foire, son épouse servit le chocolat chaud, et ils jouèrent aux cartes pendant deux ou trois heures. Lorsque d'autres parents proches vinrent leur rendre visite, Orsola proposa à son amie d'aller dans son appartement.

— Nous y serons tranquilles, parce que papa est allé voir un copain, expliqua-t-elle.

Comme promis, Libero avait mis de l'ordre, certes de manière sommaire, en suivant des critères plutôt masculins qui différaient largement de la notion d'ordre et de propreté qu'avait sa fille. Toutefois, pour le moment, c'était parfait.

— Elle est vraiment triste, cette maison, sans maman, soupira Orsola.

— C'est vrai, même pour moi. Je me souviens quand nous étions petites et que je venais goûter chez toi. Ta mère était souvent en train de travailler à sa machine à coudre en écoutant la radio, mais elle trouvait toujours le temps de nous préparer quelque chose de bon. Il y avait ici une atmosphère si sereine ! J'adorais rester chez vous. Ta mère nous racontait les dernières nouvelles du quartier. Elle ne sortait jamais, mais elle était toujours au courant de tout, rappela Damiana.

— Elle me manque tellement ! murmura Orsola.

Elles s'installèrent à la table de la cuisine.

— Tu n'as pas envie d'aller au cinéma ? proposa Damiana.

— Cela ne t'ennuie pas si nous y allons plutôt demain ? Je voudrais être à la maison au retour de papa. J'ai peur qu'il ne se sente seul si je ne suis pas là, avoua Orsola, l'air préoccupé.

— Dans moins de deux semaines, dit Damiana pour tenter de remonter le moral à son amie, tu vas commencer à enseigner. C'est enfin ton rêve qui se réalise. Et puis, le printemps sera bientôt là, il fera moins froid, nous achèterons des bouquets de primevères pour décorer la vitrine, et nous rencontrerons peut-être l'homme de notre vie !

— Avant la mort de maman, j'ai fait la connaissance d'un garçon, confia Orsola.

— C'est vrai ? Pourquoi ne m'as-tu rien dit ? Il est comment ?

— Beau comme le soleil et plutôt mystérieux.

— Tu me fais languir ! Allez, raconte-moi tout !

Orsola raconta toute l'histoire à son amie, depuis la rencontre dans le bistrot, l'invitation à dîner et jusqu'au moment où Edoardo s'était présenté à la bijouterie avec un énorme bouquet de roses rouges.

— Voici la lettre qu'il m'a écrite et que je n'ai lue qu'aujourd'hui en rentrant du restaurant, conclut-elle en tirant l'enveloppe de sa poche.

Damiana lut la missive sans s'arrêter avant de la lui rendre.

— Je dois admettre que Bruno n'aurait jamais réussi à écrire une lettre comme ça ! commenta Damiana d'un air enjoué.

— Celui-là ! Il n'écrivait pas du tout. Il se servait d'un stylo comme s'il s'était agi d'une pelle. Je me sens tellement bête d'être tombée dans ses bras !

— Tu l'as quitté au bon moment, même si, à l'époque, je n'étais pas tout à fait d'accord avec ta décision.

— Maman disait toujours que les enfants, les alcooliques et les jeunes filles innocentes avaient leur ange gardien.

— Que vas-tu répondre à cet Edoardo ? demanda Damiana.

— Je n'en sais rien. Tout ce que je sais, c'est que je vais lui répondre, mais je veux d'abord être sûre de ce que je veux. L'expérience avec Bruno m'a au moins servi de leçon en matière de prudence.

— L'amour n'a rien à voir avec la prudence, rétorqua Damiana qui était tout excitée de l'histoire de son amie.

— Je dois aller voir les Mariani pour récupérer l'argent qu'ils me doivent et j'imagine qu'ils vont me poser des questions sur ce garçon. Après tout, ils ont assisté au spectacle lorsqu'il m'a offert ce gros bouquet de roses et que je les lui ai rendues ! C'est monsieur Mariani qui m'a dit qu'Edoardo était très riche, et, comme il est si beau, je ne comprends pas qu'il n'ait pas de fiancée. Peut-être en a-t-il une dans chaque ville du monde, un peu comme les marins dans chaque port. Et alors, je ne suis rien pour lui. Tu comprends ?

— Tu es devenue trop méfiante. Comment pourrais-tu savoir qui il est réellement si tu ne le revois pas ? raisonna Damiana.

— Je voudrais tant pouvoir en discuter avec ma mère ! soupira Orsola.

— Elle t'a dit tout ce qu'il fallait que tu saches avant de mourir. Elle t'a donné le moyen d'avoir les pieds sur terre. À présent, tu dois continuer à avancer seule, ma chérie.

— Tu crois que je vais y arriver ?

— J'en suis absolument sûre, insista Damiana.

Ce soir-là, Orsola s'endormit sereinement et, lorsque Libero entrouvrit la porte de sa chambre pour lui dire bonsoir, elle dormait déjà profondément. En se mettant au lit, elle s'était dit que la vie était en train de reprendre le dessus, que le chagrin s'effacerait avec le temps, comme on dit, et elle s'était sentie rassurée.

Son père alla lui aussi se coucher. Ce soir-là, il choisit un roman, *Le Pont du roi Saint Louis*, de Thornton Wilder, un Américain qui avait reçu le prix Pulitzer en 1928, et chercha parmi les phrases qu'il avait soulignées celle qui l'avait particulièrement frappé. Il finit par la trouver et la relut : *Il y a un pays des vivants et un pays des morts, et l'amour est le pont qui les lie.*

Il referma le livre, éteignit la lumière et imagina que, venant des berges opposées, lui et Diletta se rencontraient sur ce pont. Il sourit et s'endormit.

Le lendemain matin, Orsola le réveilla en lui apportant le café au lit, comme sa mère le faisait chaque jour.

— Papa, il est dix heures passées, dit-elle.

— Je viens juste de m'endormir ! protesta son père qui, depuis la mort de Diletta, n'avait pas dormi aussi bien.

— Madame Mariani a téléphoné pour dire qu'elle passera vers midi pour me remettre l'enveloppe de ce qu'elle me doit. Elle doit partir cet après-midi en vacances avec son mari. D'ailleurs, la boutique va rester fermée jusqu'à l'Épiphanie, expliqua la jeune fille.

Libero s'assit sur son lit, dégusta son premier café de la journée en demandant :

— Il est vraiment dix heures ?

— Dix heures et quart ! Je vais ranger un peu. Lève-toi, fais ta toilette et habille-toi, ordonna-t-elle.

Libero se dit que sa fille était en train de répéter, avec le même ton de voix, le refrain que lui serinait tous les jours Diletta. Lorsque madame Mariani arriva, Libero sortit faire un tour parce qu'il n'avait aucune envie de la croiser.

— Je t'ai payée comme si tu avais travaillé jusqu'à la fin de l'année, dit la femme en remettant l'enveloppe à Orsola. Tu es une fille courageuse et tu mérites beaucoup plus. Est-ce que cela te dirait de temps en temps de venir nous donner un coup de main à la boutique si tu as du temps en dehors de l'école ?

— Avec plaisir, répondit Orsola.

— Mon mari et moi, nous nous sommes permis de te faire un petit cadeau, ajouta la dame en tirant une boîte de son sac à main.

À l'intérieur, il y avait une paire de boucles d'oreilles.

— Merci, madame, mais il ne fallait pas vous donner tant de mal ! s'exclama Orsola.

— Ce sont des boucles créées par la famille Sogliano. Tu sais, les Sogliano sont des orfèvres qui façonnent le corail pour vendre leurs œuvres dans les bijouteries les plus importantes du monde. Edoardo est un garçon sérieux qui porte sur ses épaules tout le poids de l'entreprise familiale. À ce propos, je me suis permis de lui donner ton adresse. J'espère que je n'ai pas eu tort.

Orsola pensa alors que sa patronne avait eu tout à fait raison, mais, au lieu de dire quoi que ce soit, elle se contenta de sourire.

Damiana

I

Assise à la table d'un café en train de déguster un cappuccino, Orsola se remémora les trente années qu'elle avait passées dans la grande famille Sogliano qui comprenait, outre Margherita, sa belle-mère, les deux sœurs d'Edoardo, Archetta et Priscilla, ainsi qu'un frère du père d'Edoardo, l'oncle Renzino, célibataire impénitent, grand buveur et amateur de bonne chère, et extraordinaire narrateur de l'histoire familiale. Elle se souvint qu'après l'atmosphère calme et silencieuse de sa demeure de Milan, après le mariage avec Edoardo, elle avait trouvé difficile de vivre constamment avec autant de personnes. Elle ne parvenait à se détendre vraiment qu'avec sa belle-mère, lorsque celle-ci l'invitait dans son boudoir personnel pour lui parler d'elle, de son mari qui n'était plus et des enfants qu'elle avait élevés, ou, naturellement, le soir, lorsqu'elle se réfugiait dans sa chambre à coucher en compagnie d'Edoardo.

C'était un mari délicieux et compréhensif. Un an après les noces, Orsola avait accouché de son premier fils, naissance qui fut suivie d'autres naissances tandis que la vie d'Orsola était rythmée par celle de la communauté des corailleurs et les voyages d'affaires en compagnie d'Edoardo qui s'était avéré un négociant scrupuleux et patient.

Ce monde, pensa alors Orsola, n'avait désormais plus aucun secret pour elle. Il lui suffisait de s'armer de courage pour affronter les nombreux problèmes qui l'attendaient. Le soleil du milieu du jour et la chaleur de l'air la confortaient dans sa paresse. Elle se dit que, pendant trop longtemps, elle avait tout fait pour prouver sa force de caractère, pour montrer qu'elle n'était pas femme à se laisser abattre par les écueils.

Or, pour l'heure, elle n'avait qu'une envie, c'était de se laisser aller et d'être seule. Elle pensa à ce que son père avait l'habitude de répondre lorsque Diletta lui disait : « Si tu restes seul dans ta boutique sans rien faire, il vaut mieux que tu ailles faire un tour ou que tu montes bavarder deux minutes avec moi. » Libero avait toujours cette réplique : « *Beata solitudo, sola beatitudo.* »

— Cher papa, murmura-t-elle en reprenant le chemin pour aller voir Damiana qui la poussait à réagir et à ne pas se laisser submerger par les événements.

— Tu sais que tu es en retard et que ton téléphone est éteint ? l'accueillit Damiana, qui était assise sur un divan dans le restaurant du Grand Hôtel.

— Désolée, dit-elle en prenant place à côté d'elle.

— J'ai déjà commandé. Viande des Grisons et copeaux de parmesan sur chiffonnade de roquette. Cela te convient ?

— Parfait. Merci !

— Alors, ton amie est près de toi, déterminée à ne pas te laisser partir tant que tu auras cet air las, déclara Damiana.

— Je ne suis pas si mal en point que ça ! Je suis simplement en train de m'habituer à être veuve. Ce n'est pas facile, mais j'y arriverai.

— J'en suis sûre. Tu sais à quoi je pensais en t'attendant ? Au fait que, comme je n'ai jamais été mariée, je ne peux pas comprendre ce que tu ressens.

— Tu es donc si sûre que, si tu avais eu un mari, il serait mort avant toi ? remarqua Orsola d'un air presque amusé.

— C'est évident. Les hommes intelligents meurent toujours avant leur femme. Lorsqu'ils ont du savoir-vivre, les authentiques gentlemen ont le bon goût de mourir lorsque leur femme est encore jeune et peut refaire sa vie avec un autre, plaisanta Damiana.

Sur un autre ton, elle poursuivit :

— Tu sais à quel point j'aurais aimé rencontrer un compagnon pour la vie et que ce n'est pas de mon fait si je ne l'ai jamais croisé. J'aurais épousé n'importe qui, juste pour avoir un mari, parce que, nous, les femmes, même si nous affirmons être plus émancipées, sans la bague au doigt, nous ne pouvons nous empêcher d'avoir l'impression d'être des bas-bleus sans intérêt.

Le serveur déposa sur la table basse en cristal deux serviettes, les couverts et deux grands verres de vin rouge.

— J'ai commandé un vin du Sud, du Fiano de Terredora, en espérant te faire plaisir, dit Damiana.

— Tu es un ange, répondit Orsola.

Dans le bar, tout en miroirs et lustres, où les clients étrangers étaient nombreux, les serveurs se déplaçaient lentement avec la plus grande discrétion. Tandis qu'elle piquait de sa fourchette dans la viande accommodée avec du fromage et de la roquette, Orsola reprit le fil de la conversation.

— Tu n'as jamais rencontré d'homme à épouser parce que tu n'as jamais voulu le trouver. Je ne te crois pas quand tu affirmes que tu aurais accueilli une proposition de mariage de n'importe qui. Tu as toujours été très sélective. Tu voulais avoir un homme capable de satisfaire tes nombreuses attentes. S'il était riche, il n'était pas assez beau ; s'il était beau, il était pauvre ; et s'il était beau et riche, c'était un crétin. Je me souviens parfaitement de chacun de tes fiancés que, pour finir, tu as tous éliminés.

— Quand j'ai rencontré l'homme riche, beau et intelligent, je me suis aperçue que c'était un menteur, marié et terrifié à l'idée de quitter sa femme.

— Le notaire Caradonna, tu n'en voulais que parce que tu savais parfaitement que tu ne pouvais pas l'avoir. S'il avait divorcé, tu aurais pris tes jambes à ton cou aussi vite qu'un lièvre aux abois !

— Cela reste encore à prouver. De toute manière, j'ai une nouvelle à t'annoncer : oui, j'ai un nouvel ami. Il a mon âge, cinquante ans qu'il porte beau, et occupe un poste de direction de haut niveau. Il est spécialiste en informatique, gentil et amoureux. Et… célibataire !

— Youpi ! s'exclama Orsola en levant son verre.

— Le seul problème est que je n'arrive pas à déceler la faille. Parce que, tu vois, une fois que tu arrives à cinquante ans sans avoir jamais été marié, cela doit signifier forcément qu'il y a quelque chose qui ne va pas, expliqua Damiana d'un air pensif.

— Voilà ! Tu continues ! Pourquoi ne pas admettre une fois pour toutes que tu préfères vivre seule et que tu n'as aucune envie d'avoir dans les pattes un homme qui, même s'il était parfait, risquerait d'empiéter sur ta liberté ? Tu n'as aucune envie de te marier, Damiana.

— Et toi, tu continues à parler de mes problèmes, juste pour éviter de parler de toi. Tu crois que je ne m'en suis pas aperçue ? Je ne peux pas te forcer, mais je sens qu'il y a quelque chose que tu ne me dis pas. Nous nous connaissons depuis que nous sommes enfants. Nous sommes comme des sœurs, Orsola, et, depuis que tu es arrivée, j'ai la sensation que tu me caches quelque chose.

Tout occupée à se demander si c'était le moment de parler du fils secret de son mari à son amie, Orsola ne répondit rien.

2

En sortant du Grand Hôtel, elles se dirigèrent d'un pas tranquille vers la boutique de Damiana.

Orsola gardait le silence. Elle pensait que, si elle avait trouvé le courage de tout raconter à son amie, elle se serait sentie soulagée d'un poids qui devenait de plus en plus intolérable. En outre, le fait de lui confier un fait d'une telle gravité pouvait peut-être l'aider à le rendre plus acceptable.

Non que la gravité concernât tant la trahison d'Edoardo, qui s'était sans doute laissé aller lors d'un moment d'égarement dont elle se sentait en partie responsable, que du fait que, à Hong Kong, vivait un enfant beau et innocent qui ne savait pas encore qu'il avait perdu son père.

Le petit Steve ne jouerait plus au tennis avec Edoardo et il ne comprenait sans doute pas pourquoi celui-ci ne répondait plus à ses lettres. Orsola sentit monter en elle un sentiment de tendresse pour ce petit garçon qui, si elle en jugeait par les photographies, avait un air extrêmement sympathique. Edoardo lui avait laissé l'adresse de son grand-père au cas où elle aurait souhaité retrouver la trace de l'enfant, mais pas celle de sa mère. Pour quelle raison ? Étaient-ce les grands-parents qui s'occupaient du garçon ?

Pendant ce temps, Damiana ne cessait de bavarder.

— Tu m'écoutes, oui ou non ? finit-elle par demander alors qu'elles passaient de la rue Montenapoleone, célèbre pour ses boutiques de mode et ses joailleries, à la rue Borgospesso, où se trouvait le magasin de Damiana.

— Heu… Oui… Non, je ne sais pas, répondit simplement Orsola.

— Je vois bien que tu as la tête ailleurs. Arrête de cogiter et occupe-toi de vivre !

— C'est justement ce que je suis en train de faire.

— Pas du tout. Edoardo n'est plus là, mais tu as ta vie et tes enfants, et vous devez aller de l'avant ! Alors, tu vas me faire le plaisir de te choisir une belle tenue dans ma boutique, déclara-t-elle tandis qu'elles en franchissaient le seuil.

Damiana s'était spécialisée dans les tailleurs sur mesure et, avec l'aide d'une couturière habile et de deux vendeuses, elle dessinait des modèles plutôt classiques, mais toujours avec une touche d'originalité qui les rendait uniques, sans parler de la perfection de la coupe et de la confection.

Elle employait les meilleures étoffes de qualité, et ses articles ne passaient jamais de mode. Elle avait une clientèle fidèle de femmes jeunes et moins jeunes de la classe moyenne à haute, des femmes qui pouvaient s'offrir des vêtements coûteux, mais qui snobaient allègrement les grands stylistes qu'elles ne considéraient que dignes des touristes.

D'ailleurs, elles représentaient l'essence même de l'élégance milanaise qui avait une prédilection pour des tenues sobres et élégantes.

La vendeuse qui accueillit les deux amies murmura à l'oreille de Damiana :

— La mère de monsieur Bandini est passée, et elle m'a tenue près d'une heure pour essayer un vêtement après l'autre sans rien trouver qui lui ait plu. Pour finir, elle a dit avant de partir qu'elle préférait avoir tes conseils.

— Elle a posé des questions ?

— Comme d'habitude ! « Et où est passée madame ? » « Et pourquoi madame n'est-elle pas là ? » répondit la vendeuse en insistant sur le mot « madame ».

— C'est la mère d'Ermanno, le nouveau fiancé dont je t'ai parlé, expliqua Damiana à Orsola. Une fouineuse qui n'arrête pas ses simagrées. Elle me flatte, mais je sais qu'elle ne me supporte pas.

Orsola eut un sourire en pensant que c'était exactement la raison pour laquelle le fiancé quinquagénaire ne s'était pas encore marié. Était-il possible que Damiana ne l'ait pas compris ? Une fois de plus, son amie s'était trouvé un homme qui ne pourrait pas l'épouser. Toutefois, elle garda ses réflexions pour elle.

— J'aime bien cette veste bleu roi, dit-elle à la place en examinant les vêtements présentés dans la boutique.

— C'est une très belle soie shantung. Essaie-la, dit son amie tandis que la vendeuse sortait pour aller déjeuner.

— Avec quoi vais-je la porter ?

— Elle ira avec tout. Tu peux aussi bien la mettre avec des jeans, mais, si tu la portes sur cette jupe noire à taille haute en crêpe Georgette léger, cela te fera un ensemble très élégant. Va essayer tout ça dans le salon.

C'est alors que retentit la sonnerie de son téléphone mobile.

— C'est lui, Ermanno, annonça Damiana avant de répondre.

Pendant qu'Orsola se déshabillait pour enfiler la jupe et la veste, elle entendit son amie minauder avec son fiancé.

— J'étais en train de prendre le déjeuner avec mon amie Orsola ! Ta chère maman ne te l'a pas dit ? Non, bien sûr que non. Elle adore mes vêtements, mais elle tient à ce que ce soit moi qui la conseille. Ah ! tu le penses vraiment ? Elle voulait voir la bague ? Tu ne la lui as pas montrée avant de me l'offrir ? Mais comment as-tu pu faire ça, chéri ? C'est un bijou magnifique et tu sais bien que maman veut être au courant de tout ! Bien sûr… On se voit ce soir. Ah… Tu dois rester avec elle ce soir parce qu'elle déprime ? Je comprends, oui. Ne t'en fais pas, mon chéri ! Cela me permettra de passer plus de temps avec mon amie. À bientôt ! Bisous bisous !

Orsola sortit de la cabine d'essayage.

— Qu'en penses-tu ? s'enquit-elle.

Damiana était en train de renverser le contenu de son sac à main sur le comptoir.

— Je ne sais plus où j'ai fourré la bague de fiançailles. Si je l'ai perdue, je suis finie. Il me l'a offerte l'autre soir, chez moi. Le lendemain de ton arrivée, et je n'y ai plus pensé. Mais où ai-je donc pu la fourrer ?

— La place d'une bague de fiançailles est l'annulaire de la main gauche, plaisanta Orsola.

— Je l'ai retirée parce qu'elle était trop serrée et qu'elle me faisait mal. Je voulais la faire élargir sans le lui dire, bien sûr ! Quel désastre ! s'exclama-t-elle d'un ton désespéré en se laissant tomber sur un fauteuil en tapisserie.

— Damiana, regarde-moi dans les yeux. Une femme n'oublie pas sa bague de fiançailles et elle ne la retire pas à peine après l'avoir reçue. Ce n'est pas la bague qui te serre, c'est le fiancé ! Tu comprends ?

De stupeur, Damiana écarquilla les yeux.

— Tu es une sorcière, Orsola ! Ce bleu électrique convient à merveille à ton teint. Toutefois… Si je peux me permettre… Ces fils blancs dans tes cheveux ! Pourquoi ne te ferais-tu pas des mèches ? Un beau brun cuivré, par exemple. Et un peu de maquillage ! À notre âge… Toi, tu as des traits si… Qui sait où est passée cette bague ? Bon sang, je me demande si je ne l'ai pas mise à la poubelle… Un saphir de la plus belle eau, je t'assure…

Orsola éclata de rire pour la première fois depuis la mort de son mari.

— Tu n'as pas envie d'avoir le fiancé, et moi je ne veux pas de ce vêtement. Attendons le retour de ta vendeuse et nous irons au cinéma, décida-t-elle.

Le cinéma Appolo présentait une comédie sentimentale farcie de quiproquos qui séparaient deux amoureux jusqu'à la fin pour les voir triompher de leurs déboires sur l'air de la marche nuptiale. À la sortie du film, il était déjà cinq heures de l'après-midi.

— Il faut que je repasse à la boutique, déclara Damiana.

— Moi, j'ai envie de rentrer à la maison, mais je vais d'abord t'offrir un thé, proposa Orsola en se dirigeant vers un café de la place San Carlo.

— C'est mon tour de t'inviter ! Tu m'as déjà offert le cinéma, répondit Damiana en fouillant dans son sac, en quête de son porte-monnaie.

— Elle est là ! s'écria-t-elle dans un cri de joie.

Entre ses doigts, elle tenait le précieux anneau de platine et de brillants qui s'ornait d'un saphir profond.

— Quel soulagement ! Tu n'as pas idée à quel point Ermanno se serait mis en colère ! poursuivit-elle en laissant de nouveau tomber la bague au fond de son sac.

Orsola ne fit aucun commentaire, mais elle était sûre que, bague ou non, ce fiancé était destiné à sombrer dans l'oubli.

De retour rue Melzo, elle s'installa sur le balcon pour jouir de l'air frais du crépuscule. Elle ralluma son téléphone et reprit contact avec sa famille.

Saverio lui parla de certains litiges avec les assurances au sujet de l'accident où son père avait perdu la vie ; Giulietta protesta parce qu'elle n'avait pas eu le droit d'aller dormir chez une amie ; Margherita l'informa que le notaire Spinelli les avait tous convoqués dans son étude le lundi suivant.

— Il est nécessaire que tu sois présente, ma fille, insista-t-elle.

— J'y serai, mère, je vous le promets. Je pense que je rentrerai à Torre demain matin, et nous pourrons passer toute l'après-midi ensemble. En attendant, je compte sur vous pour surveiller Giulietta, et faites en sorte que Gianni, ce paresseux, se secoue un peu, d'accord ?

Que ce soit du côté de la famille ou du côté de l'entreprise, les choses continuaient leur cours. Sa belle-sœur Priscilla était rentrée à Caserte pour s'occuper de sa bijouterie tandis qu'Archetta, son autre belle-sœur, avait repris son travail qui consistait à trier les blocs de corail avec les autres corailleuses.

Malgré son handicap, elle menait sa tâche avec minutie et intelligence, et elle était particulièrement fière de son savoir-faire. Sans parler du fait qu'elle était incapable d'y voir sans lunettes et que son travail la faisait larmoyer sans cesse, mais elle était coquette et refusait de porter autre chose que des lentilles pour y voir.

Orsola éteignit son téléphone et mit en marche sa tablette qui lui permettrait d'écrire et de recevoir ses messages électroniques. Elle inspira profondément avant de s'atteler à la tâche qu'elle avait désormais en tête depuis plusieurs jours.

Elle tapa l'adresse du grand-père du petit Steve et rédigea d'un seul jet un long e-mail en anglais qui commençait ainsi :

Je suis l'épouse d'Edoardo Sogliano, le père de votre petit-fils, et qui se terminait par *Je souhaiterais non seulement faire la connaissance de l'enfant, que je voudrais d'une part informer du décès de son père, mais également faire la connaissance de sa mère. Dans l'attente de votre réponse...*

3

La réponse ne tarda pas. Elle débutait par des paroles de *profondes condoléances* pour le départ subit de *l'honorable monsieur Sogliano Edoardo*, avec le nom de famille en premier comme le veut l'usage oriental. Le grand-père de Steve présentait ses excuses pour son anglais maladroit et exprimait sa douleur pour le père de son petit-fils. Il assurait, par ailleurs, que *jamais au grand jamais* il n'aurait le courage de communiquer à l'enfant une nouvelle aussi déchirante.

Il expliquait que Steve avait quitté Hong Kong depuis quelques jours pour rentrer à Genève, au collège du Rosey qu'il fréquentait grâce à la générosité de son *honorable père*. Quant à sa *bien-aimée fille, madame Cremonesi Wei*, elle vivait en Italie depuis désormais deux ans puisqu'elle avait épousé *l'honorable professeur Cremonesi Renato*. Ils habitaient à Milan, rue Conca del Naviglio, et attendaient un enfant.

L'homme ajoutait le numéro de téléphone de sa fille et son adresse e-mail, et concluait en priant Orsola de l'informer du résultat de sa rencontre avec son petit-fils. En attendant, il allumerait des lampes devant les images des anciens pour qu'ils favorisent des rencontres harmonieuses. Au bas du message, il ajoutait également l'adresse électronique et le numéro de téléphone du collège en Suisse.

Orsola leva les yeux vers le ciel. La lumière éclatante du jour était en train de s'éteindre doucement. Par la fenêtre ouverte montaient les arômes des repas que l'on préparait dans les cuisines, le bruit des téléviseurs, la voix impérieuse des mères et celle, plus douce, des enfants. En regardant en bas, vers la cour où son père avait autrefois son échoppe, elle vit à la place l'entrée des garages souterrains pour les véhicules des locataires. La tannerie avait cédé la place à une remise pour les marchandises, et Renato, son ancien soupirant, avait totalement disparu de la circulation.

Elle rentra dans la maison. Dans la penderie, elle fit courir ses mains sur les quelques vêtements qu'Edoardo avait l'habitude d'y laisser. Dans les tiroirs, soigneusement repassés et pliés, se trouvaient ses sous-vêtements et son linge.

Elle se décida à ranger le tout et, dans le placard de la cuisine, elle prit un grand sac en plastique pour les poubelles qu'elle remplit de toutes les affaires de son mari en vue de les remettre aux bonnes œuvres de la paroisse. Dans cet appartement où elle était née et où elle avait grandi, où elle avait traversé tant de petites joies et quelques grandes peines, caressé des rêves, entretenu des espoirs pour des années désormais bien lointaines, alors qu'elle s'interrogeait sur ce que serait son avenir et qu'elle l'imaginait comme une ligne droite qui se perdait dans un horizon lumineux, elle ne voulait plus conserver aucune trace de ce mari devenu si mystérieux.

Voilà qu'elle avait découvert que la jeune Chinoise vivait justement à Milan, qu'elle attendait un enfant et qu'elle avait un mari ! Madame Cremonesi Wei. Combien de fois, au cours des années, Edoardo était-il venu seul à Milan ? Combien de fois avait-il rencontré cette femme ? Et l'enfant qu'elle portait était-il celui de son mari ou celui d'Edoardo ?

Elle noua le sac, le traîna hors de l'appartement et le laissa sur le palier, juste à côté de la porte d'entrée. Il aurait au moins pu avoir la décence de la laisser en Amérique ou en Chine, dans son pays. Mais non, Edoardo s'était débrouillé pour la faire venir en Italie, et à Milan qui plus est, pour l'avoir à portée de main.

Au moment où elle était en train de refermer la porte de l'appartement, Damiana sortit de l'ascenseur et, en voyant le sac noir bourré à craquer, demanda :

— Tu as fait un peu de ménage ?

— Des trucs pour la paroisse, répondit Orsola d'un ton sec.

— Oh ! toi, tu m'as l'air d'être en colère ! observa son amie.

— J'ai de quoi !

— J'avoue que je te préfère comme ça. Lorsque je te vois en train de pleurer, je n'ai pas le cœur de te laisser seule. Écoute, ce soir, je vais dîner avec Ermanno et, après, je ne sais pas si nous passerons ou pas la nuit ensemble, chez lui ou chez moi, alors, nous ne nous verrons pas avant demain matin. Au fait, pour faire mentir tes perfides prévisions, voici ma bague de fiançailles ! déclara-t-elle en levant la main pour la lui faire admirer. Elle est toujours aussi serrée, ajouta-t-elle, mais je la fais élargir dès demain.

Elles s'embrassèrent avant de se quitter. Orsola s'installa dans le salon avec une cannette de thé à la pêche et un paquet de biscuits. Elle alluma la télévision, fixant l'écran sans vraiment voir ni entendre quoi que ce soit du journal du soir. Pour finir, elle s'endormit sur le canapé pour n'ouvrir les yeux qu'à l'aube. Elle réprima un frisson : par la fenêtre qu'elle avait laissée grande ouverte provenait l'air frais de la nuit.

Elle se leva en grimaçant de douleur, car son cou la faisait souffrir. Elle se rendit à la salle de bains, se déshabilla, prit une douche et s'enveloppa dans un peignoir en éponge moelleuse. Les jets d'eau chaude avaient relâché la tension de ses muscles et elle se sentait mieux. Elle prépara un café allongé qu'elle but lentement dans une grande tasse.

Ensuite seulement, elle ralluma son téléphone mobile, mais il n'y avait pas eu d'appels. Elle mit également en marche sa tablette et vit qu'elle n'avait aucun e-mail récent. Elle avait l'impression que le monde entier l'avait oubliée. En dépit de son besoin de solitude, elle éprouva une pointe de déception. De son vivant, Edoardo l'inondait de messages. La grande horloge suspendue au mur de la cuisine marquait six heures et demie.

Elle s'installa à la table et envoya un e-mail à la direction du collège suisse pour demander un rendez-vous et rencontrer le petit Steve Tang. Si l'ordinateur d'Edoardo n'avait pas été complètement détruit dans l'accident, ainsi que son téléphone mobile, Orsola aurait pu accéder à sa messagerie et sans doute disposer de davantage d'informations pour éclairer les secrets de son mari.

À présent, il ne lui restait qu'à espérer une réponse positive du collège de Suisse. Ce ne serait qu'après avoir rencontré l'enfant qu'elle déciderait si elle avait besoin de faire la connaissance de la mère, « l'honorable madame Cremonesi Wei ».

Un peu plus tard, elle alla déjeuner avec Damiana qui affichait un air rayonnant.

— Ce soir, nous allons dîner à la maison pour que tu fasses la connaissance d'Ermanno ! annonça son amie.

Orsola grommela son assentiment.

— Je vois que la nuit n'a pas amélioré ton humeur ! lança Damiana d'un air provocateur. Tu ne serais pas jalouse parce que j'ai rencontré, à cinquante ans, certes, l'homme de ma vie ?

Orsola esquissa un petit sourire.

— Non, j'en suis heureuse. Et je veux te demander de m'excuser pour ce que je t'ai dit hier, déclara-t-elle sincèrement.

Mais elle avait remarqué que la bague de fiançailles avait de nouveau disparu.

— Alors, explique-moi pourquoi tu as cette humeur de chien ! insista Damiana.

— Je suis préoccupée. Lundi, je dois être de retour à Torre del Greco pour la lecture du testament d'Edoardo. Il faut aussi que je reprenne les rênes de l'entreprise et, malgré toutes les instructions qu'il a reçues de son père, Saverio va devoir faire face à des responsabilités trop lourdes pour lui. Edoardo était beaucoup plus jeune que mon aîné quand il s'est retrouvé à la tête de la société, mais il avait l'avantage de ne pas devoir rendre compte de ses choix à autrui. Il y avait bien ses deux sœurs, mais Priscilla était déjà hors jeu lorsqu'elle avait épousé Beppe Russo, et Archetta..., Archetta n'était pas du genre à poser problème. En outre, en l'espace de trente ans, le monde a beaucoup changé. À l'époque, il n'y avait pas crise. À présent, si nous ne devions travailler qu'avec l'Italie, nous pourrions tout aussi bien fermer boutique. Par chance, certains marchés sont en pleine expansion, et Edoardo, qui luttait sur tous les fronts, avait déjà étendu son réseau en Chine, en Russie et en Inde. Ce qui n'empêche qu'il va me falloir faire face à toutes sortes de complications, avoua Orsola.

En fait, elle était surtout inquiète parce qu'elle n'avait pas encore reçu de réponse de la Suisse.

— Je suis sûre que tu sauras te débrouiller, la rassura Damiana.

— Tu crois ? demanda Orsola qui n'en était pas si convaincue.

— J'en suis sûre, répondit son amie. Voilà pour toi…

Elle lui tendit un paquet dans lequel se trouvait la veste qu'Orsola avait essayée la veille dans la boutique.

— C'est un cadeau, ajouta Damiana. Porte-la ce soir. Elle te va vraiment bien.

Orsola retourna dans son appartement pour se préparer à sortir. Elle avait l'intention de faire quelques courses et de rendre visite aux cinq joailliers du centre qui figuraient sur la liste des clients des Sogliano, à commencer par la bijouterie Mariani.

Elle alla à pied jusqu'au supermarché de la vue Regina Giovanna et, une fois encore, mesura tout ce qui différenciait le Nord du Sud. Ici, les fruits et les légumes étaient décidément plus chers et moins beaux. Tandis qu'elle garnissait son caddie de sachets de salades mélangées, déjà nettoyées et coupées en morceaux, elle entendit la sonnerie de son smartphone qui annonçait un message qu'elle lut sans attendre une seule seconde. Le collège suisse l'informait que le jour des visites était le jeudi, soit le lendemain, et qu'elle pouvait se présenter le matin, à partir de neuf heures.

Elle retourna immédiatement chez elle, consulta les horaires des trains, réserva un hôtel pour la nuit, glissa un mot sous la porte de Damiana pour la prévenir qu'elle avait dû partir à l'improviste, et elle se dirigea vers la gare.

4

Elle le vit entrer dans la petite pièce réservée au parloir. Sur son jean, il portait une chemise blanche et un pull bleu marine. Il avait une tignasse de cheveux noirs et lisses, de petits yeux bridés, sombres et profonds, la peau rosée, l'ovale et la bouche d'Edoardo. Il lui plut sur-le-champ, au point qu'elle éprouva pour lui une bouffée de tendresse.

— Bonjour, Steve, dit-elle en italien en lui offrant un sourire affectueux et en allant à sa rencontre pour lui effleurer la joue d'une caresse.

Elle s'installa ensuite dans un fauteuil. Elle était fatiguée, d'autant qu'elle avait passé une mauvaise nuit et que cela faisait une heure qu'elle était là, parce qu'elle avait été obligée de passer un long entretien avec Yvette Durand, la directrice.

— Bonjour, madame, répondit le garçon en inclinant la tête.

— Je m'appelle Orsola. Veux-tu t'asseoir pour que nous puissions parler un peu ? proposa-t-elle en lui indiquant le fauteuil en face d'elle.

— Merci, madame, répondit-il en français en s'asseyant et en lui lançant un regard curieux.

— Tu comprends bien l'italien ?

Steve hocha la tête et précisa :

— Mais habituellement je parle anglais et, depuis que je suis ici, je dois parler français. L'italien est la langue de mon père et, si je ne le parle pas bien, je comprends tout à fait, répliqua-t-il d'un air contrit.

Son attention fut alors attirée par l'anneau qu'Orsola portait à l'auriculaire.

— C'est un corail peau d'ange de la mer du Japon.

— Tu t'y connais en coraux ?

— Un peu.

— Je viens de Torre del Greco, un endroit situé près de Naples.

— Je n'y suis jamais allé, mais c'est là qu'habite mon père.

Ils échangèrent un long regard sans prononcer un seul mot. Les yeux d'Orsola brillaient d'émotion devant l'innocente sérénité de ce petit homme si digne et si seul.

— Je suis l'épouse de ton père.

— Je suis enchanté de faire votre connaissance, madame, répondit le garçon sans perdre contenance.

— Ton père t'a-t-il parlé de moi ?

— Une fois, il m'a raconté qu'il avait une femme très belle et très gentille. C'est vrai. Papa ne ment jamais, affirma-t-il en lui souriant. Il m'a aussi dit qu'il avait cinq autres enfants qu'il aimait autant que moi.

— Sais-tu pourquoi je suis venue te voir ?

— Madame Durand m'a prévenu que vous aviez quelque chose d'important à m'annoncer.

— Une chose vraiment importante, Steve. Et une chose grave, murmura Orsola en lui prenant la main et en la serrant entre les siennes.

Sans cesser de murmurer d'une voix douce, elle ajouta :

— Ton papa a eu un accident, il y a une semaine de ça.

Elle n'eut pas le courage de continuer, et le silence s'installa entre eux. Pour finir, c'est le garçon qui chuchota, en français, dans un filet de voix :

— Il est mort ?

Orsola hocha simplement la tête, et Steve se précipita dans ses bras, laissant éclater son chagrin. Elle le tint serré contre elle en le berçant et en lui caressant les cheveux.

Elle pensa à la solitude de cet enfant né en Amérique et qui, comme le lui avait raconté la directrice, avait grandi en Chine avant d'être envoyé en Suisse dans une école prestigieuse, mais loin de son grand-père et de sa mère. Elle pensa à ses propres enfants, qui avaient grandi dans la chaleur rassurante d'une famille nombreuse qui les protégeait de mille manières, où il y avait toujours quelqu'un pour sécher leurs larmes, pour les consoler à la moindre contrariété. Elle pensa à son mari qui, comme le soutenait Giulietta, avait le cœur tendre, et elle se demanda s'il avait souffert de devoir vivre aussi loin de son sixième enfant, tout cela pour ne pas déplaire à sa famille. Elle éprouva pour le petit Steve autant d'amour que s'il avait été son propre fils et, spontanément, elle lui chuchota à l'oreille :

— Nous venons à peine de faire connaissance, mais je t'aime déjà beaucoup.

Elle tira un mouchoir de son sac à main pour sécher ses larmes et elle lui sourit.

— Comment est-ce arrivé ? demanda l'enfant entre deux sanglots.

Orsola lui raconta l'accident, et il eut pour tout commentaire :

— Alors, il n'a pas eu le temps de souffrir.

— C'est ce que m'ont assuré les médecins, répondit-elle.

Steve retourna s'asseoir sur son siège tout en finissant d'essuyer ses larmes du dos de la main.

— Crois-tu que nous pourrions sortir un peu, toi et moi ? demanda Orsola. J'aimerais mieux faire ta connaissance et, à l'avenir, tu pourrais même venir en Italie, à Torre, pour voir la maison où a vécu ton père.

— Je peux d'abord y réfléchir ? demanda Steve d'un air sérieux.

— Certainement, affirma Orsola en lui souriant.

Elle quitta Genève en fin d'après-midi et, à son arrivée à Milan, il faisait nuit noire. Ce court mais intense voyage lui avait fait du bien parce qu'il lui avait permis de se réconcilier avec son mari. Malgré la fatigue, elle eut du mal à trouver le sommeil : elle avait traversé en une seule journée toutes sortes d'émotions qui continuaient de la tourmenter.

Au matin, elle fut réveillée par la sonnette et la clef que l'on tournait dans la serrure. C'était la femme de ménage de Damiana qui venait nettoyer l'appartement et lui annoncer que le petit-déjeuner était servi sur la terrasse de son amie qui l'attendait. Alors qu'elle était allée la rejoindre en peignoir et qu'elle était sur le point d'avaler une tartine de beurre et de miel, Damiana ne put s'empêcher de demander, tant elle frémissait de curiosité :

— Mais où étais-tu ? Pourquoi es-tu partie sans prévenir ?

— Je suis allée rendre visite à des clients, mentit Orsola.

— Je croyais que tu avais décidé de ne pas travailler ces jours-ci, observa Damiana.

— Eh bien, c'est ce que j'ai fait, indiqua Orsola. Et les fiançailles, comment ça se passe ? demanda-t-elle pour détourner la conversation.

— Je ne me souviens plus si je t'ai déjà dit que nous voulions nous marier au plus vite. Le fait est que je n'ai pas envie de quitter cet appartement, notamment après tous les frais que j'ai engagés pour le rénover. Cependant, je ne peux pas demander à Ermanno de venir vivre ici, parce que son appartement est beaucoup plus grand et plus élégant. Nous nous sommes chamaillés parce que j'ai proposé que nous continuions à vivre séparément après le mariage, mais, comme prévu, nous nous sommes réconciliés sur l'oreiller. Une nuit torride ! Il avait raison, Hemingway, quand il affirmait que les femmes de plus de quarante ans vivaient une sexualité beaucoup plus intense.

Orsola avait tant de choses dans la tête qu'elle ne fit aucun commentaire. Au lieu de cela, elle dit :

— Je suis lasse. Je vais mettre ta femme de ménage dehors et je vais retourner me coucher.

Lorsqu'elle rentra dans son appartement, son smartphone l'avertit qu'elle avait du courrier. Il s'agissait d'un e-mail de Wei Tang qui disait :

J'ai appris que vous aviez rencontré mon fils hier. Si vous le jugez utile, je pense que nous pourrions également nous rencontrer. Je vous donne mon numéro de téléphone portable. Contactez-moi.

La réponse d'Orsola fut brève :

Merci de votre message. Je vous appellerai.

5

La femme qui se tenait devant elle avait une attitude pleine d'humilité, les yeux baissés, le visage rond, les pommettes hautes, les lèvres fines, une tenue sobre, et sa voix n'était qu'un murmure, mais elle dégageait une force caractéristique des femmes qui ne sont qu'apparemment soumises. Son italien aurait été parfait si elle avait réussi à prononcer les « r », mais elle ne semblait pas en être capable.

— Je suis très honorée de faire votre connaissance, madame, dit-elle en se levant de la table pour la saluer.

Elles avaient convenu de se retrouver chez le pâtissier de la rue De Amicis.

Orsola lui avait téléphoné très tôt le matin, et l'honorable madame Tang Wei, aujourd'hui Cremonesi, avait répondu aussitôt. Elle lui avait expliqué qu'elle était prise toute la matinée dans l'école de la rue De Amicis, où elle enseignait la musique, mais qu'après sa dernière leçon de midi, elle disposait d'une heure de pause.

Elle proposait de la rencontrer à une heure et quart dans ce salon de thé à l'angle du cours de Porta Genova.

Orsola posa les yeux sur la femme gracieuse au ventre énorme que ne parvenait pas à dissimuler le grand pull.

— J'ai appris par mon père que votre époux était mort, dit-elle. Je tiens à vous dire à quel point je suis désolée pour vous et pour toute votre famille.

— Je vous remercie, répliqua Orsola.

Elle laissa planer le silence avant de demander :

— Pouvez-vous me dire quels étaient vos rapports avec mon mari ?

Ignorant la question, la Chinoise fit signe au serveur.

— Pouvons-nous manger quelque chose ? demanda-t-elle.

Les clients attablés dans la salle mangeaient des toasts, des petits-fours et des crêpes fourrées.

Les deux femmes commandèrent des paninis au jambon et de l'eau minérale. Puis, Wei se mit à raconter :

— Pendant de nombreuses années, monsieur Sogliano n'a eu des relations qu'avec mon père, et avec l'enfant bien sûr. Lorsque Steve est né, il est venu nous chercher à New York pour nous ramener à Hong Kong. Il nous avait acheté une petite maison à la campagne, au bord de l'affluent de la rivière des Perles. Il voulait que l'enfant grandisse en apprenant le cantonais, parce que c'est la langue que l'on parle à Kowloon, soit le mandarin, voire le putonghua ou « mandarin standard », la langue officielle de la Chine et de Taïwan. Outre l'anglais, bien sûr. Il prévoyait qu'un jour, Steve se serait chargé de ses affaires en Chine. Il affirmait que la Chine était en train de s'occidentaliser et qu'il était important de prendre place sur ce marché. C'est pour cela que l'enfant a été élevé en Chine par moi et mes parents. Lorsqu'il a eu sept ans et qu'il maîtrisait déjà nos idéogrammes, monsieur Sogliano l'a conduit au collège en Suisse. Il allait le voir régulièrement et lui téléphonait souvent.

Elle fit une pause avant de poursuivre :

— Votre mari et moi n'avons passé que quelques jours ensemble à New York avant son départ. Deux mois plus tard, lorsque j'ai découvert que j'étais enceinte, je l'ai fait rechercher parce que je voulais qu'il sache que j'attendais un enfant de lui, précisa-t-elle.

— Quels ont été vos rapports ? insista Orsola.

— Ceux d'une femme et d'un homme qui se rencontrent par hasard et qui croient repousser la solitude pendant quelques heures.

— Vous ne croyez pas qu'il serait nécessaire que vous m'en disiez un peu plus ? éclata Orsola qui était plutôt bouleversée d'apprendre que son mari avait éprouvé une telle solitude.

— Je ne peux dire que ce que j'ai ressenti, moi, parce que je n'ai pas vraiment connu votre mari.

— Quel rôle a donc eu Edoardo dans votre mariage avec un Italien et dans votre choix de vivre à Milan ?

— Monsieur Sogliano n'a joué aucun rôle dans tout cela. Je me suis mariée voici trois ans, lorsque Steve est parti pour le collège suisse. J'aime mon mari. Je peux dire que j'ai enfin trouvé la sérénité que je cherchais depuis si longtemps. Je veux vous remercier d'être si gentille avec mon fils et je vous assure que je ne vois pas d'inconvénient à ce que vous retourniez le voir chaque fois que vous en avez envie. Je comprends aussi parfaitement que vous ne me fassiez pas vraiment confiance. Mais, avec le temps, vous finirez par comprendre que je suis sincère. Désolée, mais je dois retourner à l'école, conclut-elle.

— Pourrions-nous nous revoir ? J'ai tellement de questions à vous poser, insista Orsola.

— Demain, c'est samedi et je ne travaille pas. Mon mari adore aller pêcher et il a prévu d'aller au bord du Tessin avec un ami. Je serai donc seule. Si vous voulez, nous pouvons nous retrouver chez moi à l'heure que vous souhaitez, proposa la femme.

— Je viendrai donc chez vous en fin de matinée, répondit Orsola.

Après l'avoir saluée à la sortie du bar, Orsola se dirigea vers la rue Torino.

Elle était extrêmement troublée et avait besoin de marcher un peu pour évacuer la tension. Elle pensa à Torre et à sa grande famille : personne n'aurait pu imaginer les sentiments et les émotions contradictoires qu'elle éprouva à cet instant, au point de lui couper le souffle.

6

Orsola rejoignit Damiana dans sa boutique et lui proposa d'aller faire un tour.

— Bonne idée, partons tout de suite, répondit son amie.

Elles marchèrent pendant quelques minutes en silence, puis Orsola se mit à lui raconter toute l'histoire, comment elle avait découvert l'existence de Steve, son voyage en Suisse et sa rencontre avec la mère du garçon.

— Demain, je vais chez Wei pour en apprendre davantage sur sa liaison avec Edoardo, conclut-elle.

— Si j'ai bien compris, tu as de la sympathie pour ce garçon et, à un moment ou à un autre, tu révéleras son existence à tout le monde, observa Damiana qui l'avait écoutée sans souffler mot.

— Je pense que je le ferai, parce qu'il me plaît vraiment. Toutefois, je dois d'abord l'annoncer à ma belle-mère et à mes enfants. Je dois aussi tenir compte des volontés testamentaires d'Edoardo que je ne connais pas encore. Aura-t-il inclus Steve dans la répartition de son patrimoine ou n'aura-t-il tenu compte que de ses enfants légitimes ? Peut-être même que ses dernières volontés ne mentionnent pas son nom ? Tu sais, chère amie, je me trouve dans une situation difficile et complexe ! s'écria Orsola.

Elles marchaient d'un pas lent, côte à côte, dans les petites ruelles tortueuses du centre ancien. À mesure qu'Orsola ouvrait son cœur à son amie, elle se sentait renaître, comme si elle se réveillait d'un long sommeil tourmenté par les cauchemars.

— Je voudrais rester à Milan parce que c'est là qu'est ma ville. À Torre del Greco, il y a les trente dernières années de ma vie, mais c'est ici que je suis née et que j'ai grandi. J'ai toujours eu la sensation d'être presque en transit, là-bas, et, à présent qu'Edoardo n'est plus là et que mes enfants sont grands, j'éprouve le désir de retrouver mes racines milanaises, continua-t-elle.

— Réfléchis, Orsola. Tu es en train de te laisser aller à vouloir fuir tes responsabilités, ce qui n'est pas prudent, l'avertit Damiana.

Sans répondre, Orsola réalisa que son amie devait avoir raison.

Les façades austères des immeubles renvoyaient l'écho de leurs pas et absorbaient leurs confidences, comme si les murs avaient au fil des siècles entendu et gardé des milliers de secrets.

— Damiana, je suis si lasse. Je n'ai même pas envie de dîner. Demain, je dois revoir la mère de l'enfant. Rentrons, d'accord ?

Sans faire aucun commentaire, son amie fit signe à un taxi en maraude, et elles rentrèrent toutes les deux rue Melzo.

7

Depuis la station de métro de Sant'Ambrogio, Orsola rejoignit la rue Conca del Naviglio à pied.

La femme habitait dans un grand immeuble bourgeois des années 1960, avec à côté un jardin commun qui bordait la rue et où s'épanouissaient des magnolias en fleurs. Sur la plaque de cuivre, elle lut les deux noms, CREMONESI-TANG, et elle appuya sur le bouton de la sonnette. L'interphone équipé d'une caméra vidéo lui indiqua « Cinquième étage » tandis que se faisait entendre le cliquètement métallique de la serrure qui s'ouvrait. Orsola franchit le porche pour découvrir un hall désert, les rideaux de la loge tirés, et, pendant une seconde, elle se demanda si elle ne ferait pas mieux de rentrer chez elle.

Au désir soudain de faire comme si toute cette histoire qui la faisait souffrir n'existait pas s'opposait la curiosité d'en connaître tout dans les moindres détails.

À cet instant, la porte de l'ascenseur situé au fond du hall s'ouvrit sur madame Cremonesi. Elle était vêtue d'une chemise en soie brillante de coupe orientale.

— Bonjour, je suis descendue vous accueillir, dit la Chinoise en s'approchant d'Orsola.

Il émanait d'elle une confiance identique à celle de son fils.

Orsola la suivit dans l'ascenseur et, en franchissant le seuil de l'appartement, elle s'excusa :

— J'aurais pu au moins vous apporter des fleurs. Je suis désolée de venir les mains vides.

— Ne vous excusez pas, je vous en prie. Je comprends que vous soyez troublée par d'autres pensées, répondit la femme en la précédant vers le séjour.

La pièce spacieuse où trônait un piano à queue n'évoquait en rien l'Orient, à part une série de toiles qui ornaient les murs et représentaient des paysages de rizières et de collines, et une immense photo du paysage des gratte-ciel de Hong Kong.

— Asseyez-vous, je vous en prie, dit Wei en montrant le canapé.

Elle sortit un instant de la pièce et revint avec un plateau qu'elle posa sur une table basse en cristal avant de prendre place dans un fauteuil en face d'Orsola. Elle lui offrit du thé dans une théière en terre cuite et de minuscules bouchées à la farine de riz.

Des portes-fenêtres qui donnaient sur la Conca del Naviglio provenait la lumière claire du jour. Orsola observa longuement Wei, dont la profonde sérénité intérieure la faisait paraître encore plus belle.

— Hier soir, j'ai parlé de notre rendez-vous avec mon époux, commença Wei après avoir bu délicatement une gorgée de thé. Il m'a conseillé de ne rien vous cacher, parce qu'il pense que vous avez le droit de connaître toute mon histoire qui, pendant un temps, a été liée à celle de votre mari sans que ces liens disparaissent totalement. Mais ce n'est que parce que la naissance de Steve est un lien qui ne peut être dénoué. Avant, je voudrais que vous me disiez comment était monsieur Sogliano. Vous savez, malgré le fait que nous ayons eu un fils ensemble, je ne l'ai pas du tout connu.

— Que puis-je vous dire ? Qu'il ne laissait jamais échapper ce qu'il pensait ? Les Sogliano, comme toutes les vieilles familles du corail, ont des origines hébraïques, et la discrétion, la parcimonie et la réserve sont des atavismes inaltérables, de même que le plaisir du commerce et l'instinct pour les affaires. Je peux dire que mon mari était tout cela.

— Je suis vraiment désolée de sa disparition, notamment pour Steve qui en souffre beaucoup. Hier soir, je lui ai téléphoné comme je le fais tous les jours et je lui ai dit que j'allais lui rendre visite demain pour séjourner quelques jours avec lui. Parce que je sens qu'il a besoin de moi, expliqua Wei.

— Moi aussi, je partirai demain matin. Je dois retourner à

Torre pour parler de Steve à mes enfants qui ne savent encore rien, commenta Orsola.

Du fond de l'appartement, on entendit un bruit de pas.

— Je croyais que nous étions seules, observa Orsola.

— Nous le sommes. Mon mari n'est pas allé sur le Tessin comme il l'avait prévu, mais il est sur le point de sortir. Si vous permettez, je vais l'appeler pour qu'il puisse venir vous saluer.

Une minute plus tard surgissait dans le séjour un quadragénaire au visage souriant et au physique imposant, dont rien ne laissait deviner son origine métisse si ce n'étaient les yeux en amande, qui la scrutèrent avec curiosité derrière une paire de lunettes de myope.

— Je sais que mon épouse veut vous parler et je ne veux pas vous déranger. Je m'en vais faire des courses parce que nous en sommes aux dernières semaines de grossesse, et je ne tiens pas à ce que Wei se fatigue. Après, je vais rendre visite à mes parents, alors, je vous laisse seules, expliqua-t-il.

Il avait l'air gauche des érudits qui se trouvaient plus à l'aise avec les livres qu'avec les êtres humains.

— N'oublie pas la liste, recommanda son épouse.

Ce conseil exprimé d'un ton légèrement appréhensif suffisait à révéler à quel point le professeur était éloigné des exigences pratiques. D'ailleurs, Wei se sentit obligée de préciser :

— Il est terriblement distrait. Une fois, je lui ai demandé d'acheter du détergent et il est revenu à la maison avec du liquide vaisselle.

Lorsqu'elles entendirent enfin se fermer la porte d'entrée, Wei parut se détendre.

Elle se rencogna sur le fauteuil, ferma les yeux et se couvrit le visage des deux mains comme si elle voulait mieux se concentrer. Orsola remarqua les mains superbes, aux longs doigts bien modelés, aux ongles courts, rosés, transparents qui évoquaient de minuscules coquillages.

En fait, il ne se passa qu'un court instant avant que les mains reviennent caresser son ventre proéminent tandis que ses lèvres se voilaient d'une ombre de sourire des plus doux.

— Il n'est guère facile, commença-t-elle, de vous raconter une histoire qui s'est passée il y a tant d'années..., parce que cela me force à me souvenir d'une période de ma vie qui n'était pas toujours heureuse. Vous êtes vraiment sûre, madame Sogliano, que vous avez envie de m'entendre ?

— Je crois que oui, murmura Orsola.

— Oui, je pense que, si vous avez accepté mon invitation, c'est que vous avez vraiment envie de savoir. Je ferais aussi bien de tout vous raconter. Voulez-vous encore une tasse de thé.

Orsola secoua la tête pour refuser et se prépara à écouter le récit de Wei.

Tang Wei

I

Tang Wei termina de nettoyer la salle de bains de la suite du dernier étage du Fullon Hotel tandis qu'Asako, l'intendante des étages, disposait des orchidées fraîches sur la table basse du salon. Wei avait commencé sa journée à six heures du matin. À présent, il était deux heures de l'après-midi et elle disposait de deux heures pour prendre sa pause, passer sous la douche, déjeuner et descendre dans le sous-sol du grand hôtel où elle s'exerçait tous les jours au piano.

Ce piano, un Bechstein à queue, était un don de madame Carrie Harrington, la jeune et mélancolique lady anglaise, épouse de monsieur John Harrington, auprès de laquelle elle vivait encore quelques mois plus tôt dans une résidence du début du XXe siècle dans le quartier anglais de Hong Kong.

Wei n'avait que huit ans lorsqu'elle avait, par hasard dans une suite du Fullon, fait la connaissance de madame Carrie qui y était descendue avec son époux pour un bref séjour. Monsieur Carrington était le directeur d'une entreprise d'import-export, dont le siège était à Hong Kong et qui exportait des produits et des articles chinois en Angleterre pour importer à son tour des produits et des articles anglais vers la Chine. Il était venu jusqu'à Taïwan pour négocier l'expédition d'un lot d'éventails, et son épouse l'avait accompagné. Elle ne s'occupait guère des affaires de son mari, mais elle avait profité de ce séjour pour visiter de nombreuses serres et acquérir quelques plantes qu'elle destinait au jardin de sa propriété de Hong Kong. Afin d'éviter la chaleur étouffante de la région, elle était sortie tôt le matin et était rentrée à l'hôtel lorsque l'humidité commençait à se faire insupportable. En franchissant la porte de l'appartement du Fullon, elle était tombée sur une petite fille qui aidait la femme de ménage à refaire le lit. Cette employée, une femme d'un âge indéfinissable, s'était excusée de la présence de sa fille en suppliant la dame de ne pas la dénoncer à la direction, mais, comme elle l'expliqua, l'école était fermée et elle n'osait pas laisser seule à la maison la petite Wei, sa dernière de ses cinq enfants. La femme parlait un anglais des plus approximatifs, mais madame Harrington avait aussitôt compris la situation. Elle observa la fillette gracieuse qui semblait vouloir se cacher derrière la silhouette plus massive de sa mère et elle pensa combien la vie était injuste. Elle qui voulait tant avoir un enfant et ne le pouvait pas, elle devait se contenter de considérer avec tendresse ceux des autres.

— Je pourrais l'emmener à Hong Kong pour la période des vacances. J'ai justement besoin d'une aide pleine de bonne volonté pour travailler avec ma femme de chambre, s'était-elle retrouvée à proposer.

— Je dois d'abord en parler avec monsieur Tang Chiu, mon mari, répondit la femme.

Elle jeta alors un regard à sa fille, partagée entre la peine de la quitter et le soulagement de pouvoir travailler sans devoir la cacher. Wei avait ainsi vécu chez les Harrington à Hong Kong jusqu'à l'âge de quinze ans, la plus heureuse période de sa vie. La femme de chambre de madame Carrie n'avait aucunement besoin d'aide, mais sa maîtresse, une femme dépressive qui passait des heures à lire, à soigner les plantes de son jardin et à jouer du piano, tenait à avoir la fillette à ses côtés afin d'égayer ses journées. Il n'avait fallu que peu de temps pour que l'Anglaise se rende compte à quel point Wei était réceptive et intelligente. Elle s'était notamment aperçue que la petite suivait le moindre de ses gestes avec attention lorsqu'elle jouait du piano.

— Aimerais-tu apprendre à jouer ? lui avait-elle demandé.

Wei avait simplement hoché la tête. Timide, elle parlait peu, mais son regard était des plus expressifs.

— Je vais donc t'apprendre. J'ai étudié la musique et je suis sortie diplômée du conservatoire de Vienne, une très belle ville d'Europe, berceau de grands musiciens qui l'ont rendue célèbre dans le monde entier. Un jour, il faudra que tu t'y rendes, lui avait-elle déclaré.

— Faut-il beaucoup de temps pour apprendre à jouer du piano ? avait alors demandé l'enfant.

— Des années d'exercices quotidiens, sans parler de la nécessité d'être doué d'une certaine sensibilité musicale. Si celui qui joue d'un instrument se contente d'exécuter correctement un morceau, ceux qui écoutent n'éprouveront aucune émotion. Pour être un bon pianiste, la technique est certes essentielle, mais le talent d'interprétation est fondamental, expliqua-t-elle.

— J'aimerais être aussi douée que *nǚshì*, soupira Wei.

Nǚshì, pour « madame », était le nom qu'elle donnait à sa maîtresse tandis qu'elle appelait son maître *xiānshēng*, « monsieur ». Elle aurait aimé les appeler par leur prénom, Carrie et John, mais elle n'osait pas.

— Je ne suis pas aussi douée que ce que tu le crois. J'ai abandonné la profession de concertiste lorsque j'ai épousé monsieur Harrington. Son travail est extrêmement important et j'étais déterminée à demeurer auprès de lui. Par ailleurs, je voulais des enfants, mais, hélas, ils ne sont jamais venus, murmura-t-elle d'un ton triste.

À la fin des vacances, madame Carrie avait réussi à convaincre les parents de Wei de laisser la petite fille à Hong Kong avec eux. Outre le piano, Wei étudiait également dans une école privée catholique, où elle apprenait le mandarin, sa propre langue, et l'anglais. Lorsqu'elle était libre, dans l'après-midi, sa *nǚshì* l'emmenait dans des expositions, notamment pour admirer les peintres occidentaux du XIXe siècle qu'elle appréciait tout particulièrement. Devant chaque tableau, madame Carrie lui fournissait des explications aussi captivantes qu'un récit, et Wei se mit à apprécier également la peinture. À l'âge de douze ans, elle termina ses études élémentaires, et vint le moment de choisir un collège. Wei retourna à Taïwan rendre visite à sa famille. Entre-temps, ses frères s'étaient trouvé une épouse et vivaient ailleurs. Au plus grand déplaisir de la famille Tang, l'aîné avait épousé une Japonaise. À l'époque, les liens entre les Chinois et les Japonais étaient plutôt tendus et, lorsque leur fils était allé s'installer avec sa femme à Osaka, les parents de Wei avaient pleuré et prédit l'échec du mariage. La deuxième fille s'était mise en ménage avec un cultivateur de fleurs qui vivait dans une autre île. Des deux autres fils, l'un travaillait dans une entreprise internationale de Taïwan, et l'autre, émigré à New York, avait rencontré et épousé une jeune fille de son pays dont les parents possédaient une boutique de porcelaine chinoise à Brooklyn. Pour sa part, il travaillait à la surveillance du parking de l'hôtel Marriott Marquis de Times Square.

— Une véritable diaspora ! s'était exclamée Asako.

La mère de Wei continuait à travailler à l'hôtel Fullon comme femme d'étage, alors que Chiu, son père, servait dans les cuisines du même hôtel. Ils n'avaient pas vu Wei depuis quatre ans et, à son arrivée, ils se mirent à pleurer de joie en voyant combien elle avait grandi.

— Il ne reste plus que toi, déclara son père. Dans quelques années, il te faudra trouver un bon mari.

Ils étaient dans leur minuscule appartement situé à la périphérie de la ville. Wei avait regardé autour d'elle avec un sentiment de malaise parce qu'elle avait oublié jusqu'à la pauvreté de sa maison et du quartier, et cette activité continuelle de ruche. Elle était revenue pour passer avec ses parents un long séjour, mais cela ne faisait que quelques heures qu'elle était là qu'elle regrettait déjà la demeure des Harrington. Lorsque son père lui parla d'un futur mari, elle le prit comme une menace. Sa mère, qui s'en était rendu compte, lui chuchota :

— N'écoute pas trop ce vieux grincheux. Il est toujours soucieux de l'avenir de ses enfants. Tu dois encore grandir et apprendre un métier. Il se passera suffisamment de temps avant qu'il ne puisse te donner un mari.

La famille Tang était originaire du continent et avait toujours été paysanne. Ensuite, elle avait été obligée d'émigrer sur l'île et d'y trouver un nouvel emploi. Tang Chiu restait cependant lié aux traditions de ses ancêtres et, au moins dans le cadre familial, il faisait de son mieux pour les faire perdurer. Il était satisfait de la manière dont s'était établie sa fille aînée et voulait faire en sorte que la plus jeune lui procure autant de satisfaction.

Lorsque Wei rentra à Hong Kong, chez les Harrington, ce fut avec un sentiment de libération.

2

Ainsi s'écoulèrent encore quelques belles années au cours desquelles Wei s'épanouit pour devenir une jeune femme dévorée par sa passion pour la musique et qui faisait chaque jour des progrès sous l'égide rassurante de sa maîtresse.

Madame Carrie avait décidé qu'elle ne pouvait pas se priver de la compagnie de Wei, et ce fut elle qui lui enseigna le piano en lui promettant qu'un jour, elle l'accompagnerait en Europe, notamment parce qu'elle tenait à la soumettre à l'examen sévère de son professeur qui dirigeait encore le conservatoire de Vienne. Hélas, lorsque Wei atteignit l'âge de quinze ans, la demeure des Harrington commença à être moins joyeuse.

Il y régnait une atmosphère de plus en plus tendue. Monsieur Harrington se montrait de plus en plus sombre, et ses affaires semblaient marquer le pas. De temps en temps, il s'absentait pour rendre visite à des gens qui, il y avait encore quelque temps seulement, fréquentaient sa demeure et qui semblaient à présent prendre leurs distances.

Il revenait toujours de ces visites d'une humeur plus sombre encore, s'enfermant dans son cabinet de travail avec son épouse qui finissait par ressortir tout aussi prostrée que lui.

Un jour, elle annonça à Wei :

— Mon mari rencontre des obstacles imprévisibles dans ses affaires. Il semble qu'il soit arrivé quelque chose qui, comme vous, Chinois, le dites, a fait perdre la face au fonctionnaire du parti de notre district.

Wei savait parfaitement que le fait de perdre la face était la pire chose qui pouvait arriver à un Chinois.

Un matin à l'aube, sa *nǚshì* fit irruption dans sa chambre et la réveilla en pleurant.

— Nous devons quitter cette maison sur-le-champ parce qu'un ami nous a confié qu'ils allaient venir arrêter mon mari.

Encore à moitié endormie, Wei ne parvenait pas à saisir de quoi il retournait.

— Une voiture nous attend. Habille-toi et viens avec moi à l'aéroport. Tu y prendras un vol direct pour Taïwan pendant que nous irons, par vol privé, jusqu'à Tokyo.

Elle lui remit une enveloppe gonflée de billets et, au moment de la quitter, ajouta :

— Je ne crois pas que nous nous reverrons. Je ne sais même pas où nous finirons par aller, mais tu ne dois pas cesser d'étudier. J'ai pris toutes les dispositions pour qu'on t'expédie le piano où que tu sois.

Le piano arriva, en effet, un mois plus tard à l'adresse de son père à l'hôtel Fullon. Avec l'aide de ses collègues de travail, monsieur Tang Chiu dissimula l'instrument dans un local contigu au garage en sous-sol.

Wei avait trouvé du travail pour faire le ménage dans l'hôtel même. Elle remplaçait sa mère dont la maladie s'était aggravée au point que la femme dut être hospitalisée.

Grâce au bouche-à-oreille du personnel qui entretenait des liens d'amitié ou de parenté avec les employés de l'hôtel Crowne Plaza de Hong Kong, les Tang finirent par apprendre que la luxueuse résidence des Harrington était désormais occupée par le secrétaire local du parti et que l'entreprise d'import-export avait changé de patron.

Les mêmes sources d'informations laissèrent filtrer que la cause de toute l'affaire était l'obstination de l'entrepreneur britannique, qui avait refusé de payer les dessous-de-table obligatoires au politique en fonction.

Pour Wei, cela signifiait que les années de bonheur étaient du passé. Ce qui ne l'avait pas découragée dans sa passion pour la musique. Chaque fois qu'elle avait terminé sa journée de travail, la jeune femme descendait dans les sous-sols de l'hôtel pour s'asseoir devant son piano. Là, elle oubliait pendant quelques heures la fatigue pour répéter avec ardeur. Ensuite, elle rentrait chez elle, préparait un plat chaud qu'elle emportait à l'hôpital pour sa mère qui avait subi une intervention chirurgicale complexe des intestins.

— Je ne pourrai plus travailler comme avant, déclara la femme à sa fille.

On aurait dit qu'elle s'excusait de son handicap.

— Nous n'avons pas besoin d'argent, répondit Wei. L'argent que m'a donné ma *nǚshì* suffira largement.

— Non, tu ne dois pas y toucher. Il est à toi et il doit rester à la banque. Un jour, il pourra s'avérer utile, lui avait assuré sa mère.

Ensuite, elle avait fait une grimace en goûtant le plat que sa fille avait apporté de la maison.

— Tu devrais demander à ton père de t'apprendre à découper les légumes.

Fort de sa culture paysanne, le père Tang Chiu était employé à cette tâche justement dans les cuisines de l'hôtel. Il avait d'ailleurs l'habitude de dire :

— Le céleri, l'oignon, l'orange, chaque fruit et chaque légume possèdent une âme comme toutes les créatures vivantes. Lorsque tu dois les trancher, leur retirer la vie afin de les cuisiner, il faut que tu le fasses en respectant leur essence. Si tu les massacres, ils perdent toute leur saveur et tu auras l'impression de manger du carton bouilli.

Wei déclara qu'elle était désolée, mais qu'elle n'entretenait aucun intérêt pour la cuisine. Sa seule passion était la musique. Elle se rendait compte que madame Carrie, sa professeure de piano, l'avait abandonnée trop tôt et qu'elle avait encore beaucoup à apprendre. Elle soupirait, pleine de nostalgie pour toutes ces merveilleuses années qui ne reviendraient jamais.

— Il ne sert à rien de se lamenter sur ce qui est passé ; il vaut mieux regarder la réalité en face. Dans peu de temps, tu devras te marier, avoir des enfants et avoir le bonheur de les regarder grandir. Ces Anglais t'ont fait vivre dans du coton, mais ce n'était qu'une illusion comme tu dois t'en rendre compte à présent. C'est terminé, Wei. Il faut te résigner, l'admonesta sa mère.

Malgré cela, Wei refusait de se résigner, et elle ne cessait de rêver d'Europe, de Vienne et de concerts tout en nettoyant les chambres et les salles de bains de l'hôtel. Elle n'en faisait pas moins son travail avec beaucoup de soin parce que son père l'avait personnellement recommandée au directeur du personnel, le très redouté monsieur Wang Chen, et il n'était pas question qu'elle fasse perdre la face à son père.

— Je fais de mon mieux, maman ! Demain, j'essaierai de préparer un meilleur repas, mais il faut que tu te dépêches de guérir, répondit-elle.

Lorsque madame Tang rentra chez elle, elle ne reprit pas son travail, car les médecins lui avaient formellement déconseillé un emploi aussi épuisant.

Depuis, de nombreux mois avaient passé. Wei, une jeune fille extrêmement gracieuse, devait souvent repousser les propositions de ses collègues de travail ou des garçons du voisinage. Après avoir découvert tout ce que la vie pouvait offrir d'intéressant, elle n'éprouvait aucune espèce d'attirance pour le rôle de l'épouse soumise.

Ce jour-là, elle remit à l'intendante chargée du dernier étage la liste des tâches qu'elle avait accomplies, échangea quelques plaisanteries avec des collègues qui, comme elles, venaient de terminer leur service, avant de se glisser dans la pièce qui jouxtait le parking et où l'attendait, en silence, sous une toile de jute, son piano.

Elle retira la toile et la replia soigneusement. Afin de faire pénétrer un peu de lumière dans les lieux, elle entrouvrit légèrement les fenêtres qui donnaient sur le jardin, derrière lequel une haie de lauriers-roses parfumés les dissimulait. Elle ouvrit une partition et se lança dans l'étude d'une *Polonaise* de Chopin.

Elle utilisait la sourdine, mais cela n'empêchait pas tout à fait à la musique de se répandre dans les jardins. Les hôtes de l'hôtel qui étaient en train de dîner dehors ne semblaient cependant pas s'en apercevoir, à l'opposé des serveurs qui, de temps en temps, se glissaient derrière la haie pour se pencher à la hauteur de la fenêtre et lancer un petit salut à Wei. Ce n'était un secret pour aucun d'entre eux que le sous-sol abritait un piano et que c'était la fille Tang Chiu qui en jouait. Ce jour-là, alors qu'elle était concentrée sur un passage particulièrement difficile, Wei ne put s'empêcher de pousser un hurlement lorsqu'une main lui empoigna l'épaule.

Elle se leva d'un bond du tabouret, prête à prendre la fuite, pour se retrouver devant le visage menaçant de monsieur Wang Chen.

Tout le monde craignait ce quinquagénaire, sachant qu'il pouvait se montrer extrêmement méchant pour quiconque commettait la moindre erreur, et il avait d'ailleurs la mauvaise habitude de s'attaquer plus particulièrement aux jeunes employées plutôt jolies. Pour ne pas perdre leur emploi, certaines se pliaient à ses désirs alors que d'autres préféraient démissionner.

Wei, quant à elle, s'était toujours sentie plutôt en sécurité parce qu'elle était la fille du respectable Tang Chiu, le spécialiste des cuisines dans la découpe des légumes.

Ce jour-là, elle ressentit cependant une peur panique, car dans les yeux de l'homme brillait une lueur vicieuse qui ne laissait présager rien de bon.

— Est-ce que tu sais que tu peux taper sur cet instrument uniquement parce que je le permets ? commença-t-il.

La jeune fille baissa les yeux et hocha simplement la tête. Tout ce qu'elle désirait, c'était qu'il quitte la pièce.

Mais l'homme était si proche d'elle qu'il lui soufflait en pleine face son haleine chargée d'ail. Pétrifiée, elle sentait monter en elle une vague de nausée incontrôlable.

— Je vois que tu connais les bonnes manières et que tu n'es pas insolente. C'est exactement comme cela que doit se comporter une dame, déclara-t-il.

On savait que monsieur Wang Chen avait déjà enterré deux épouses, emportées par les coups, par les grossesses et l'épuisement. Il avait un nombre indéfini d'enfants, dont certains étaient adultes et vivaient leur vie, et d'autres plus jeunes, dont s'occupait la vieille madame Wang.

— Tant que je le permettrai, tu pourras continuer à faire du bruit avec ton piano, ajouta-t-il avant de tourner les talons et de sortir de la pièce.

Wei s'aperçut alors qu'elle avait les jambes en coton. Elle éclata en sanglots et se précipita chez elle pour retrouver sa mère et tout lui raconter.

Madame Wang l'écouta sans mot dire avant de déclarer :

— Tu devrais être très heureuse, ma petite Wei, parce que, ce matin, l'honorable monsieur Wang Chen a parlé avec ton père. Il souhaite t'épouser.

3

Wei n'avait jamais eu d'amoureux, et elle n'en avait guère envie. L'amour de la musique la comblait amplement.

— Je n'ai aucune intention de me marier, surtout avec ce vieux dégoûtant ! protesta-t-elle sur un ton indigné quand ses parents lui reparlèrent de l'affaire.

— Tu n'as rien compris et c'est sans doute uniquement ma faute, parce que, au lieu de t'éduquer comme tes frères, j'ai laissé ces Anglais te prendre avec eux et parce que je leur ai confié ton éducation. Ta *nǚshì* t'a fourré toutes sortes de rêves dans la tête, mais tu dois être raisonnable. Depuis ton retour à la maison, tu travailles comme femme de ménage dans un hôtel. Le mieux que tu puisses espérer, c'est épouser un serveur. N'as-tu pas assez de l'exemple de tes parents qui vieillissent en se tuant au travail ? Je t'ai promise à un homme assez riche. Quelle importance si le directeur du personnel est âgé ? Tu ne sais pas que les hommes ne vieillissent jamais ? Seules les femmes vieillissent et, lorsque cela se produit, personne n'en veut plus. Nous sommes vieux et, un jour, nous ne serons plus là, et nous ne voulons pas que notre dernière fille demeure seule et sans protection, déclara son père.

Wei souhaitait moins que tout au monde se rebeller contre la volonté paternelle, mais elle avait également l'impression que sa mère n'était guère enthousiaste quant à ce choix. Cependant, l'éducation des épouses chinoises de l'époque ne les poussait pas à contredire leur mari, et les filles respectueuses devaient faire de même. Wei avait été toutefois élevée différemment, et elle n'avait pas fait siens ces principes inviolables.

— Vous savez tous les deux ce qu'on raconte sur ce gros porc, et vous voulez quand même me donner en pâture à lui ? hurla-t-elle.

— Je te prie de parler autrement de l'honorable monsieur Wang Chen ! Il sera ton époux que tu le veuilles ou non ! Quant à ce que les gens peuvent raconter, il ne s'agit que de jalousie ! C'est un homme important. Il possède une immense maison, des terres et occupe un poste de responsabilité non négligeable dans le meilleur hôtel de la ville. Le sort a voulu qu'il perde ses deux premières femmes, et tu pourrais être la lueur de sa vieillesse.

Toute la nuit durant, Wei tenta d'élaborer des plans de fuite improbables. Elle ne pouvait pas compter sur sa sœur dans la mesure où elle savait que celle-ci n'aurait pas levé le petit doigt pour s'opposer à la volonté paternelle. Wei possédait certes un nombre incalculable de cousins et d'oncles et tantes, mais elle ne les connaissait pas vraiment. Elle avait grandi loin de la famille et, pour tous, elle était comme une étrangère.

Depuis qu'elle était revenue de Hong Kong, elle croisait de temps en temps son frère Wu qui travaillait à l'aéroport de Taïwan, ainsi que sa belle-sœur.

Ils vivaient dans le même quartier qu'elle, et elle se dit qu'elle pouvait sans doute lui demander de revenir sur la promesse faite à monsieur Wang Chen. Un jour, à l'aube, elle se décida et alla frapper à la porte de son frère.

— Tu es complètement folle si tu crois que je peux faire une telle chose, rétorqua Wu. Tu veux que ton père perde la face ? Le type serait capable de le licencier et de lui faire honte aux yeux de tout le monde en affirmant qu'il n'est qu'un homme sans honneur. Et puis, c'est quoi, cette histoire ? Tu pourrais te réjouir d'avoir déniché un mari riche !

La mort dans l'âme, Wei alla travailler ce jour-là en se disant que son destin était tout tracé.

Le contrat de mariage fut établi à la fin de l'été. Lorsque Wei monta en voiture avec son nouvel époux, ce fut comme si elle avait pris le chemin de l'enfer. Dès le début, il lui jeta des regards lubriques. Sa nouvelle demeure était une immense construction d'un seul niveau, qui trônait au centre d'un terrain en partie orné d'un jardin potager d'un côté et d'un verger de l'autre. Assise sur un rocking-chair, une vieille femme à l'air franchement hostile se tenait dans le patio avec, autour d'elle, une bande d'enfants de quatre à douze ans : les enfants de la deuxième épouse.

— C'est la nouvelle servante ? demanda le plus jeune en regardant Wei d'un œil malicieux.

Les autres se contentèrent d'éclater de rire d'un air surpris, et l'un d'entre eux, plus âgé, lui fit une grimace.

— Baise donc la main de ta belle-mère, ordonna son mari.

Wei n'eut d'autre choix que d'obéir.

— Tu n'as pas vraiment fait le bon choix, mon fils, observa la vieille. Elle a l'air d'être une bonne à rien. J'ai soif. Apporte-moi à boire.

— La cuisine est par là, dit simplement le mari de Wei. Dépêche-toi ! Va préparer le thé, ajouta-t-il en accompagnant son ordre par une tape sur le dos de la jeune fille.

Wei pénétra dans une pièce crasseuse, où les piles de vaisselle étaient dispersées çà et là. Des restes de nourriture gisaient, abandonnés sur le sol, tandis que les mouches bourdonnaient à loisir. À son entrée, des cafards coururent aussitôt se réfugier sous les meubles.

Voilà donc quelle était la demeure merveilleuse dont rêvait son père pour elle ? C'était là l'accueil réservé à la troisième femme qui, à entendre son père, devait représenter la lueur de la vieillesse de son mari ? Pourquoi son père n'était-il pas là pour constater de ses propres yeux l'enfer dans lequel il l'avait poussée ?

— Quand tu auras servi le thé à ma mère, tu devras mettre un peu d'ordre et préparer le dîner, ordonna son mari.

Puis, juste avant de sortir, il ajouta :

— Hier, j'ai vendu ton piano puisqu'il ne sert plus à rien !

Wei ne lui aurait jamais donné la satisfaction de se mettre à pleurer devant lui, même si elle accusait le coup comme une blessure mortelle. C'est exactement à partir de cet instant que débuta son agonie. Une minute plus tôt, elle pensait qu'elle serait capable de tout supporter du moment qu'elle continuait de disposer de son instrument et de quelques heures chaque jour pour effacer sa peine dans la musique. Désormais, elle ne souhaitait que la mort.

Toutefois, le pire restait encore à venir.

Au cours du dîner, alors qu'elle mangeait à part, à côté des fourneaux, les enfants de son époux, six fils impossibles à contrôler, aussi insolents et méchants que leur père et leur grand-mère, se mirent à se moquer d'elle sous le regard amusé de son mari et de sa sorcière de belle-mère.

Et ce n'est que lorsque tout le monde fut parti se coucher et qu'elle eut entièrement rangé la cuisine que monsieur Wang Chen daigna lui montrer le chemin de la chambre à coucher.

Malgré tous les efforts qu'elle avait décidé de faire pour ne pas montrer sa réaction, ce qu'elle découvrit lui fit horreur. Dans un ancien lit en bois de santal finement ouvragé se trouvait une jeune fille recroquevillée sur elle-même et plongée dans un profond sommeil.

— Crétine ! hurla son mari.

La jeune fille ouvrit les yeux en portant ses bras devant son visage, comme pour se cacher, tandis qu'il l'empoignait et pestait contre sa vieille mère qui ne l'avait pas encore mise à la porte. La jeune fille se mit à pleurer et à bafouiller que c'était justement madame mère qui lui avait affirmé qu'elle pouvait rester là jusqu'au lendemain matin.

Impassible, Wei observa la scène révoltante qui se déroula alors sous ses yeux : la jeune fille se redressa et tenta de fuir tandis que son mari la rouait de coups et ne cessait de l'invectiver. Ensuite, sans se soucier d'ajouter aucune d'explication, il lui ordonna d'un ton sec :

— Déshabille-toi.

Elle obtempéra. Il jeta alors un regard avide sur son corps virginal en esquissant un mouvement d'impatience.

— Faut-il vraiment tout te dire ? Allonge-toi, siffla-t-il avant de lui monter dessus sans autre forme de ménagement.

Dans cette chambre sombre, la chaleur était suffocante. La puanteur d'ail qui émanait de toute la peau de cet individu lui donnait la nausée. L'homme la viola en grognant comme un bœuf, et Wei ne put s'empêcher de vomir son maigre dîner. Elle dut changer les draps et, ce faisant, remarqua que le linge était orné du monogramme de l'hôtel Fullon. L'honorable Wang Chen, le très redouté chef du personnel, toujours prêt à sermonner, voire à licencier un employé à la moindre faute, était un voleur !

Wei sortit dans la cour pour aller mettre les draps souillés dans une vasque en béton qu'elle remplit d'eau. Lorsqu'elle revint dans la chambre, son époux ronflait déjà.

Elle se rendit dans la salle de bains et prit une longue douche, mais, quelles que soient les cascades d'eau qu'elle laissait courir sur son corps, elle n'arrivait pas à se débarrasser de cette impression de souillure et d'humiliation.

Elle retourna dans la chambre après avoir enfilé un peignoir, également propriété de l'hôtel. Elle préleva un oreiller du lit, le posa sur une petite estrade et s'allongea sur le sol en priant de tout son cœur pour que la mort vienne la prendre dans ses bras protecteurs.

4

Au bout de six mois, Wei en était à son cinquième mois de grossesse, mais, chaque nuit, son mari continuait de la violer. Entre ses bras, Wei se sentait comme une poupée de chiffon. Elle ne parlait pas ni ne se plaignait. Elle ne sentait plus rien.

— Je suis fou de toi, bavait-il tout en ahanant sur le corps de la jeune femme.

Pendant la journée, Wei servait la famille qui la tourmentait de mille manières et, la nuit, elle était la victime inerte d'un mari qui avait fait de la méchanceté gratuite sa raison de vivre.

Il lui reprochait son silence constant et la battait sans cesse. Wei avait cessé de prononcer un seul mot depuis le soir de ses noces, et, malgré les coups et les claques, malgré les injonctions de son mari à dire quelque chose, elle continuait de se taire.

Il était suffisamment malin pour la rouer de coups sur le corps et pas sur le visage, où d'autres auraient pu constater des preuves de sa violence. Une fois par mois, il l'accompagnait chez ses parents comme le ferait un bon mari.

Avant chaque visite, il insistait pour que Wei aille se faire belle chez le coiffeur et qu'elle se pare de vêtements de marques occidentales luxueuses.

Wei ne parlait pas plus avec ses propres parents qui la contemplaient avec un air anxieux, mesurant tout son malheur. Ils se sentaient coupables de sa situation.

Un jour, elle était allée voir sa mère seule, sans son mari. Alors qu'elle relevait le bras, la manche de son corsage avait glissé, et sa mère n'avait pu que remarquer l'énorme hématome qui ornait le bras de sa fille. Sans réfléchir, elle avait allongé la main pour ouvrir le col du corsage de sa fille et découvrir le reste.

Dans la maison Tang, les chamailleries et les injures faisaient partie du quotidien, mais le père de Wei n'avait jamais levé la main sur sa femme, ni sur ses enfants, y compris lorsqu'ils étaient plus petits et faisaient des bêtises à le faire sortir de ses gonds.

Horrifiée, sa mère avait demandé :

— Pourquoi ne nous as-tu pas dit qu'il te battait ?

— Parce qu'il est en droit de me faire ce qu'il veut. Même mon père a fait de moi ce qu'il voulait lorsqu'il m'a obligée à l'épouser, avait rétorqué Wei.

Elle avait vu alors les yeux de sa mère se remplir de larmes.

— Même en ce moment ? Alors que tu es enceinte ?

Wei n'avait rien répondu. Elle s'en était retournée chez elle et, silencieuse et impénétrable comme toujours, avait repris son poste auprès de son mari.

En dépit de la barrière qu'elle avait réussi à ériger entre elle et la réalité pour s'empêcher de penser et de souffrir (une exclusion de son quotidien infernal qui bannissait toute émotion de son être), le regard torturé de sa mère avait allumé une petite lueur dans sa terrifiante vie d'épouse d'un véritable bourreau.

Quelques jours plus tard, son mari rentra fou de rage du travail. Il la traîna jusqu'à la chambre à coucher, la viola, puis se mit à la bourrer de claques en hurlant :

— Qu'as-tu donc raconté à ton père, espèce de salope ?

Wei ne comprenait pas puisqu'elle n'avait pas parlé avec son père. Elle ignorait aussi qu'il avait fait irruption dans le bureau de son supérieur et s'était mis en colère.

— Dès aujourd'hui, monsieur le chef du personnel, je démissionne, mais vous allez immédiatement cesser de battre ma fille. Dans le cas contraire, je devrai vous dénoncer aux autorités.

Monsieur Wang Chen était parfaitement conscient qu'une telle menace ne pouvait avoir de suite, d'autant qu'il était lié à la police avec laquelle il échangeait quelques faveurs pas toujours très licites. La colère du petit découpeur de légumes ne l'avait même pas fait ciller, mais il fallait que cette insolence soit sanctionnée.

— C'est moi qui vais te licencier, espèce de vieil idiot. Ta fille est ma femme, et ce que je fais ou ne fais pas avec elle ne regarde que moi. Dégage ! avait-il hurlé.

À présent, le silence obstiné de son épouse l'exaspérait plus encore.

— Réponds donc, espèce de traînée ! continua-t-il à hurler tout en lui donnant de nouvelles claques.

Pour toute réponse, Wei lui cracha au visage.

Pour l'honorable monsieur le directeur du personnel, il s'agissait là d'un outrage pire que n'importe quelle insulte. Il réagit en donnant à Wei un coup de pied dans le ventre. La douleur fut telle que la future maman s'écroula sur le sol et perdit connaissance. Lorsque Wang Chen se rendit compte que la jeune femme perdait du sang, il appela sa mère à la rescousse.

— C'est une hémorragie, déclara la vieille femme.

— Que devons-nous faire ? demanda son fils.

— Elle pourrait perdre tout son sang et mourir, répliqua la mère d'un ton inquiet.

Après l'affront que son beau-père lui avait fait subir, monsieur Wang Chen ne se souciait guère que son épouse meure ou non, mais il ne put s'empêcher de penser aux conséquences potentielles. Certes, il se sentait suffisamment protégé, mais il était toujours possible que la police ouvre une enquête qui finirait par faire tache sur sa carrière.

— Aide-moi à la porter jusqu'à la voiture, dit-il à sa mère. Il faut l'emmener à l'hôpital.

— Et que vas-tu dire aux médecins ?

— Je trouverai quelque chose.

Entre-temps, Wei avait repris connaissance et souffrait en silence. Lorsqu'on l'installa sur un brancard pour l'emporter au bloc opératoire, elle avait déjà perdu beaucoup de sang et s'était évanouie à nouveau.

On l'opéra, lui fit des transfusions de plasma, et les médecins eurent tout le temps de constater l'étendue des dégâts de ce jeune corps de femme martyrisée. Une chose que constata également l'infirmière du bloc, qui était par ailleurs une voisine et connaissait la famille Tang.

Monsieur Wang Chen avait prétendu que son épouse avait reçu un coup de pied de cheval, mais le mensonge était par trop évident. L'infirmière se demanda si ses voisins étaient au courant et, quelques heures plus tard, lorsqu'elle sortit du bloc opératoire et qu'elle vit monsieur Wang Chen en compagnie d'un commissaire politique, elle se dit que l'homme n'avait pas perdu de temps à convoquer ses amis haut placés.

Cela ne l'empêcha pas de mettre à exécution ce qu'elle s'était proposé de faire.

Elle passa un coup de fil à la famille Tang, parla longuement avec le père de Wei et lui raconta toute l'affaire.

Elle lui expliqua également que sa fille, qui, pour l'heure, était en train de lutter contre la mort, devrait rester longtemps à l'hôpital. Si elle s'en sortait, ajouta-t-elle, elle ne serait pas en mesure de quitter l'hôpital avant trois bonnes semaines.

— C'est juste le temps qu'il me faut, avait répondu monsieur Tang sans fournir davantage d'explications.

Tous les jours, Wei recevait la visite de ses parents, de son frère qui travaillait à l'aéroport et de sa belle-sœur, ainsi que de sa sœur et de son cultivateur de fleurs de mari. On lui avait révélé qu'elle avait perdu son enfant sous le coup et, bien qu'elle ne parlât que peu et ne racontât rien, elle déclara que, dans sa grande miséricorde, Dieu lui avait accordé la vie sauve.

Au fur et à mesure qu'elle recouvrait ses forces, les blessures se refermaient, les hématomes s'effaçaient, et Wei retrouvait un peu de ce sens de la réalité qu'elle avait cherché à oublier pendant si longtemps. Les médecins lui avaient cependant avoué que, malgré leurs soins attentifs, il y avait très peu de chances qu'elle puisse mettre un autre enfant au monde.

La seule réponse de Wei (« Je veux seulement récupérer mon piano ») ne les avait guère éclairés.

Monsieur Wang Chen allait lui rendre visite de temps en temps, généralement le soir. Il ne croisait pas les parents de Wei, et son assurance était telle qu'il alla jusqu'à déclarer :

— Tu as failli mourir. J'espère que cela te servira de leçon !

Que ce soit l'hôpital ou les Tang, personne n'avait porté plainte. Tout le monde savait que cela serait parfaitement inutile.

Un matin, les parents de Wei se présentèrent avec quelques vêtements ainsi que l'enveloppe contenant l'argent que lui avait confié madame Harrington. Et son père déclara :

— Dépêche-toi de partir. Je vais t'accompagner à l'aéroport. Ton frère Lan t'attend à New York.

5

Wei était libre. Les médecins de l'hôpital avaient facilité sa fuite, et la famille Tang s'était chargée du reste. Le réseau de parents et d'amis avait procuré à la jeune femme un passeport, les documents nécessaires à son voyage et tout ce qui lui était indispensable pour qu'elle puisse s'installer aux États-Unis. Lors de son séjour à l'hôpital, en l'espace de trois semaines, Wei avait guéri de ses blessures, mais son âme continuait de souffrir. Au début, elle s'était laissée aller à pleurer, réaction que les médecins attribuaient au bouleversement hormonal de l'interruption de sa grossesse, mais Wei savait bien que ses pleurs, des larmes de désespoir qui coulaient pendant des heures, marquaient en fait son retour à la réalité. Elle avait frôlé la mort et voilà qu'elle revenait à la vie.

Lorsqu'elle dormait, il lui arrivait souvent de se réveiller brusquement en tremblant, en proie à la panique de recevoir des coups. Elle lançait alors un regard en direction de la porte de la chambre, comme si son mari allait apparaître avec sa puanteur écœurante d'ail, avant de se rendre compte qu'elle était dans une chambre d'hôpital, à l'abri, dans un lieu inviolable, entourée de femmes qui occupaient les lits voisins.

Au fur et à mesure qu'elle recouvrait ses forces, son mari se montrait de plus en plus joyeux et de plus en plus attentif. Il venait toujours avec des fleurs ou quelque friandise, et les autres patientes enviaient Wei en ne voyant en lui qu'un époux généreux et affectueux.

— Je veux que tu guérisses vite, disait-il d'une voix forte pour que tout le monde l'entende. Tes enfants sont impatients de te revoir.

L'idée qu'il puisse lui attribuer la maternité de cette bande de sauvages, des enfants tous nés de la deuxième épouse défunte, était sidérante. Un soir, elle avait vu apparaître la jeune fille qu'elle avait découverte sur son lit, le soir de ses noces.

Bien vêtue, maquillée et parfumée, elle lui avait offert une branche d'orchidée que Wei avait prise avec méfiance. Toutefois, elle avait accepté d'aller faire quelques pas avec elle dans le couloir pour bavarder un peu.

— Tu es différente, lui avait dit Wei alors qu'elles sortaient de la chambre.

— C'est vrai. À présent, je possède un bureau à côté de l'aéroport et je tiens compagnie aux clients solitaires. Tu comprends ce que cela signifie ?

Wei n'avait pas besoin de détails supplémentaires.

— Pourquoi es-tu venue me voir ? avait-elle demandé à la place.

— Pour te remercier de m'avoir libérée de ce cauchemar. S'il ne t'avait pas épousée, je serais morte de mauvais traitements et d'épuisement.

— Je ne crois cependant pas que ton nouveau travail soit plus agréable, avait objecté Wei.

— Crois-moi, c'est le paradis. Je ne le fais que pour économiser de l'argent. Je veux retourner chez les miens, travailler dans les champs avec ma famille. Tu sais, monsieur Wang Chen a trompé ma famille en prétendant que son épouse était très malade et qu'elle avait besoin d'aide. Cette pauvre femme n'était pas encore morte qu'il me violait. Le reste, je n'ai pas besoin de te le raconter. Tout le monde sait ce qu'il t'a fait, tout comme moi. Mais, s'il ne t'avait pas épousée, je serais sans doute morte à l'heure qu'il est, avait-elle raconté.

Elles s'étaient quittées en se souhaitant mutuellement bonne chance. À présent, Wei était sur le point de se lancer dans un nouveau destin. Assise entre ses parents dans la voiture qui les conduisait à l'aéroport, elle se souvint de cette visite lorsqu'ils passèrent devant l'endroit où devait travailler la jeune fille, mais elle n'y fit aucune allusion. Elle préféra plutôt réconforter son père qui n'arrivait pas à lui demander pardon de lui avoir imposé un choix aussi malheureux.

— C'est la faute qui me portera dans la tombe, dit le vieux Tang.

— Arrête de te faire des reproches ! éclata son épouse. Désormais, c'est du passé.

— Papa, je t'ai pardonné depuis longtemps. Je ne sais pas comment vont se passer les choses, mais tu n'interviendras plus dans mes choix. Je vais prendre mon avenir en main.

Ce disant, Wei comprit qu'elle n'avait aucune autre solution. Elle partait pour l'Amérique et elle savait que son époux ne pourrait laisser passer impunément cet affront.

Elle vivrait avec la crainte perpétuelle qu'il se venge sur son père et qu'il lui donne la chasse. Avec ses relations, il avait de quoi la débusquer où qu'elle fût, et la punition serait certainement à la hauteur de l'affront. À son frère, qui l'attendait au terminal, Wei confia son anxiété.

— Tu ne dois plus avoir peur de lui, la rassura-t-il. Je te comprends, mais as-tu regardé tes papiers d'identité ? Tu es célibataire, tu n'as jamais été mariée. Désormais, tu n'es plus qu'une étudiante en voyage d'études.

C'est bien ce qui était inscrit sur son passeport. Wei ignorait totalement comment son clan avait réussi une telle entreprise, mais elle n'en restait pas moins terrorisée. La seule chose dont elle était sûre, c'est qu'elle ne permettrait plus jamais à un homme de l'approcher.

Lorsqu'elle débarqua à New York, Lan, son autre frère, et Ichi, sa femme, l'accueillirent en affirmant qu'elle était pour eux comme un véritable don du ciel.

Lan travaillait dans le garage de l'hôtel Marriott Marquis, Ichi s'occupait de la boutique de porcelaine chinoise qui appartenait à sa famille, et ils avaient quatre enfants qui avaient cruellement besoin de la présence de leur tante.

— Tu ne dois pas t'inquiéter de ton avenir. Pour nous, tu n'es pas un poids. Au contraire, tu vas nous sauver la vie, assura sa belle-sœur.

Bien qu'elle eût encore du mal à le croire, il semblait que son voyage en enfer fût effectivement terminé. La famille de Lan était bruyante et joyeuse. Les quatre enfants, trois garçons et une fille, l'accueillirent avec la curiosité de tous les enfants avides de nouveauté. Ils étaient chinois, mais ils se comportaient comme leurs camarades américains et ne connaissaient pas leur langue maternelle. La tante qui arrivait donc de ce lieu lointain et un peu mystérieux était comme un cadeau qu'ils étaient prêts à dévorer !

Ils vivaient dans un quartier de Brooklyn, dans une rue calme flanquée par des petits immeubles à deux étages qui avaient été construits au début du XXe siècle. Comme en Chine, il semblait que tout le monde se connaissait.

En l'espace de quelques jours, Wei s'était parfaitement adaptée à cette nouvelle vie. Elle s'occupait pratiquement à plein temps de la maison et des enfants, mais, cette fois, elle le faisait dans une atmosphère de gentillesse et de joie.

Le matin, tout le monde prenait le petit-déjeuner en famille, puis Lan partait en direction de Manhattan, et Ichi allait aider ses parents à la boutique. Wei accompagnait alors à l'école ses deux neveux plus âgés avant d'aller avec les plus jeunes jouer dans le parc. Elle se chargeait des courses, rentrait, puis cuisinait. Elle racontait aussi aux petits de vieux contes chinois et, l'après-midi, faisait la sieste avec eux sur le canapé en regardant la télévision d'un œil.

Lorsqu'elle sortait seule, elle allait souvent jusqu'à un magasin d'instruments de musique où était exposé un piano d'occasion qu'elle rêvait de posséder. Elle n'avait parlé de son rêve à personne, mais elle passait beaucoup de temps à examiner l'appartement en se demandant où elle pourrait installer le piano sans gêner qui que ce soit. Hélas, elle avait beau observer les pièces en réfléchissant à la manière de déplacer les meubles ou à penser à la meilleure manière de présenter sa requête, elle se rendait compte que l'instrument encombrant aurait été de trop.

Au bout de quelques semaines, les lieux commencèrent à lui paraître trop étroits et, puisqu'elle disposait de l'argent nécessaire, elle se dit qu'elle pourrait peut-être louer un petit studio dans lequel installer son piano. Toutefois, elle n'avait pas encore cessé de craindre son époux. Elle avait subi sa méchanceté et elle savait que, malgré l'éloignement, il avait des contacts partout et pouvait toujours lui faire du tort. La nuit, le terrible monsieur Wang Chen apparaissait encore dans son sommeil agité qui ne lui donnait aucun répit, même si, dans la maison de son frère, elle était certaine d'être en sécurité.

Un soir, comme s'il avait deviné ses pensées, pendant que les enfants étaient couchés et qu'Ichi s'occupait dans la cuisine, Lan lui demanda :

— N'en as-tu pas assez de n'être qu'une tante qui s'occupe des enfants ? N'as-tu pas envie d'avoir un chez-toi ?

De toute évidence, il avait déjà évoqué le sujet avec son épouse.

— J'aimerais bien disposer d'un appartement dans lequel je pourrais avoir un piano, parce que j'ai tellement envie de me remettre à jouer. Mais il faut aussi que je trouve un travail... Toutefois...

— Toutefois ? insista son frère.

— J'ai peur de rester seule.

— Tu penses encore à monsieur Wang Chen ?

Elle hocha simplement la tête.

— Alors, il faut que je te parle de quelque chose. Depuis ton arrivée à New York, Wang Chen a complètement cessé de penser à toi.

— Comment peux-tu en être sûr ?

— Il est mort. Dans son bureau, à l'hôtel.

— Comment ça ? demanda-t-elle d'un ton incrédule.

— Il s'est pendu. Les journaux ont écrit qu'il s'était suicidé parce qu'il avait honte d'avoir été surpris à voler de l'argent dans le coffre-fort de l'hôtel.

Wei laissa échapper un long soupir avant d'éclater en sanglots. Elle pleura toutes les larmes de son corps, mais ce furent des larmes de libération. Elle ne croyait pas une seule minute à la version du suicide, mais elle savait que, malgré leur air soumis et docile, ses amis lui avaient rendu justice.

Cette nuit-là, Wei ne fit aucun cauchemar, et son repos fut des plus paisibles.

6

Un nouvel été vint, et fleurs et feuillages explosèrent de leurs couleurs avant de se faner alors que l'automne cédait la place à l'hiver. C'était le deuxième hiver américain de Wei. Elle vivait maintenant dans un petit appartement peu éloigné de la maison de son frère, qu'elle partageait avec Julia, une jeune Américaine originaire du Kansas qui rêvait d'être comédienne et suivait des cours à New York. En outre, Wei possédait désormais un piano qu'elle ne laisserait personne lui prendre.

Elle avait un travail et la fameuse *green card*, et son corps s'était épanoui comme une fleur exotique. Elle avait l'allure d'une belle jeune femme asiatique au visage serein, et elle réussissait à conserver au fond de son âme, à l'abri de toute curiosité, les violences qu'elle avait subies.

D'une certaine manière, elle avait trouvé un équilibre qu'elle était bien déterminée à préserver pour toujours.

Or, un soir de la fin du mois de janvier, il lui arriva une chose qui allait changer le cours de son existence : elle rencontra Edoardo Sogliano.

À l'époque, Wei jouait du piano de cinq heures à dix heures du soir dans l'un des bars du Marriott Marquis. Elle démarrait son service lorsque les lieux étaient fréquentés par les dames qui s'accordaient une pause entre deux courses, et exécutait alors des morceaux classiques de musique légère des années 1950. À l'heure de l'apéritif, elle enchaînait sur des pièces de George Gershwin, Cole Porter, Irving Berlin, Leonard Bernstein, pour clôturer la soirée par des airs plus rythmés et des morceaux célèbres de Duke Ellington afin de mettre un peu d'animation dans le bar, où les clients venaient, après le dîner, se détendre en buvant du whisky.

Le soir, la plupart des personnes qui s'installaient dans le bar étaient des hommes d'affaires, des négociants, des couples plus très jeunes en voyage touristique. Le salaire n'était pas extraordinaire, mais Wei empochait des pourboires parfois extrêmement généreux.

Il arrivait aussi que l'un des hôtes fasse une tentative plus intime, par exemple en réclamant un morceau particulier, mais la jeune femme savait désormais se défiler avec quelques paroles courtoises et un sourire glacial.

La présence à l'hôtel de son frère Lan lui donnait en outre tout un sentiment bienvenu de sécurité. Parfois, le soir, elle rentrait avec lui et passait dire bonsoir à ses quatre neveux et échanger quelques nouvelles avec Ichi. Dans cette famille qui l'avait accueillie et soutenue pendant des mois, Wei se sentait aussi en sécurité. Le dimanche, elle venait déjeuner avec eux et, après, elle se connectait par Internet avec la Chine afin de donner des nouvelles à ses parents et à ses proches, et les assurer qu'elle se sentait enfin heureuse après la longue parenthèse des horreurs qu'elle avait subies et pour lesquelles les Tang continuaient de se sentir responsables.

Avec le temps, Wei ne cessait de faire des progrès, d'autant que, lorsqu'elle jouait, elle mettait toute son âme dans l'interprétation au piano des morceaux des compositeurs qu'elle aimait. Son jeu parvenait ainsi à émouvoir son public qui en redemandait.

Un soir, alors que son toucher fluide répandait comme une caresse les notes mélancoliques de *Rhapsody in Blue*, elle leva les yeux du clavier pour découvrir le regard un peu triste d'un homme qui ressemblait à Robert Redford, un acteur qu'elle appréciait particulièrement dans le cinéma américain.

L'homme était seul, assis à la table à la droite du piano, et tenait un verre de whisky. Il avait l'air épuisé, mais Wei fut frappée par sa beauté et par son allure élégante et européenne. En se disant qu'il devait être anglais, elle lui adressa un sourire qu'il lui rendit. Lorsqu'elle eut terminé de jouer, il s'approcha d'elle.

— Vous êtes excellente, dit-il.

— Merci, répondit-elle en baissant les yeux.

Dans un vase posé sur une table basse, l'homme préleva alors une petite rose blanche qu'il déposa sur le clavier du piano.

— Bonsoir, dit-il, je m'appelle Edoardo.

— Et moi, Wei. Bonsoir à vous aussi.

Elle joua les premières notes de la célèbre chanson *Smoke Gets in Your Eyes* tandis qu'il se dirigeait vers la sortie du bar. Elle souriait en elle-même : presque tous les hommes seuls qui l'écoutaient lui laissaient de bons pourboires alors que celui-ci ne lui avait donné qu'une fleur empruntée à l'hôtel, mais avec une telle élégance qu'elle avait l'impression d'avoir reçu un collier de diamants.

Ce soir-là, elle rentra avec Lan et dormit chez son frère, car elle avait promis à Ichi de l'aider à préparer le repas dominical qui devait réunir des parents et des amis de la famille.

Parmi les invités, cette fois encore, il y avait le célibataire du jour en quête d'une épouse. Ses proches n'avaient, en effet, pas encore accepté l'idée que Wei avait totalement renoncé à fonder une famille et, au cours de l'année passée, ils lui avaient présenté (en vain, faut-il le préciser) toute une cohorte de soupirants, au moins six, qui avaient tous d'excellentes références.

Ce jour-là, c'était le tour d'un certain Huxian, propriétaire d'une entreprise prospère de nettoyage, qui se présenta avec des friandises, des fleurs et du vin californien.

C'était un garçon agréable, spirituel, et qui parlait avec enthousiasme de son aisance financière et des projets de développement de son activité.

Avec lui aussi, Wei se montra courtoise mais distante. Lan et Ichi laissèrent échapper un nouveau soupir de résignation. Ils étaient incapables d'imaginer à quel point l'idée de partager son lit avec un homme dégoûtait Wei.

Au lieu du jeune homme qu'elle avait en face d'elle, Wei ne voyait que le visage de feu monsieur Wang Chen et ne sentait que son haleine fétide. Elle frémissait d'horreur au souvenir des viols qu'elle avait subis, aux coups répétés et aux insultes toutes plus humiliantes les unes que les autres.

Lorsque les hôtes prirent congé et que Wei se préparait à retourner à Manhattan pour prendre son service, elle répondit à sa belle-sœur qui la réprimandait :

— Toi et mon frère, vous devez vous faire une raison : je n'ai plus aucun désir d'avoir un mari.

Ce soir-là, après avoir joué du piano, elle devait retourner seule à Brooklyn parce que son frère était de repos. Il était presque dix heures du soir, et il n'y avait que quelques clients dans le bar. Wei but un verre de jus de fruits, cligna de l'œil à Henry, le pianiste qui allait prendre sa place pour continuer à jouer jusqu'à deux heures du matin. Elle entama les premières notes d'un morceau de Cole Porter tandis que son collègue s'installait à côté d'elle sur le tabouret pour se lancer dans un quatre-mains qu'ils terminèrent sur les applaudissements des clients. Lorsque Wei se leva et traversa le bar pour aller se changer, elle se retrouva face à Edoardo.

— Bonsoir, dit-il simplement.

Avec l'impression de retrouver un vieil ami, elle lui rendit son salut spontanément.

— Avez-vous dîné ? demanda-t-il.

— Je dîne toujours chez moi répondit-elle.

— Alors, je vous raccompagne, déclara-t-il.

Perplexe, la jeune fille examina les yeux de son interlocuteur, dans lesquels elle retrouva la même tristesse, la même désillusion.

— D'accord, mais je dois d'abord me changer. Retrouvons-nous dans le vestibule, répondit-elle.

Ils sortirent sur Times Square et se dirigèrent à pied vers la station de métro de la Cinquième Avenue. Le froid était tel qu'ils avaient l'impression que des milliers d'aiguilles leur transperçaient le visage, et chacune de leurs paroles faisait comme un petit nuage de vapeur dans l'obscurité de la nuit. Lorsqu'ils sortirent à Brooklyn, ils se lancèrent dans la rue bordée d'immeubles à deux étages.

— Je croyais que vous habitiez dans le quartier chinois, observa Edoardo.

— Ici, il y a beaucoup d'Italiens et d'Irlandais. Voilà la maison de mon frère. Il a épousé une Sino-Américaine, et les parents de ma belle-sœur possèdent une superbe boutique de porcelaine dans la rue là-bas. Moi, j'habite un peu plus haut, expliqua Wei.

La rue était déserte, excepté un homme ivre en train de zigzaguer et de chanter une vieille ballade irlandaise. D'une fenêtre éclairée provenaient les hurlements d'un homme et d'une femme qui se disputaient. Edoardo et Wei, les mains enfoncées dans les poches de leur manteau, le col remonté sur leur cou, les membres raidis par le froid, s'arrêtèrent devant les marches d'un vieux bâtiment.

— Je suis arrivée, annonça Wei.

— Bien, je tiens à vous remercier de m'avoir laissé vous accompagner, dit Edoardo.

— Pourquoi cela ? demanda-t-elle.

— Je l'ignore. C'est que je n'ai pas l'habitude de raccompagner les jeunes femmes qui jouent dans les bars.

— Je n'ai pas l'habitude d'accepter que l'on me raccompagne à la maison, déclara-t-elle en montant les marches.

— Bonne nuit, Wei, dit-il simplement alors qu'elle glissait la clef dans la serrure.

Elle se retourna vers lui et lança un long regard à cet homme un peu triste qui attendait qu'elle referme la porte.

Prise d'une impulsion, elle lui proposa alors :

— Si vous n'avez pas encore dîné, vous pouvez partager mon repas avec moi.

7

Edoardo monta les marches et l'observa longuement avant de dire :

— Qu'attendez-vous pour entrer ? Il fait si froid dehors.

Wei le précéda dans l'escalier et, lorsqu'ils pénétrèrent dans le petit appartement, ils furent accueillis par une douce bouffée de chaleur.

Le meublé possédait des articles un peu démodés, aux tapisseries fanées et au plancher de bois usé, avec des fenêtres à guillotine dont la peinture s'écaillait.

— Votre amie est sortie ? demanda Edoardo.

— Elle est allée passer les fêtes chez ses parents et ne sera de retour que demain.

Ils retirèrent leur manteau qu'ils laissèrent tomber sur une chaise. Wei se dirigea ensuite vers la cuisine, et il la suivit simplement.

— Je suis marié et j'ai une famille en Italie. En général, je ne cherche pas de compagnie, mais, ce soir, j'avais envie de parler avec quelqu'un, avoua-t-il.

Wei hocha simplement la tête. Quant à lui, il était partagé entre le désir de fuir et la tentation de rester.

— J'aurai bientôt dix-neuf ans. En Chine, j'avais un mari. Il est mort et, maintenant, je vis seule et j'en suis heureuse, expliqua-t-elle.

Elle prit dans le réfrigérateur un grand plat ovale qui ressemblait à la photographie en couleurs d'une revue de cuisine.

— Qu'est-ce donc ? ne put-il s'empêcher de demander.

— Du riz basmati avec du poulet aux amandes et une garniture de minuscules bâtonnets de légumes de toutes les couleurs. Mon père affirme qu'un cuisinier est vraiment bon lorsque, s'il dispose de dix minutes pour préparer un plat, il en consacre huit pour découper les légumes. Il y a des assiettes et des couverts dans ce placard. Vous mettez la table et je fais le café, déclara Wei.

Ils s'installèrent face à face à la table de la cuisine et, à la mode américaine, entamèrent leur repas en buvant du café.

— Je me sens bien avec vous. J'ai l'impression d'éprouver une sensation de chaleur, avoua Edoardo.

— Il y a un peu de tristesse dans vos yeux, observa Wei.

— Dans les vôtres également. Cette idée de « seule mais heureuse » me fait penser que votre mari n'était pas un bon époux. Vous avez l'air si jeune ! À quel âge vous êtes-vous donc mariée ?

— On m'a obligée à l'épouser alors que je n'avais que seize ans et ce ne fut pas un bon mariage. Mais je ne veux pas parler de ça, indiqua Wei. Parlez-moi plutôt de vous. Hier soir, vous aviez l'air fatigué et, ce soir, vous êtes seulement triste.

— Hier soir, je venais d'atterrir après un long vol. Je passe plus de temps dans les avions que sur la terre ferme. Je comprends que ma femme n'ait pas toujours envie de venir avec moi, notamment lorsqu'il faut affronter de longs trajets aériens. En outre, elle a horreur de l'avion, vous savez.

— Alors, vous passez beaucoup de temps seul.

— Plus que ce que je ne voudrais. Mais je n'ai pas non plus envie de parler de ça.

Ils étaient assis devant la fenêtre qui encadrait le ciel comme un tableau.

— Regardez la lune : elle est plus grande et plus lumineuse que d'habitude. J'en ai presque des frissons. Elle paraît si proche que nous pourrions la caresser. Cela me rappelle *Éclair de lune*, un film avec Cher. L'avez-vous vu ? L'histoire raconte que la lune possède le pouvoir étrange d'ensorceler certains hommes et certaines femmes.

— Je ne vais pas souvent au cinéma, admit Edoardo.

— Moi, au contraire, j'y vais le plus souvent possible. C'est Julia, ma colocataire, qui m'en a donné la passion. Vous savez, elle rêve de devenir un jour une grande actrice et n'en démord pas. Pour le moment, elle n'a joué que dans un spot publicitaire d'un vaporisateur hydratant pour les pieds ! En fait, on ne voit que ses pieds, doux et lisses ! raconta Wei qui s'amusait visiblement de l'aventure de son amie.

— Et vous, que voulez-vous faire quand vous serez grande ? demanda Edoardo.

— Depuis que je suis toute petite, je rêve de jouer dans les concerts, mais les choses ne se sont pas passées comme ça. Pour le moment, je dois me dire que j'ai de la chance d'avoir un travail et de pouvoir jouer du piano… Dans quelque temps, je crois que je demanderai à auditionner au conservatoire pour continuer à étudier la musique. Et vous ?

Ils avaient terminé leur repas et s'étaient installés dans le salon qui, expliqua Wei, faisait également office de chambre. Il lui suffisait d'ouvrir le canapé pour le transformer en lit. Contre un mur trônait un piano droit. Edoardo s'assit sur le tabouret pivotant du piano et déclara :

— Je travaille comme corailleur. Dans le corail. C'est un métier que j'ai hérité de mon père, qui l'avait lui-même hérité de son grand-père, qui, à son tour… et ainsi de suite. Le premier Sogliano dont nous ayons retrouvé la trace était un négociant napolitain qui vendait du corail brut à la communauté juive de Livourne vers la fin du XVIIIe siècle. À l'origine, nous appartenions à la population juive de Naples. Un conflit incessant entre le caractère tapageur, extraverti, généreux des Napolitains de souche et l'âme modeste, réservée et économe du peuple hébreu. Toutefois, dès le début du XVIIe siècle, nous étions déjà devenus chrétiens et nous avions quitté Naples pour nous installer dans une ville voisine du nom de Torre del Greco. C'est là que je vis et que je travaille. Et vous ? Êtes-vous bouddhiste ? demanda-t-il.

— Nous, les Chinois des îles, nous pratiquons le culte de nos ancêtres et nous vivons selon les règles de Confucius, le maître, dont les enseignements guident le moindre de nos actes. Ses perles de sagesse sont transmises de père en fils. Je vais vous préparer une tisane avec nos herbes. Ce sont mes parents qui les cultivent. Ils ont toujours cultivé la terre et, à présent qu'ils vivent dans un quartier populaire de Taipei, mon père se rend tous les jours à son jardin hors de la cité.

Edoardo la suivit dans la cuisine.

— Alors, vous êtes de Taïwan, constata-t-il.

— J'ai vécu près de huit ans à Hong Kong.

— Récemment, j'ai ouvert des bureaux à la Star Tower de Hong Kong.

— Passez-vous beaucoup de temps en Chine ?

— Non, pas vraiment. Je voyage à travers le monde entier, mais ma maison, ma famille, mon entreprise sont à Torre del Greco, en Italie.

— C'est là, en Italie, que se trouve la salle de concert de La Scala.

— Oui, mais La Scala se trouve à Milan, dans le nord, et moi je vis dans le sud de l'Italie.

Wei mélangea plusieurs herbes dans une tisanière avant d'ajouter de l'eau bouillante, de filtrer les feuilles et de remplir deux tasses.

— Voici une infusion qui vous aidera à bien dormir et à faire de beaux rêves, dit-elle en commençant à la goûter.

— Je suis obligé de la boire ? demanda Edoardo d'un air ironique.

— Non, pas si vous vous méfiez autant ! Je n'ai pas l'intention de vous droguer afin de vous dévaliser, plaisanta la jeune femme.

— Je suis méfiant, mais je n'ai pas une seule seconde imaginé que vous vouliez me dépouiller. Mais peut-être profiter de moi d'une autre manière, insinua-t-il avec un demi-sourire.

— J'aimerais avoir ce genre de désir, mais il est temps que vous partiez parce que je suis fatiguée et qu'il est près de minuit.

— Et Cendrillon, c'est-à-dire moi, doit retourner chez elle, conclut-il en enfilant son manteau.

Sur le seuil, Edoardo tendit la main comme pour lui caresser la joue, mais Wei se raidit et recula d'un pas. Ce fut une réaction parfaitement involontaire, d'autant qu'elle n'éprouvait pas le besoin de se protéger de cet homme doux et sans aucune agressivité.

— Pardonnez-moi, expliqua-t-elle. Le contact d'un homme continue de m'effrayer.

Il ne posa pas de question supplémentaire et se contenta de commencer à descendre les marches. Elle le rattrapa, lui posa la main sur le bras et murmura :

— Toutefois, vous pouvez me donner un baiser si vous le souhaitez.

Il sourit et se contenta d'une caresse avant de s'en aller. Wei rentra dans son appartement et, par la fenêtre, le regarda s'éloigner jusqu'au bout de la rue.

Le lendemain matin, lorsqu'elle ouvrit la porte pour sortir, elle découvrit sur le palier une gerbe de jasmin blanc et parfumé, avec un message qui disait :

J'ai bien dormi et j'ai fait de beaux rêves. Merci.

Edoardo

8

Wei plongea le visage dans la masse de fleurs blanches pour en humer l'arôme puissant.

Elle se dit alors que, depuis qu'elle était sortie de l'enfer de son mariage, Edoardo était le premier homme avec lequel elle se sentait réellement en confiance et se demanda même si elle allait le revoir ce soir-là.

Elle alla faire quelques courses avant de passer à la boutique de porcelaine pour dire bonjour à sa belle-sœur. Ichi était dans l'arrière-boutique, en train d'ouvrir une caisse de vases qui venait d'arriver de Chine.

— Tu arrives juste au bon moment, dit-elle en l'accueillant. Je vais nous faire une tasse de thé.

Elles furent rejointes par la mère d'Ichi, tandis que son mari et un commis accueillaient les clients.

— Les Jervolino nous ont déposé une liste de mariage à vous faire tourner la tête. Ces Italiens, quand il s'agit de se marier, ils ne font pas de demi-mesures, observa madame Dong.

— Ce matin, j'ai accompagné les enfants à l'école, mais il m'a semblé que le maître avait un peu de fièvre, commenta Ichi.

— Où as-tu donc mis la liste des prix des théières ? demanda monsieur Dong en passant la tête par la porte.

— Je ne peux jamais boire mon thé en paix, grommela madame Dong.

— Ce matin, mon mari s'est mis à crier parce qu'il ne trouvait pas le savon à barbe alors qu'il l'avait dans la main, raconta en riant Ichi.

Dès que sa mère eut disparu, elle se tourna vers sa belle-sœur et demanda :

— Que t'est-il donc arrivé, Wei ?

— Pourquoi me demandes-tu cela ?

— Tu as l'air tellement différente.

— Différente comment ?

Le cœur de Wei s'était mis à s'accélérer et elle savait que ses joues se voilaient de rouge tandis qu'elle se demandait si elle devait ou non raconter à Ichi l'histoire de cet homme qu'elle avait rencontré.

— Tu as l'air heureuse.

— Cela se voit donc à ce point ?

— Je veux tout savoir.

Wei n'avait pas envie de raconter quoi que ce soit, mais elle se retrouva malgré elle en train de dire :

— Hier soir, un client du Marriott m'a raccompagnée à la maison, et je l'ai invité à partager mon souper et… il est parti, c'est tout.

— Tu as dû sauter une étape : que s'est-il passé entre la fin du repas et sa sortie de scène ?

— Rien, nous avons bavardé, seulement bavardé.

— Je peux te croire ?

— Tu dois me croire.

— Et s'il n'y a eu rien d'autre, pourquoi es-tu toute rouge ?

Wei avala une dernière gorgée de thé avant d'expliquer.

— Parce que, pour la première fois de ma vie, j'éprouve des émotions dont je n'imaginais pas l'existence.

Puisqu'elle y était, elle continua à se confier :

— Une sorte de vertige agréable m'a saisie, dans mon ventre et dans ma tête, comme si, à l'intérieur de moi, je ne pouvais m'empêcher de sourire.

— Tu es amoureuse ! s'exclama sa belle-sœur.

— Je ne crois pas que ce soit vraiment ça. Je n'en sais rien. Je n'ai jamais été amoureuse, même quand j'étais plus jeune. D'ailleurs, il a plus de quarante ans et il est marié. C'est un Italien qui voyage dans le monde entier pour affaires et il dit qu'il aime sa famille. Toutefois, ce n'est pas le businessman habituel, sûr de lui. Non, il est un peu triste. Dans quelques jours, il repartira et je ne le verrai plus jamais, mais, hier soir, j'espérais qu'il me donnerait un baiser avant de s'en aller. Il ne l'a pas fait. J'ai l'impression qu'un miracle s'est produit. Jusqu'à hier, dans chaque homme que je rencontrais, je ne voyais qu'un bourreau potentiel.

À parler ainsi avec sa belle-sœur, Wei comprit que cette rencontre avec Edoardo avait joué le rôle d'un traitement qui l'aurait soignée, voire guérie de sa peur des hommes. Elle passa toute la journée avec Ichi et avec ses neveux. À son retour chez elle, elle constata que Julia, sa colocataire, était rentrée.

La jeune femme avait laissé ses bagages ouverts dans l'entrée et, dans la cuisine, il y avait des assiettes sales. Le réfrigérateur était bourré à craquer de pièces de bœuf sous vide et de sachets de salade. Quant à Julia, elle dormait profondément dans sa chambre.

Wei se résigna à remettre un peu d'ordre avant d'aller s'installer dans le salon. Là, assise sur le canapé, elle demeura un moment à se contenter d'admirer le bouquet de jasmin qui diffusait son doux parfum. Plus tard, elle prit une douche, s'habilla et se prépara pour aller travailler.

C'était un lundi, et l'hôtel accueillait nombre de nouveaux clients. D'ailleurs, il y avait au piano-bar davantage de monde qu'à l'habitude. De temps en temps, Wei levait les yeux de ses partitions pour regarder du côté de la porte, mais d'Edoardo, aucune trace !

À dix heures, elle alla jusqu'au vestiaire pour se changer, enfila son manteau et se prépara à rentrer seule (ce soir-là, son frère finissait, en effet, son service à minuit).

Elle s'avança jusqu'à la station de métro, s'enfonçant sous terre et perçut le courant d'air frais du train de Brooklyn qui s'éloignait et qu'elle avait raté d'une seconde. À cette heure de la journée, les rames étaient moins fréquentes, et elle allait devoir patienter au moins un quart d'heure avant la suivante.

Elle passa en revue les panneaux publicitaires tandis que les sièges venaient à être occupés par un afflux d'autres voyageurs. À un moment, elle eut la vague sensation de reconnaître un parfum qui la troubla au point que ses sens se mirent en alerte. Le parfum se fit plus soutenu, un souffle vint caresser son cou et une main lui entoura les épaules tandis que le vacarme de la rame qui approchait résonnait dans le tunnel, toujours plus fort, toujours plus fort. Le train entra dans la station, et tous les voyageurs se précipitèrent. Wei ne fit pas un seul mouvement pour se lever de son siège.

Elle se tourna lentement vers Edoardo qui, assis à côté d'elle, lui souriait sans mot dire. Tous deux échangèrent un long regard pendant que le train redémarrait et disparaissait dans l'obscurité. Alors, Edoardo se pencha vers la jeune femme et l'embrassa.

9

Wei s'étira sur le lit à côté d'Edoardo et éteignit la lumière. Il se rapprocha, la prit dans ses bras pour la serrer contre lui, et ils finirent par s'endormir.

C'est la lumière du jour qui les réveilla. Edoardo ouvrit les yeux pour les plonger dans ceux de la jeune femme.

— Bonjour, dit-elle.

— Quelle heure est-il ? demanda-t-il.

— Sept heures.

— Bonjour à toi, petite Chinoise. Viens donc là.

Il ouvrit les bras pour qu'elle vienne se réfugier contre sa poitrine. Il se mit alors à lui couvrir le visage de baisers et ils firent l'amour avec une douceur infinie.

Wei découvrait combien il pouvait être agréable de faire l'amour avec un homme qui lui plaisait, une expérience nouvelle qui la remplissait d'exaltation.

Ils se firent monter le petit-déjeuner dans la chambre d'hôtel et mangèrent de bon appétit. Wei était consciente qu'elle allait bientôt devoir quitter Edoardo, sans doute pour toujours, mais elle n'en était pas moins heureuse d'avoir vécu cette parenthèse dans sa vie. Un instant merveilleux que personne ne pourrait jamais lui reprendre.

— Je dois rester à New York encore trois jours, lui annonça Edoardo.

— Je te suis reconnaissante de ces moments que j'ai passés avec toi, dit-elle.

— Il y en aura d'autres d'ici vendredi si tu veux. Je propose que nous repoussions les remerciements réciproques pour le moment où nous nous séparerons.

Pourquoi les périodes sombres semblent-elles toujours s'éterniser alors que les instants heureux sont aussi fugaces que des éclairs ? Les trois jours leur parurent durer trois secondes. Pas une minute, cependant, Wei n'imagina qu'Edoardo puisse être l'homme de sa vie, mais elle lui serait pour toujours reconnaissante de l'avoir aimée avec tant de douceur et de l'avoir guérie de ses peurs.

Le dernier jour, Edoardo l'accompagna à Brooklyn, d'où il se rendrait directement à l'aéroport. Avant de la laisser descendre du taxi, il lui remit un petit écrin en velours que Wei ouvrit pour découvrir des boucles d'oreilles en corail en forme de fleur avec une minuscule perle pour le cœur.

Il l'aida ensuite à descendre de voiture et l'escorta jusqu'à la porte de son immeuble.

— Merci, ma petite Chinoise. Avec toi, j'ai été heureux, murmura-t-il.

— Moi aussi, répondit-elle sur le même ton.

— Je ne sais pas si nous nous reverrons, mais, si tu as besoin d'aide, n'importe quand, n'hésite pas à m'appeler. Je serai toujours là, conclut-il en lui tendant sa carte de visite.

Au cours des jours suivants, Wei apprécia la routine de son existence plus que jamais parce qu'elle savait désormais que, quelque part, il y avait un homme à la fois doux et viril comme Edoardo que le destin lui ferait rencontrer et qui deviendrait son époux. Elle narra le beau conte qu'elle venait de vivre à son frère, à sa belle-sœur et à l'amie avec laquelle elle vivait.

— Dorénavant, s'il vous plaît, arrêtez d'organiser des dîners pour me faire connaître des candidats au rôle de fiancé. Lorsque le moment viendra, je rencontrerai l'homme qu'il me faut, affirma-t-elle.

Cependant, vers la mi-mars, elle devait apprendre une nouvelle qui la bouleversa. Soucieuse d'avoir manqué deux cycles, elle s'était rendue chez le médecin dont la réponse avait été des plus claires :

— Madame Tang, vous êtes enceinte.

— En êtes-vous sûre ? demanda Wei, terrorisée.

— Il n'y a aucun doute, répondit la gynécologue.

— Ce n'est pas possible. J'ai subi l'ablation d'un ovaire.

— Mais vous avez continué à avoir des menstruations tous les mois, ce qui signifie que vous êtes toujours fertile. Y aurait-il des difficultés avec le père ? Nous pouvons en parler si vous le souhaitez.

— C'est un étranger. Il est marié et a déjà des enfants. Il est retourné en Italie et je ne pense pas le revoir, avoua la jeune femme.

— Êtes-vous en mesure d'élever un enfant sans le soutien d'un compagnon ? s'informa le médecin.

Wei prit son temps pour réfléchir. Un enfant n'allait pas lui faciliter la vie, d'autant que cela signifierait que, dans quelques mois, elle devrait également quitter son travail. Pourtant, l'idée qu'une vie était en train de croître dans son ventre lui procurait soudain tellement de joie ! C'était comme si, pour un enfant qui lui avait été retiré, le sort lui en offrait un autre.

Elle devait quitter le piano-bar et voulait renouveler sa demande pour une audition au conservatoire. Elle voulait reprendre ses études, aller étudier dans un endroit où personne ne ferait grand cas de sa grossesse. Elle espérait que Lan pourrait l'aider, mais elle envoya quand même un e-mail à Edoardo :

Fais-moi savoir si je peux t'écrire sans que personne ne lise tes messages.

Il répondit dans l'heure suivante :

Chère Wei,
Vas-tu bien ? Si tu as un problème, voici mon adresse personnelle à laquelle personne d'autre que moi n'a accès.

La jeune femme réfléchit longuement aux paroles qu'elle allait utiliser, car elle ne voulait pas attribuer à Edoardo la seule responsabilité de cette grossesse, mais elle pensait qu'il était normal qu'elle l'informe qu'elle attendait un enfant de lui. Avant d'envoyer son message, elle demanda à Ichi de le lire.

— Je savais bien que cette affaire n'allait pas se dérouler aussi facilement que ce que tu le prétendais. À présent que tu es enceinte, as-tu pensé comment tu vas subvenir à toutes les dépenses nécessaires pour élever cet enfant ? Tu informes le père que tu attends un enfant, et ta seule préoccupation est de ne pas passer pour un maître-chanteur ? Mais tu es devenue folle ou quoi ? Dans cette histoire, il est autant concerné que toi. Par conséquent, ou tu lui demandes de t'aider ou tu optes pour une interruption de grossesse.

Wei ne s'attendait pas à tant de cynisme de la part de celle qu'elle considérait comme une sœur.

— Toi, une mère, tu me proposes de me débarrasser de mon enfant ? s'exclama-t-elle sous la coupe de l'indignation. J'espérais que tu serais heureuse pour moi et que mon enfant pourrait faire partie de la famille. Si tu ne veux pas de lui, cela signifie que tu ne veux pas plus de moi.

Sur ce, elle claqua la porte de la boutique, rentra chez elle, se jeta sur le canapé et éclata en sanglots.

Elle était maintenant vraiment seule, désespérément seule. Plutôt que de subir une nouvelle humiliation, elle ne communiquerait pas la nouvelle à Edoardo.

10

— Va en parler à tes parents ! s'écria Julia lorsqu'elle surprit son amie en larmes et que Wei lui eut raconté la réaction d'Ichi.

— En Chine, nous avons le culte de la famille, et nous nous soutenons mutuellement, même lorsqu'il s'agit de parents éloignés, expliqua Wei.

— Ben, nous ne sommes pas en Chine et on dirait bien que ta belle-sœur s'est occidentalisée bien vite, constata son amie. Il est certain que tu t'es mise dans une sacrée galère. Tu n'as pas un dollar de côté et tu vas en plus devoir arrêter de travailler. Tout ce que t'a rapporté ce beau conte de fées, c'est une paire de boucles d'oreilles et un enfant qui va voir le jour dans sept mois.

— Tu as raison, admit Wei.

Julia s'assit à côté d'elle sur le canapé et lui caressa les cheveux.

— Écoute-moi, parce que je vais t'expliquer quelque chose qui va te faire très plaisir. Je reviens d'un rendez-vous avec mon agent et j'ai signé un contrat pour deux autres spots publicitaires à la télé. Cette fois, les images vont aussi paraître sur les panneaux dans les rues.

— Toi ou tes pieds ? demanda Wei en s'essuyant le visage.

— Mes pieds, ma chère ! Mes très précieux pieds. Et ce n'est pas tout. Fred m'a décroché un bout d'essai pour le rôle de l'infirmière dans *Amour, Gloire et Beauté*. Je ne sais pas si je vais avoir le rôle, parce que nous sommes nombreuses sur les rangs, mais, si on me prend, j'aurai un contrat pour vingt épisodes ! Cela ne te paraît pas fantastique ?

— C'est vrai et je me réjouis vraiment pour toi, sourit Wei.

— Pour nous deux, ma chérie, parce que nous aurons un peu d'argent devant nous et, alors, il n'y aura plus de problème ni pour toi ni pour l'enfant !

Émue, Wei embrassa son amie en lui disant :

— Tu es vraiment adorable.

Elle n'en écrivit pas moins sur une feuille de papier : *Étudiante chinoise donne cours de piano aux enfants et débutants.*

Elle ajouta son numéro de portable et son adresse électronique, en fit une cinquantaine de copies qu'elle distribua dans les boutiques du quartier qui la connaissaient bien. Depuis longtemps, elle enseignait la musique aux filles de Lan, au point que l'une d'entre elles s'était prise de passion pour le piano et rêvait d'entrer au conservatoire. Wei se dit qu'elle pourrait faire tout aussi bien avec d'autres enfants. Tandis qu'elle se préparait pour aller travailler, elle reçut un coup de téléphone d'Ichi qui, en larmes, s'excusait de s'être aussi mal conduite avec elle. L'enfant de Wei serait comme le sien, déclara-t-elle.

Les deux belles-sœurs firent la paix. Le soir, à son retour, avant de se coucher, Wei ouvrit sa boîte de messages électroniques en espérant y trouver des demandes de leçons. Au lieu de cela, il y avait un message d'Edoardo qui disait :

Chère Wei,
Ici, il est six heures du matin. Je vais à Rome prendre un vol pour Hong Kong. Tu n'as pas écrit pour me dire ce que tu voulais me dire. Pourquoi ?

C'est sur une impulsion qu'elle lui répondit :

Ce matin, j'étais heureuse. Ensuite, à juger des premières réactions de ma belle-sœur et de ma colocataire, je n'étais plus si sûre que ce que je voulais t'annoncer fût une bonne nouvelle. J'attends un enfant de toi. Pour moi, il s'agit d'un miracle, car on m'avait affirmé que je ne pouvais pas en avoir. Je tiens à t'assurer que je ne cherche pas à t'obliger envers moi de quelque manière que ce soit, mais il m'a semblé plus correct de t'en informer.

Le lendemain matin, dans sa boîte, elle trouva trois demandes de renseignements pour d'éventuelles leçons de musique à domicile chez des familles du quartier, mais pas de réponse de la part d'Edoardo. Peut-être, se dit-elle, prenait-il son temps pour assimiler cette nouvelle bouleversante. Wei passa la semaine à fixer des heures de leçon avec les parents de plusieurs enfants, à établir avec son médecin un programme à suivre tout au long de la grossesse et à imaginer comment se dérouleraient les choses à l'avenir. Elle prit conseil auprès de Lan et d'Ichi, et partagea l'enthousiasme de Julia qui avait obtenu un rôle dans le soap opera le plus regardé des États-Unis.

En attendant, elle continuait à jouer au Marriott et prévoyait de le faire jusqu'à ce que sa grossesse soit manifeste. Parfois, lorsqu'elle était en train de jouer pour les clients du bar, ses pensées s'envolaient ailleurs, dans un monde imaginaire, où elle se voyait en train de bercer son enfant dans ses bras.

Si c'était un garçon, elle voulait qu'il s'appelle Steve et, pour une fille, elle aurait aimé Carrie, comme le prénom de madame Harrington, qu'elle avait tant aimée. Qui sait ce qu'était devenu ce couple d'Anglais originaux qui pendant des années l'avait élevée avec autant d'amour et de tendresse que si elle avait été leur propre fille ? Elle ne les avait jamais oubliés.

Sans s'en rendre compte, elle avait déjà commencé à communiquer avec l'enfant qui grandissait en elle. Elle lui disait de ne pas se faire de souci parce qu'il n'avait pas de père, qu'elle allait l'aimer pour deux. Elle lui parlait de son oncle Lan qui commençait déjà à l'aimer : son frère avait, en effet, récupéré dans le grenier de leur maison le berceau qui avait servi à ses fils ainsi que leurs jouets. Du fond de ses armoires, sa belle-sœur avait également déniché des chaussons, des petits maillots de corps et des grenouillères.

Wei jouait du piano, rêvait et souriait tout le temps. Lorsqu'elle entra dans son troisième mois de grossesse, elle reçut un e-mail d'Edoardo qui disait : *Je vais venir te voir.* Une missive qui la plongea dans l'inquiétude.

— Et s'il venait détruire tous mes projets ? demanda-t-elle à Ichi.

— Et s'il venait te demander de l'épouser ? proposa sa belle-sœur.

— Il a déjà une famille, et je ne permettrai pas qu'il gâche sa vie à cause de moi. D'ailleurs, je lui suis très reconnaissante, mais je ne suis pas sûre de l'aimer.

— S'il t'annonce sa venue, c'est qu'il a une bonne raison, affirma Ichi.

— C'est bien ce qui m'inquiète, mais je ne veux pas y penser, coupa Wei.

D'ailleurs, elle fit bien, car les jours passaient et Edoardo ne se montrait pas.

Il apparut à l'improviste, alors qu'elle avait déjà démissionné de ses fonctions au bar du Marriott et qu'elle donnait des leçons de piano à des fillettes du quartier ainsi qu'à un retraité, un ancien agent de police qui souhaitait donner un sens à ses journées en étudiant la musique.

— Lorsqu'elles sont enceintes, les femmes deviennent plus belles, commença Edoardo dès que Wei lui ouvrit la porte de son appartement.

Comme elle ne s'attendait plus à sa visite, elle fut désemparée au point de ne savoir que répondre.

— Je sais que nous sommes en mai et que j'aurais dû venir il y a un mois déjà, mais tu pourrais d'abord m'inviter à entrer, poursuivit-il sans cesser de sourire.

— Bien sûr... Je t'en prie. J'allais congédier l'une de mes élèves, expliqua-t-elle en indiquant la fillette qui s'était approchée de la porte du salon et qui dévisageait Edoardo avec une curiosité non feinte.

— Mary Jane, mets ton blouson, tu peux partir, la leçon est terminée pour aujourd'hui. On se voit après-demain. D'ici là, n'oublie pas de t'exercer.

— Pourquoi ne m'as-tu pas prévenue de ton arrivée ? demanda Wei à Edoardo lorsqu'ils se retrouvèrent seuls.

— Je n'étais pas sûr de pouvoir prévoir un arrêt à New York dans mon planning de voyage.

— Assieds-toi et dis-moi pourquoi tu es venu, dit la jeune femme en montrant le canapé.

— Je suis là pour t'aider, répondit-il tout naturellement en la prenant dans ses bras.

Puis ils s'assirent côte à côte. Il était encore plus beau et plus jeune que dans le souvenir de Wei.

— Il ne nous manque rien, à moi et à l'enfant, le rassura-t-elle. Selon les médecins qui m'ont opérée à l'âge de seize ans, je ne devais plus avoir d'enfant. Mais si tu savais comme je suis heureuse d'être enceinte !

— Moi aussi, murmura-t-il.

— Vraiment ?

— Si ce n'était pas le cas, je ne serais pas là, non ?

Wei sourit et expliqua :

— Je ne veux pas te compliquer l'existence. Avec ma famille, j'ai déjà pensé à tout. J'ai démissionné du Marriott et, après la naissance du bébé, je retournerai vivre chez Lan, mon frère, au moins pendant les premiers mois. L'accouchement est prévu pour la mi-octobre et, jusqu'à cette date, je continuerai de donner des leçons de piano. Entre-temps, j'ai également passé une audition au conservatoire et j'ai été acceptée pour y suivre des cours. Si tout se passe bien, lorsque l'enfant aura deux ans, j'aurai décroché mon diplôme et je serai en mesure d'enseigner dans une école. Comme tu le vois, je n'ai pas besoin d'aide. Depuis que j'ai appris que j'étais enceinte, poursuivit-elle, c'est comme si je renaissais. J'ai de l'énergie à revendre. D'ailleurs, j'ai accompli beaucoup plus de choses au cours de ces derniers mois qu'au cours des dernières années. Je ne veux rien de toi et, en ce qui me concerne, ta famille n'a nul besoin d'être au courant de l'existence de ce bébé.

Edoardo prit le visage de Wei entre ses mains et la regarda avec une grande douceur tout en répliquant :

— Je te remercie de ton attention. Toutefois, je veux ouvrir un compte à ton nom à la banque. Tous les mois, je t'enverrai une somme suffisante pour subvenir à tes besoins et à ceux de l'enfant. Par la suite, j'assumerai les dépenses pour ses études.

Torre del Greco

I

Orsola n'avait pas perdu une seule syllabe du long récit de Wei et elle éprouvait une profonde compassion pour cette femme qui avait traversé autant de tragédies. Quel courage, sous cette douceur manifeste ! Wei avait donc rencontré Edoardo dix ans plus tôt. Orsola se souvenait parfaitement de cette période et de la manière dont les choses se passaient entre elle et son mari.

Wei reprit le fil de son récit :

— Le reste, madame Sogliano, vous le connaissez. Votre mari avait déjà prévu l'avenir de notre enfant. Sur un fonds géré par un trust bancaire, il avait déposé une somme suffisante pour payer ses études au lycée, puis à l'université, et il a mis à son nom, en Suisse, un petit legs.

— A-t-il expliqué la raison pour laquelle il avait choisi une école aussi exclusive ? demanda Orsola qui se souvenait qu'Edoardo avait insisté pour que ses propres enfants fréquentent l'école publique.

— Monsieur Sogliano avait sans doute fort à cœur le sort de l'entreprise familiale. Il m'a expliqué que ses enfants disposaient d'un réseau de relations que la famille avait tissé au cours des années, alors que Steve devait se forger son propre réseau seul, et que la meilleure manière de le faire était de lui permettre de grandir et d'étudier aux côtés des enfants de personnalités influentes. Je crois qu'il avait l'intention de lui confier la direction de sa succursale en Orient. Je n'en suis pas sûre, cependant, parce que nous avions très peu de contacts et toujours par courrier électronique.

Ce long entretien l'ayant épuisée, Orsola était rentrée dans son appartement de Milan pour se reposer. Dans le taxi qui la ramenait rue Melzo, elle repensa à la relation qui avait existé entre Wei et Edoardo, et dont elle se sentait en partie responsable. Quant à Steve, elle se dit qu'il représentait peut-être une nouvelle opportunité pour l'entreprise Sogliano, comme le prévoyait son mari pour cet enfant qui lui avait ravi le cœur.

— Te voilà enfin ! s'exclama Damiana en apparaissant à ses côtés alors qu'Orsola en était encore à régler la course.

— Tu retournes à la boutique ? demanda Orsola.

— Oui. Et toi ? Tu as déjeuné ?

— Je vais monter me faire un sandwich, indiqua Orsola qui n'était guère d'humeur à se laisser entraîner par son amie. On se voit ce soir, pour le dîner ? proposa-t-elle.

— Dis-moi au moins comment les choses se sont passées avec cette femme.

— Une rencontre édifiante, répondit-elle simplement en se dirigeant rapidement vers le hall de l'immeuble.

Comprenant que son amie n'était pas en veine de confidences, Damiana n'insista pas et partit de son côté. Orsola monta à son appartement pour se faire un œuf au plat avant de s'installer sur le canapé du salon. Son entretien avec la mère de Steve lui avait plutôt fait du bien.

Elle se souvenait qu'à cette époque, elle était censée accompagner Edoardo à New York, mais leur couple traversait des moments particulièrement difficiles.

Remettant son téléphone mobile en marche, elle y découvrit toute une série de messages. Sur sa boîte vocale, Giulietta lui demandait la permission de dormir chez une amie, et Gianni voulait savoir à quelle heure elle prévoyait de rentrer le lendemain afin qu'il puisse aller la chercher à la gare de Naples pour la ramener à Torre del Greco.

Comme elle n'avait aucune envie de leur parler, elle leur répondit par SMS, l'un pour informer sa fille que la permission était accordée, et l'autre pour préciser à son fils que son train était prévu pour treize heures trente le lendemain.

Lorsque la sonnerie de son téléphone retentit, elle répondit cette fois à l'appel d'Emanuela, l'épouse de maître Spinelli, qui était rentrée de la clinique. Après les excuses réciproques pour ne pas avoir donné de nouvelles plus tôt, elles s'abandonnèrent à leurs peines respectives, et Orsola se surprit à déclarer :

— J'ai eu beaucoup de chance parce que j'ai eu à mes côtés, pendant trente ans, un homme merveilleux que je n'ai peut-être pas toujours apprécié à sa juste valeur. Edoardo me manque au point que j'ai l'impression d'étouffer, comme si tout l'air avait disparu.

Tout à coup, elle eut envie de rentrer le plus vite possible à Torre del Greco, de se retrouver dans la demeure où était né son mari, où il avait vécu et travaillé, pour effleurer les objets qu'il avait touchés, et, surtout, pour être proche de ses enfants.

Par téléphone, elle réserva une place dans le train de Naples qui partait une heure plus tard de Milan, ferma l'appartement et se fit conduire à la gare centrale.

Elle parvint à la résidence Sogliano à dix heures et demie du soir. Toutes les lumières étaient éteintes, et le silence absolu régnait dans l'immense édifice. Seuls, dans les jardins, des chats en chaleur poussaient leurs plaintes stridentes vers le ciel.

Combien de fois, pensa-t-elle, Edoardo était-il rentré ainsi, comme elle ce soir, dans ce palais du silence ? Combien de fois avait-il, comme elle le fit à son tour, tourné autour des comptoirs des ateliers afin de vérifier que tout était à sa place ? Peut-être avait-il ramassé comme elle sur le sol une écaille de corail qu'elle remit dans une boîte en se promettant d'en parler à la responsable du nettoyage.

Orsola continua longtemps à s'interroger sur les grandes et petites choses qu'elle avait ignorées au sujet d'Edoardo, parce qu'elles ne lui paraissaient pas importantes, alors qu'elles faisaient partie intégrante de la vie de son mari !

Elle monta à l'étage des bureaux et mit l'ordinateur en marche. Elle fit défiler sur l'écran les divers mouvements de livraison et d'expédition des marchandises, lut les e-mails reçus et expédiés, contrôla les récépissés des dépenses et des entrées, et constata que Saverio avait programmé un transfert à Taïwan pour la semaine suivante alors que Cristina avait pris quelques notes de certaines des dernières idées de son père pour les inscrire à l'ordre du jour de la réunion hebdomadaire du lundi suivant. La plus intéressante semblait celle qui concernait une cigarette électronique en corail et malachite. Orsola trouva aussi la trace d'un ou deux dessins et nota les estimations de coût de projet et de mise en œuvre.

Elle sortit de la pièce qui avait été le royaume d'Edoardo, lequel était devenu celui de son fils Saverio, tout comme, des années plus tôt, il avait été celui du grand-père qui portait le même prénom.

Combien de talent et d'ingéniosité avaient animé ces salles ? Combien de fois l'histoire avait-elle pesé de tout son poids dans les pièces qu'elle parcourait dans le silence de la nuit ?

Là étaient nés les joyaux d'une impératrice, de plusieurs reines et des princesses de la maison de Savoie, mais aussi des articles du rituel du culte, des rosaires, des ostensoirs, des croix, des crèches miniatures, ainsi que des chandeliers, des chopes, des coffrets à aiguilles, des crochets ou encore des berceaux pour les héritiers du trône de quelques familles royales. L'Italie traversait certes une nouvelle crise, mais les Sogliano n'avaient-ils pas toujours triomphé des obstacles ? Depuis deux cents ans, ne s'en étaient-ils pas toujours tirés la tête haute ?

Orsola ferait tout pour leur faire honneur et, avec le soutien de ses enfants et les conseils de Margherita, elle se promit de surmonter cette nouvelle tempête avec panache.

— Ma chère belle-mère… Que Dieu lui prête vie encore longtemps, murmura-t-elle tout en montant jusqu'à ses propres appartements.

En même temps, elle se demandait si le petit Steve allait jouer un rôle dans toute cette aventure.

2

Elle était arrivée au deuxième étage lorsqu'elle entendit le claquement de la porte de l'entrée, qui fut immédiatement suivi par des bruits de pas dans le hall. Elle s'immobilisa et retint son souffle, car elle avait reconnu le son des pas de son mari.

— Qui est là ? cria-t-elle en se penchant au-dessus de la rambarde.

Elle aperçut alors son fils Gianni et, à ses côtés, la jeune Maria Sole De Magistris.

— Maman, que fais-tu là ? s'écria le garçon en entamant la montée des marches de l'escalier.

— Bonsoir, madame Sogliano ! s'exclama Maria Sole qui suivait Gianni de près.

C'était la petite amie de son fils, fille unique d'un armateur qui traversait de graves difficultés financières depuis que les revenus du fret avaient dégringolé, et il avait entraîné dans son désastre quantité de petits épargnants de la région qui avaient investi dans sa société de navigation.

— Je voudrais bien savoir ce que toi tu fabriques à cette heure ! répliqua Orsola en descendant à leur rencontre.

— Maman, c'est samedi soir, se justifia son fils de vingt ans.

— Et alors ? insista sa mère en fronçant sévèrement les yeux.

Elle se tourna ensuite vers la jeune fille.

— Et toi ? Tes parents savent-ils que tu te prépares à passer la nuit chez les Sogliano ? Parce que je vois bien que c'est ce que vous vous apprêtiez à faire !

Maria Sole eut le bon goût de rougir, et Gianni, de se taire.

Ils étaient encore au premier étage, et Orsola leur indiqua la porte de la cuisine. Ils entrèrent tous trois dans l'immense pièce, Orsola ouvrit le réfrigérateur, s'empara de la bouteille de lait et remplit un verre.

Gianni était le plus fragile de ses enfants, celui qui était apparemment le plus doux, mais qui manifestait en fait le plus de propension à s'attirer des ennuis.

Par ailleurs, Maria Sole était encore mineure, et son père n'aurait pas laissé échapper le potentiel d'une relation, voire d'une grossesse entraînant le mariage de sa fille avec un futur père en mesure de solder ses difficultés financières.

— Depuis combien de temps passez-vous vos nuits à la maison ? demanda Orsola en s'installant à la table de la cuisine et en faisant signe aux jeunes gens à en faire autant.

— Je serais venu te chercher demain à la gare, à Naples, protesta Gianni.

Une fine réponse qui lui permettait de changer de sujet !

— Et voilà que j'arrive sans prévenir ! Je suis là et j'exige une réponse, répliqua durement Orsola.

— Cela aurait été la première fois, répondit la jeune fille dans un souffle.

Elle avait l'air d'être sur le point de fondre en larmes. Orsola pensa que l'instinct maternel l'avait une fois de plus mise sur la bonne voie.

Maintenant qu'elle était seule à s'occuper de l'éducation de ses enfants, qu'elle ne pouvait plus compter sur la présence d'Edoardo, plus particulièrement le soir lorsque les ateliers se vidaient et qu'il ne restait dans la maison qu'un petit groupe de vieilles femmes, Titina et Rosaria, la pauvre Archetta et Margherita, et que les jeunes gens risquaient d'en profiter pour n'en faire qu'à leur tête. Si les aînés, Saverio, Cristina et Paola, avaient assez de plomb dans la tête, Gianni et Giulietta avaient encore besoin d'être surveillés de près.

— Je préfère cela ! lança Orsola pour couper court aux effusions mélodramatiques.

Elle ordonna à Gianni de raccompagner Maria Sole et de présenter ses excuses à ses parents pour l'avoir retenue aussi tard.

La demeure des De Magistris trônait sur le port, pas très loin de l'endroit où vivait le notaire Spinelli. Elle fit donc un rapide calcul de la distance et déclara :

— Je t'attends dans vingt minutes dans ma chambre. Nous devons avoir une petite conversation.

— Bonsoir, madame. Encore toutes mes excuses, ajouta Maria Sole au moment de partir.

Orsola lui sourit, se leva pour s'approcher d'elle et la prit dans ses bras.

— Tu es une gentille fille, Maria Sole. Tes parents ont déjà tellement de soucis qu'il vaudrait mieux que tu évites d'en ajouter, conseilla-t-elle.

Elle s'appuya ensuite à la balustrade du balcon pour regarder les jeunes gens remonter dans la voiture, laissa échapper un long soupir et repassa dans la cuisine avant de monter à ses appartements.

Elle était en train de se déshabiller lorsque Gianni frappa à la porte de sa chambre à coucher. Elle enfila vite un peignoir et lui ouvrit pour l'accueillir en souriant, les bras grands ouverts.

— Je t'aime tant, espèce de vaurien ! s'exclama-t-elle.

— Te rends-tu compte que tu m'as complètement ridiculisé ? s'exclama Gianni en se libérant de l'étreinte de sa mère.

— Pense un peu au ridicule dans lequel t'auraient plongé les De Magistris si je ne t'avais pas arrêté à temps, répliqua-t-elle.

Elle s'installa sur la banquette située au pied de son lit et invita son fils à la rejoindre, ce qu'il fit comme à contrecœur.

— Écoute, ça va, c'est toujours la même histoire. Mes frères et sœurs sont parfaits et moi je suis le vilain petit canard ! grogna-t-il.

— Peut-être, mais, en grandissant, le vilain petit canard se transforme en merveilleux cygne. C'est l'histoire que tu préférais que je te raconte quand tu étais petit.

— Bla ! bla ! bla ! plaisanta-t-il. La vérité, c'est que je ne m'intéresse pas à l'affaire familiale. Je n'ai pas envie non plus de faire des études. Saverio et ces deux sorcières de Cristina et de Paola me snobent, et je ne sais que faire de ma vie. Quand nous étions petits et que nous faisions des bêtises, papa lançait toujours son regard accusateur droit sur moi en premier. Maintenant qu'il n'est plus là, c'est toi qui me traites comme si j'étais encore un gamin !

— De tous mes enfants, je peux dire que c'est sans doute toi le plus doué. Il suffirait que tu fasses un effort pour produire des étincelles ! l'admonesta-t-elle en lui passant affectueusement les doigts dans les cheveux.

Elle mourait d'envie de le serrer dans ses bras et de le couvrir de baisers comme quand il était petit, mais elle se retint à temps.

— Ce ne sont là que des mots. Comment pourrais-je oublier la honte que tu m'as fait éprouver ce soir avec Maria Sole ! geignit-il.

Il se leva et s'apprêta à quitter la pièce.

— Je suis désolée, commença Orsola.

— Et moi encore plus, répliqua-t-il avant de claquer la porte.

Orsola cacha son visage entre ses mains en soupirant et en maudissant son impulsivité. Aurait-elle dû adopter une autre stratégie avec Gianni et sa petite amie ? Laquelle ? Les accueillir joyeusement en leur demandant s'ils s'apprêtaient à faire des mots croisés ? Prendre Gianni à part et lui expliquer qu'il était en train de commettre une énorme bêtise (en laissant la jeune fille patienter, seule, dans l'escalier) ?

Elle se souvint de sa mère. Diletta était aussi impulsive qu'elle, et elle l'avait toujours affrontée. Elle aussi, il lui était arrivé de se sentir blessée, mais elle avait toujours fini par comprendre et par accepter les arguments de sa mère. Orsola ne l'avait d'ailleurs jamais détestée pour cela.

Des années plus tard, elle lui en était même reconnaissante. En revanche, il lui semblait que son fils se montrait réfractaire à toute logique, et le fait qu'il ait une si mauvaise opinion de lui-même la préoccupait davantage.

Elle se mit au lit, ferma les yeux et pensa à son mari qui n'était plus là. « Comme tu me manques, Edoardo », pensa-t-elle.

Elle s'endormit. Au réveil, elle se sentait encore plus lasse que la veille en se couchant. Tout ce qu'elle avait à endurer, tous ces ennuis graves à régler la conduisaient à douter de sa capacité à affronter l'avenir. C'est alors qu'elle se souvint des paroles du père Bartiromo : « Si tu as besoin de soutien spirituel, tu sais où me trouver. Si tu as besoin de soutien pratique, ne le cherche qu'au sein de ta famille ou des proches collaborateurs d'Edoardo. »

Elle savait que le moment était venu de demander conseil au vieux curé, et elle ne pouvait plus repousser l'heure d'aborder le sujet qui la préoccupait avec Onorato, auquel elle se fiait comme Edoardo s'était fié à son vieil ami notaire.

Comme si le notaire avait lu dans ses pensées, le téléphone sonna à l'instant même.

— Allô, Orsola. Ta belle-mère t'a-t-elle dit que nous avions prévu une réunion de famille pour la lecture du testament d'Edoardo ? demanda-t-il. Étant donné le nombre de personnes concernées dans votre famille, j'ai pensé qu'il valait mieux que ce soit moi qui me déplace.

— Quand et à quelle heure ? demanda simplement Orsola.

— Demain soir, à sept heures, après le départ des ouvriers et des employés, répondit-il.

Puis, comme il était sur le point de la saluer, il demanda :

— Et comment s'est passé ton séjour à Milan ?

— Épuisant. Beaucoup d'émotions, mais je t'en reparlerai lorsque nous serons seuls. Il faut que je prenne un certain nombre de décisions importantes.

3

Le lendemain, pour la lecture du testament d'Edoardo, Priscilla fit le déplacement depuis Caserte. À dix-neuf heures tapantes, toute la famille était par conséquent réunie autour de la table de la salle de conférences des bureaux, impatiente que maître Onorato Spinelli brise le sceau de cire qui fermait l'épaisse enveloppe en papier ivoire. Après avoir servi les boissons, Rosaria s'était ensuite retirée dans la cuisine avec Titina pour s'attaquer à la préparation du repas.

Les plus jeunes paraissaient plutôt nerveux. Le matin même, Giulietta avait tenté d'échapper à la corvée en déclarant que « le fait que papa m'ait laissé ou non quelque chose ne m'intéresse pas. Il aurait dû se soucier de rester ici, avec nous ». Toutefois, Orsola l'avait convaincue d'assister au conseil de famille, et c'est ainsi qu'elle était assise avec les autres, en silence.

La tante Archetta avait mis ses plus beaux atours et s'était même parfumée, affirmant qu'il s'agissait d'un moment solennel lors duquel elle tenait à se montrer sous son meilleur jour. Margherita s'était demandé si sa fille avait conscience de ce qui était en train de se jouer, voire de ce qu'était un testament, mais elle l'avait aidée à revêtir sa robe en dentelle bleue, qui était certainement plus adaptée à une réception, sinon à un gala. Priscilla, sa sœur, n'était venue que par sens du devoir, et elle n'attendait rien de plus que ce qu'elle possédait déjà.

— On peut tourner et retourner la phrase dans tous les sens, un testament, c'est toujours une question d'argent, et moi, grâce au ciel, je n'ai besoin de rien. Quand je serai partie, la bijouterie reviendra à mes petits-enfants Sogliano. Pourquoi devrais-je être présente ? s'était-elle exclamée.

Mais elle était là, avec les autres.

La veille, Gianni avait avoué à sa grand-mère :

— Si papa m'a laissé un petit quelque chose, je fais mes bagages et je file. J'ai envie de faire le tour du monde pour prendre un peu mes distances avec cette famille qui commence à me peser.

— Tu peux aller jusqu'au bout du monde, avait rétorqué Margherita, mais tu n'échapperas jamais au corail. C'est comme une maladie héréditaire qu'on porte en soi toute la vie.

— On verra bien. Je veux être un homme libre, comme ce grand-père cordonnier que je n'ai jamais connu. Il était pauvre, mais heureux. Papa, au contraire, avec tous ses biens, a toujours mené une vie d'esclave. Esclave du corail. Pour finir, il est mort d'épuisement. Quel intérêt ?

— Mon pauvre chéri, avait compati sa grand-mère. Que sais-tu de la pauvreté ? À vingt ans, tu continues à vivre dans du coton ! En méprisant la fortune de ta famille, tu n'offenses pas seulement la mémoire de ton père, mais aussi celle de tous les Sogliano, moi comprise, et de tous tes ancêtres. Le corail a été leur grande aventure et a donné un sens profond à leur existence. Le corail est labeur, mais également beauté, imagination, création. Le corail n'est pas un objet, mais un rêve qui vit dans l'esprit et dans le cœur. J'espère sincèrement que ton père t'a laissé un peu d'argent pour que tu puisses le dépenser jusqu'au dernier sou et ainsi comprendre enfin ce que signifie vivre sans argent et, surtout, sans rêve.

Saverio et Paola et Cristina, ses deux sœurs, n'avaient pas émis de commentaire, car tous trois savaient qu'ils respecteraient les volontés de leur père à la lettre. N'avait-il pas toujours été leur idole ? Orsola et sa belle-mère étaient assises à chaque extrémité de la table, le notaire sur le côté, entre les deux sœurs d'Edoardo ; quant aux cinq enfants, ils étaient installés en face.

Onorato Spinelli descella l'enveloppe et en tira plusieurs feuillets rédigés à la main. Il s'éclaircit la voix et entama sa lecture :

Me voici parvenu à l'âge de cinquante ans et je ne sais pas quand ma vie parviendra à son terme. Cependant, dans l'éventualité où tous les membres de ma famille survivent à ma disparition, et dans le but de soutenir mon épouse Orsola, sur les épaules de laquelle retombera la charge de la famille et de l'entreprise, après avoir longuement réfléchi, je déclare ce qui suit...

À ce stade, le notaire fit une pause et balaya du regard toutes les personnes présentes. De toute évidence, l'homme était bouleversé, au point qu'il se moucha bruyamment avant de bafouiller :

— Je sais que ce n'est pas très professionnel, mais la lecture de ces lignes me cause beaucoup de peine. Pour moi, vous ne l'ignorez pas, Edoardo était comme un frère.

Il but une gorgée de thé glacé. Des portes-fenêtres du long balcon, qui donnait sur l'avenue où le vacarme de la circulation battait son plein à cette heure de pointe, provenaient les rayons obliques du soleil couchant qui allaient jusqu'à éclairer une grande marine de Naples au XVIIIe siècle qui ornait le mur d'en face.

— J'ai mal aux yeux, déclara alors Archetta.

Elle souffrait constamment de conjonctivite et, lorsqu'elle était nerveuse, elle ne parvenait plus à retenir ses larmes.

— Ferme-les donc ! murmura sa mère.

— Non, je veux aller dîner, déclara-t-elle.

— Ce n'est pas l'heure. Nous sommes ici pour écouter les paroles de ton frère, insista Margherita.

— Moi, j'ai faim, reprit Archetta.

Elle était comme ça : lorsque la tension lui paraissait insupportable, elle cherchait toujours une échappatoire.

Margherita lança un regard au notaire comme pour lui demander d'intervenir.

— Bien entendu, Archetta, vous pouvez aller manger, finit-il par dire.

— Gianni, accompagne ta tante à la cuisine, ordonna Margherita.

— Je peux me débrouiller seule, grommela Archetta avant de quitter la pièce.

Maître Spinelli reprit sa lecture :

Mon épouse hérite de plein droit tous mes biens mobiliers et immobiliers. C'est elle qui, le temps venu, se chargera de les diviser en parts égales à nos enfants. À ce propos, je tiens à préciser que je souhaite qu'aucune dissension ne se fasse jour entre les membres de la fratrie. Lorsque mon grand-père Edoardo est décédé, ses enfants ont trouvé un accord pour que ce soit Saverio Sogliano, mon père, qui hérite des bâtiments et de l'entreprise. Je souhaite que mes enfants fassent de même. C'est également mon épouse Orsola qui devra prendre soin de ma sœur Archetta, qui ne possède rien, mais à laquelle il faut donner tout, c'est-à-dire qu'elle ne doit ni manquer de l'amour, du confort et du respect dont elle a toujours bénéficié. Ma sœur Priscilla n'a pas de difficultés financières, mais, s'il advenait qu'elle se retrouve seule et qu'elle ait besoin de soins et d'assistance, mes héritiers se devront de l'accueillir dans la maison où elle est née et où elle a si longtemps vécu. Ma mère devra se charger de la lourde tâche – tant que ce sera possible – de soutenir mon Orsola, parce que je respecte sa sagesse entre toutes.

Je souhaite que mes enfants ne contractent jamais de dettes, avec qui que ce soit, notamment auprès des banques, pour régler les dépenses extraordinaires. En l'absence de liquidités, ils devront patienter jusqu'à ce que les choses s'améliorent. Les Sogliano s'en sont de tout temps tenus à cette règle et n'ont jamais eu à le regretter. De même, je souhaite qu'ils fassent montre de toute la prudence possible au moment d'accorder des prêts. Un ami auquel on prête de l'argent devient toujours, un jour ou l'autre, votre ennemi. De ce fait, je leur conseille d'apprendre à ne jamais révéler à quiconque la valeur de leur fortune, à garder un profil bas, à ne pas montrer d'enthousiasme à propos de leurs succès commerciaux et à ne jamais faire preuve d'ostentation pour quelque raison que ce soit.

Pour toute question financière ou légale, quelle qu'elle soit, ils pourront se fier à maître Onorato Spinelli et à maître Antonio Scarpetta, qui ont toujours assumé leur tâche avec loyauté.

À mes fils Saverio et Gianni, je lègue mes montres dont la valeur numéraire est pratiquement identique aux boutons de manchette en diamant et corail que je destine à mes filles. Si l'un de mes enfants choisissait de s'opposer à sa mère, il devra compter avec moi, parce que je ne lui permettrai certainement pas de passer une seule nuit tranquille. Je dois à mon épouse bien davantage que vous tous pouvez l'imaginer. Orsola a été une compagne précieuse qui a toujours su me comprendre et nous aimer, moi et ma famille d'origine.

Le notaire fit une nouvelle pause parce que tout le monde était en train de pleurer, et, bien qu'il ait lu, au cours de ses nombreuses années de pratique, un nombre incalculable de dernières volontés et rencontré toutes sortes de réactions (des sanglots les plus sincères à une rixe au couteau entre les parents du défunt), la douleur, l'amour et les regrets qui se manifestaient autour de cette table étaient extrêmement rares.

— Je dois dire que mon ami a laissé un immense vide affectif, commenta-t-il.

Il était tout aussi ému que les héritiers.

— Que dit-il d'autre ? demanda Gianni, les yeux emplis de larmes.

— Oui, il y a une dernière clause que je dois vous lire, murmura Spinelli.

Ma très chère famille, je vous aime tous. Maman, mes tantes, mes enfants et toi, mon Orsetta, vous ne pourrez jamais vous libérer de moi, parce que je conserverai une place privilégiée dans le cœur de chacun d'entre vous. Vous avez été, avec le corail, ma raison de vivre. Je vous confie un immense patrimoine, immense par sa richesse, mais surtout par les incommensurables valeurs d'honnêteté, de beauté et d'art qu'il symbolise. Je vous conjure de n'entretenir que les projets les plus ambitieux et de les accomplir dans le respect de ceux qui vous entourent, qui vous prêtent assistance et qui vous aiment.

4

La lecture achevée, le silence s'installa dans l'assemblée. Le soleil s'était couché, et une petite brise s'était levée en mer, qui gonflait les voilages de tulle blanc des fenêtres. Le notaire se leva et déclara :

— Si vous n'avez pas de questions, je vais vous laisser. Je pense que vous avez besoin de vous retrouver entre vous pour réfléchir à tout cela.

— Moi, j'ai une question, intervint Archetta qui venait de revenir dans la pièce.

Son rouge à lèvres avait bavé et elle tenait dans une main une tranche de pain à demi grignotée et, sur son bras, son petit sac de soirée.

— Dites-moi, répondit le notaire.

— Que m'a donc laissé mon frère ?

Le notaire regarda toute la famille qui lui rendit son regard. Avec une vivacité d'esprit que les autres n'eurent pas, Orsola sourit à la fille de sa belle-mère et se rapprocha d'elle en disant :

— Edoardo t'a laissé le plus beau de tous les trésors de la famille, une chose que tu désires depuis toujours, mais que tu n'as jamais eu le courage de réclamer. Tu sais de quoi je parle ?

— Non !

— Fais donc un petit effort, ma petite tante chérie. C'est l'objet que tu aimes le plus. Je sais que tu ne t'en souviens pas, mais tu peux compter sur ma mémoire. Il y a trente ans, lorsque je suis entrée dans la famille, c'est toi qui m'as fait visiter votre musée et, parmi les joyaux les plus anciens et les plus précieux, tu m'as montré un article en disant : « Je ne sais pas ce que je donnerais pour pouvoir le porter, mais on n'a pas le droit d'y toucher ! »

— Le diadème de l'impératrice ! souffla Archetta en écarquillant les yeux.

— Voilà ce qu'Edoardo t'a laissé, et tu pourras le porter chaque fois que le souhaiteras, affirma Orsola.

— Quel magnifique cadeau ! s'exclama Archetta.

Ivre de bonheur, elle se cacha le visage entre les mains sous le coup de l'émotion.

Ce diadème tout en corail, perles et diamants, avait été dessiné et fabriqué par un trisaïeul du nom de Giuseppe Sogliano, et il faisait partie intégrante d'une parure qui comportait des boucles, un collier et des bracelets, parure qui avait été immortalisée dans un célèbre portrait de l'impératrice Marie-Louise d'Autriche lorsqu'elle avait accédé au rang de duchesse de Parme, portrait exposé au musée du Louvre, à Paris.

Au début du XXe siècle, la parure avait été mise aux enchères par une célèbre salle des ventes londonienne, et c'est le grand-père Edoardo Sogliano qui l'avait rachetée. Elle était conservée dans la chambre forte de la famille qui avait été également transformée en petit musée.

Margherita, Priscilla et les enfants n'osèrent souffler mot. Ils étaient surpris et quelque peu dépités par l'initiative d'Orsola, mais ils savaient qu'elle avait simplement voulu faire plaisir à la tante Archetta.

C'était réussi, même si Archetta ne possédait aucun sens pratique et ne connaissait pas la valeur des choses. D'ailleurs, elle n'avait jamais eu un sou à elle.

— Je ne veux pas le mettre pour sortir, parce qu'on risque de me le voler, mais je veux le porter ce soir, pour le dîner, assura Archetta.

Avec une grande douceur, Margherita intervint :

— Ce soir, les systèmes d'alarme sont déjà en marche et, jusqu'à demain, nous ne pouvons pas aller chercher ton diadème. Mais, demain soir, nous le ferons, d'accord ?

— Oui, oui. Je suis d'accord. Je suis tellement contente.

— Demain, tu seras très belle et nous ferons la fête en famille, la rassura Margherita, dont le cœur s'emplit de gratitude envers Orsola qui avait offert à sa propre fille cet instant de félicité.

La réunion étant terminée, les enfants se retirèrent dans leur chambre. Paola et Cristina allèrent aider les vieilles domestiques à dresser la table pour le dîner, et Orsola descendit au rez-de-chaussée pour raccompagner Onorato jusqu'à sa voiture.

— Alors, comment se sont passées tes vacances à Milan ? redemanda-t-il.

— Comme je te l'ai dit, elles ont été épuisantes. Épuisantes mais édifiantes.

— Veux-tu que nous prenions rendez-vous pour demain ?

— J'ai d'abord besoin de consulter le père Bartiromo. En outre, je voudrais également entendre ce que Margherita aura à dire sur le sujet.

— Alors, passe-moi un coup de fil dès que tu seras prête. Écoute, demain soir, nous recevons quelques amis à dîner. Nous voudrions que tu te joignes à nous, mais Emanuela va t'appeler de toute manière, ajouta-t-il en l'étreignant.

En remontant à l'étage, Orsola croisa Gianni qui lui tendait son téléphone portable.

— C'est le père Bartiromo, maman, pour toi, annonça-t-il.

Elle s'empara du téléphone et, avant de s'éloigner, son fils se pencha vers elle, lui effleura la joue d'un baiser en chuchotant :

— Je t'aime, ma maman chérie.

Orsola lui adressa un sourire avant de prendre la communication avec le religieux.

— Si vous voulez, nous pouvons nous rencontrer ce soir, vers dix heures, chez moi, proposa le père Bartiromo.

— J'y serai, répliqua Orsola avant de couper la communication.

Elle franchit le seuil de la salle à manger où l'attendait toute la famille réunie. Elle s'assit à sa place et regarda autour d'elle.

Ils étaient tous inhabituellement silencieux, sans doute parce qu'ils étaient en train de méditer au sujet des dernières volontés d'Edoardo. À la dérobée, elle observa le visage pensif de ses enfants. Saverio demeurait calme, certainement sûr du rôle qu'il allait jouer à la direction de l'entreprise Sogliano. D'ailleurs, cela faisait longtemps, avant même qu'il ne décroche son diplôme, qu'il assistait son père aussi bien dans les ateliers que dans les bureaux ou les négociations internationales. Il connaissait par cœur tous les marchés de corail brut ou façonné. Edoardo avait en lui une confiance totale, tout comme il appréciait la créativité de Cristina qui n'avait qu'à faire tourner entre ses doigts un minuscule rameau de corail pour y déceler les contours d'une œuvre d'art. Quant à Paola, qui avait étudié l'océanographie et était devenue une spécialiste des fonds marins, elle avait contribué à faire largement avancer la recherche en matière d'écologie des océans avec ses jeunes confrères américains et japonais. Elle participait en outre avec enthousiasme à de longues et pénibles expéditions qui l'éloignaient souvent pendant des mois de la maison familiale.

Orsola savait qu'elle entretenait une relation avec un confrère américain qui vivait à Los Angeles et qu'il était fort probable qu'un jour, elle l'épouse et s'installe outre-Atlantique.

Gianni et Giulietta restaient les deux points d'interrogation. Comme les autres, ils avaient grandi au milieu des ateliers, et l'on avait même surpris Gianni, alors âgé de deux ans seulement, à travailler à la fraiseuse un petit morceau de corail qu'il avait transformé en bille presque parfaite.

Puis, peu à peu, il s'était détaché du corail et avait progressivement manifesté toujours davantage de signes d'ennui lorsqu'on évoquait l'or rouge.

À l'heure actuelle, il était clair qu'il ne savait que faire de son avenir, et il se disputait sans cesse avec ses frères aînés qu'il accusait d'aborder la vie avec des œillères.

Par ailleurs, il faisait de plus en plus souvent cause commune avec Giulietta, qui se montrait des plus frivoles. Tous deux se donnaient des airs d'amateurs éclairés de rock metal, et ils ne rataient pas un seul concert de groupes qu'Orsola considérait comme vulgaires et ignorants, sans la moindre idée de ce qu'était la musique. Tous deux suivaient mollement des études (sans résultat probant), et leurs aînés les tenaient à distance sans hésiter à les traiter de bons à rien.

Ce qui n'empêchait pas Gianni d'être le chouchou d'Orsola. Elle lui pardonnait quasiment tout et trouvait des justifications en se disant qu'il était le plus doué de ses enfants. Margherita, quant à elle, avait un faible pour Giulietta qui lui ressemblait et qui, à la différence de ses autres petits-enfants, la gratifiait sans cesse de petites attentions.

Après avoir laissé échapper un soupir profond qui exprimait toutes ses inquiétudes, Orsola murmura enfin :

— Le fait que papa m'ait confié le rôle de guide de la famille ne signifie pas que je dois me sentir responsable de vos choix. Chacun d'entre vous doit se prendre en charge, que cela vous plaise ou non.

— Que veux-tu dire avec cette pique ? s'emporta Gianni qui avait compris que ces paroles s'adressaient plus particulièrement à lui.

— Exactement ce que j'ai dit. Il n'y a pas de sous-entendu.

— Et voilà, dans toute sa splendeur, Sa Majesté la reine des glaces du Nord ! éclata Giulietta en se rangeant dans le camp de son frère.

De toute évidence, les émotions accumulées au cours de la lecture du testament étaient sur le point d'exploser. Alors, d'un bond, Orsola se leva et posa sa serviette sur la table.

— Il est près de dix heures et j'ai un rendez-vous, annonça-t-elle. Je vous prie de m'excuser, mais je dois sortir. Nous nous verrons demain matin.

Elle descendit presque en courant l'escalier pour se diriger d'un pas vif vers la basilique de Santa Croce.

5

Le sacristain la conduisit jusqu'au cabinet de travail du prêtre qui était assis à son bureau devant un amoncellement de paperasses. Il feuilletait des formulaires en lançant des imprécations à l'adresse d'un homme en complet-cravate qui se tenait droit comme un i devant lui.

— Et tu appelles ça un devis ? Pour moi, c'est du vol pur et simple ! criait l'homme d'Église.

Il aperçut Orsola sur le seuil et se calma aussitôt.

— Entrez donc, ma fille, et asseyez-vous, dit-il.

Il se retourna vers l'homme et ajouta :

— Moi, je n'ai certes pas les deniers de Judas. Pour ces bancs, je vais choisir un autre fournisseur, un homme animé de la crainte sacrée de Dieu. J'en ai terminé avec toi ; alors, file avant que je ne te donne des coups de pied.

— Vous pouvez chercher tous les fournisseurs que vous voulez, personne ne vous proposera un prix aussi intéressant que le mien. Avec tout le respect que je vous dois, vous n'êtes qu'un vieux fou irascible ! tonna l'homme en se précipitant vers la porte.

Il disparut alors que le père Bartiromo hurlait :

— Les ouailles, race vile et damnée !

Il sourit ensuite à Orsola et, d'un air coquin, expliqua :

— En vérité, dans *Rigoletto*, il s'agissait des courtisans. Comme il l'ignore, il reviendra à Canossa avec un devis plus raisonnable.

Cette histoire de bancs neufs pour l'église était une affaire qui traînait depuis des mois. La « race vile et damnée » des paroissiens avait déjà récolté et remis au curé une somme conséquente, mais, parce qu'ils connaissaient la générosité du vieux prêtre, ils craignaient que l'argent ne finisse en aumônes et que les bancs actuels, de vieux modèles sans cesse retapés et désormais précaires, demeurent en l'état.

— Un café vous ferait-il plaisir ? demanda-t-il.

Toute sa colère avait disparu. Il n'attendit pas la réponse et appuya sur le bouton de la sonnette. Aussitôt, comme si elle attendait derrière la porte, Peppina, la bonne qui le servait fidèlement depuis toujours, apparut avec deux petites tasses de café fumant.

Il s'ensuivit un silence uniquement brisé par le tintement des cuillères qui remuaient la boisson sucrée. Le curé sirotait patiemment son café en attendant qu'Orsola lui ouvre son cœur. Venue dans le but d'évoquer le fils caché de son mari, elle déclara cependant :

— Aujourd'hui a eu lieu la lecture du testament de mon époux…

— *Testamentum…* Acte parfois révocable, avec lequel l'individu imagine imposer sa volonté même une fois mort, marmonna l'homme d'Église.

Orsola n'était pas venue pour écouter ses divagations et elle reprit la parole.

— Il me confie la responsabilité de toute la famille.

— Que pouvait-il faire d'autre ? Auparavant, vous étiez deux, dorénavant, les honneurs vous reviennent.

— Je crains des dissensions à l'avenir entre mes enfants. Ils sont cinq et, un jour ou l'autre, chacun réclamera sa part. Le patrimoine devra être démembré, et je n'ai pas l'impression qu'ils soient tous très mûrs pour cela. Vous voyez, mon père, lorsque mon beau-père nous a quittés et que Margherita s'est retrouvée seule avec deux filles et mon Edoardo, il n'y a eu aucun problème parce que… Eh bien, la tante Archetta étant ce qu'elle est, la gestion de sa part a toujours été à la charge de mon mari. Quant à la tante Priscilla, elle s'est retrouvée avec la villa de Sorrente et la boutique de Caserte. Margherita s'est chargée de compenser la différence avec un transfert de liquidités, et Edoardo a pu alors se sentir libre de développer l'entreprise sans devoir rendre des comptes à quiconque. Moi, en revanche, je me retrouve avec cinq enfants qui ne pourraient pas être plus différents les uns des autres. D'abord, Gianni et maintenant Giulietta ne cessent de ronger leur frein. Vous savez que le corail ne compte guère pour eux ! Comment faire un partage équitable, comme le souhaitait mon pauvre mari, d'un patrimoine qui doit demeurer entier ?

— Ma fille, ce ne sont là que des questions juridiques. Pourquoi m'en parler à moi ?

— Parce qu'il s'agit également de questions morales. J'y pensais ce soir, alors que nous étions en train de dîner et que je sentais, malgré le silence, s'insinuer une sorte de tension entre certains de mes enfants. Si cela ne dépendait que de moi, je laisserais tout à Saverio parce que je suis sûre qu'entre ses mains, l'entreprise continuera à prospérer, comme avec son père. Mais les autres ?

— Le droit d'aînesse a cessé d'être la règle absolue depuis quelques siècles, et vous ne pourrez pas expédier les autres au couvent ou, comme le faisaient les aristocrates d'autrefois, dans l'armée, raisonna le prêtre.

— C'est pour cette raison que je suis venue vous voir. Honnêtement, je sais que Saverio et Cristina contribuent plus que les autres à la bonne marche de l'entreprise depuis des années. Quant aux trois autres, la première est totalement prise par ses recherches qui la conduisent à travers le monde, et les deux derniers sont assez paresseux. Toutefois, le moment venu, ils prétendront que tout doit être divisé en parts égales. Si je devais être sincère, mon père, j'aimerais mieux m'esquiver et…

— … les laisser se déchirer entre eux ? Quel courage ! interrompit le prêtre d'un ton net de reproche.

Orsola se tut, et son interlocuteur insista :

— Votre mari ne vous aurait pas imposé une telle responsabilité s'il n'avait pas été convaincu que vous étiez parfaitement en mesure de l'assumer au mieux. Je ne connais pas la teneur de votre patrimoine, mais, à vue de nez, je peux vous assurer qu'aucun de vos enfants ne mourra de faim. Apprenez-leur à regarder la réalité en face. Dévoilez-leur ces pensées qui vous tourmentent. Res-pon-sa-bi-li-sez-les ! La solution viendra tout naturellement, parce qu'ils la chercheront eux-mêmes, peu à peu, au fil du temps. Vous, ne vous souciez que de l'harmonie de votre famille, aujourd'hui et pour l'avenir.

Orsola se souvint des éclats de rébellion de Gianni et de Giulietta quand ils avaient réclamé à leur père, quelques mois seulement avant sa mort, de les envoyer aux États-Unis, dans le Vermont, en revendiquant la même somme que Saverio aurait dépensée pour l'un de ses séjours en Orient. Edoardo s'était mis en colère et n'avait donné d'argent à aucun des trois.

Pensive, Orsola ne dit rien pendant quelques instants avant d'aborder le sujet qui lui tenait vraiment à cœur.

— Toutefois, il y a un sixième enfant. Un autre garçon.

— Le jeune Chinois ? lança le père Bartiromo.

— Vous étiez au courant ? s'exclama Orsola sous le coup de la stupéfaction.

— Depuis des années, depuis sa naissance. Jusqu'alors, j'étais le seul dépositaire de ce secret qu'Edoardo m'avait confessé justement ici, dans cette pièce même. Comment l'avez-vous appris ?

— De la pire manière qui soit, mais cela n'a plus d'importance. Si ce n'est que je me serais attendue à plus de sincérité de la part d'Edoardo.

— Je ne tiens pas à jouer les hérauts de sa mémoire, mais il faut que vous sachiez que j'ai ma part de responsabilité dans ce secret. Vous l'avez peut-être oublié, mais, à cette époque, vous étiez vraiment difficile à vivre. Nous avons convenu tous les deux, Edoardo et moi, qu'il était préférable de nous taire.

— Mais plus tard ? Pour l'amour du ciel ! Edoardo a eu dix ans pour me mettre au courant de l'existence de cet enfant !

— Il craignait de vous perdre. Est-ce à moi de vous dire à quel point il vous aimait ? Bien sûr, Edoardo n'avait pas un caractère idéal. Il était réservé, introverti, et vous le savez mieux que moi ! Mais il vous aimait et il ne voulait pas vous blesser.

— Je sais. Je l'ai finalement compris. Par ailleurs, j'ai fait la connaissance de l'enfant et de sa mère. Cette femme est une bonne personne, mais elle a sa vie et sa famille, son travail aussi. Quant au garçon, il est extraordinaire. Je n'aurais peut-être pas dû aller le voir, parce qu'il m'a suffi de lui parler pour m'en amouracher aussitôt. Il ressemble tellement à Edoardo ! Il est fier, digne et avide d'affection. À présent, je considère qu'il est de mon devoir de le faire accepter à mes enfants, mais j'ai l'impression qu'ils ne seront guère heureux d'apprendre son existence. Ils risquent de le considérer comme un intrus.

— Et comment pourrait-il en être autrement ?

— Ils pourraient l'accueillir dans la joie. Ce n'est qu'un enfant et un enfant avec le même sang qui coule dans ses veines. Au moins en partie. Mais je sais que mes enfants sont enfermés dans leur égoïsme. Et quelle idée vont-ils se faire de leur père désormais ?

— Tout cela dépend de vous, de la manière dont vous présenterez la nouvelle. Si vous voulez un conseil, je dirais qu'avant de dévoiler l'existence de ce garçon, vous feriez mieux de laisser s'écouler encore un peu de temps afin que vos enfants retrouvent un certain équilibre après le deuil qu'ils ont subi. Lorsque vous constaterez qu'ils sont plus sereins, vous pourrez alors leur révéler l'existence de ce frère inconnu.

Orsola se dit que le prêtre devait avoir raison : il lui fallait se montrer patiente et attendre que la famille retrouve une certaine paix.

— Je vous remercie, mon père. Une fois de plus, vos conseils vont m'être précieux.

Lorsqu'elle rentra chez elle, elle découvrit que Saverio était encore debout à l'attendre, avec une expression qui n'augurait rien de bon.

6

Il s'était installé dans le petit salon contigu à sa chambre à coucher et commença par s'excuser d'envahir son territoire.

— Le fait est que je n'arrivais pas à dormir. Demain matin, je dois m'envoler pour le Japon et, depuis la mort de papa, nous n'avons pas encore réussi à parler, tous les deux ! s'exclama-t-il.

Épuisée, Orsola se laissa tomber dans un fauteuil. Elle dévisagea longuement son aîné, si sérieux et si responsable, si discret et si réservé, si attaché à la famille et à son travail !

Il commençait à perdre ses cheveux, ce qui indiquait sans doute une calvitie précoce comme le grand-père dont il portait le même prénom et qu'elle ne connaissait que par des photographies. À vingt-neuf ans, Saverio avait déjà la maturité d'un quadragénaire. D'ailleurs, il se comportait en adulte depuis qu'il était enfant.

Parfois, Orsola se demandait s'il était heureux. Il ressemblait à son père en matière de responsabilité envers la famille et le travail, mais il n'en possédait pas les élans. Généralement paisible et mesuré, Edoardo était cependant capable de mouvements imprévisibles d'allégresse pure.

N'était-ce déjà pas un spectaculaire coup de théâtre que de prendre pour épouse une femme du Nord qui ne savait rien du corail et qui ne lui avait apporté en partage qu'elle-même ? Combien étaient-ils, ceux qui, à Torre del Greco, avaient prédit l'échec de ce qu'ils considéraient comme une union contre-nature ? Mais Edoardo était fait ainsi : lorsqu'il s'agissait de travail, il écoutait les conseils d'autrui et réfléchissait soigneusement ; en matière de sentiments, il n'écoutait que son instinct. À l'âge de Saverio, il était déjà marié et deux fois père.

En revanche, Saverio n'avait jamais eu de véritable petite amie et il n'était jamais tombé amoureux. Deux ans plus tôt, il avait eu une relation avec la fille d'un bijoutier de Naples, et tous deux avaient même passé de longues vacances au Canada, mais, au retour, l'histoire était déjà terminée.

Un soir, bravant sa réserve naturelle, Saverio s'était confié à sa mère.

— Francesca me reprochait d'aimer ma famille et mon entreprise plus qu'elle. Lorsqu'une femme peut être superficielle au point de ne pas comprendre quelles sont mes valeurs, elle n'est pas pour moi.

— Je doute en ce cas que tu puisses trouver celle que tu cherches, lui avait répondu alors Orsola.

— Papa l'a bien trouvée, lui ! Je ne crois pas que tu sois l'exception absolue, maman. Quelque part, dans ce vaste monde, il y a une personne qui correspond exactement à ce que je suis, avait-il rétorqué.

Il était là, venu pour lui parler, à la regarder avec son air habituellement sérieux, irréprochable (bien qu'il fût déjà en pyjama).

— Je t'écoute, mon chéri, répondit Orsola.

— Il y a des questions pratiques à clarifier, maman. Maintenant que papa n'est plus là, il est nécessaire de redéfinir les rôles, notamment mon rôle à moi. J'ai demandé à Gianni de faire une certaine chose, et il m'a répliqué qu'il n'avait pas d'ordres à recevoir de moi. Je ne me serais jamais comporté de la sorte avec papa.

Encore quelques semaines, et ces deux garçons se battraient avec autant de véhémence que des coqs de combat, se dit Orsola. Ensuite viendrait le tour des filles.

Le lendemain, Saverio devait affronter un long voyage, et elle savait que, d'abord au Japon puis à Taïwan, il devrait se charger de plusieurs transactions importantes d'achat et de vente. C'est pourquoi elle lui parla avec le plus de sérénité possible en s'efforçant de dominer ses propres inquiétudes.

— Écoute, mon chéri, Gianni, c'est un problème qui me

concerne, moi. Il ne sait pas encore qu'il est né avec le corail dans la tête et dans le cœur. Il se débat comme un fauve en cage tout simplement parce qu'il ne sait pas encore ce qu'il veut.

— Il se comporte surtout comme un imbécile ! s'écria son fils.

— Nous devons lui laisser du temps.

— Mais le temps n'attend pas, lui ! Par exemple, si nous ne nous décidons pas tout de suite, tout le corail que Mongiello a en magasin finira dans d'autres mains. Ce fourbe de Scapece a déjà raconté à Mongiello que, étant donné notre situation, les négociations risquent de durer longtemps avec nous, et que, lui, il peut acheter tout le lot et le payer cash ! Demain, je dois partir et je ne peux envoyer Cristina à ma place. Mongiello risquerait fort de le prendre comme un manque de respect.

Saverio faisait allusion à un corailleur âgé qui, privé d'héritiers, voulait arrêter son activité ; comme il avait été très proche d'Edoardo, il avait pris contact avec les Sogliano avant tout autre.

— C'est tout ? Dès demain matin, je vais sonner à sa porte et je peux te garantir que j'emporterai non seulement tout ce qu'il a en magasin, mais également tout ce que je trouverai chez lui d'intéressant ! déclara Orsola.

— Ce n'est pas ton rôle, maman, objecta Saverio.

— Mon rôle consiste à faire avancer l'entreprise ! Et c'est ce que je ferai. C'est vrai, papa nous manque énormément, mais, parce qu'il a passé les trente dernières années de sa vie à m'enseigner d'abord à moi, puis à vous, les enfants, tout ce qu'il savait, le moment est venu d'utiliser ce qu'il nous a appris. Nous obtiendrons des résultats dont il serait fier. Va te reposer, maintenant, et ne t'inquiète pas : tu peux avoir confiance en ta mère, et aussi en Gianni. Tu verras, un jour, vous travaillerez côte à côte et, ensemble, vous accomplirez de grandes choses.

— Laisse tomber Gianni parce que, pour le moment, je lui donnerais des claques.

— Je dois t'avouer une chose, c'est que, parfois, moi aussi !

— Cela pourrait être une thérapie salutaire.

— Pas du tout, je crois que cela serait extrêmement contre-productif. Tu n'as pas encore compris qu'il t'admirait, qu'il voudrait être comme toi ? Mais il manque d'assurance. Il te considère comme un modèle inaccessible et alors il devient fou de rage. Pour compenser sa frustration, il ne fait que des bêtises. Je te prie cependant d'avoir confiance en lui, Saverio.

Elle savait que son fils réfléchirait sur tout ce qu'ils s'étaient dit.

Il s'approcha d'elle, lui donna un baiser et la remercia.

— À demain. Nous prendrons le petit-déjeuner ensemble avant ton départ, lui promit-elle.

Éreintée, elle se dirigea vers sa chambre et elle se mit au lit tout en sachant qu'elle aurait du mal à s'endormir. La disparition de son mari avait engendré une série inexorable de problèmes qui, jour après jour, voire heure après heure, lui étaient servis sur un plateau comme si elle était la seule convive invitée à un banquet aux mets indigestes.

Elle ne doutait pas de l'amour de ses enfants, mais ils n'avaient aucun scrupule à lui servir des plats empoisonnés en plaçant leurs propres besoins avant les siens. Et sa belle-mère n'avait pas plus idée de l'océan de difficultés dans lequel elle se débattait.

Il lui revint en tête ce qu'Edoardo lui répondait quand elle lui demandait pourquoi il était morose.

— J'ai trop de choses sur le feu et je suis tout seul pour les retourner à temps afin qu'elles ne brûlent pas.

— Retires-en certaines, même si elles ne sont pas tout à fait cuites ! lui conseillait-elle alors.

— Mais, si je les laisse de côté, elles finiront par pourrir, comme toutes les questions qu'on laisse en suspens.

— Comment puis-je t'aider ? demandait-elle.

Elle craignait qu'il ne l'entraîne dans de nouvelles complications alors qu'elle était déjà consciente de son incompétence, mais Edoardo affichait un grand sourire.

— Tu m'aides déjà tellement ! Tous les jours, tous les soirs. Tu sais ce que nous allons faire ? Nous allons nous coucher.

Ils faisaient l'amour et, après, il déclarait :

— Comme le disait Scarlett O'Hara : demain est un autre jour.

Seule maintenant, elle murmura pour elle-même :

— Tu as raison : demain est un autre jour.

Elle allait éteindre son téléphone mobile lorsqu'elle réalisa qu'elle avait reçu une série de coups de téléphone auxquels elle n'avait pas répondu, dont un de Damiana.

Bien qu'il fût près de minuit, Orsola la rappela.

— Enfin ! Mais que t'est-il donc arrivé ? Tu as une idée du souci que je me suis fait pour toi ? Tu es partie sans prévenir et, depuis, je n'ai eu aucune nouvelle ! attaqua son amie.

— Damiana, je suis fatiguée ! Tu n'as pas idée de la quantité de problèmes que je dois résoudre ! Mais, franchement, je n'ai aucune envie d'en parler. Tu sais ce que je voudrais ? Je voudrais posséder une baguette magique qui me ferait remonter le temps jusqu'à mon enfance, lorsque j'imaginais mon avenir tout en couleurs claires, à l'époque où je restais pendant des heures dans la boutique de mon père à le regarder réparer les chaussures ou que je faisais mes devoirs pour l'école. Ou bien lorsque je m'asseyais à la table de la cuisine, pendant que maman préparait le repas et que je fabriquais des fleurs avec des morceaux de papier. Ou encore quand toi et moi nous nous promenions sur le cours de Buenos Aires en évoquant nos futurs maris. Et je vais te dire autre chose : j'ai de nouveau envie de prendre la fuite. Pourquoi n'irions-nous pas, toi et moi, au bord de la mer quelque part ? proposa-t-elle en guise de réponse.

Au bout d'un long silence, Damiana rétorqua :

— Tu pourrais aussi revenir à Milan. Aujourd'hui, Alberto est venu jusqu'à la boutique et il m'a demandé de tes nouvelles.

— Alberto ! s'exclama Orsola. Lui ?

— Il est marié, ajouta Damiana.

— Marié ?

— Tu dis ça comme s'il avait commis un crime !

— Tu aurais pu m'en parler.

— C'est toi qui m'as dit de ne plus jamais mentionner son nom, as-tu oublié ? Toutefois, cela fait deux ans qu'il est séparé, raconta son amie. Sa femme était et est encore l'une de mes clientes. Une belle femme qui appartient à une importante famille de Venise. Elle est médecin, comme Alberto. Ils se sont rencontrés lors d'un congrès et, les premiers temps, il l'accompagnait dans la boutique et me scrutait comme s'il s'attendait à ce que je lui parle de toi. Je crois qu'il s'est marié uniquement dans l'espoir de t'oublier, et, si j'en juge la façon dont les choses ont tourné, il n'y a guère réussi. Je suis sûre qu'il est encore amoureux de toi.

— Mais moi, je suis toujours amoureuse de mon mari, affirma Orsola.

Cependant, après avoir dit au revoir à Damiana, elle repensa à Alberto et à tout ce qui s'était passé dix ans plus tôt.

Orsola et Alberto

I

C'était le mois d'avril, et Orsola se trouvait à Milan avec Edoardo et les autres corailleurs de Torre del Greco pour la grande foire au Corail qui se déroulait dans l'enceinte du château des Sforza. Les journées s'écoulaient dans la frénésie, au rythme des rendez-vous avec les acheteurs italiens et étrangers, des conférences sur le corail et sur sa longue histoire, des diaporamas et des projections cinématographiques, sans compter les débats enflammés sur l'avenir du marché du corail, mais aussi sur l'économie en général.

Les affaires marchaient bien et les négociations allaient bon train. Les joailliers les plus renommés de Milan organisaient des dîners pour les exposants qu'ils invitaient chez eux, en ville, ou dans leur maison de campagne.

Certains corailleurs de Torre logeaient à l'hôtel, d'autres, chez des amis, et Edoardo et Orsola s'étaient installés rue Melzo, dans l'appartement où la jeune femme était née et qui venait d'être entièrement rénové.

Orsola s'était chargée de la décoration pour transformer les lieux en demeure confortable et élégante. Dans l'appartement voisin, qu'elle tenait de ses parents, Damiana avait suivi son exemple, et les deux amies, alors âgées de quarante ans, passaient de fréquents moments ensemble.

— Qu'est-ce que vous pouvez bien vous raconter ? demandait parfois Edoardo, qui les surprenait à se murmurer des confidences.

À cette époque, Damiana avait une liaison avec Orlando, un radiologue de la polyclinique de Milan.

— Un peu rustre, mais si doux et si intelligent, disait-elle.

Un matin, Damiana, Orsola et Edoardo sortirent ensemble pour aller, la première à sa boutique de la rue Borgospesso, et les deux autres au château des Sforzo. Ils venaient à peine de prendre le métro que Damiana annonça :

— Ce soir, j'accompagne Orlando à un dîner chez le professeur Antonelli, le chef du département d'obstétrique et de gynécologie de la polyclinique, et mon ami m'a demandé de vous inviter tous les deux. Il semblerait que l'épouse d'Antonelli soit une passionnée de bijoux en corail. Orlando lui a parlé de vous et elle tient absolument à vous connaître.

— Avons-nous d'autres engagements pour ce soir ? demanda Edoardo à Orsola.

— Oui, c'est la seule soirée que nous avions de libre et nous nous étions promis de nous détendre à la maison, répondit Orsola.

Edoardo lui lança un regard à la fois suppliant et joyeux :

— Allez, ma petite Orsetta à moi, pour une fois, prenons un peu de bon temps et allons voir comment ça se passe dans l'autre monde !

Lorsqu'il voulait quelque chose d'elle, Edoardo perdait son habituelle sévérité pour sourire comme un enfant, et elle le trouvait irrésistible. Ce jour-là comme les autres fois, elle céda à son caprice.

— D'accord, nous viendrons.

— Je vais prévenir madame Antonelli sans tarder. Elle sera tellement contente de vous rencontrer ! s'exclama Damiana qui descendit alors de la rame tandis que les deux autres continuaient jusqu'à la station de la place du Château.

Pour le dîner, Orsola s'habilla d'une robe en crêpe de soie framboise, avec de longues manches et un profond décolleté dans le dos.

La robe était suffisamment sobre pour mettre en valeur la perfection de sa silhouette, et Orsola n'ajouta aucun bijou hormis une bague auriculaire ornée d'un beau corail de Sciacca enchâssé dans un pavé de diamants.

L'appartement des Antonelli occupait les deux derniers étages d'un hôtel particulier du XIXe siècle sur le cours de Porta Romana. La maîtresse de maison lui présenta l'assistant de son mari, un certain Alberto Somaschini. C'est ce soir-là qu'elle fit sa connaissance.

— C'est un médecin extraordinaire et il a quelque chose de plus que les autres, murmura madame Antonelli tandis qu'Orsola admirait le jeune homme aux yeux d'un noir velouté et à la tignasse de boucles brunes.

Orsola avait toujours soutenu qu'un bel homme comme une belle femme ne doivent leur beauté qu'au fait que leur apparence extérieure exprime leur beauté intérieure.

Elle était convaincue que les gens laids ou insignifiants l'étaient parce que leur physique était le reflet de la faiblesse de leurs qualités morales.

— Par exemple, disait-elle à Damiana quand elles étaient encore adolescentes, si tu croises une femme au caractère aigri ou méchant, elle aura sûrement aussi un visage peu agréable et un physique disgracieux. C'est une question d'harmonie, tu comprends ?

— Et le Bossu de Notre-Dame ? Et le conte de la Belle et la Bête ? objectait son amie.

— Ce ne sont là que des élucubrations littéraires, coupait Orsola.

Le docteur Somaschini avait également dû être attiré dès le premier regard parce que, alors qu'ils étaient à table et jusqu'après le dîner, dans le salon, il ne cessa de la regarder d'une manière si évidente que tout le monde s'en aperçut, y compris Edoardo. Fort heureusement, le mari d'Orsola n'était pas jaloux, et il aimait que les autres hommes admirent son épouse.

En fin de soirée, alors que Damiana s'était déjà éclipsée avec son radiologue, Edoardo appela un taxi.

— Il n'en est pas question, décida madame Antonelli en se tournant vers le jeune médecin pour recueillir son accord. Alberto va vous raccompagner en voiture.

Dans l'ascenseur qui les emmenait au rez-de-chaussée, Orsola s'accrocha au bras de son mari en penchant imperceptiblement tout son corps en avant. Il ne s'agissait aucunement d'un signe, mais simplement que, depuis quelque temps, elle souffrait tous les mois de douleurs au ventre.

— Tu as encore mal au ventre ? demanda Edoardo d'un air inquiet.

Elle hocha simplement la tête.

Lorsqu'ils sortirent de l'ascenseur, le docteur Somaschini l'interrogea :

— Ces douleurs sont-elles fortes ?

— Cela dépend, répondit Orsola d'un ton légèrement irrité.

— Vous voyez, intervint Edoardo, elle ne veut pas en parler !

Alberto se tourna vers Orsola en disant :

— Je comprends tout à fait votre embarras. Aucune femme n'aime parler de ses problèmes féminins avec un homme, mais je vous rappelle que je suis gynécologue ! J'imagine que vous consultez de temps en temps votre propre spécialiste. Pourquoi ne lui en avez-vous pas parlé ?

Ils s'étaient arrêtés dans le hall, devant la porte, quand Orsola expliqua :

— Mais je l'ai fait, il y a un mois de ça. Il a évoqué un éventuel fibrome et m'a rassurée en me disant que je devais simplement prendre rendez-vous pour dans quelques mois. Mon mari est au courant, mais il affirme que je devrais demander un autre avis.

Edoardo allait intervenir, mais il fut devancé par le médecin.

— Si le gynécologue qui vous suit vous a rassurée, je pense qu'il n'y a aucune raison de vous inquiéter. Toutefois, votre mari a raison. Comme vous séjournez à Milan, je peux vous proposer un rendez-vous pour un examen plus approfondi.

Pendant qu'Edoardo appuyait sur le bouton d'ouverture de la porte, Orsola répondit :

— Je vous remercie de votre proposition. Je vais y réfléchir.

Elle se rapprocha de son mari avant d'ajouter :

— Allons, mon chéri, ne retardons pas notre escorte.

Lorsque la voiture se gara devant l'immeuble de la rue Melzo, le médecin les remercia tous deux pour les anecdotes fascinantes qu'ils avaient racontées au sujet du monde du corail. Il leur serra la main et patienta jusqu'à ce qu'ils aient pénétré sous le porche avant de redémarrer.

Lorsqu'ils se retrouvèrent seuls, Orsola lança à son mari :

— Non, mais, te rends-tu compte de la gêne que tu m'as causée ?

— Mais pourquoi ? Qu'ai-je donc fait ?

— J'étais morte de honte. Il ne s'agissait que d'une soirée entre amis, avec des gens que nous ne connaissons même pas, et tu te mets à réclamer une visite gynécologique. J'avais l'air de quoi, moi ?

— Comment te donner tort, mon Orsetta, mais, pour ma défense, je peux seulement répondre que je suis inquiet pour toi. D'ailleurs, même ce jeune médecin a trouvé l'idée d'un second avis excellente. Et si j'étais toi, je ne laisserais pas ce conseil sans suite.

Orsola ne répondit rien. Edoardo avait sans doute raison et, alors qu'ils pénétraient dans l'appartement, elle lui jeta un regard plein de tendresse.

— Pardonne-moi, mon chéri. Je te promets que, dès notre retour à Torre del Greco, je retournerai chez le médecin.

Cette nuit-là, Orsola eut une forte hémorragie, au point qu'Edoardo appela une ambulance qui voulait les conduire au Fatebenefratelli, l'hôpital le plus proche, mais il exigea que sa femme soit emmenée à l'hôpital.

2

— Qui est le crétin qui a diagnostiqué un fibrome bénin ? éclata une jeune interne tandis qu'une infirmière insérait dans le bras d'Orsola l'aiguille de la perfusion.

— Faites venir son mari, parce qu'il faut l'opérer tout de suite, ajouta-t-elle.

Orsola voyait et entendait tout ce qui se passait autour d'elle, mais elle se sentait si épuisée qu'elle n'avait pas la force de parler. Elle avait d'abord répondu par monosyllabes à une série sans fin de questions et elle n'avait plus qu'envie de se laisser aller dans le néant.

Elle perçut la présence d'Edoardo à ses côtés et entendit l'interne qui expliquait :

— Elle a perdu beaucoup de sang. Nous allons commencer par lui faire subir une série d'examens. Appelez le docteur Scianna ou le docteur Somaschini chez lui, ce sont eux qui sont de garde.

D'une distance sidérale, elle entendit la voix d'Edoardo qui demandait :

— C'est grave à ce point ?

— C'est ce que vont nous dire les examens cliniques, mais, étant donné l'urgence du cas, nous devrons nous en tenir aux examens de base.

Puis, Orsola ne sentit plus rien.

Lorsqu'elle revint à la réalité, il faisait grand jour. Une masse froide et lourde lui pesait sur l'estomac et elle avait l'impression d'être ligotée par une série de canules et de perfusions. Elle ouvrit les yeux pour découvrir la silhouette brouillée d'une personne en combinaison verte. Le visage lui rappelait quelqu'un, mais elle ne se souvenait pas de qui. Elle était si lasse qu'elle referma les yeux, s'abandonnant à la caresse d'une main chaude dans ses cheveux.

— Bon retour parmi nous, Orsola, déclara une voix masculine.

Tout autour, il y avait des gens qui parlaient, déplaçaient des objets ou ouvraient et fermaient la porte. Elle rouvrit péniblement les yeux : l'homme en combinaison verte, dont les cheveux disparaissaient sous une coiffe, avait un masque blanc sur le bas du visage, mais il lui fit penser à l'archange Gabriel dont elle avait vu la représentation dans une petite église de campagne alors qu'elle n'était encore qu'une enfant.

— Docteur Somaschini, dit-elle dans un filet de voix. Où suis-je ?

— Vous venez juste de sortir du bloc opératoire, répondit-il sans cesser de lui caresser les cheveux.

La présence du médecin lui donna un peu de courage.

— Vous êtes en salle de réveil. L'anesthésiste va venir contrôler votre tension et vous pourrez alors vous rendre dans votre chambre, où vous attend un époux anxieux et tremblant. Comment vous sentez-vous ?

Elle n'avait pas envie de répondre et se contenta de hocher la tête pendant qu'un autre médecin venait pratiquer des vérifications de routine.

— Vous n'allez pas souffrir, parce que je vous ai préparé un cocktail pour neutraliser la douleur. Je repasserai ce soir. Dans les vingt-quatre prochaines heures, vous allez beaucoup dormir, et il vous faudra beaucoup de calme pour récupérer.

Orsola se laissa de nouveau sombrer dans une délicieuse torpeur. Entre deux sommes, elle entendait parfois la voix d'Edoardo qui demandait quelque chose ou celle du docteur qui répondait :

— J'ai dû pratiquement tout retirer, y compris l'ovaire qui paraissait sain et que l'on est en train d'analyser. Il s'agissait d'un sale carcinome, croyez-moi. Toutefois, l'examen histologique nous le confirmera. Nous sommes encore en train de lui administrer du plasma pour compenser tout le sang qu'elle a perdu.

Elle retomba dans les bras de Morphée. De temps en temps, elle se sentait revenir à la réalité, parce qu'on lui prenait la température ou la tension, qu'on remplaçait la poche de glace sur son ventre ou qu'on redressait délicatement ses oreillers. À un moment, elle vit son mari à côté de son lit.

— Bonjour, ma chérie. Comment te sens-tu ?

Edoardo avait le visage marqué par la fatigue.

— Bien, et toi ?

— J'ai demandé à ce que l'on me prépare un lit parce que je voulais passer la nuit près de toi, mais le docteur Somaschini m'a imposé une infirmière pour la nuit.

— Quelle heure est-il ?

— Neuf heures du soir. Tu sais ce qu'on t'a fait ?

— On m'a opérée et on a retiré quelque chose de mon ventre.

— C'est tout à fait ça. Maintenant, tu vas guérir.

— Comment vont les enfants ?

— Ils sont impatients de venir embrasser leur maman, mais, pour le moment, tu devras te contenter de Saverio et de ma mère. Ils ont pris l'avion depuis Naples et ils viendront te voir demain matin.

— Mais les autres, seuls, sans leur grand-mère…

— Emanuela est avec eux. Aujourd'hui, Damiana est aussi venue te rendre visite, mais tu dormais. Elle a dit qu'elle reviendrait demain. Tu as aussi eu la visite du professeur Antonelli, le chef du service. Il était avec Somaschini, et tous deux semblaient satisfaits de ton état. Ils disent que tout s'est bien passé et qu'on pouvait arrêter les perfusions de plasma. Dès demain, tu pourras recommencer à manger.

— Va te reposer, murmura Orsola d'une voix lasse avant de se rendormir sur-le-champ.

Elle entendit alors un bruit de pas dans la pièce et quelqu'un qui relevait les stores. Elle ouvrit les yeux.

Une infirmière la saluait d'un ton joyeux.

— Bonjour, ma chère ! Je vais vous aider à vous asseoir pour faire une petite toilette.

— Quelle heure est-il ?

— Six heures du matin. Plus tard, vous aurez un peu de thé et, après, nous vous aiderons à faire quelques pas, expliqua la femme en lui lavant le visage avec de l'eau tiède et en lui appliquant une crème hydratante sur ses lèvres gercées.

Puis, tout en la coiffant, elle demanda :

— Avez-vous faim ?

— Je crois que oui, répondit Orsola.

— Je vois que vous êtes bien réveillée. Vous n'avez pas de fièvre, et votre tension est dans la norme.

À cet instant, le docteur Somaschini entra dans la chambre, suivi de deux infirmières. Il portait une blouse blanche et arborait un air rayonnant.

— Bonjour, Orsola, commença-t-il en s'asseyant au bord du lit. Je sais que vous avez passé une bonne nuit. Comment vous sentez-vous ?

— J'ai mal au dos, répondit-elle.

— C'est normal. Je vais vous aider à vous lever et à vous installer dans le fauteuil. Votre dos va vous en être reconnaissant !

Il se tourna alors vers les infirmières :

— Retirez la perfusion et le cathéter. L'anesthésiste va venir vérifier s'il faut poursuivre le traitement analgésique. Pour ma part, je pense que nous pouvons déjà réduire les dosages.

Les deux infirmières s'activèrent pour retirer les perfusions et les canules.

— Le fait de pouvoir bouger est déjà un soulagement, observa Orsola en se redressant pour se lever.

— Vous avez envie de prendre la fuite, madame ? demanda l'une des infirmières en se précipitant pour la soutenir.

— La tête me tourne, murmura Orsola en retombant sur son lit.

Le docteur Somaschini se leva et la fit s'allonger avant de remonter sa chemise de nuit. Il posa la main sur son ventre en lui demandant :

— Je vous fais mal ?

— Non, mais j'ai des démangeaisons très pénibles.

— C'est la cicatrisation qui fait son œuvre. C'est un signe de guérison, dit-il d'un ton rassurant.

Il ajouta, en se tournant vers les infirmières :

— Maintenant, aidez-la à s'asseoir dans le fauteuil.

— Alors, voulez-vous que nous vous donnions quelque chose à boire et un biscuit ?

Les deux infirmières sortirent, les laissant seuls.

— Désormais, nous sommes de vrais amis puisque j'ai farfouillé dans vos entrailles, plaisanta le médecin.

Il s'était assis sur une chaise métallique en face d'elle. À cet instant, un aide-soignant apparut sur le seuil de la chambre, mais, en voyant le médecin, il se retira aussitôt.

— Je me souviens de ce que vous avez dit à mon mari. Vous m'avez enlevé un morceau de moi auquel je tenais beaucoup.

— Je le sais, mais ces babioles ne vous voulaient pas que du bien et, si nous n'étions pas intervenus très vite, nous ne serions pas ici à faire salon aujourd'hui !

— Alors, on les appelle des « babioles » ?

— « Utérus et ovaires », cela vous paraîtrait plus joli ?

Un aide-soignant entra dans la chambre avec une tasse de thé et des biscuits.

— Je dois retourner en salle d'opération. Je reviendrai plus tard, promit le docteur Somaschini.

— Merci, murmura-t-elle en espérant qu'il allait revenir vite.

3

Les jours qui suivirent comptèrent parmi les plus difficiles de son existence. Orsola avait sans cesse l'impression de glisser dans les sables mouvants du désespoir. Dans les rares moments où elle réussissait à se retrouver un peu seule, elle se laissait aller aux larmes sans cependant éprouver un quelconque soulagement.

Trois jours après l'intervention, le cortège des corailleurs présents à Milan commença à défiler à la clinique avec des bouquets de fleurs et des cadeaux.

Elle se serait volontiers passée de ces visites, mais elle connaissait bien aussi l'envahissement affectueux et impérieux des habitants de Torre del Greco.

Son fils aîné, sa belle-mère et son mari se relayaient à son chevet et l'entouraient d'amour et d'attentions incessantes. Elle n'osait pas leur dire qu'elle aurait préféré être un peu seule, par exemple pour mesurer les ravages de l'acte chirurgical imposé à sa féminité.

Le professeur Antonelli lui avait expliqué que le docteur Somaschini avait accompli un vrai miracle en intervenant avec rapidité et habileté dans une situation clinique des plus alarmantes. Tout autant d'informations qui ne lui étaient d'aucune aide pour l'empêcher de glisser lentement mais sûrement vers la dépression.

Il n'y avait qu'Alberto Somaschini qui parvenait à lui redonner confiance. Le médecin avait pris l'habitude de passer la voir le soir, après le dîner, lorsque sa chambre était déserte.

Il approchait une chaise du lit et s'installait à côté en commençant chaque fois par ces paroles :

— Je suis très content de toi.

Ils se tutoyaient désormais.

— Tu guéris à la vitesse de l'éclair. En revanche, ton humeur ne me dit rien qui vaille.

— Mon humeur sera meilleure lorsque j'aurai quitté l'hôpital.

Un soir, il se présenta en compagnie d'une infirmière.

— Tu es guérie, Orsola, annonça-t-il d'un ton joyeux.

En tirant sur le drap, il poursuivit :

— Nous allons t'enlever les fils.

L'infirmière commença à retirer les bandes qui lui comprimaient l'estomac tandis qu'une autre poussait dans la chambre le chariot ployant sous les produits pharmaceutiques.

Après avoir retiré les points, Alberto s'écria d'un air satisfait :

— C'est une très belle cicatrice, Orsola ! Lève un peu la tête pour admirer mon travail !

— Je ne veux rien voir. Il me suffit de savoir qu'elle est là pour l'éternité, grogna-t-elle.

— Pas du tout ! Avec le temps, elle va s'estomper, rétorqua-t-il. Je ne t'ai pas fait mal, au moins ?

— Un peu.

— Menteuse. Il n'y a aucune sensibilité autour de la cicatrice !

— Alors, pourquoi me poser la question ?

— Pour savoir jusqu'où je peux aller avant de m'apitoyer sur ton sort ! répliqua-t-il avec un éclair malicieux dans les yeux.

Il se tourna alors vers les infirmières qui étaient en train de remplacer les bandes.

— Bien serrées, je vous prie.

Puis il eut le geste attentionné de rabaisser la chemise de nuit sur les jambes d'Orsola avant de lui dire :

— Maintenant, lève-toi et essaie de marcher un peu. Dis-moi comment tu te sens sans les points.

Il lui tendit son peignoir qu'elle enfila avant de faire quelques pas dans la chambre.

— Je me sens vraiment mieux, avoua-t-elle.

— Pouvez-vous m'apporter le truc que je vous ai demandé

de mettre au frais ? demanda-t-il aux infirmières qui étaient en train de quitter la pièce.

En se tournant vers Orsola, il expliqua :

— Nous devons fêter ta guérison.

— Tu fêtes la guérison de tous tes patients ? s'enquit-elle en s'installant dans le fauteuil.

— Avant toi, je ne l'ai fait qu'une fois. Avec ma mère qui avait le même problème. C'est moi qui l'ai opérée, il y a cinq ans. Cela a été une expérience terrible de travailler sur le corps de ma mère en sachant que c'est dans ce corps qu'elle avait porté ma vie. À présent, c'est une fringante septuagénaire qui profite de l'existence en faisant le tour du monde.

Une infirmière vint poser sur la tablette une bouteille de champagne et deux verres. Il fit sauter le bouchon et remplit les verres à moitié avec le liquide doré.

— À ta santé retrouvée ! s'écria-t-il en faisant tinter les flûtes.

Après une première gorgée, il s'assit sur la chaise métallique en face d'Orsola.

— Ce soir, je suis de garde. Par conséquent, si je n'ai pas d'urgence, j'ai tout le temps de répondre à tes questions. Et ne me dis pas que tu n'en as pas. Je sais bien que tu es en colère.

— Quel âge as-tu, Alberto ? demanda Orsola.

— C'est la première fois que tu prononces mon prénom et j'avoue que j'aime te l'entendre dire. J'ai trente-cinq ans, je suis un célibataire heureux et j'aime mon travail. J'aime le ventre des femmes enceintes, j'aime mettre au monde leurs enfants, je suis malheureux lorsque surgissent des difficultés imprévisibles et je me sers du tranchant du bistouri pour extirper le mal. Avec toi, tout s'est vraiment bien passé. Tu es complètement guérie, Orsola.

— C'est ce que tu affirmes, mais je n'ai plus ni utérus ni ovaires.

— Tu as déjà eu cinq enfants ! Cela ne te suffit pas ?

— Je n'ai que quarante ans. J'espérais encore dix ans de fécondité. Comment réagirais-tu si on t'enlevait tes testicules ? le provoqua-t-elle.

Alberto éclata franchement de rire.

— Je ne peux même pas y penser ! Pour un homme, ce serait un drame, mais, pour une femme, c'est différent. Par chance, vous n'êtes pas faites comme nous. Dans peu de temps, tu pourras avoir des rapports très satisfaisants, et personne, même pas toi, ne s'apercevra que tu n'as plus tes babioles. Ça, je peux te le jurer.

— Je vais encore être malade ? demanda-t-elle en baissant la voix.

Le médecin posa son verre sur la tablette et prit les mains d'Orsola entre les siennes avant de plonger ses yeux dans les siens.

— Je t'ai libérée d'un mal qui t'aurait tuée, déclara-t-il sérieusement. Tu es parfaitement guérie, mais la question qui se pose est en fait celle de la cause du carcinome. Les hypothèses sont infinies et toutes discutables. Pour éliminer tout risque éventuel, je préfère que tu te soumettes à quelques séances de chimiothérapie. La médecine a récemment fait de grands progrès en la matière, et ce genre de cure n'est plus si dévastateur…

Orsola ne le laissa pas terminer.

— Alors, je vais perdre mes cheveux, avoir de la fièvre, des nausées terribles, et je sombrerai dans la dépression qui me menace déjà…, déclara-t-elle, pleine de désespoir.

Elle se leva du fauteuil, et Alberto bondit sur ses pieds pour la prendre dans ses bras en lui murmurant :

— Je comprends que la chimio te fasse peur. J'ai songé à d'autres thérapies, mais je préfère opter pour le plus sûr, pour que tu vives longtemps et en bonne santé. Tu m'es très chère, Orsola. Je ne sais pas pourquoi, mais c'est ainsi.

Elle sanglotait sur son épaule, baignant la chemise du médecin de larmes.

— Pour la chimiothérapie, tu viendras ici et je serai près de toi, murmura-t-il en lui caressant les cheveux.

Il la tint serrée contre lui jusqu'à ce qu'elle cesse de pleurer. Alors, il prit son visage entre ses mains, essuya ses larmes du bout des doigts et lui effleura la bouche d'un baiser.

4

Orsola lui rendit son baiser avec un sourire.

— Merci.

— Tu vas te coucher et te reposer, conseilla-t-il.

Elle s'étendit sur le drap et il remonta les couvertures.

— Ton bipeur est en train de vibrer, annonça-t-elle.

— Je l'ai senti, répondit-il.

Il glissa la main dans sa poche et l'éteignit.

Il n'arrivait pas à se décider à la quitter.

— Quelqu'un a énormément besoin de toi, insista-t-elle.

— Je le sais, je vais y aller, répondit Alberto.

Il lui caressa la joue, traversa la chambre et, juste avant de sortir, ajouta :

— Dors bien. Demain matin, je t'autorise à rentrer chez toi.

Orsola laissa échapper un profond soupir et ferma les yeux en savourant une sérénité miraculeusement retrouvée.

Elle s'avoua ne s'être jamais sentie aussi bien. Depuis des mois, en fait, car, pour autant que son gynécologue de Torre ait été rassurant, quelque chose en elle lui disait qu'elle n'allait pas bien, et cela faisait longtemps qu'elle s'inquiétait.

— J'avais un cancer, et ce triple idiot ne s'en était pas rendu compte, grommela-t-elle du bout des lèvres en se cachant le visage sous les draps. Une grande partie de notre vie ne dépend pas de nous mais du destin, ajouta-t-elle dans un souffle.

Elle imagina ensuite qu'Alberto était un ange qui déployait ses ailes et l'enveloppait dans une douce étreinte duveteuse pour éloigner d'elle le moindre danger. Puis elle s'endormit.

Le lendemain matin, Alberto vint la voir avec le professeur Antonelli, qui arborait un sourire rayonnant.

— Ma chère madame, vous avez bien compris que tout s'était bien passé ? J'ai discuté de votre cas avec le docteur Somaschini, et nous sommes tombés d'accord pour, simplement par mesure de précaution, vous conseiller de vous soumettre à quelques séances de chimiothérapie.

— Je sais, répondit-elle en s'asseyant dans le lit.

— Il ne devrait pas s'agir d'une thérapie trop lourde, et les effets secondaires resteront assez faibles. Le docteur Somaschini vous reverra dans un mois et réétudiera avec vous le programme thérapeutique. À propos, mon épouse vous envoie ses amitiés. Vos anecdotes et celles de votre mari nous ont charmés. N'hésitez pas à nous faire signe lorsque vous reviendrez à Milan.

— Je n'y manquerai pas, promit-elle.

Alberto prit alors la parole :

— J'ai étudié ton dossier clinique. Si tu as le moindre souci, même le plus insignifiant, il ne faut pas hésiter à m'appeler. Je t'ai indiqué le numéro de mon téléphone portable.

Peu après, Edoardo arriva avec des vêtements propres.

Lorsqu'ils rentrèrent à l'appartement, il était déjà près de midi, et Damiana les attendait, le repas prêt pour tous les trois. Saverio et la belle-mère d'Orsola étaient, en effet, rentrés à Torre del Greco deux jours plus tôt, à la fin de la foire du château des Sforzo, lorsqu'on avait démonté les stands.

La participation, initiée avec la plus grande détermination par Edoardo, s'était avéré un succès quant à l'affluence du public et des liens commerciaux qui avaient été tissés.

— Tout est bien qui finit bien, murmura Edoardo en s'installant à table.

Fatiguée, Orsola se contenta de picorer un peu de rôti et un fruit.

— J'ai besoin d'aller m'étendre, annonça-t-elle ensuite.

Damiana la suivit en laissant à Edoardo la tâche de ranger la cuisine.

— T'ont-ils expliqué à l'hôpital que tu devais changer tes pansements tous les jours pendant au moins un mois ? lui demanda-t-elle.

— C'est ce qu'on m'a prescrit, et on m'a également interdit la douche jusqu'à ce que toutes les croûtes soient bien tombées.

— Pendant quelque temps, tu vas devoir te contenter d'une toilette de chat !

— Je voudrais au moins aller chez le coiffeur.

— Faible comme tu l'es ? Pas question. Je te ferai un shampoing demain matin, déclara Damiana, et un brushing. Je suis assez bonne à ça.

— Tu es vraiment gentille. Une véritable sœur, dit Orsola en souriant.

Elle se glissa dans son lit aux draps parfumés.

— Maintenant, repose-toi. À ce soir, dit Damiana en fermant les persiennes de la chambre.

— J'avais oublié à quel point le lit de la maison était confortable, murmura-t-elle en bâillant.

Elle fut réveillée par son mari qui lui caressait délicatement les cheveux.

Elle ouvrit les yeux et lui sourit.

— Tu m'as tellement manqué, mon Orsetta, dit-il.

Il était si bon et si tendre qu'elle sentit son cœur se gonfler de gratitude d'avoir pu épouser un tel homme.

— Je t'ai préparé du thé avec un peu de tarte aux pommes. Tu te sens capable de te lever ?

— Mais oui, je suis affamée, répondit-elle.

C'était la fin de l'après-midi, et ils passèrent un moment paisible à bavarder.

— J'ai loué une voiture bleue avec chauffeur. Je te ramène à Torre d'ici deux jours, d'accord ?

— Et la Porsche ?

— Ce n'était pas vraiment le véhicule idéal pour une dame en convalescence, expliqua-t-il. Saverio l'a utilisée pour rentrer à la maison avec sa grand-mère !

— Tu ne m'en avais rien dit.

— Cela t'aurait inquiétée. Mais Saverio a la tête sur les épaules et je me fie complètement à lui.

— Ne crois-tu pas que nous pourrions repartir dès demain matin ?

— C'est tout à fait exclu. Le voyage est bien trop long, et

c'est ton médecin lui-même qui m'a conseillé de te ramener en voiture, mais pas avant quarante-huit heures.

— J'ai envie de revoir mes enfants, déclara Orsola, surtout les deux petits. Ils ont été adorables de me téléphoner.

— Tes enfants t'aiment, mais pas autant que moi, affirma Edoardo en lui donnant un baiser sur le front.

— Je le sais, mon chéri, et je te suis reconnaissante de tout ce que tu fais pour moi.

Le soir, ils dînèrent avec Damiana et, lorsqu'ils allèrent se coucher, Orsola savoura le plaisir de se recroqueviller dans les bras de son mari.

— Tu sais que, pendant un certain temps, je ne pourrai pas…, murmura-t-elle.

— Je le sais et, honnêtement, cela ne compte pas. Ce que je veux, c'est que tu sois en bonne santé, la rassura-t-il.

Orsola pensa au docteur Somaschini et se demanda quelle impression cela ferait de dormir à côté de lui.

5

— Te rends-tu compte que je n'aurai plus mes règles, avec toutes les conséquences que cela comporte ? déclara Orsola qui avait de nouveau sombré dans la dépression.

— Pourquoi ne regardes-tu pas les choses sous leur aspect positif ? répliqua Damiana dans une tentative pour la consoler. Cela fait des années, depuis la puberté, que nous devons supporter ça. C'est pire que de devoir se raser tous les matins.

— Tu ne peux pas comprendre ! s'exclama Orsola en lui jetant un regard irrité.

Encore en chemise de nuit et robe de chambre, elle était venue se pelotonner sur le canapé de son amie après le départ d'Edoardo, qui avait prévu de rencontrer plusieurs clients afin de mettre à profit son séjour forcé à Milan.

— Arrête de t'apitoyer sur ton sort ! s'exclama Damiana.

— Je n'accepte pas les reproches de quelqu'un qui est en aussi bonne santé que toi et qui ignore tout des angoisses qui me hantent !

— Ah ! maintenant, je suis coupable d'être en bonne santé ?

Les choses étaient redevenues comme autrefois. Elles se chamaillaient comme ça depuis qu'elles étaient enfants, et ni l'une ni l'autre n'acceptait de déposer les armes la première.

— Tu es vraiment insupportable ! s'écria Orsola.

— Merci. Alors, tu sais ce que je vais te dire ? J'en ai marre de tes pleurnicheries ! Je me demande comment ton mari fait pour te supporter ! Tu crois que le monde tourne autour de toi, comme s'il n'y avait que toi, comme si les autres n'étaient que le sillage de l'astre lumineux que représente « madame » !

Orsola se leva et traversa le séjour dans l'intention de sortir avec l'allure d'une reine offensée. Elle était parfaitement consciente d'avoir dépassé les bornes avec son amie de toujours et de n'avoir aucune excuse : ces derniers jours, Damiana lui avait tenu compagnie avec toute son affection.

En outre, elle ne faisait que dire la vérité parce qu'Orsola n'avait cessé de se complaire dans son désarroi au lieu de réagir et de commencer par remercier le sort qui l'avait placée entre les mains d'un excellent obstétricien auquel elle devait tout simplement la vie.

Avant de sortir, elle s'arrêta et tendit un doigt accusateur vers Damiana en criant :

— Ah ! elle est belle, la solidarité féminine ! Tu raisonnes comme un homme ! À ta place, j'aurais honte !

En sortant, elle claqua la porte.

Elle retourna directement dans sa chambre, se glissa dans son lit, alluma la télévision et se mit à regarder une série à l'eau de rose. Edoardo l'appela sur son portable pour la prévenir qu'il allait déjeuner en ville avec un client.

— Je n'ai accepté que parce que je savais que Damiana te préparera quelque chose de bon, ajouta-t-il.

C'est vrai, son amie avait même pris un jour de congé pour lui tenir compagnie.

— Je me suis disputée avec elle, avoua-t-elle à son mari.

— Comme d'habitude, commenta-t-il. Écoute, va faire la paix. Je t'envoie un baiser, ma douce Orsetta.

Personne n'avait jamais accordé vraiment d'importance à leurs disputes. Quand elles étaient fillettes, il suffisait d'un mot ou d'un geste pour les dresser l'une contre l'autre. Leurs mères regardaient, amusées, leurs prises de bec, et Diletta lâchait :

— Elles sont pires que des sœurs.

« Cette fois, j'ai vraiment passé les bornes », se dit Orsola.

Elle sortit de son lit et ouvrit la porte de son appartement pour retourner chez son amie.

Damiana avait eu la même idée et elles échangèrent un regard sur le palier avant d'éclater de rire.

— Nous sommes deux idiotes ! s'exclamèrent-elles en même temps.

— Allez, viens chez moi, dit Orsola en s'effaçant pour laisser passer son amie.

— On se fait un café ? proposa Damiana.

— Super, bien serré. J'ai besoin d'un coup de fouet.

Elles allèrent boire leur café dans la chambre à coucher.

— Où en étions-nous restées ? demanda Damiana.

— Je ne m'en souviens plus.

— Je voudrais te parler de quelque chose de plus gai.

— Pourquoi ne me parles-tu pas de ton radiologue ?

— Orlando ? C'est un brave garçon, un professionnel scrupuleux, un taciturne qui ne devient loquace que lorsqu'il a bu un verre de trop. Alors, il arrive à me faire rire. Je l'ai rencontré il y a quelque temps chez les Antonelli. Comme je te l'ai dit, l'épouse du chef de clinique est l'une de mes clientes et, après plusieurs visites de sa part à la boutique, nous sommes devenues amies. J'aime bien sa compagnie parce qu'elle a beaucoup de centres d'intérêt. Elle a la chance de vivre dans le luxe, mais elle donne beaucoup dans le social. Elle rend visite aux enfants hospitalisés, elle excelle à récolter des fonds pour leurs familles qui sont souvent très pauvres…

— Et Orlando ?

— Lui, son hobby, c'est de voler. Il possède un petit avion qui lui coûte une fortune en entretien et il insiste pour que je passe mon brevet de pilote. Il m'a présenté les copains de son club. De véritables dingues. De temps en temps, il y en a un qui se crashe et, selon moi, c'est ce qui finira par arriver à Orlando.

— Si j'en crois la manière dont tu en parles, tu n'es pas très amoureuse, observa Orsola.

— En effet, admit Damiana.

— Alors, pourquoi restes-tu avec lui ?

— C'est un parfait chevalier servant.

— Et toi, cela te suffit ?

— Tu n'as pas compris. C'est un gentilhomme comme on n'en fait plus. Du genre qui, s'il y a une flaque d'eau sur mon chemin, va étaler son manteau sur le sol pour que je ne me mouille pas les pieds.

— Mon mari est comme ça, lui aussi, mais je ne le considère par comme un chevalier servant.

— Tu sais, tu as de la chance, même si tu ne t'en rends pas compte.

— Répète ?

— Je dis ce que je sais et ce que je vois. Tu as quarante ans et tu en parais dix de moins. Tu as une merveilleuse famille, une belle-mère adorable, un mari qui est fou de toi. D'accord, tu as eu un accident de parcours, mais je ne doute pas que tu t'en sortiras super bien. Ton gynécologue t'adore et entretient pour toi une passion démente…

— Quoi ? coupa Orsola.

— Tout le monde s'en est rendu compte à l'hosto. Tu sais comment ça se passe dans ce genre de microcosme : tout le monde sait toujours tout sur tout le monde. Alberto Somaschini a littéralement perdu la tête pour toi. Moi, il ne m'est jamais arrivé pareille chose.

— Attends une minute ! Tu es en train de me dévoiler un truc énorme avec l'air de quelqu'un qui m'annonce qu'il va pleuvoir cet après-midi.

— Je croyais que tu étais au courant.

Orsola porta la main à sa gorge en espérant ralentir les battements de son cœur. Au bout d'un long silence, elle parvint à murmurer :

— C'est vraiment ce que l'on raconte ?

— Que puis-je te dire d'autre ? Il a fait des scènes à tout le monde pour obtenir plus rapidement les résultats de ses examens, pour être rassuré quant aux doses d'analgésiques afin que tu n'aies aucune douleur, pour discuter avec ses confrères sur l'évolution de la maladie. Il a même téléphoné à Cincinnati pour exposer ton cas qui, excuse-moi, est des plus courants si j'en crois ce que dit Orlando, au chirurgien avec lequel il a travaillé lors de son internat aux États-Unis. Et il est allé voir un diététicien de l'Institut d'oncologie pour lui demander des conseils sur le régime que tu devrais suivre. Dis donc, Orsola, ne fais pas comme si tu ne t'étais aperçue de rien !

— Je dois t'avouer qu'Alberto me plaît plus que je ne le voudrais, admit Orsola avec réticence.

— Cela ne m'étonne pas : il t'a sauvé la vie ; alors, tu ne peux que l'adorer. Si tu ajoutes à ça le fait qu'il est beau comme un dieu, qu'il est le célibataire le plus recherché de son service et que, contrairement à ce qui se passe habituellement, il n'a aucune relation à l'hôpital… Si tu tiens compte de tout ça.

— Et tu ajoutes le baiser qu'il m'a donné, non… que nous avons échangé, révéla Orsola.

Damiana lui jeta un regard stupéfait.

— Là, on n'est pas dans la gadoue !

6

Devant la banderole suspendue au fond du hall de la résidence Sogliano, Orsola sourit sous le coup de l'émotion : Bienvenue à la maison, maman était inscrit en caractères d'imprimerie.

— Mes brigands ne sont-ils pas adorables ? murmura-t-elle à l'oreille de son mari qui la soutenait tandis qu'ils montaient les marches jusqu'à leur appartement.

— Je te rappelle que ce sont aussi les miens, plaisanta Edoardo.

— À propos, où sont-ils ? demanda-t-elle alors qu'ils faisaient une pause sur le palier du premier étage.

— Ils doivent être en balade. Tu as oublié que nous ne devions arriver que ce soir.

C'était elle qui avait insisté pour partir dès l'aube. Le voyage depuis Milan avait été très agréable : confortablement allongée sur la large banquette arrière de la limousine, elle s'était endormie plusieurs fois et, bien qu'encore un peu faible, elle n'était absolument pas fatiguée.

Ils parvinrent en haut de l'escalier avec le chauffeur qui portait leurs bagages.

— Je vais dans ma chambre me reposer un peu, dit Orsola.

— Moi, je me charge de régler le chauffeur et je t'attendrai au salon. Je vais voir si Titina peut nous préparer quelque chose à manger, répondit Edoardo.

Le bâtiment semblait désert et silencieux, ce qui était toujours le cas le dimanche après-midi. Ils avaient justement choisi de rentrer ce jour-là pour éviter l'accueil gentiment tapageur que leur auraient réservé les employés.

Orsola apprécia l'atmosphère accueillante de sa chambre et du salon attenant. Elle avait presque oublié le plaisir de se retrouver dans les lieux qu'elle avait rénovés avec son époux juste après le mariage pour mieux adapter l'espace à leurs exigences.

Elle se déshabilla et fit une rapide toilette, comme elle en avait pris l'habitude depuis plusieurs jours, et vérifia son pansement. La cicatrice paraissait évoluer correctement, et Orsola espéra qu'elle pourrait bientôt se plonger dans une pleine baignoire d'eau chaude ou, au moins, sous une bonne douche. Elle avait découvert le plaisir de rester à la maison en chemise de nuit et robe de chambre. Avant son départ de Milan, elle avait reçu de Damiana, à laquelle elle avait offert un collier en corail, une tenue en satin de soie gris argenté. Elle décida qu'elle la porterait plus tard, pour le dîner en famille.

Elle descendit au premier étage, parcourut le salon vert dans lequel régnait un silence insolite et néanmoins très plaisant. Elle ouvrit la porte du salon jaune, et la surprise la cloua sur place.

En rang d'oignon, ses enfants l'accueillirent avec un « Vive maman ! » avant de libérer un nuage de ballons de baudruche de toutes les couleurs. L'un après l'autre, chacun vint l'embrasser tandis qu'elle versait des larmes d'émotion et de joie. Giulietta, la plus jeune, lui offrit un petit bouquet de muguet enveloppé de tulle blanc et, après avoir exécuté une révérence comique, récita en rimes :

— Maman mamounette, mais où donc vous êtes ? Tu ne le sais pas, mais nous sommes là ! Pour te faire la fête, nous chanterons à… J'ai oublié le reste ! s'écria-t-elle en se tournant vers ses frères et sœurs avec un regard égaré.

— Tue-tête ! hurlèrent-ils tous en chœur.

Assise sur le canapé entre les deux filles, sa belle-mère affichait un sourire attendri. Dans un angle de la pièce, les yeux rouges d'émotion, Titina et Rosaria se mouchaient bruyamment.

En la prenant par le bras, Edoardo la guida jusqu'à un fauteuil. Saverio s'installa devant le piano, Cristina s'empara de sa guitare, Paola, Gianni et Giulietta rivèrent leurs yeux sur leurs aînés pour attendre le signal du départ, et ils se mirent à interpréter une chansonnette qui avait obtenu un grand succès des années auparavant et qui parlait de cigales et de fourmis. Puis, ils se mirent à danser et, bien que leur coordination ne fût pas parfaite, ils entamèrent une chorégraphie d'autant plus touchante qu'elle était approximative. Cependant, tout exprimait l'immense amour qu'ils éprouvaient pour leur mère.

Orsola ne pouvait plus cesser de rire et de pleurer à la fois.

— Tu étais au courant ? dit-elle à son mari.

— Cela fait des jours qu'ils se préparent ! Nos brigands t'aiment tellement !

Assis sur le bras du fauteuil, il la tenait contre lui.

Les jours de souffrance, de terreur, de désespoir étaient vraiment derrière elle. Elle avait une famille merveilleuse, et rien ni personne ne pourrait compromettre cet univers d'amour qu'elle avait contribué à créer.

Peu à peu, Orsola se réadapta à la routine rythmée par le temps qu'elle passait avec ses enfants, les heures à l'atelier à vérifier le travail des ouvrières, les dîners entre amis, les conversations à bâtons rompus avec son mari dans la tranquillité des soirées à la maison.

Au mois de mai, Edoardo partit pour les États-Unis, et Orsola retourna à Milan après avoir confié ses enfants à la garde de Margherita. D'ailleurs, elle se fiait totalement au bon sens et à l'autorité naturelle de son fils aîné.

À la gare, elle fut accueillie par Damiana qui l'emmena chez elle tout en lui assurant qu'elle serait là pendant tout son séjour et qu'elle devait l'appeler dès qu'elle aurait besoin d'elle. Le lendemain de son arrivée, son amie l'accompagna jusqu'à la polyclinique pour une prise de sang à jeun. Cela faisait quarante jours qu'elle avait subi son intervention chirurgicale, et la première séance de chimiothérapie aurait lieu le lendemain, après une visite médicale des plus complètes.

Alors qu'elle sortait de la salle de prélèvement du laboratoire, une interne l'interpella :

— Je viens vous rappeler que vous avez rendez-vous avec le docteur Somaschini.

Orsola était parfaitement au courant, car Alberto l'avait appelée la veille pour fixer ce rendez-vous.

— Le docteur m'a demandé de vous préciser que vous avez tout le temps de prendre un bon petit-déjeuner parce qu'il ne pourra pas vous recevoir avant dix heures.

Orsola disposait donc d'une heure devant elle. Elle et Damiana décidèrent d'en profiter pour se rendre dans un café du cours Porta Romana pour déguster un cappuccino et des brioches.

Depuis l'instant où elles s'étaient retrouvées, elles avaient délibérément évité de mentionner Alberto et, ce matin-là également, elles éludèrent la question.

Elles montèrent ensuite jusqu'au service d'obstétrique et gynécologie, et Damiana s'installa sur un banc dans le couloir tandis qu'Orsola allait frapper à la porte du cabinet du docteur Somaschini. Dès qu'elle ouvrit la porte, Alberto se leva de son fauteuil et l'accueillit avec un sourire rayonnant.

— Comment vas-tu ? lui demanda-t-il en lui montrant le siège en face de lui.

— C'est toi qui vas me le dire !

Il montra les quelques feuillets disposés sur la table de travail et déclara :

— J'ai reçu les résultats du laboratoire et ils sont parfaits.

— Y a-t-il un faible espoir pour que je ne passe pas par...

Elle n'arrivait même pas à prononcer le mot « chimiothérapie ».

— Tu pourrais toujours t'en passer, mais je ne le permettrai pas.

— Pourquoi donc ?

— Parce que cela fait partie du traitement et que je veux que les choses soient faites à fond. Parce que les statistiques nous prouvent que, en l'état actuel de nos connaissances, la chimio constitue une garantie dans les cas comme le tien. Par conséquent, demain matin, tu reviendras en ambulatoire ici même. Je t'ai réservé une chambre individuelle très confortable. C'est moi qui t'installerai et tu pourras subir la séance. Avec l'accord du professeur Antonelli, nous avons précisé les dosages. Il faut que tu comptes une paire d'heures, mais, moi, pendant ces deux heures, je ne te quitterai pas ! Peux-tu passer à côté afin que je puisse t'examiner ?

Une infirmière se profila sur le seuil.

— Je vous en prie, madame Sogliano, dit-elle en souriant.

Elle l'aida à s'installer sur la table gynécologique et lui recouvrit le ventre d'un champ opératoire. Le docteur Somaschini entra peu après et approcha un tabouret pendant que l'infirmière faisait rouler le chariot des instruments. Orsola entendit le claquement des gants de latex que le médecin prélevait dans un récipient stérile.

— Détends-toi, le spéculum risque d'être un peu froid.

Malgré cela, Orsola ne put s'empêcher de se raidir et de contracter tous ses muscles tandis que l'instrument métallique la pénétrait, mais elle ne laissa pas échapper le moindre soupir.

— Je t'en prie, Orsola, détends-toi, répéta-t-il avec beaucoup de douceur.

Au bout de quelques secondes qui lui parurent interminables, Orsola entendit :

— Nous avons terminé.

Alberto retira ses gants et releva le drap pour observer l'état de la cicatrice d'Orsola.

— Tout se déroule à merveille, déclara-t-il d'un air satisfait. Tu peux te rhabiller. Je t'attends de l'autre côté.

L'infirmière l'aida à descendre de la table et lui tendit ses vêtements en murmurant :

— Vous avez beaucoup de chance d'être tombée sur le docteur Somaschini. C'est le meilleur ! Il fait de véritables miracles.

— Je le sais, reconnut Orsola.

Elle avait l'impression d'entendre la voix de Diletta, sa mère, qui lui disait : « L'archange Gabriel a annoncé à la Vierge la naissance de Jésus. Ce n'est pas par hasard que Dieu lui a confié cette tâche. Gabriel est, en effet, le plus loyal des anges et, si tu te fies à lui, il viendra toujours à ton secours. »

Une fois la femme partie, Orsola retourna dans le cabinet de consultation, où Alberto l'attendait, debout à côté du bureau.

— Ce soir, il faudra te faire une injection. Quelqu'un peut-il s'en charger ?

— Je n'en sais rien. Damiana peut-être, mais il faut que je lui pose la question. Elle est dehors en train de m'attendre. De toute façon, ce n'est pas un problème. Je peux trouver une infirmière, répondit-elle nerveusement.

Alors, il ouvrit les bras et, en souriant, déclara :

— Viens ici, Orsola.

Elle se blottit contre sa poitrine. Alors qu'il lui caressait doucement le dos, toutes ses tensions s'envolèrent. Elle savourait le bien-être qu'il lui communiquait et elle leva les yeux pour les plonger dans les siens.

Alberto se pencha vers elle, et leurs lèvres se rencontrèrent. Il laissa enfin échapper un long soupir.

— J'ai pensé à toi chaque jour au cours de ces longues semaines. Je crois que je suis tombé amoureux de toi. Je ne ferai jamais rien pour t'arracher à ta famille, mais tu dois connaître mes sentiments. Ce soir, je viendrai chez toi et c'est moi qui te ferai cette injection.

7

— Tu es vraiment silencieuse, constata Damiana dans le taxi qui les ramenait rue Melzo.

— Je n'ai guère envie de parler, répondit Orsola.

— Ma pauvre chérie ! Non seulement tu es malade, mais il te faut encore supporter les assauts d'un soupirant assidu, plaisanta son amie.

— Écoute, si on allait chez le coiffeur ? J'ai envie de me faire belle une dernière fois avant de perdre mes cheveux ! Après, nous ferons quelques emplettes parce que les enfants ont besoin de vêtements neufs. Cet après-midi, nous pourrions aller au cinéma, proposa Orsola.

— D'accord, mais, après le coiffeur, je t'invite à déjeuner chez Don Lisander.

— Affaire conclue ! s'écria gaiement Orsola en affichant un enthousiasme qu'elle n'éprouvait pas.

En fin d'après-midi, Edoardo l'appela de New York juste au moment où elle pénétrait dans son appartement après avoir quitté Damiana.

Il voulait tout savoir de la visite chez le médecin et lui demanda à quelle heure il pourrait l'appeler le lendemain.

— Tu dois dire à Damiana à quel point je lui suis reconnaissant de prendre ainsi soin de ma petite Orsetta, ajouta-t-il.

— Je n'y manquerai pas. Quand repars-tu ?

— Dans quelques jours, répondit-il. Je prendrai un vol direct pour la Chine, à moins que tu n'aies besoin de moi.

— Non, nous nous retrouverons à Torre. Je pense qu'à ton retour, je serai de nouveau à la maison, expliqua-t-elle.

— Tu m'as l'air un peu étrange, mon Orsetta. Tu es sûre que tout va bien ?

Elle était, en effet, préoccupée, pour ne pas dire troublée, voire anxieuse, mais comment en parler à son mari qui était à des milliers de kilomètres de distance et qui devait se concentrer sur son travail ?

— Tout va très bien, mon chéri, assura-t-elle. Demain, après la chimio, je risque de ne pas être aussi bien, mais, jusqu'à ce moment-là, je serai dans une forme éblouissante ! Sois tranquille.

— Je t'aime, tu sais.

— Moi aussi, répondit-elle sincèrement en coupant la communication.

Orsola aurait aimé que son mari soit à ses côtés, ici à Milan, pour la tenir loin d'Alberto : seule, elle se sentait incapable de lutter à la fois contre la maladie et contre le trouble que le jeune médecin lui procurait. Certes, il était bel homme et il lui avait sauvé la vie, mais était-ce suffisant ?

— Arrête ! Cela n'avance à rien de cogiter comme ça ! murmura-t-elle tout en rangeant ses achats dans une armoire.

Son téléphone se remit à sonner. Cette fois, c'était Alberto.

— Je serai chez toi d'ici une demi-heure. Je vais t'emmener dîner dehors, annonça-t-il.

Il coupa la communication sans lui donner le temps de dire quoi que ce soit.

Elle enfila un tailleur en satin noir, une paire d'escarpins élégants en soie opaque, s'empara de son sac à main et alla sonner à la porte de Damiana pour la prévenir qu'elles se verraient le lendemain. Elle ne lui fournit cependant pas davantage d'explications.

Elle sortit dans la rue au moment même où Alberto arrêtait sa voiture devant le porche de l'immeuble.

— J'ai réservé une table au restaurant du Grand Hôtel, déclara-t-il.

Orsola hocha simplement la tête et il poursuivit :

— Je prends de temps en temps mes repas là, avec mes sœurs, par qu'ils ont un chef excellent.

— J'ignorais que tu avais des sœurs.

— Deux. Marisa, l'aînée, est pédiatre, et Giovanna a choisi une voie totalement opposée puisqu'elle est gériatre. Moi, j'ai suivi la trace de mon père qui était professeur d'obstétrique.

— Était ?

— Il nous a quittés il y a quinze ans.

— Pourquoi n'es-tu pas encore marié ? lança-t-elle à brûle-pourpoint.

— Bonne question… pour laquelle je n'ai pas de réponse. Mon modèle en matière de couple, c'étaient mes parents qui, au bout de trente années de mariage, avaient encore des étoiles dans les yeux. Ils étaient comme les deux moitiés d'une même pomme. Ce n'est que depuis que j'ai fait ta connaissance que j'ai pensé que tu étais peut-être la moitié que je n'avais pas encore trouvée. Cela semble banal de le dire, mais je ne sais comment expliquer autrement la force qui me pousse vers toi, bien que je sache parfaitement que tu ne seras jamais mienne.

Alberto laissa ses clefs de voiture au portier et il la guida à travers le hall de l'hôtel jusqu'au restaurant.

— Tu veux bien me laisser commander les plats qui te conviennent ? demanda Alberto tout en parcourant la carte.

— Si tu me dis d'abord ce que tu veux choisir, répondit Orsola.

— Légumes grillés en entrée, velouté de riz et poêlée d'asperges, et, pour finir, compote de pommes à la cannelle.

— Tu veux me mettre à la diète ! protesta la jeune femme.

— La journée de demain va être difficile, et ce que tu appelles « diète » correspond à ce qui va devenir ton régime habituel. Mais nous en parlerons une autre fois. En attendant, je vais commander la même chose.

— Je ne peux pas me rebeller contre mon médecin, n'est-ce pas ?

— Absolument exact.

Ils dînèrent en bavardant comme de vieux amis. Au moment où ils allaient commander le café, Alberto déclara :

— Je voudrais te demander de venir chez moi, mais je ne sais pas comment faire et ce que tu vas me répondre.

D'abord, Orsola ne répondit rien et se contenta de le regarder dans les yeux avant de murmurer :

— Je répondrais oui si ta maison était juste derrière la porte du restaurant, mais je sais que, durant le trajet jusque chez toi, le oui va se transformer en non.

— Crois-tu qu'ils aient des chambres libres, ici ? insista Alberto. Orsola, si tu savais combien je te désire !

Ils grimpèrent au deuxième étage du Grand Hôtel, escortés par un garçon qui ouvrit la porte de leur suite avant de disparaître aussitôt. Alberto prit Orsola dans ses bras pour lui faire franchir l'entrée du petit appartement.

Après l'avoir allongée sur le lit et avoir commencé à la déshabiller, lentement, avec délicatesse, il la recouvrit avec le drap en satin. Il retira ensuite sa veste et se pencha vers elle pour lui couvrir le visage de baisers tout en murmurant à quel point il l'aimait.

— Déshabille-toi aussi, souffla-t-elle en dénouant le nœud de sa cravate.

Alberto retira ses vêtements et se glissa à côté d'elle. Ce n'est qu'alors qu'elle posa la question qui la taraudait :

— Tu crois vraiment que je peux déjà…

Perplexe, il la regarda dans les yeux.

— Tu n'as pas encore eu de rapports ?

— Je craignais que cela me fasse mal.

Alberto rayonna de bonheur et, dans un sourire, il lui dit :

— J'espère te donner tellement de plaisir.

Orsola ferma les yeux et s'abandonna entre ses bras.

8

Cette première séance de chimio ne fut pas aussi terrible qu'Orsola ne le redoutait. En sortant, elle se sentait seulement très faible, elle n'avait pas faim, mais elle n'éprouvait ni nausée ni montée de fièvre. Le soir, elle se força à avaler une tasse de thé avec quelques biscuits, mais, lorsqu'Alberto vint lui rendre visite après le dîner, il lui ordonna de boire un jus d'orange. Il prit sa tension, l'ausculta et lui caressa le visage avant de la border et de lui murmurer un « Je t'aime ». Il patienta à ses côtés jusqu'à ce qu'elle s'endorme, puis retourna dans le séjour où l'attendait Damiana.

— Comment va-t-elle ?

— Elle va bien, répondit-il. Orsola est une femme solide. Demain, elle se sentira mieux et, après-demain, vous irez vous balader toutes les deux. Mais je resterai auprès d'elle au cours des premières nuits.

— Vous tenez à entraîner Orsola dans un précipice ? Elle est heureuse en ménage et son mari est vraiment très amoureux d'elle, déclara Damiana d'un ton soucieux.

— Je pourrais prendre un avion, aller voir son mari où qu'il soit et lui dire que j'aime Orsola, mais je ne suis pas du tout sûr que ce soit ce qu'elle souhaite. C'est mon problème ; alors, je ferai en sorte qu'elle ne s'approche pas du précipice. Je l'aime trop pour risquer de la faire souffrir.

Damiana sourit enfin. Cet homme amoureux l'attendrissait. Elle le salua et rentra chez elle.

Resté seul, Alberto retourna dans la chambre à coucher sur la pointe des pieds. Comme Orsola dormait profondément, il se déshabilla et se glissa à côté d'elle dans le lit. Pendant quelques instants, il écouta sa respiration régulière jusqu'à ce qu'il s'endorme lui aussi. À un moment, il ouvrit les yeux, réveillé par le bruit d'Orsola qui se levait.

— Où vas-tu ? chuchota-t-il.

— Aux toilettes.

— Attends une seconde, je t'accompagne.

Il était déjà debout. Il enfila son pantalon et la rejoignit.

— Est-ce que la tête te tourne ?

— Un peu seulement. C'est vraiment agréable de me réveiller et de te trouver à côté de moi. Quelle heure est-il ?

— Bientôt sept heures. Je te prépare un café ? demanda-t-il.

— Tu lis dans mes pensées, répondit Orsola en entrant dans la salle de bains.

Elle se lava sommairement et observa son reflet dans le miroir. Elle était pâle et se pinça les joues pour leur rendre un peu de couleur avant d'enfiler sa robe de chambre et d'aller jusqu'à la cuisine. Alberto avait préparé le petit-déjeuner composé de yaourt maigre, de graines de lin, de tournesol, de sésame et de courge, ainsi qu'une tasse de café.

— D'où sortent ces graines ?

— Je les ai apportées hier soir. Tu dois en prendre tous les jours parce qu'elles contiennent beaucoup de calcium. Elles remplaceront le fromage que tu dois exclure de ton régime. Ce n'est pas la peine de faire cette tête dégoûtée. Mange-les avec le yaourt : ordres du médecin.

— Et toi, tu ne prends pas de petit-déjeuner ?

— Dans une heure et demie, je dois être au bloc. Alors, je vais m'habiller et filer à la clinique.

Pour Orsola, la journée fut interminable. Elle était trop faible pour rester debout, trop lasse pour lire et pour écouter les bavardages de Damiana qui n'arrivait pas à se décider à la laisser seule.

Elle répondit au téléphone pour parler avec sa belle-mère, ses enfants, son mari et ses amies de Torre del Greco. Alberto, qui l'avait appelée à plusieurs reprises dans la journée, arriva après le dîner et libéra Damiana qui rentra chez elle.

Au bout de deux jours, Orsola se sentait déjà suffisamment mieux pour sortir seule. Son amie était retournée travailler, et ce fut Orsola qui prépara le dîner. Le matin du septième jour, elle retourna à la clinique pour se soumettre à quelques examens de routine. Alberto l'appela avec les résultats pour lui dire que tout se passait à merveille et, le soir, il alla la chercher pour l'emmener au restaurant.

Tous deux étaient d'excellente humeur. Main dans la main, ils flânèrent dans les rues silencieuses du centre en écoutant simplement le bruit de leurs pas.

— Tu sais que c'est demain que je rentre à Torre ? dit Orsola en brisant le silence.

— Et dans deux semaines, nous nous retrouverons. Si je suivais mon instinct, je ne te laisserais pas partir, mais nous n'allons pas en demander trop au destin : il pourrait nous trahir… Je vais te reconduire chez toi. N'oublie pas, ma chérie, que nous avons encore toute la nuit devant nous.

Le lendemain matin, il l'accompagna à la gare, la regarda monter dans la voiture et lui sourit lorsqu'elle se mit à la fenêtre un court instant avant le départ du train.

9

— Saverio, dis-moi… Comment trouves-tu ta mère ? demanda Edoardo à son fils.

— Elle va bien. Pourquoi me demandes-tu cela ? répondit le garçon.

— Je ne sais pas. Elle me paraît bizarre, expliqua son père.

— Comment ça ?

Saverio était plutôt embarrassé par le tour que prenait la conversation.

— Te souviens-tu comment elle était l'hiver dernier ?

— Susceptible. Ce n'est pas la peine de me le rappeler. Heureusement, c'est terminé.

— Bien sûr. À l'époque, elle n'allait pas bien, mais elle ne voulait en parler à personne, jusqu'à ce que nous découvrions qu'elle avait une tumeur. Elle est guérie, c'est vrai, mais, elle est – comment dire ? – étrange, insista Edoardo, désemparé.

— Pour moi, c'est toujours maman : douce, gentille, pleine d'attentions, affirma son fils.

— Oui, mais elle est comme absente. Elle te regarde, elle te sourit, mais elle est à des milliers de kilomètres d'ici.

Le père et le fils étaient en train de bavarder sur la terrasse qui s'ouvrait sur le jardin où Orsola s'était installée sur une chaise longue pour profiter du soleil.

Alberto lui avait affirmé qu'il ne la relancerait pas, mais elle lui avait promis de lui téléphoner si elle se sentait mal. Tous deux respectaient leur promesse.

Les deux époux étaient désormais de retour à Torre depuis une semaine, et Orsola faisait de son mieux pour entourer son mari d'attention et d'affection. Elle feignait l'enthousiasme pour son dernier voyage aux États-Unis et en Chine, où il avait obtenu d'excellents résultats. Mais, si elle affichait le masque de la sérénité, c'était surtout dans l'intention de se convaincre elle-même. Elle se répétait que son attirance pour Alberto n'avait pas perturbé son équilibre familial, mais elle avait du mal à ne pas penser à lui et elle était constamment tourmentée par un sentiment de culpabilité.

L'instant le plus difficile avait été celui où elle s'était retrouvée au lit avec Edoardo et qu'il avait commencé à se rapprocher d'elle, en prélude à des rapports qu'ils n'avaient pas eus depuis trop longtemps.

Elle s'était refermée comme une huître avant de murmurer :

— Je te demande pardon, mon chéri, mais je ne peux pas.

Il lui avait lancé un regard lourd d'incompréhension.

— Tu es guérie, non ? Pourquoi n'as-tu pas envie ?

Elle s'était contentée de se cacher le visage dans l'oreiller et s'était mise à pleurer. Alors, Edoardo s'était levé d'un bond, était sorti de la chambre, et elle l'avait entendu aller et venir dans le salon contigu comme un animal en cage.

Elle aurait tellement voulu lui céder ! Non pas pour elle-même, mais pour lui… Elle n'y parvenait cependant pas. Elle aimait infiniment son mari, mais elle n'avait de désir que pour Alberto, le magnifique archange auquel elle devait la vie.

Elle avait séché ses larmes et l'avait rejoint dans le salon. Il était debout, devant la porte-fenêtre grande ouverte sur la nuit, en train de fumer. Il avait le visage renfrogné des pires moments.

— Je suis vraiment désolée ! s'était-elle écriée, les yeux rougis par les larmes.

— Laisse tomber, avait-il répliqué.

Il avait écrasé sa cigarette et s'était versé un verre de whisky dont il avait avalé un long trait.

Orsola s'était recroquevillée dans un coin du divan sans ajouter un mot.

— Je veux parler aux médecins pour savoir comment se porte ma femme ! avait éclaté Edoardo.

Orsola s'était sentie soudain glacée.

En vingt ans de mariage, elle pouvait compter sur les doigts d'une seule main le nombre de fois où elle avait vu son mari aussi furieux. Cela s'était produit, par exemple, lorsqu'il avait surpris un ouvrier en train de voler du corail.

Ce ne fut pas tant la valeur du vol qui avait alors déclenché sa rage, que le fait qu'il rétribue généreusement ses employés. Il n'avait pas porté plainte contre lui afin de ne pas faire souffrir ses parents, qui étaient des personnes honnêtes, mais il en avait porté l'amertume dans son cœur pendant des jours.

Une autre fois, il était monté sur ses grands chevaux parce qu'il avait découvert que ces requins de Scapece n'avaient pas respecté le pacte (ratifié par tous les membres de l'association des corailleurs) de ne pas baisser les cotations de l'or rouge face à un groupe d'escrocs d'un pays d'Afrique qui achetait les produits manufacturés par quintaux.

Lorsque son mari avait évoqué son intention de « parler aux médecins », Orsola avait imaginé qu'il découvrirait sa liaison avec Alberto, mais elle s'était dit qu'elle n'allait pas lever le petit doigt pour l'en empêcher. C'est la raison pour laquelle elle avait rétorqué :

— Je suis surprise que tu ne l'aies pas encore fait. Tu t'es contenté de demander des précisions à Damiana. Si tu consultes le gynécologue, il te confirmera ce que tu sais déjà : je suis guérie et la chimio n'est qu'une mesure de précaution. Je pensais qu'un époux n'était pas censé se contenter d'informations de seconde main.

Edoardo avait posé son verre sur une commode, s'était approché et s'était penché vers elle.

— Dans ce cas, pourquoi ne puis-je pas faire l'amour avec ma femme ?

— Mes pensées sont ailleurs et, si j'acceptais de faire l'amour avec toi, je ne t'offrirais que mon corps. Sers-t-en si tu y tiens tant ! Mais tu dois savoir que je me sentirais agressée, comme violée.

Faisant brusquement volte-face, Edoardo l'avait prise dans ses bras et avait murmuré :

— Je te demande pardon. Oui, pardon pour beaucoup de choses. D'abord, je n'ai pas vraiment compris ce qui t'arrivait.

Je ne veux pas te prendre dans mes bras comme si tu étais un objet. Je t'aime tant, ma petite Orsetta, que je saurai patienter. Encore pardon, ma chérie.

Il avait déposé sur le visage de sa femme une série de petits baisers qui, mieux que n'importe quelle parole, confirmaient à quel point il l'aimait.

Orsola avait versé quelques larmes discrètes en souhaitant être capable de lui parler de l'étrange attirance qu'Alberto exerçait sur elle.

Comme si, d'une certaine manière, elle lui appartenait et ne pouvait se soustraire à lui parce qu'il lui avait sauvé la vie.

Étendue au soleil dans le jardin, elle entendit l'échange entre Edoardo et son fils, et elle fut frappée par le désarroi que trahissait le ton de son mari. Elle devait mettre fin à cette histoire avec Alberto. Parce qu'elle aimait Edoardo et que c'était lui l'homme de sa vie. Elle en était absolument sûre.

10

— Lundi de la semaine prochaine, je dois retourner à Milan pour la deuxième séance de chimio, annonça Orsola à son mari.

— Je t'accompagne ! Je te conduirai à la clinique mardi pour les examens préliminaires et, puisque tu seras encore en forme, je veux aller faire des courses avec toi. J'ai besoin de te couvrir de cadeaux, Orsetta. Et ne me dis pas que je ne dois pas dépenser d'argent, parce que mes origines hébraïques sont largement suffisantes pour me rendre avare ! plaisanta Edoardo.

— Je croyais que tu devais faire ton tour d'Europe, observa-t-elle d'un air négligent.

Elle tremblait à l'idée qu'Edoardo ait envie de rencontrer Alberto. Celui-ci ne l'appelait pas, mais il téléphonait pratiquement tous les jours à Damiana pour prendre de ses nouvelles et, après, son amie lui rendait compte de ce qu'il avait dit.

— Tu te souviens, Orsola, quand nous étions étudiantes, de nos premiers béguins ? Il y avait toujours une camarade qui servait d'intermédiaire entre nous et nos amoureux, lui avait dit un soir Damiana.

— C'était la fille Brambati. Personne ne faisait attention à elle, mais elle se débrouillait toujours pour recueillir les confidences des garçons et elle jouait son rôle avec beaucoup de sérieux. À cette époque, elle écoutait toutes les bêtises sentimentales de Menardi, prenait des notes et me soumettait le compte rendu exact de ses aspirations amoureuses, s'était remémorée Orsola.

— Eh bien, je suis devenue la Brambati. Il arrive que,

certains soirs, Alberto me retienne pendant une demi-heure au téléphone et me parle de toi comme si tu étais la madone inaccessible de ses rêves. Je dois dire que je commence à me lasser de jouer ce rôle !

Edoardo lui répondit :

— De Milan, je m'envolerai vers Paris, puis Barcelone et Madrid et, de là, je repartirai vers Londres. Toutefois, je resterai avec toi jusqu'à mercredi, lorsqu'ils te feront la séance. Après, comme d'habitude, Damiana me remplacera.

— Et quand reviendras-tu ?

— Mon dernier rendez-vous coïncide avec ton retour à Torre.

Ils étaient à table avec toute la famille. Margherita discutait avec sa chère fille qui faisait encore l'un de ses caprices.

Cette fois, Archetta réclamait une nouvelle robe de soirée pour aller à la fête d'anniversaire d'une amie, et sa mère tentait, en vain, de lui rappeler que son dressing débordait de tenues toutes plus élégantes les unes que les autres.

Toutefois, tous savaient que, pour finir, ce serait Archetta qui l'emporterait parce que personne ne pouvait jamais lui refuser quoi que ce soit.

Les garçons échangeaient des plaisanteries et se chamaillaient. Gianni et Paola fabriquaient des boulettes de mie de pain et visaient Giulietta qui paraissait sur le point de fondre en larmes parce qu'elle tentait, elle aussi, de confectionner des petits projectiles sans y parvenir. Cristina et Saverio étaient en train de parler de leur week-end à Sorrente avec des amis.

Une boulette lancée par Gianni atterrit dans l'assiette d'Edoardo qui se mit en colère en menaçant de faire sortir de table les deux plus jeunes.

— Je ne supporte plus, hurla-t-il, de dîner en compagnie d'une bande de petits malotrus qui se fichent des bonnes manières !

Le silence se fit. Edoardo élevait rarement la voix mais, lorsque c'était le cas, que ce soit à la maison ou dans les ateliers, tout le monde se taisait. Ce soir-là, Gianni lança cependant à son père un regard de défi en se mettant à crier d'une voix stridente :

— Tu t'en prends toujours à nous ! Surtout à moi ! Ce n'est pas juste ! Tout le monde sait bien que Cristina et Saverio sont tes chouchous.

Orsola souffla aussitôt :

— Demande immédiatement pardon à ton père !

Le garçonnet, qui n'avait alors que dix ans, se révélait déjà rebelle. Orsola se disait qu'il devait y avoir une raison pour que cet enfant, qu'elle préférait, soit plus difficile que les autres. Quoi qu'il en soit, il lui était impossible de passer outre ce défi. Elle se leva, s'approcha de lui et lui murmura à l'oreille :

— Mon chéri, je t'aime, mais il faut que tu demandes pardon à papa pour me montrer que tu m'aimes.

L'enfant baissa les yeux sur son assiette et, d'une voix limpide, prononça :

— Pardon, papa.

— Merci, Gianni, de reconnaître ton erreur, répondit Edoardo.

Il se tourna ensuite vers Orsola en lui demandant à mi-voix :

— Que lui as-tu dit pour l'amadouer ?

— Que je l'aimais, murmura-t-elle.

— C'est tout ?

— Cela ne te semble pas suffisant ?

— Tu es extraordinaire, mon Orsetta, commenta-t-il à mi-voix.

Le lundi suivant, ils arrivèrent à Milan en fin d'après-midi. Sous la porte de l'appartement, ils trouvèrent un message de Damiana qui prévenait son amie qu'elle allait rentrer tard, mais qu'elle était prête à l'accompagner le lendemain matin à la clinique.

— Alors, appelle-la, lui répondit Edoardo une fois qu'Orsola lui eut transmis le message, et explique-lui qu'elle peut dormir tranquille parce que, cette fois, je suis là.

— Je vais m'en occuper tout de suite.

Armée de son téléphone mobile, Orsola sortit sur le balcon.

— Lui aussi va t'attendre, l'avertit son amie.

— Je m'en doute, mais c'est comme ça. On se voit demain, dit Orsola avant de couper la communication.

Ils dînèrent à l'appartement avec les provisions qu'ils avaient trouvées dans le congélateur et se couchèrent tôt.

Alors qu'elle se glissait sous les draps, Orsola ne put s'empêcher de penser au souvenir des nuits qu'elle avait passées avec Alberto dans ce même lit.

Son sentiment de culpabilité à l'égard d'Edoardo lui pesait sur le cœur comme une pierre. Elle se sentait coupable de n'avoir rien dit au sujet de l'attirance que le médecin exerçait sur elle, mais elle se débattait entre le besoin de faire preuve de sincérité avec Edoardo et la crainte de lui infliger des souffrances inutiles parce qu'elle savait que sa liaison avec Alberto n'allait pas durer.

Du séjour lui parvint la voix de son mari qui parlait au téléphone avec leurs enfants.

— Maman se repose. Vous devez bien vous conduire pour que votre maman soit bien tranquille, expliquait-il à l'un d'entre eux.

À cet instant, Orsola éprouva encore plus d'amour pour lui et pour toutes ses petites et précieuses attentions. Lorsqu'il finit par la rejoindre, elle dormait déjà.

Le lendemain matin, à la clinique, après avoir subi la prise de sang, Orsola était en train de chercher un lieu où ils pourraient s'asseoir en attendant qu'on l'appelle pour les examens supplémentaires.

Tout à coup, au fond du couloir, avec sa démarche inimitable, apparut Alberto. Les pans de sa blouse blanche étaient ouverts sur sa chemise immaculée, et Orsola eut l'impression que l'archange Gabriel déployait ses ailes pour voler à sa rencontre.

Pour sa part, il les avait déjà aperçus tous les deux et il les salua en s'empressant d'ajouter en direction d'Edoardo :

— Je vais demander à ce qu'on m'envoie les résultats de la prise de sang le plus tôt possible, parce que voici une patiente qui me tient à cœur.

— Mon cœur à moi y tient sans doute encore davantage, docteur, croyez-moi, précisa Edoardo.

Orsola regardait les deux hommes tour à tour tandis que son cœur battait la chamade au point qu'elle craignait de manquer de souffle.

— J'espère que la numération des plaquettes sera dans la fourchette normale. Je vous appellerai plus tard pour la confirmation, mais, demain matin, votre épouse pourra subir sa deuxième séance de chimio, dit le médecin à Edoardo. Toutefois, il ne faut pas oublier que, pendant quelques jours, Orsola doit suivre un régime liquide. Faites-la boire beaucoup d'eau et beaucoup de jus de fruits. Pour l'injection de ce soir…

Edoardo ne le laissa pas terminer.

— Orsola m'en a parlé. Ne vous inquiétez pas, je m'en chargerai.

— Parfait, fit Alberto avant de s'éloigner.

II

De la clinique, Orsola et Edoardo se dirigèrent à pied vers la place Augusto et entrèrent dans la pâtisserie Taveggia pour déguster des brioches à la confiture tout en sirotant un café américain au lait.

Sur le trajet, ils avaient acheté plusieurs journaux et revues, et ils passèrent un moment dans le salon de thé à les feuilleter en commentant les nouvelles du jour.

La matinée touchait à sa fin lorsque le téléphone d'Orsola se mit à sonner. C'était Alberto qu'elle écouta un moment sans parler avant de déclarer :

— Un grand merci. Je le ferai.

— Alors ? interrogea son mari.

— Les résultats des examens sont bons. Tu voulais faire un peu de shopping avec moi, non ? Eh bien, c'est le moment de claquer tout notre argent ! En attendant, je voudrais faire un saut chez le coiffeur pour me faire couper les cheveux. Tu sais que je n'ai pas le choix, n'est-ce pas ?

— Je n'osais pas t'en parler, mais j'imaginais que tu devrais en passer par là, répondit-il en la caressant. Mais, ajouta-t-il, ils finiront par repousser, n'est-ce pas ?

— Pendant un moment, je serai chauve. Alors ?

Elle fit mine d'attendre qu'il en tire ses propres conclusions.

— Nous allons t'acheter une perruque. C'est ta seule idée pour dépenser de l'argent ?

— La dernière fois que je suis allée chez le coiffeur, j'ai regardé les perruques qu'il vendait. Elles sont très chères, et moi, j'en voudrais au moins trois.

— Et pourquoi pas trente, une pour chaque jour du mois ? plaisanta Edoardo.

Pour la coupe impitoyable qui l'attendait, Orsola fut introduite dans une cabine privée à la sortie de laquelle son mari eut presque du mal à la reconnaître.

Il vit apparaître une belle jeune femme en tenue de lin blanc, cintrée à la taille par une ceinture en cuir vert émeraude qui soulignait sa taille parfaite, et la poche de poitrine contenait un mouchoir en soie de la même nuance que dans la coiffure. Orsola avait, en effet, opté pour une perruque de cheveux lisses et émeraude, avec une frange qui lui couvrait le front. Elle souriait d'un air amusé.

— Mon Dieu, mais on dirait une photo de magazine ! s'exclama Edoardo.

— Et tu n'as pas encore vu les deux autres. L'une est rouge fraise, et l'autre, bleue comme le bleu de la Vierge, annonça Orsola. Il ne te reste plus qu'à aller régler.

Lorsqu'ils sortirent du salon de coiffure et commencèrent à longer les rues, tout le monde se retournait sur cette belle jeune femme qui avait l'air si sûre d'elle et qui donnait la main à l'homme élégant qui se tenait à ses côtés.

— Cela faisait longtemps que je ne m'étais pas autant pavané avec ma femme à mon bras ! déclara Edoardo.

Il voulut absolument lui offrir deux tailleurs en soie de coloris assortis aux deux autres perruques.

Le soir, avant de se mettre au lit, Orsola retira sa perruque et se regarda dans le miroir. Elle refoula ses larmes et s'enveloppa la tête dans un foulard pour éviter que son mari ne la voie sans cheveux.

Le lendemain matin, Edoardo l'accompagna à la polyclinique et, tandis qu'il s'éloignait pour remonter dans le taxi qui l'emporterait vers l'aéroport, il croisa Alberto Somaschini.

— Mon épouse est déjà à l'intérieur. Prenez bien soin d'elle, l'exhorta-t-il.

— Je n'y manquerai pas, assura le médecin.

Damiana vint chercher son amie à la clinique pour la raccompagner chez elle. Elle demeura à ses côtés jusqu'au soir.

Dès qu'Alberto sonna à la porte, Damiana alla lui ouvrir.

— Comment va-t-elle ? demanda-t-il sans prendre le temps de saluer la jeune femme.

— En ce moment, elle dort. Elle n'a pas eu de fièvre, mais elle est vraiment épuisée. Elle n'a rien mangé et n'a bu que parce que je l'y ai forcée. Je vais vous laisser parce que je suis aussi très fatiguée, répondit-elle.

L'homme veilla Orsola toute la nuit, et elle se laissa dorloter sans rechigner.

— Ma douce, réveille-toi et lève-toi, murmura-t-il.

— Quelle heure est-il ? demanda-t-elle.

— Sept heures. Je dois partir dans une demi-heure, mais je voudrais te voir prendre ton petit-déjeuner avant de m'en aller, expliqua Alberto en enfilant sa veste.

Orsola ouvrit les yeux et constata que, au cours de la nuit, le foulard avait glissé de sa tête.

— Je ne voulais pas que tu me voies comme ça, bafouilla-t-elle.

— Tu es très belle, tu sais, rétorqua-t-il.

Il l'aida à se lever et l'accompagna jusqu'à la salle de bains pour l'aider à se tenir devant le lavabo.

— Passe-toi un gant sur le visage. Je t'attends.

Lorsqu'elle entra dans la cuisine, Orsola avait les mains croisées sur la tête. Alberto tira la chaise pour la faire asseoir et, comme elle ne baissait pas les mains, il remarqua :

— Tu as le crâne le plus sexy que j'aie jamais vu. Maintenant, tu vas boire ton jus et manger tes graines.

Elle jeta un regard dégoûté aux mets disposés sur la table et but à contrecœur le jus d'orange pressée.

— Je vais retourner me coucher. Je suis trop fatiguée.

Il remonta la couverture, lui donna un baiser sur le front avant de sortir et alla sonner à la porte de Damiana. Elle n'était pas encore vraiment réveillée.

— Ton amie n'est pas très en forme aujourd'hui. Cette fois, les suites de la séance sont un peu plus rudes, mais elle ira mieux ce soir. Je dois filer à l'hôpital, mais je t'appellerai pour avoir des nouvelles. Fais-la manger. Elle a refusé de déjeuner, mais il faut absolument qu'elle mange. Et désolée de t'avoir dérangée si tôt, Damiana.

À la fin de la semaine, Orsola avait repris des forces. Elle coiffa ses perruques et, le dimanche, elle alla dîner en compagnie d'Alberto au Baretto, le restaurant qui avait remplacé le St. Andrews, fermé désormais depuis plusieurs années.

Elle avait revêtu une tenue violette ainsi que sa perruque rouge fraise, et la regarder était une joie pour les yeux.

Tous deux étaient extrêmement silencieux. Il étudiait la carte afin de sélectionner les plats les plus adaptés au régime d'Orsola et elle contemplait cet ami extraordinaire qui avait pour elle une dévotion presque maternelle.

Elle observa la frange sombre et brillante de ses cils, son front lisse, ses mains modelées. Lorsqu'Edoardo l'avait quittée après l'avoir déposée à l'hôpital pour la deuxième séance de chimio, Alberto s'était assis à côté de son lit.

— Hier matin, quand je t'ai vue avec ton mari, j'ai eu l'impression de mourir, avait-il avoué.

— Moi, je souffre aussi bien pour toi que pour lui, avait répondu Orsola. Toi et moi, nous sommes engagés dans une histoire impossible, parce que j'aime mon mari et ma famille.

— Je le sais bien… Crois-tu au coup de foudre ? avait-il demandé tristement.

Sans répondre, Orsola lui avait adressé un sourire empreint de douceur.

Levant les yeux de la carte, Alberto déclara :

— Dans quelques jours, ton mari reviendra et t'emmènera loin de moi pour toujours. C'est vrai, non ?

Sans attendre sa réponse, il ajouta :

— Veux-tu venir chez moi ce soir ?

— Tu penses qu'une dernière nuit d'amour effacerait mon chagrin et le tien ? répondit-elle avec un regard intense.

Il tendit la main pour serrer celle d'Orsola. Très ému, il murmura :

— Les merveilleux moments que tu m'as offerts, je les ferai durer toute ma vie.

Orsola

I

Il s'était écoulé dix années depuis cette soirée-là. Pendant quelques mois, après chaque séance de chimiothérapie, Orsola avait revu Alberto à la clinique pour les contrôles périodiques. Il lui était arrivé de se rendre dans son studio, rue Bigli, lorsqu'elle était seule, et d'aller ensuite déjeuner au restaurant du Grand Hôtel, à deux pas de là.

Un jour, elle lui avait affirmé :

— Il m'est de plus en plus difficile de continuer à te voir. Je pense que c'est aussi ce que tu dois ressentir. Peut-être devrais-je m'adresser à un autre gynécologue.

— Je pense comme toi. Je vais te recommander à un confrère qui travaille au Cardarelli de Naples. J'ai beaucoup d'estime pour lui et je peux lui présenter ton dossier. Je vais te noter ses coordonnées, avait répondu Alberto.

Ils ne s'étaient pas revus depuis, même si Orsola n'avait pas cessé, de temps à autre, de penser à lui.

À cet instant, sur une impulsion, elle composa sur son téléphone portable le numéro de celui d'Alberto en espérant à demi qu'il aurait changé depuis. Loin de là : il répondit à la première sonnerie.

— Orsola, dit-il.

— Bonjour.

— Comment vas-tu ? J'ai appris pour ton mari et je suis tellement triste pour toi, pour toute ta famille.

— Je te remercie. J'ai appris aussi pour ton mariage et ta séparation.

— Je suppose que je suis destiné à rester seul pour le restant de mes jours.

— Où es-tu en ce moment ?

— Je suis à l'hôpital. Ce soir, je surveille un patient un peu difficile. Je continue à mettre au monde les enfants des autres. Et toi ?

— J'ai des milliers de questions à régler, que ce soit avec les enfants ou avec l'entreprise, et cela me fatigue énormément, tant sur le plan physique que sur le plan psychologique.

Après un instant de silence, elle ajouta :

— Nous avons vécu une belle histoire, tous les deux.

— Une histoire qui laisse des traces. Je n'espérais plus ton appel. Crois-tu que nous pourrions nous revoir ?

— Je n'en sais rien. Peut-être que, si nous n'avions pas eu cette histoire, tu serais maintenant marié et heureux et tu aurais tout un bataillon d'enfants. Je me sens responsable de ta solitude.

— Je n'ai jamais vraiment été seul, tu sais. Tu étais toujours avec moi. Tu étais là aussi lorsque je me suis marié. En fait, elle m'a quitté parce qu'elle ne pouvait plus supporter de partager son mari avec le fantôme d'une autre femme, expliqua-t-il. Mais tu pleures !

— Je suis tellement lasse, Alberto.

— Viens me voir.

— Pas maintenant. Mais oui, quand je me sentirai mieux.

— Écoute, on m'appelle. Je dois te laisser. Prends soin de toi et rappelle-moi.

Orsola coupa la communication et éteignit la lampe de chevet. Elle sécha ses larmes avec un pan du drap et, peu après, elle s'endormit.

À cinq heures, la sonnerie du réveil la fit bondir sur ses pieds. Elle voulait préparer le petit-déjeuner de Saverio et lui dire au revoir avant son départ. Son fils la rejoignit alors qu'elle était en train de dresser la table de la cuisine pour deux. Du lait bouillant, du café frais, des feuilletés à la ricotta tout juste sortis du micro-ondes étaient alignés sur le marbre de la table.

Bien qu'il se soit rasé, habillé et parfumé avec soin, son fils aîné avait encore les yeux gonflés de sommeil. Elle eut une bouffée de reconnaissance pour ce grand garçon qui lui rappelait tant Edoardo, son sens aigu des responsabilités, sa passion pour son travail, pour tout ce qui concernait le corail. Tandis qu'il mordait dans un feuilleté, elle tendit la main pour ramener en arrière une mèche de cheveux qui lui retombait sur le front.

C'est le moment que choisit Gianni pour débouler dans la cuisine. Lui aussi était rasé et habillé, mais à sa manière, bien entendu. Il portait des jeans délavés, un tee-shirt difforme, avec le dessin phosphorescent d'un crâne et le nom d'un groupe de rock sur fond noir.

— Suis-je en train d'interrompre un moment idyllique ? demanda-t-il parce qu'il avait surpris le geste affectueux de sa mère.

Ignorant la provocation, Orsola lui proposa de prendre son petit-déjeuner.

— Si c'est possible, répondit Gianni en s'asseyant près de son frère. Je peux t'accompagner à l'aéroport ; comme ça, je passerai à la douane pour voir si la livraison de corail que nous attendons du Maroc est arrivée.

Saverio et Orsola lui jetèrent un regard stupéfait sans oser émettre un seul commentaire. Gianni était toujours le dernier à se lever, et, ensuite, il traînait dans la maison en grommelant et en critiquant tout et tous. Que lui arrivait-il donc ce matin ? Orsola lui tendit une tasse de café au lait en demandant :

— Tu te sens bien, mon chéri ?

— Je pense que oui. Et toi, mon très cher frère, tu pourrais au moins me remercier pour ma collaboration, rétorqua-t-il d'un ton ironique.

— J'ai l'impression que tu es un peu fatigué. N'as-tu pas bien dormi ? demanda Orsola en cherchant à comprendre ce qui était arrivé à son benjamin.

— C'est que j'ai passé la moitié de la nuit à analyser les bilans de nos agences à l'étranger, et j'ai trouvé des chiffres qui ne me plaisent pas. À mon retour, je voudrais vérifier les registres et comprendre ce qui cloche, répondit-il comme si de rien n'était.

— C'est vrai que, dans les derniers temps, papa avait déjà parlé de quelque chose de ce genre, convint Saverio. Si tu me dresses un tableau de la situation pendant mon absence, je t'en serai vraiment reconnaissant.

— Gianni, j'aimerais comprendre, quand même ! Hier encore, le corail te sortait par les yeux, sans parler de l'affaire familiale… Et, à présent…, commença sa mère.

— Cela m'ennuie toujours, mais mon frangin ne peut pas se charger tout seul de tout. Donc, pour le moment, j'ai décidé de lui donner un coup de main, expliqua-t-il en dévorant un second feuilleté.

— Bienvenue à bord, frangin, dit Saverio en souriant.

Ils partirent ensemble en jouant à se bousculer et en échangeant une série de noms d'oiseau sur un ton amusé.

Orsola se laissa tomber sur une chaise et se couvrit le visage avec les mains. Elle ne savait pas si elle devait rire ou pleurer de joie. Elle n'avait jamais vraiment cru aux miracles, mais ce qui venait de se passer en ce matin de juin, à la table de la cuisine, y ressemblait beaucoup. Elle se dit que, où qu'il fût, Edoardo était encore en train de guider le destin de la famille.

2

Orsola arrêta la voiture devant le portail électrique de la villa Rosita, une construction basse et large immergée entre les pins maritimes du Vésuve. Après que la caméra eut pivoté sur son axe pour vérifier l'identité du chauffeur, les battants s'ouvrirent lentement pour laisser passer le véhicule. Elle parcourut une allée couverte de gravier qui serpentait à l'intérieur d'un jardin d'agaves en fleurs et de dahlias rougissants, dépassa le bâtiment désormais désert, qui avait abrité les ateliers de façonnage du corail, et continua jusqu'à l'entrée de la villa. Lorsqu'elle descendit de l'automobile, un domestique indien vint à sa rencontre.

— Bonjour, madame Orsola. Madame Rosita vous attend sous la pergola, dit l'homme. Permettez-moi de vous y conduire.

Madame Rosita était confortablement installée dans un fauteuil en rotin et sirotait un granité au café sous la bonne garde de deux bergers alsaciens qui, dès l'entrée d'Orsola, se mirent au garde-à-vous en émettant un grognement sourd.

— Gentils, mes bébés, ordonna la femme.

Les deux chiens retournèrent se coucher à côté de leur maîtresse tandis qu'elle se levait pour embrasser Orsola et l'inviter à s'asseoir à côté d'elle.

— Sois la bienvenue, ma fille ! Veux-tu un granité ?

— Je préférerais un café, répondit Orsola.

Elle ajouta :

— Le jaune est vraiment votre couleur. Cela vous va à merveille.

La vieille octogénaire était, en effet, vêtue d'une blouse de soie jaune safran et, autour du cou, elle arborait un gros collier torchon de corail rose du Japon. Ses cheveux courts, obstinément teints en noir comme ses sourcils, encadraient un visage las et mélancolique.

— Qu'en dis-tu ? Je me teins les cheveux, je me maquille et je fais des efforts de toilette en croyant que je vais pouvoir lutter contre la dégradation de la vieillesse. La seule chose dont je suis reconnaissante, c'est que l'âge m'a affaibli la vue ! Ainsi, lorsque je me regarde dans le miroir, je ne vois pas la loque que je suis devenue.

— Je me souviens de l'allure que vous aviez, il y a trente ans. Vous étiez la plus belle corailleuse de Torre, et votre beauté ne s'est pas démentie, *donna* Rosita, la flatta Orsola.

Judy, le serviteur indien, servit le café et annonça :

— Le *commandatore* est au téléphone. Il vous demande de patienter encore cinq minutes.

— Ma patience à son égard a duré soixante ans, commenta Rosita.

D'un geste, elle congédia le serviteur.

— Je parie qu'il téléphone à Scapece. Celui-là, lorsqu'il flaire une affaire, il ne mollit pas sa prise. Une vraie sangsue ! D'ailleurs, il a toute une armée de neveux qu'il veut caser. Il propose d'acheter la villa, les ateliers, le parc, et tous les bâtiments annexes, y compris notre petit musée. Quelle tristesse que d'arriver au crépuscule de sa vie pour voir les gens tourner autour de toi comme autant de chiens affamés qui se disputent les restes !

— *Donna* Rosita, j'espère que vous ne comptez pas les Sogliano parmi ces chiens affamés ! Edoardo, mon pauvre mari, n'a fait aucune proposition à *don* Ciro, si je ne me trompe ? remarqua Orsola.

— Ma fille, ici chez les corailleurs, les Sogliano sont les rois du royaume. Les autres, les Mongiello compris, ne sont que de riches vassaux. Certains d'entre nous sont beaucoup plus riches que la famille royale, mais les Sogliano sont toujours là pour nous rappeler que la richesse n'est pas tout et que la classe n'est pas une marchandise ! Tu peux être fière de l'héritage que ton mari t'a transmis, à toi et à tes fils. À notre petit niveau, nous avons toujours essayé de vous imiter, déclara madame Rosita.

Les chiens se secouèrent de leur apparente torpeur pour se précipiter avec entrain vers leur maître qui venait de sortir de la maison et qui, en s'aidant d'une canne, s'avançait d'un pas mal assuré vers les deux femmes.

Orsola se leva pour aller à sa rencontre et lui offrir son bras, que le vieux Ciro prit sans se faire prier. Il se laissa enfin tomber dans un fauteuil.

— Tu as écouté le chapelet de doléances de mon épouse ? demanda-t-il.

— Je suis venue en espérant arriver avec vous à une conclusion positive, *don* Ciro. Mon fils Saverio est parti à l'aube pour le Japon, c'est pourquoi…

— Un brave garçon que ce Saverio, la coupa-t-il. Il servira d'exemple à Gianni aussi. Tu as fini ton café ? Parfait. Alors, écoute-moi. J'ai dans mon entrepôt neuf cents kilos de sciacca et six cents de barberia. Tout est à toi. Tu peux envoyer quelqu'un le chercher tout de suite. Quant au reste…

Orsola l'interrompit à son tour.

— Merci, *don* Ciro, mais comment nous accordons-nous pour le paiement ?

— À cette heure, tu as trop de choses au four et au moulin pour te préoccuper de ce genre de choses. Moi, je suis heureux que mon corail finisse chez les Sogliano. Je ne sais pas si ma pipelette de femme te l'a dit, mais tu dois savoir que tout le reste sera placé dans la fondation Mongiello. Ah ! tu es surprise que nous ayons pensé à une fondation ? Nous voudrions arracher à la rue tous ces jeunes qui ne savent que faire de leur vie. Leur offrir la possibilité d'apprendre un métier difficile, certes, mais un beau métier. Pourquoi les abandonner au chômage et à la délinquance ? À qui, sinon à eux, pourrions-nous léguer les richesses que j'ai accumulées à la suite de ceux qui sont venus avant nous ? Il est largement préférable qu'ils travaillent ici et continuent à façonner des chefs-d'œuvre que nous exporterons dans le monde entier. Notre monde à nous, ma fille, est plein d'ignominie, mais il ne doit attendre son salut de personne d'autre ! C'est la beauté, celle que nous créons ici, à Torre, depuis des décennies, qui contribuera à le sauver. Alors, Judy, j'attends mon café ! termina-t-il en haussant la voix.

— Je ne sais comment vous remercier, *don* Ciro, murmura Orsola qui ne s'attendait pas à une telle générosité.

— C'est moi qui ne pourrai jamais assez remercier *don* Edoardo Sogliano pour tout ce qu'il a fait pour notre communauté, mais aussi pour moi. C'était un homme de peu de mots, mais un entrepreneur généreux et un véritable visionnaire. Il était encore un gamin lorsque le poids de l'entreprise familiale lui est tombé dessus. Il pouvait choisir entre la vie insouciante de l'étudiant et le chemin semé d'embûches du chef d'entreprise. Alors, il est venu me voir, moi l'ami de son père, en me disant : « *Don* Ciro, guidez-moi ! » Bien sûr, *donna* Margherita l'a bien élevé, mais moi, je me suis occupé de lui comme si c'était mon propre fils. Nous avons fait tant de voyages ensemble ! Il observait, écoutait et apprenait. Je me souviens de notre voyage en Afrique. Deux petits habitants de Torre sur l'immense continent noir. Personne n'aurait parié un seul kopeck sur notre aventure de pionniers, mais le temps nous a donné raison.

Orsola connaissait cette histoire ainsi que bien d'autres que lui avaient racontées Edoardo et sa belle-mère.

Tout comme elle savait que, de ce voyage dangereux en Afrique, Edoardo avait rapporté à la maison des ornements anciens et des colliers de corail et d'ambre du désert qui étaient allés enrichir le musée familial.

Elle se demanda cependant si *don* Ciro se serait montré aussi protecteur si l'héritier des Sogliano avait été une femme. Il lui confiait la majeure partie de ses précieuses réserves et refusait même pour parler argent. Elle répondit :

— *Don* Ciro, il m'est venu une pensée terrible. Vous parlez et parlez, mais vous ne m'avez pas dit de prix. Peut-être ne vous sentez-vous pas à l'aise pour parler argent avec une femme ?

— Ah ! tu l'as compris ! C'est un sale machiste, intervint *donna* Rosita.

— Je n'ai jamais pris ni donné d'argent à une femme, grommela le vieux corailleur, et j'en suis fier. Je réglerai ça avec Saverio. Cependant, ma chère Orsola, cela ne signifie pas que je n'ai pas d'estime pour toi. Maintenant, dépêche-toi de me débarrasser de ce corail.

— Viens avec moi, ma fille, filons. Je ne supporte plus la vue de ce vieux grincheux, proposa son épouse en se levant avec une agilité surprenante de son fauteuil.

Elle raccompagna Orsola à sa voiture en murmurant.

— Il est pressé de partir. Et je peux dire que je suis aussi impatiente de lâcher tout. Après soixante années de dur labeur, nous allons enfin prendre des vacances !

3

Orsola, Gianni et Cristina étaient dans l'entrepôt blindé, où ils admiraient la quantité de corail qui venait d'arriver de l'entrepôt des Mongiello lorsque Margherita les rejoignit.

Dans un silence quasi religieux, chacun prit délicatement un rameau de corail pour le faire tourner entre ses doigts tout en pensant à cet étrange matériau des mers qui, une fois travaillé, donnerait des objets d'une grande beauté.

Cristina imaginait les précieux articles décoratifs qu'elle pourrait en créer, Gianni évaluait déjà leur valeur marchande, et Orsola pensait au bonheur qu'aurait éprouvé son mari s'il avait pu voir tout ce butin.

Quant à Margherita, elle se souvenait au contraire du temps où elle était enfant et à ce que lui racontait son père, le professeur Giovanni Lanzetta, titulaire de la chaire d'anatomie comparée à la faculté des sciences de l'université Frédéric-II de Naples, l'un des premiers chercheurs en biologie marine qui avaient participé à la ruée des habitants de Torre vers les gisements de corail de Sciacca, au large des côtes de Sicile.

En l'espace de quelques années, les corailleurs avaient pêché quelque onze millions de kilos d'un corail qui, au fil du temps, avait d'abord été considéré comme un matériau de qualité inférieure en raison de sa couleur un peu fanée due à l'enfouissement dans les boues des fonds marins.

Ce n'est que plus tard que l'on avait mesuré toute la valeur d'un corail de nuance rose saumon, dont on n'allait plus jamais retrouver l'équivalent dans aucun océan de la planète.

— C'est du corail mort, avait clamé à l'époque le père de Margherita.

Plus d'un siècle plus tard, l'aïeule murmura :

— Ces minuscules rameaux ont subi les éruptions de volcans sous-marins, la violence des tsunamis, et ils ont résisté aux courants et aux destructions que ceux-ci ont provoqués dans nos mers. La force incontrôlable de la nature les a déracinés et, lorsque le calme est revenu, les coraux morts se sont laissé dériver par les courants qui les ont lentement transportés jusqu'à la fosse marine située au large de Sciacca. Ils sont demeurés là pendant des millénaires avant que le hasard ne les conduise vers la lumière et que l'ingéniosité de l'homme ne les transforme en précieux bijoux.

Personne ne fit de commentaire. Ils sortirent de l'entrepôt, Gianni referma la massive porte blindée, réactiva le système d'alarme et, ensemble, ils remontèrent dans les bureaux.

Orsola envoya un e-mail à Saverio pour le prévenir que la marchandise était en sécurité, avant d'ajouter : *Mongiello s'est refusé à parler argent. Il affirme qu'il verra ça plus tard avec toi, d'autant que, pour le moment, il part en vacances avec son épouse. Je n'ai pas fait d'histoire. J'ai pensé que le plus important était de mettre son corail à l'abri, chez nous. Il a même refusé que Gianni lui remette un reçu lorsque ton frère est allé, avec quelques hommes, chercher le stock promis. D'ailleurs, il lui a dit textuellement : « Petit, ne me casse pas les couilles. Ciro Mongiello n'a jamais trompé ni le fisc ni ses amis. La marchandise change simplement d'entrepôt, du mien à celui des Sogliano. Point barre. » Que devons-nous faire ? Qu'aurait donc fait papa ?*

Saverio lui répondit immédiatement : *Maman, tu es vraiment forte ! Tu n'as pas compris qu'il s'agissait d'un cadeau ?*

Orsola répondit : *Mais pourquoi ?*

Saverio lui écrivit : *Je suis occupé. Demande à grand-mère, elle te racontera tout.*

Comme chaque jour vers le soir, Margherita était allée au cimetière pour dire bonsoir à son mari et à ses deux garçons qui y reposaient. Elle s'asseyait sur le banc dans la chapelle des Sogliano, faisait courir entre ses doigts les perles du rosaire, et s'abandonnait à de brefs soliloques qui concernaient la famille et l'entreprise. Ils se terminaient toujours par des questions comme : « Et toi, qu'en dis-tu ? Crois-tu que nous ayons pris la bonne décision ? »

Naturellement, elle n'espérait aucune réponse, mais cela lui permettait de clarifier ses idées. Puis, elle avouait ingénument que, malgré la douleur qu'elle éprouvait d'avoir perdu son mari et ses deux fils, elle n'avait aucune hâte de les rejoindre.

— Je suis en bonne santé et j'aime encore la vie, affirmait-elle en souhaitant que le rituel de ces salutations crépusculaires dure encore longtemps.

Ce soir-là, en voyant sa belle-fille apparaître sur le seuil de la chapelle, elle lui adressa un sourire spontané.

— Viens t'asseoir près de moi. Tu vois, j'étais en train de réfléchir, comme d'habitude, avec nos hommes.

— Moi, je voulais vous parler seule à seule. En fait, je voulais vous demander pourquoi les Mongiello nous ont offert cette énorme quantité de corail précieux.

— *Don* Ciro a voulu solder une dette vieille de quatre-vingts ans. Nous, les corailleurs, nous avons la mémoire longue, et, bonnes ou mauvaises, il y a des choses que nous n'oublions jamais. Sans les Sogliano, les Mongiello auraient quitté le monde du corail depuis un siècle. Tu l'ignorais ?

— Oui, sinon je ne vous poserais pas la question.

— Cela remonte à une période où, après avoir pêché le brut, les corailleurs le lavaient, le faisaient sécher avant de le porter à la banque, raconta la belle-mère. C'était le plus sûr. Les acheteurs se rendaient ensuite à la banque, payaient le prix convenu et repartaient avec leur achat. C'était une période difficile, car, à la suite des énormes quantités de corail récupérées dans le gisement de Sciacca, les prix s'étaient écroulés. En outre, au fil des ans, le corail est passé de mode et a perdu la signification ornementale, mais aussi spirituelle qu'il avait acquise au cours des siècles. Tu sais que les Égyptiens, qui le considéraient comme partie intégrante du culte d'Isis, le réduisaient en poudre et le dispersaient dans les champs pour protéger les cultures des sauterelles. Par la suite, les Romains lui attribuèrent la vertu d'arrêter les hémorragies, de protéger les enfants des convulsions et des douleurs lorsqu'ils faisaient leurs dents. Au Moyen Âge, on affirmait qu'il protégeait de la foudre et de la grêle. Au XIXe siècle, on le donnait à manger aux nourrices pour qu'elles continuent à fabriquer du bon lait. Tout ce corail que nous avons vendu dans le centre de l'Italie, dans le Latium et en Ciociarie, des terres réputées pour la qualité extraordinaire de leurs nourrices ! C'est alors qu'a eu lieu la grande crise. Les Mongiello, qui étaient d'abord des armateurs, vendirent à perte leurs dernières livraisons. Pour éviter le déshonneur de la faillite, ils furent également obligés de tout liquider, y compris leur flotte de coralliennes. Comme cela se produit souvent dans ce genre de cas, de nombreuses familles de corailleurs parmi celles qui avaient peu investi s'enrichirent sur le dos des autres. Les Sogliano, qui avaient également été armateurs autrefois, avaient cependant prévu les risques à temps et s'étaient retirés du secteur de la pêche pour se consacrer davantage au façonnage du corail et à sa commercialisation, notamment à Londres et dans d'autres capitales d'Europe. Le père de mon beau-père décida alors d'acheter d'énormes quantités de corail brut aux Mongiello, les aidant par là même à solder leurs dettes. Il finança aussi leur premier atelier et, par la suite, leur céda une partie de son corail au faible prix auquel il le leur avait acheté. C'est ce qui sauva les Mongiello de la ruine. Peu à peu, ils rebâtirent leur riche patrimoine. À présent, ce vieux grincheux de Ciro, dernier héritier de la famille, tient à nous être quitte. Tu comprends ? D'ailleurs, Ciro est en mauvaise santé, ajouta Margherita, et qui sait combien de temps il lui reste à vivre ? Comme il n'a aucun héritier, il s'est souvenu de nous.

— Au bout de presque cent ans ?

— Je te le répète : les corailleurs ont la mémoire longue, et certains, comme les Mongiello, sont de véritables seigneurs.

— Il ne m'a jamais dit qu'il s'agissait d'un cadeau !

— Parce que nous n'aurions pas pu l'accepter ! Il s'est contenté de dire que son corail changeait d'entrepôt, du sien au nôtre.

Les deux femmes rentrèrent à la maison. Il était presque l'heure de dîner, et la famille était en train de se mettre à table.

Comme tous les soirs, Archetta arborait son diadème de corail rouge flamme de Barberia.

— Comme tu es belle, tante Archetta ! s'écria Giulietta pour lui faire plaisir.

— Je le sais. Avec ce diadème sur la tête, j'ai l'impression d'être une reine. Mon frère m'a fait un très beau cadeau, mais ne t'avise pas de croire que je vais te le prêter parce que je ne le donnerai à personne, déclara Archetta.

Puis, en baissant la voix, elle mit son index devant sa bouche pour montrer qu'elle allait dire quelque chose et chuchota :

— Aujourd'hui, au tri et dans tous les services, y compris dans les bureaux, la joie régnait partout.

— Vraiment, Archetta ? Tu sais pourquoi ? demanda sa mère avec douceur.

— À cause du corail caché dans l'entrepôt. Nous sommes maintenant plus riches que les Scapece !

— Ma tante, tu aimes ça, être riche ? demanda Cristina.

— Quelle question ! Peut-être que je suis trisomique, mais je ne suis pas sotte, rétorqua Archetta.

Il arrivait que la tante lance des réparties foudroyantes de ce genre qui surprenaient toujours tous les membres de la famille.

Ce soir-là, l'absence d'Edoardo se faisait sentir plus que d'habitude dans le cœur de chacun, au point qu'Orsola déclara spontanément :

— Papa est ici, avec nous, et c'est le plus heureux de tous.

4

Gianni leva son verre de vin en proposant :

— Portons un toast à papa.

— Et à la longue histoire pleine de péripéties de notre famille, proposa Margherita en levant son verre à son tour. Je tiens à souligner une chose que vous devez toujours garder à l'esprit : les combats que nous avons menés et les nombreuses difficultés que nous avons traversées ne nous ont jamais anéantis, tout comme les joies et les succès ne nous ont jamais aveuglés. Nous continuons à regarder l'avenir sans jamais perdre de vue l'unité de la famille et notre dévouement au travail bien fait.

— Qu'il en soit ainsi ! conclut Orsola en levant à son tour son verre.

Elle fut aussitôt imitée par tous ses enfants.

— Vous pouvez servir, ordonna Margherita à la domestique qui attendait debout à côté de la desserte.

Entre deux bouchées de lasagnes, Gianni se tourna vers Cristina.

— Aujourd'hui, j'ai vu tes croquis pour la nouvelle collection. As-tu déjà réalisé les maquettes en cire ? interrogea-t-il.

— Non, pas encore, parce que j'ai encore des doutes au sujet des fermoirs des colliers et des bracelets. Je voudrais les mettre en valeur, mais Saverio préférerait qu'ils soient dissimulés, expliqua sa sœur. Par ailleurs, je me sers de deux superbes rameaux, un en cerasuolo et un en sciacca, pour les photographier.

— Pour quoi faire ? demanda Giulietta.

— On m'a demandé d'écrire un article pour une revue du

ministère de l'Environnement. Je dois décrire les différences structurelles entre le corail mort et le corail vif.

— On te paie pour ça ? intervint Gianni.

— Je n'en sais rien, répondit Cristina nonchalamment.

— Mais puisque c'est toi qui l'écris…, insista Giulietta.

— Je considère qu'il s'agit de mes affaires ! coupa Cristina.

— Je t'aiderai à chercher des rameaux à photographier, proposa son frère.

Orsola et sa belle-mère échangèrent un regard et un sourire, parce que, malgré leurs sporadiques éclats de rébellion et leurs incursions dans d'autres réalités et des projets qui excluaient le corail, les jeunes Sogliano finissaient toujours par revenir à la raison d'être de la famille.

Au terme du dîner, Archetta demanda à Titina :

— Apporte-moi le coffret.

Elle faisait allusion à l'ancienne boîte en bois doublé de velours et de daim qui protégeait son diadème. D'un geste solennel, comme si elle accomplissait un rituel, elle le retira de sa tête, le plaça délicatement dans le coffret qu'elle referma avant de le tendre à Titina.

— Remets-le dans ma chambre.

— Moi, je vais aller manger une glace au Mille d'Or. Qui vient avec moi ? demanda Cristina.

Le Mille d'Or était le plus élégant restaurant de la région. Le soir, ses jardins verdoyants rafraîchis par des fontaines à jets d'eau étaient fréquentés par la jeunesse dorée de la société torrinaise.

— Oh ! maman chérie, puis-je y aller aussi ? demanda Giulietta.

— Non, ta sœur est grande et elle n'a pas envie de s'encombrer de toi, répondit Orsola.

— Exact, coupa Cristina en quittant la salle à manger.

— Moi, je reste avec toi, déclara Archetta à sa nièce.

— Merci, mais je ne veux pas te déranger.

Giulietta n'avait aucune envie de passer la soirée avec sa tante.

— Si nous jouions aux cartes ? proposa Gianni à sa sœur.

— Tu n'avais pas rendez-vous avec Maria Sole ?

— Ce soir, elle ne sort pas.

— Rosaria, fais-moi une tisane et apporte-la-moi au salon, demanda Margherita.

— Je vais m'en occuper, intervint Cetta.

Âgée de trente ans, la jeune femme avait été engagée depuis peu pour venir en aide aux deux domestiques âgées. À voix basse, elle expliqua que, depuis quelque temps, Rosaria souffrait de vives douleurs aux genoux.

— Mais elle ne veut pas que cela se sache, précisa-t-elle.

— Dès demain, j'appellerai le médecin, décida Margherita, même si son orgueil doit en pâtir.

Suivie de sa belle-fille, elle se dirigea ensuite vers le salon.

— Même Titina ne me semble pas dans une forme éblouissante, observa Orsola. Ces jours derniers, j'ai pensé qu'il nous fallait quelqu'un en plus pour aider Cetta. Qu'en dites-vous, mère ? Nous pourrions demander conseil au père Bartiromo.

C'était toujours le curé de la paroisse de Santa Croce qui recommandait les personnes les plus adaptées à la tâche. Margherita hocha la tête avant d'expliquer :

— Cela fait deux nuits de suite que je dois me lever pour aller voir comment va Rosaria. Elle affirme qu'elle va bien, mais, comme tu le vois, nous ne pouvons pas la croire.

La résidence Sogliano avait certainement besoin d'un personnel nombreux, mais, qu'il s'agisse des domestiques qui se chargeaient des corvées plus lourdes ou des femmes de chambre pour les tâches plus délicates, ces gens ne travaillaient qu'à la journée. Le soir, chacun s'en retournait chez soi, sauf Rosaria, Titina et Cetta.

C'est l'époux de Margherita qui avait inauguré cette pratique, soutenant que les temps de Ferdinand de Bourbon et l'époque où les domestiques dormaient dans les escaliers du palais royal et n'accédaient au confort d'un lit que le jour de leur mort étaient révolus depuis belle lurette.

La belle-mère et sa belle-fille s'installèrent dans leur fauteuil au salon, et Cetta servit les infusions.

Pendant que Margherita parfumait la sienne avec quelques gouttes d'eau de fleur d'oranger, Orsola grignotait nerveusement un zeste de citron confit. Elle sentait que le moment était venu d'annoncer l'existence de ce petit-fils inconnu, mais elle ne savait par où commencer.

— Un de ces jours, je voudrais aller à Genève, dit-elle.

— Maintenant que notre Edoardo n'est plus, je pense que tu devras voyager un peu plus souvent, observa sa belle-mère. Nous ne pouvons pas nous reposer pour tout sur Saverio. Les trois quarts de notre production sont destinés à l'étranger, et nos agents en Chine, au Japon, en Inde et en Russie doivent être tenus sous contrôle. Sans parler du marché américain. Ton fils a besoin d'aide, et toi, tu sais comment agir dans notre milieu.

— En fait, je pensais à Genève…, tenta de préciser Orsola, mais sa belle-mère la coupa.

— Et l'Angleterre, la France, l'Allemagne ? Nous ne devons pas donner l'impression que, depuis la mort d'Edoardo, nous perdons du terrain. Dans tous les cas, l'entreprise Sogliano ne peut se permettre de lâcher la bride. Nous vivons une époque dramatique. Regarde un peu dans quel pétrin nous ont entraînés les politiques et les banques… Des être avides, corrompus et incompétents ! Nous, les corailleurs, nous savons depuis toujours que notre métier est étroitement lié à notre capacité à aller à la rencontre des marchés du monde en observant d'autres réalités pour mieux les comprendre, nous les approprier. T'ai-je déjà parlé d'un arrière-grand-père Sogliano qui allait jusqu'au Japon presque uniquement par voie de terre ? Il parcourait toute l'Europe par le transsibérien jusqu'à Vladivostok et, de là, rejoignait en bateau Kobe pour vendre notre corail et acheter des perles. Son fils se rendait en Orient en bateau à vapeur. Des voyages qui duraient des semaines. Et, parfois, ils voyageaient à vide ! Et connais-tu l'histoire des deux frères Liverino qui avaient été invités à Rangoon à leurs propres frais ? Il faudrait en faire un livre…

— Moi, en fait…, tenta d'interrompre Orsola.

Depuis la salle à manger leur provinrent les voix de Giulietta et de Gianni qui, alors qu'ils étaient en train de disputer une partie de cartes, s'étaient mis à chanter l'une des nombreuses chansons anarchistes que leur mère leur avait enseignées lorsqu'ils étaient petits.

— *C'est pour vous, les exploités, les travailleurs, que nous sommes menottés par des malfaiteurs*, chantaient-ils de leurs voix limpides en reprenant le chant de *L'Adieu à Lugano*.

— Écoute-les, écoute nos chers enfants ! s'exclama Margherita.

Puis, elle poursuivit :

— Donc, les deux frères Liverino, en grand secret puisque, comme tu le sais, personne ne dit jamais rien à personne, s'en allèrent en Birmanie sur l'invitation du gouvernement militaire procommuniste pour acheter des perles. Nous sommes dans les années 1970, et les perles birmanes possèdent un diamètre bien supérieur aux perles japonaises et australiennes, sans parler de leur irisation extraordinaire. Les Liverino pensaient être les seuls invités, mais, au cours de leur voyage, ils découvrent que l'avion compte une cinquantaine d'autres acheteurs de diverses nationalités, tous invités à leurs propres frais.

— Maman, cette histoire, je la connais. Ils sont revenus bredouilles. Ils n'ont pas pu acheter les perles, mais ils ont failli finir dans une prison birmane et ils n'ont même pas eu de succès avec les rubis, la coupa Orsola. Moi, je veux vous raconter une histoire que vous ne connaissez pas et dont le héros est un enfant de neuf ans du nom de Steve.

Elle entendit alors la voix de ses deux enfants qui entonnaient une nouvelle balade anarchiste :

— *Humbert Ier est mort ! Vive Gaetano Bresci, le vengeur !*

5

Impassible, Margherita écouta le récit d'Orsola sans l'interrompre une seule fois. Puis, le silence s'installa entre elles. D'ailleurs, toute la maison était silencieuse, d'autant que, lassés de chanter, le frère et la sœur étaient sortis. Margherita Sogliano demeura un instant immobile comme une statue avant de lever la main pour écarter un pan du col du vêtement en soie bleue qu'elle portait, comme si elle avait besoin de respirer avec plus d'aisance.

— J'ai envie de sortir. Accompagne-moi. Nous allons manger une glace. Nous pourrions aller sur le port. Je voudrais respirer l'air de la mer, dit-elle.

— Mère, êtes-vous sûre de vouloir sortir ? N'êtes-vous pas trop fatiguée ? demanda Orsola d'un ton soucieux.

D'un bond presque juvénile, la vieille dame quitta le fauteuil.

— Allons-y !

Elles allèrent s'asseoir en terrasse, à une petite table qui surplombait la mer, tandis que les vagues se fracassaient contre les rochers en dessous. La masse sombre du Vésuve se découpait sous les étoiles. Il n'était que dix heures, et le glacier n'était pas encore bondé ; d'ici une heure, il serait assailli par les clients, pour la majeure partie des jeunes gens.

— Fraise et pistache, commanda madame Sogliano au serveur.

— La même chose, ajouta Orsola en scrutant du coin de l'œil sa belle-mère afin de s'assurer qu'elle allait bien.

— Quand j'étais petite, tous ces bâtiments n'étaient que de pauvres masures de pêcheurs. Je venais ici depuis Naples, où je vivais avec ma mère, mes deux sœurs et ma grand-mère, une tribu de femmes que les Sogliano avait prise sous leur aile. Nos dieux tutélaires ! À l'époque, Torre del Greco n'était qu'un gros bourg et, aujourd'hui, c'est devenu une véritable ville. Je n'avais aucune idée de la manière dont se déroulerait ma vie. Comme tous les enfants, je vivais dans le présent. Le palais des Sogliano était pour moi synonyme d'abondance tandis que, dans ma maison à moi, la misère régnait, digne certes, mais la misère quand même. Moi, je n'avais pas conscience de cela. Quand ma mère pleurait, je me demandais à quoi étaient dues toutes ces larmes. Oh ! j'ai vite appris que la vie procure davantage de souffrance que de joie et que, entre les pleurs et les rires, il y a la routine de tous les jours, grise et terne, avec tous ses petits tracas. On croit que, en vieillissant, la sagesse vient à la rescousse et préserve des fortes émotions, parce que l'on sait désormais comment aborder les choses, en face, et que le ressac vous pousse doucement vers le rivage. Mais ce n'est pas du tout comme ça que cela se passe. Avant de gagner la rive du repos éternel, il faut encore souffrir, s'interroger, découvrir des choses que vous n'imaginiez même pas, raconta Margherita.

Il était clair qu'elle ne parlait pas tant à sa belle-fille qu'à elle-même. Au cours du trajet en voiture qui les avait conduites de la résidence Sogliano au port, Orsola avait été sur le point d'avouer aussi à sa belle-mère sa trahison conjugale, pas tant en matière d'acte de contrition que poussée par un sentiment d'équité : pour ne pas apparaître comme l'épouse irréprochable d'un mari qui l'avait trompée. Maintenant, elle se disait qu'elle avait bien fait de se taire parce que Margherita avait eu son compte de mauvaises nouvelles.

— Maman, vous êtes lasse et moi aussi. Nous nous sommes régalées avec ces glaces, mais il est temps de rentrer, proposa Orsola.

— Regarde un peu qui est là ! s'exclama Margherita en tournant les yeux au-delà de sa belle-fille.

Orsola se tourna et, à une table située à l'autre extrémité de la terrasse, elle aperçut ses deux enfants qui, une heure plus tôt, chantaient les hymnes anarchiques. Ils étaient en compagnie de Vincenzo Scapece.

Le puissant corailleur souriait et parlait avec animation aux deux jeunes gens.

— Qu'est-ce qu'il peut bien leur vouloir ? demanda Orsola, soudain inquiète.

— Peut-être rien. Partons avant qu'ils ne nous voient. Mais, sois tranquille, Vincenzo ne ferait jamais rien pour me contrarier, déclara Margherita alors qu'elles remontaient en voiture.

— D'après moi, il se sert de la candeur de mes deux petits pour récolter des informations. Rappelez-vous la fable du corbeau et du fromage ! Il les flatte, mais mes enfants ne sont pas aussi stupides pour tomber dans ses filets !

— Attends qu'ils reviennent à la maison pour en savoir davantage, conseilla Margherita.

— De toute façon, c'est toujours le corail qui prévaut. C'est comme une maladie chronique, soutenait Edoardo : on n'en guérit jamais, raisonna Orsola.

— Tu dis ça parce que tu aurais voulu en guérir ? interrogea sa belle-mère.

Orsola hocha la tête.

— Cela m'est arrivé à moi aussi, et plus d'une fois. Puis j'ai compris que, comme le corail aussi tombe malade sans jamais mourir, nous aussi, qui le travaillons, nous voudrions parfois nous en débarrasser, mais nous demeurons pris dans ses rameaux toute notre vie.

— Une fois, Edoardo m'a parlé d'un vieux corailleur qui dormait toujours avec, sur sa table de chevet, une branche de cerasuolo afin de pouvoir le toucher, la nuit, quand il se réveillait.

— *Don* Domenico Jorio ! Je m'en souviens parfaitement. Il disait toujours que « le corail appartient à ceux qui se lèvent tôt ». Ces paroles sont d'ailleurs gravées sur sa stèle, dans le cimetière.

Les deux femmes rentrèrent dans la bâtisse enveloppée de silence et, tandis qu'elles montaient les marches, Orsola déclara :

— Je n'ai toujours pas compris pourquoi nous, les femmes, qui avons donné une telle part de notre vie au corail, nous continuons à demeurer sous les ordres des hommes.

— Tu pourrais imaginer une femme du XXe siècle qui aurait été capable d'abandonner ses enfants et son mari à la maison pour aller au Japon vendre des bijoux de corail et acheter des perles ?

— Non, étant donné qu'aucune ne l'a jamais fait. Mais si une seule d'entre elles avait essayé…

— Elle n'aurait pas réussi, parce qu'aucun Oriental n'aurait jamais accepté de faire affaire avec une femme…

— Les femmes auraient au moins pu accompagner leur mari dans leurs voyages.

— Tu l'as fait, toi ?

— Moi, je n'aime pas voyager.

Elles étaient arrivées aux appartements de Margherita. La vieille dame se laissa tomber sur son lit, et Orsola sentit qu'elles étaient arrivées au moment crucial, qu'il était temps d'aborder le sujet autour duquel sa belle-mère tournait depuis deux heures. Orsola se pencha pour l'aider à retirer ses chaussures.

— Merci, ma chérie, mais je vais me débrouiller seule. Un jour ou l'autre, je te raconterai une histoire qui me concerne. J'ai été mariée et heureuse pendant longtemps. J'étais une jeune femme assez gracieuse et très amoureuse, mais, avant mon mariage, il y a eu un temps où je me suis retrouvée entre deux feux et où j'ai dû faire un choix. C'est une longue histoire, ma belle.

Elles entendirent claquer la grande porte du bâtiment, annonçant le retour des deux plus jeunes. Orsola lutta un moment entre l'envie d'écouter ce que sa belle-mère voulait lui raconter et celle de rejoindre ses enfants pour les interroger sur leur entretien avec Vincenzo Scapece.

— Va voir les petits. Nous avons tout le temps d'échanger des confidences. À ce propos… J'aimerais bien faire la connaissance de mon nouveau petit-fils.

— Merci, mère. J'espérais vous l'entendre dire. C'est un garçon extraordinaire qui mérite notre affection.

— Ne révèle encore rien aux enfants. Ils ont déjà tant de difficultés. Et évite de te mettre en colère contre *don* Scapece. Il est loin d'être le diable que tout le monde prétend, et son histoire est étroitement liée à celle de notre famille.

6

Lorsqu'Orsola pénétra dans le salon de son appartement, Saverio avait expédié un e-mail euphorique depuis Taïwan, que ses frères et sœurs commentaient.

Gianni lut le message à leur mère :

— *Il semble que la disparition de papa ait renforcé les liens de nos clients avec les Sogliano. Ils me soignent énormément, à leur manière, bien sûr. Ils ont augmenté leurs commandes et décidé, à l'unanimité, de réserver la nouvelle collection que Cristina vient de dessiner à partir d'une idée de papa. Je voudrais qu'on l'appelle la Collection édouardienne, en hommage à sa mémoire. Qu'en pensez-vous ?*

— Réponds-lui tout de suite et dis-lui que Cristina va se mettre au travail et que nous aurons dès demain soir le prototype en cire.

— Reste que le problème du fermoir n'est pas réglé. Si je le fabrique avec de l'or et des brillants, cela augmentera trop le coût. En revanche, si j'opte pour un fermoir caché…, commença à réfléchir à voix haute Cristina.

— Pas caché ! Un fermoir visible. Une lamelle de malachite gravée et bordée d'or rose, intervint Giulietta.

— Corail orange, malachite verte et or rose… Cela me paraît être une bonne idée, acquiesça sa sœur. La malachite sera gravée, mais je crois que je vais éviter les habituelles fioritures en racèmes. Je pensais à un motif très différent…

— La couronne de notre logo ! s'exclama Giulietta à qui l'idée plaisait de plus en plus.

— Discutons-en avec Rino demain matin, conclut Cristina.

Rino était le maître corallier qui travaillait depuis plus de trente ans pour les Sogliano. Orsola était restée silencieuse pendant toute la discussion entre ses enfants ; elle était heureuse de constater leur enthousiasme.

Quant à Gianni, elle nourrissait encore quelques doutes à son propos, car elle craignait que l'intérêt qu'il manifestait à cette heure pour l'entreprise familiale sombre avec la première difficulté, le renvoyant à ses habitudes contestataires.

Elle voulait également comprendre la raison de la rencontre avec *don* Vincenzo et, surtout, elle ne pouvait oublier les paroles de Margherita qui la rendaient perplexe : « Évite de te mettre en colère contre Vincenzo Scapece. Il est loin d'être le diable que tout le monde prétend, et son histoire est étroitement liée à celle de notre famille. »

Quelle était donc la signification de cette affirmation ?

— Je vais me coucher. Si vous voulez me dire quelque chose, vous savez où me trouver, dit-elle en quittant la pièce.

Mais personne ne vint et, pour finir, la fatigue eut raison de toutes les questions qui attendaient une réponse.

Le matin, au petit-déjeuner, elle ne trouva que Giulietta.

— Tes frères et sœurs dorment encore ? demanda Orsola en agitant la clochette pour qu'on vienne lui servir le café.

— Je n'en sais rien. Je ne suis réveillée que depuis peu, répondit la jeune fille en retenant un bâillement.

Cetta apporta un moka fumant, une cruche de lait, des feuilletés tout juste sortis du four et de la marmelade d'orange.

— Où sont les autres ? lui demanda Orsola.

— Madame Margherita dort encore, Rosaria s'est décidée à aller consulter le médecin pour ses douleurs, et Titina l'a accompagnée, répondit la domestique.

— Je parlais de mes enfants, Gianni et Cristina.

— Ah, eux ? Et comment le saurais-je ? Ils ont semé la pagaïe dans la cuisine avant même que je ne descende, se lamenta-t-elle.

— Ils doivent être à l'atelier, en conclut Orsola.

Cetta s'éloigna en grommelant.

Tout en buvant son café à petites gorgées, Orsola demanda à Giulietta :

— Qu'avez-vous fait hier soir ?

— Nous avons célébré l'âge d'or de l'anarchie, l'époque où il suffisait d'un Gaetano Bresci pour éliminer les tyrans. Gianni soutient que, aujourd'hui, le héros anarchiste qui s'immole pour sa cause n'aurait plus aucun sens. Qui éliminer ? Autrefois, le méchant, c'était le roi, mais, aujourd'hui, ils sont si nombreux que nous n'arrivons pas à les repérer ! Et qui est donc derrière toutes ces catastrophes qui touchent la planète ? Gianni affirme qu'il y a des puissances qui œuvrent dans l'ombre et qu'elles font la pluie et le beau temps, mais personne ne sait qui elles sont, ni pour quelle raison elles ont recours à ces manipulations insidieuses, répondit Giulietta.

— Si mon père était encore ici, je suppose qu'il aurait une réponse toute prête, commenta Orsola sans y penser.

Elle était préoccupée par bien autre chose.

— Vous n'êtes pas sortis ? dit-elle en prenant le sujet par le biais.

— Nous sommes allés faire un tour et nous avons croisé *don* Vincenzo, qui nous a payé une glace.

— C'est tout ? insista-t-elle discrètement.

— Il s'est félicité avec nous de l'acquisition des stocks des Mongiello et il voulait savoir comment nous allions. Il a été très gentil. Il nous a même invités à venir à la fête qu'il va donner chez lui en disant que nous, les jeunes, nous devrions fréquenter un peu plus souvent sa famille. Gianni a dit qu'on y réfléchirait, mais nous n'allons pas y aller… Tu te souviens de ce que papa disait de *don* Vincenzo ?

— Qu'il en savait plus que le diable lui-même !

— Pourtant, je me demande s'il est juste de diaboliser autant les Scapece ! Pourquoi les autres, les Liverino, les Ascione, les Borriello, les Ràiola ou les De Simone les fréquenteraient-ils alors ?

Orsola était assez d'accord avec sa fille. Parfois, lorsque nous les connaissons mieux, les personnes que nous craignions s'avèrent meilleures que prévu.

Un peu plus tard, elle descendit dans les bureaux, où elle trouva Gianni à la place de Saverio, qui avait été celle de son mari et, avant Edoardo, celle du grand-père. Son fils était assis sur le sol au milieu d'un tas de chemises remplies de vieilles lettres et de photographies.

— Qu'est-ce que tu fais ?

— Je suis en train de revoir l'histoire de la famille et de l'entreprise Sogliano. Regarde, maman, il y a des brevets royaux, des brevets républicains, des copies de factures rédigées à la main… Et ça, regarde, c'est marrant.

Il tendait une photo en noir et blanc d'un étrange trio de jeunes gens en costume de bain sur une plage de galets. Au dos, l'inscription disait : *Marina de Chiaia – Été 1940 – Margherita Lanzetta prend le soleil avec Saverio Sogliano et Vincenzo Scapece.*

— Il arrive que les photos nous disent bien davantage que les paroles que l'on tait, murmura Orsola.

Elle n'avait pas manqué de constater que la très jeune Margherita, vêtue d'un drôle de maillot de bain qui la couvrait plus qu'un vêtement actuel, regardait d'un air songeur le très beau Vincenzo, tandis que Saverio feignait l'indifférence.

— Celle-là, je la veux, dit-elle à Gianni.

Au fil des jours, Orsola se retrouva de plus en plus mêlée aux exigences de l'entreprise. Elle passait davantage de temps dans les ateliers et dans les bureaux qu'à la maison.

Elle se mit même à refuser des invitations à dîner pour rester en famille et discuter des questions relatives au travail. Parfois, il lui fallait avoir recours à la grand-mère qui était la mémoire historique de la famille et de l'entreprise.

En trente ans de vie à Torre del Greco, Orsola avait accumulé une quantité d'informations qui lui étaient désormais d'une précieuse utilité. Il lui arrivait même de penser à Milan comme à une terre lointaine qui lui échappait toujours plus.

Un soir, après le dîner, Margherita lui dit :

— Nous sommes déjà en juillet. Heureusement, cette année, nous n'avons pas de canicule. Je voudrais aller en Suisse faire la connaissance de mon petit-fils.

Orsola prit la décision de prendre l'avion. Sur le vol qui la conduisait de Naples à Genève, elle se rendit compte que ce moyen de transport qui l'effrayait tant n'était pas si terrible. Au cours du voyage, elle montra à sa belle-mère la vieille photographie où elle apparaissait avec son beau-père et le diable de Scapece. Margherita sourit et déclara :

— Je crois que le moment de te raconter mon histoire est arrivé !

Margherita

I

En ce jour de 1926, *Il Mattino*, glorieux quotidien de Naples fondé par Edoardo Scarfoglio et Matilde Serao, titrait à la une : *Un professeur d'université très estimé assassiné par un concierge.* Plus explicite, le sous-titre annonçait : *Sa faute ? Distribuer gratuitement à ses étudiants les casiers que l'assassin voulait louer.*

Le professeur Giovanni Lanzetta, quadragénaire, avait été frappé de quatre coups de couteau dans le dos alors qu'il se trouvait dans la cour de l'université, et sous les yeux de nombreux témoins. Au procès, l'avocat du concierge avait fondé son argument uniquement sur le handicap mental de son client pour lui éviter la perpétuité. Les jurés n'avaient pas cherché davantage à enquêter sur le mobile du crime, mais ils ne s'en étaient pas moins décidés pour l'emprisonnement à perpétuité sans commutation de peine.

Le professeur laissait Antonia, sa très jeune épouse, et trois filles, dont la plus jeune, Margherita, n'avait que deux ans. Sans les émoluments de son mari, la jeune veuve se débattait dans de graves difficultés financières, au point qu'elle dut vendre le grand appartement de Posillipo pour emménager dans un logement plus petit du cours Victor-Emanuel.

Tout en faisant mine de jouer, la petite Margherita avait pris l'habitude d'écouter les confidences que sa mère échangeait avec les amies qui venaient en visite ou chez lesquelles elle se rendait.

Un jour, Margherita surprit une conversation entre sa mère et Clotilde Sogliano, qui était venue les voir de Torre del Greco où elle habitait.

— Ils ne t'ont plus ennuyée ? s'était informée la visiteuse.

— Ma chère amie, je suis une femme, et nous ne sommes qu'une famille de femmes. Comment pourraient-ils nous ennuyer ? Pour eux, les femmes représentent moins que rien. Tu ne le sais pas ? Lorsqu'elles sont jeunes et belles, elles leur servent d'amusement. Les autres ne sont là que pour leur donner des fils et lever le bras en hurlant : « Vive le Duce ! » répondit Antonia.

— Quand même, tout le monde a compris que le procès de l'assassin de ton mari était une farce, observa Clotilde.

— Et ce « tout le monde » a fait entendre sa voix ? Non ! Pas un n'a osé dire que le professeur Lanzetta avait été assassiné parce qu'il nuisait au régime en place. Qui, soit dit en passant, s'est servi d'un pauvre handicapé mental pour le faire taire pour toujours, constata amèrement la veuve.

— Et les preuves ? S'il y en avait, ils les ont fait disparaître. Il y avait beaucoup de témoins, mais qui oserait s'élever contre le parti ? Ces caïds jouent sur la terreur et sur les instincts les plus vils du peuple ! Et la culture ? Tu lis la presse ? Elle est pleine de banalités, de lieux communs et d'énormités. Pauvre pays que celui dans lequel on assassine les érudits et on exalte les muscles ! Ils organisent des tournois et des compétitions sportives, mais où est passée la gymnastique de l'esprit ? Et, pendant ce temps, nous, les femmes, nous ne comptons pour rien, ma chère amie, déplora Clotilde.

— Veuve et mère de trois filles, j'ai tenté d'obtenir une chaire de lettres. Ils m'ont fait miroiter le poste pendant un an et, justement l'autre jour, ils m'ont déclaré que je pouvais garder le deuil et qu'il y avait d'autres enseignants qui avaient plus de droits que moi parce que je suis propriétaire de terres ! Tu comprends ça, ma chère Clotilde ? Comme j'ai hérité de mon mari de terres en Lucanie qui me rapportent une misère, je suis « propriétaire terrien » ! Je sais que le régisseur des terres me vole, mais je n'y peux rien parce que c'est lui qui représente l'autorité locale et qu'il est cul et chemise avec les dirigeants.

Alors que ses deux sœurs jouaient à la poupée, Margherita écoutait la conversation sans en saisir la signification, mais elle recueillait un message de résignation.

Elle avait également remarqué les mains craquelées de sa mère qui devait se charger de tous les travaux de la maison depuis que la dernière domestique avait été congédiée parce qu'Antonia ne pouvait plus lui verser ses gages.

Lorsqu'elle recevait des visites, Antonia se coiffait avec soin, enfilait un chemisier de soie blanche orné d'un jabot de dentelle et épinglait le camée cerclé de minuscules brillants au ruban qui fermait le col.

Les autres bijoux, beaucoup plus précieux, allaient et venaient entre la maison et le mont-de-piété.

La dernière fois que sa mère les avait rachetés, Margherita les avait disposés sur la couverture en satin de son lit pour les admirer. Il y avait des bagues, des bracelets et des boucles d'oreilles, des pierres de couleur, une parure en corail, un sac de soirée en maille d'argent et une tabatière en or. Enchantée, la petite fille observait ces joyaux que sa mère ne portait jamais. Antonia lança un regard amer à ses trois filles et déclara :

— J'espérais les distribuer entre vous trois, quand vous seriez plus grandes et que vous seriez mariées, mais je crois que je vais être obligée de les vendre tout comme j'ai vendu la maison de Posillipo.

Lorsqu'Antonia recevait de Lucanie les maigres ressources que lui envoyait le régisseur, elle achetait immédiatement pour ses fillettes une barquette de « passe-temps », des noisettes, des arachides et des graines de courge dont elles étaient gourmandes, et cinquante grammes de café qu'elle faisait griller sur la cuisinière avant d'accorder à Rosina, sa fille aînée, le privilège de tourner la manivelle du moulin pour en extraire une poudre brune qui, versée dans le filtre de la « napolitaine », la cafetière italienne par excellence, produisait un café riche et corsé, remède miracle à tant de maux du corps et de l'esprit.

D'autres fois, leur mère s'appliquait à mettre toute la famille sur son trente-et-un pour aller rendre visite à la princesse Eugenia Pascale di Belmonte, qui avait été sa marraine de baptême. Alors, elles entraient en file indienne dans un salon rococo aux tapisseries chinoises et aux grands vases Ming.

Lorsqu'elle avait deux ans, Margherita s'était d'ailleurs glissée pour jouer dans l'un de ces énormes vases, et il avait fallu le casser pour l'en sortir. Comme tout cela s'était déroulé sous les yeux de la maîtresse de maison qui versait toutes les larmes de son corps, la réputation de sa mère en matière de compétences éducatives en avait profondément pâti, et il fallut attendre des mois pour que la faute soit pardonnée, pardon auquel n'était sans doute pas étranger le grand malheur qui avait frappé les femmes Lanzetta.

Entre elles, sa mère et la princesse parlaient un dialecte napolitain entremêlé de mots en français. L'élégante princesse et la jeune veuve indigente pleuraient de concert.

L'aristocrate, une fois congédiée la servante potelée qui venait de servir de délicieuses crèmes glacées dans lesquelles on sentait la saveur du beurre et des œufs, se mettait à dire pis que pendre de tous les fascistes qu'elle surnommait les « mafiosi modernes », et elle incluait dans le groupe son mari, le prince, qui l'avait quittée pour se mettre avec une chanteuse de variétés qui avait la moitié de son âge.

— C'est là l'exemple qui nous vient de la classe dominante : éradication de toutes les valeurs sacrées. Si le fascisme n'avait pas contaminé l'Italie, mon cher disparu ne m'aurait pas abandonnée, disait-elle en considérant que son traître de mari était mort alors qu'il était plus vif et plus gaillard que jamais.

Lorsqu'il avait eu connaissance de son terrible surnom, le « cher disparu » avait engagé deux *jettatore*, sortes de jeteurs de sort renommés dans tout Naples, et les avait expédiés sous le balcon du palais afin qu'ils chantent à la princesse une sérénade de leur cru qui souhaitait que le palais en question s'écroule en entraînant son épouse dans les ruines.

Or, le palais ne s'était même pas fissuré, et la princesse avait, à son tour, engagé un bataillon de prostituées qui, un soir, dans un célèbre café-concert, entonnèrent un chœur angélique sur l'air de *Celeste Aida*, qui énonçait le catalogue des carences physiques du « vieux prince ».

La communauté bien-pensante de Naples rit de cette anecdote pendant des mois, et l'appellation « cher disparu » évoquait toujours le prince de Belmonte.

La princesse Eugenia, qui connaissait parfaitement la situation de la famille Lanzetta, dit à Antonia :

— Ma fille, il faut que tu te remaries !

— J'ai été mariée et ils m'ont tué mon mari ! rétorqua Antonia.

— Eh bien ! Il te suffit d'en trouver un autre. Un que je vais te donner, moi.

— Qui donc est-ce ? demanda Antonia d'un ton effrayé.

— C'est quelqu'un qui s'appelle presque comme toi : Antonio Piscopo. Un officier de marine, quarante ans, célibataire, bon salaire et bon caractère. Ce sont les seules qualités qui comptent.

— Et quelles sont les qualités qui ne comptent pas ? interrogea la veuve.

— Il a l'haleine un peu forte, mais ce n'est rien. Il passe son temps en mer et, lorsqu'il sera en permission et qu'il rentrera à la maison, il suffira de lui faire mâcher de la sauge, du zeste de citron et des pastilles d'anis, répliqua la princesse.

— Si, à quarante ans, il n'a pas encore trouvé de femme à son goût, il ne doit pas y avoir que son haleine, objecta Antonia.

— Non, tu dois me faire confiance. À peine. Le fait est qu'il ne s'est pas marié parce que… Bref, tu as compris.

— Non.

— Antonia, il n'aime pas les femmes ! Mais, s'il ne s'affiche pas avec une épouse, il ne fera jamais carrière dans l'armée de mer de Sa Majesté. Il ne faut pas oublier que notre chef du gouvernement arbore sa virilité comme une médaille du mérite et qu'il impose à tous les hommes de faire de même. La première fois, tu t'es mariée par amour et, maintenant, tu vas te marier par amour pour tes filles. C'est une transaction honnête et respectable, crois-moi.

Ainsi, Margherita se retrouva avec un beau-père. Un homme bon qui n'était jamais là et, quand il était à la maison, qui avait le talent de se rendre presque invisible.

2

Cette année-là, il se produisit trois grands événements. Le premier fut que la veuve Lanzetta devint madame Piscopo et, avec son mari promu commandant de frégate et ses trois filles, elle déménagea de nouveau pour aller habiter dans un vaste appartement de la rue Partenope. Une nouvelle domestique fit son apparition pour les corvées les plus pénibles, et le café, grande faiblesse d'Antonia, revint parfumer la demeure.

Le deuxième événement marquant fut l'entrée en guerre de l'Italie aux côtés de l'Allemagne nazie. La collaboration, décidée par cette grande tête pensante de Mussolini, entraîna l'Italie à sa perte.

Entre ces deux événements, il faut en citer un troisième, plus enthousiasmant : Rosina, la sœur aînée de Margherita, convola en justes noces avec un riche Brésilien qu'elle avait rencontré lors d'une réception chez la princesse de Belmonte.

La princesse avait d'ailleurs relégué son « cher disparu » au rang de « second mari » après que l'infâme eut fait amende honorable de ses péchés et déclaré publiquement que son épouse était la femme la plus amusante du monde. Sur ce, il jura de lui être fidèle pour le restant de ses jours.

Des années plus tard, Margherita se souvenait encore de la réception fastueuse qui avait eu lieu au palais Belmonte et des préparatifs des noces.

L'habit de soirée était de rigueur, mais quatre tenues neuves, pour elle et ses trois filles, c'était une dépense que madame Piscopo n'osait pas réclamer à son époux.

Elle se souvint alors qu'elle gardait dans ses armoires quelques vieux rideaux de velours de soie moirée rouge et se dit qu'elle pourrait s'en servir pour tailler quatre robes de soirée magnifiques, et que sa fille aînée pourrait l'aider à les couper et à les coudre.

Lorsqu'elles se présentèrent dans la salle de bal des prince et princesse de Belmonte, la maîtresse de maison vint à leur rencontre bras grands ouverts.

— Vous êtes très belles, toutes les quatre, murmura-t-elle à sa filleule. Et vos robes sont superbes ! Vous me direz chez quelle couturière vous vous fournissez !

— C'est maman et Rosina qui les ont cousues, révéla fièrement Margherita.

Rougissante, Antonia balbutia :

— Chère marraine, la nécessité est mère de l'ingéniosité.

— Les filles, allez dans l'autre pièce où se trouvent les plus jeunes. Antonia et Rosina, venez avec moi. Je veux vous présenter quelques personnes, déclara la princesse.

Parmi les invités venus de loin, il y avait le *senhor* Ruiz Costa Velente, négociant brésilien, exportateur de café, qui ignorait tout des manières de la société napolitaine, mais qui savait toujours ce qu'il voulait. À la fin de la réception, il demanda alors à Rosina :

— Voulez-vous devenir ma femme ?

Fascinée par l'exubérance du Brésilien et par son charme exotique, la jeune fille n'en répondit pas moins :

— Monsieur, je ne vous connais pas.

— Si vous acceptez de m'épouser, vous ferez ma connaissance très vite, rétorqua l'homme.

Tout en parlant, il l'avait guidée jusqu'à la terrasse et, la prenant dans ses bras, il lui donna un baiser pour éclater aussitôt de rire.

— Mais tu ne sais pas embrasser ! s'exclama-t-il.

S'il était fort amusé, Rosina ne le fut pas du tout. Certes, le contact des lèvres charnues l'avait fait fondre, et la chaleur lui était montée au visage, mais le rire l'avait tant troublée qu'elle était sur le point d'éclater en sanglots sous le coup de la honte. Ruiz la serra plus fort dans ses bras en disant :

— Dans mon pays, les filles sont un peu plus éveillées ! Je vais devoir t'instruire, mais ce sera un devoir agréable parce que, sous l'apparence d'une poupée de chiffon, je sens le feu couver, déclara-t-il d'un air heureux.

Rosina se libéra brutalement de son étreinte et, pleurant à chaudes larmes, elle se précipita à l'intérieur en quête de sa mère.

Antonia tenait salon avec d'autres dames. Elles étaient assises sur un énorme canapé et écoutaient l'orchestre qui jouait un tango. Lorsqu'elle aperçut l'état déplorable de sa fille, elle quitta la compagnie et s'approcha d'elle.

— Que t'est-il arrivé ? lui demanda-t-elle.

— Ce qui est arrivé, c'est que je l'ai demandée en mariage, répliqua le Brésilien qui était resté sur les talons de la jeune fille.

— Chez nous, ce n'est pas ainsi que les choses se font, répliqua Antonia pour défendre sa fille.

— Mille pardons, madame, mais je suis un homme direct qui ne connaît pas les usages du Vieux Continent, s'excusa Ruiz Costa Valente.

L'homme n'avait cependant pas l'air trop mortifié.

— Monsieur, il n'est chez nous meilleur savoir-vivre que de formuler la demande auprès des parents de la jeune fille, d'autant plus que ma Rosina n'a que dix-huit ans et qu'elle n'est pas majeure, répondit sévèrement Antonia.

Le Brésilien lui adressa une profonde révérence et porta sa main à la hauteur du cœur avant de poursuivre :

— Madame, dit-il avec un sourire impertinent, je vous demande l'insigne honneur de m'accorder la grâce d'épouser la très belle demoiselle Rosina.

— L'honneur vous sera accordé si la demoiselle Rosina est consentante, et elle ne consentira que lorsque j'aurai examiné vos références.

Elle ne lui avoua pas que la princesse de Belmonte lui avait déjà fourni tous les détails au moment où elles avaient vu les deux jeunes gens se diriger vers la terrasse. Et ces références étaient parfaites.

— Si nous laissons de côté le trait un peu « grossier » de son éducation, bien sûr ! Tu sais, il est moitié indien et moitié portugais et, là-bas, ils sont encore un peu sauvages. Toutefois, il possède beaucoup de terres sous le soleil et c'est un riche armateur.

— On dirait qu'il a des vues sur ma Rosina.

— Que le ciel fasse que cela soit vrai ! Cela ne serait pas désagréable de s'installer sur sa montagne d'argent, mais il ne faut pas y compter, avait tempéré la marraine, parce qu'il n'est venu en Italie que pour affaires.

À présent que les quatre femmes rentraient chez elles, Antonia demanda à sa fille :

— Que penses-tu de ce sauvage ? Te plaît-il ?

— Non, répondit Rosina d'un air buté.

— Je suis ta mère et tu me dois la vérité ! Te plaît-il ?

— Oui, admit la jeune fille en baissant les yeux et en recommençant à pleurer.

— Je vois ça ! Il te plaît vraiment, murmura Antonia en lui donnant de petites tapes affectueuses sur l'épaule.

Elle se tourna alors vers ses deux autres filles et annonça :

— Les filles, Rosina est casée et, à ce qu'il semble, plutôt bien. Je regrette que votre père ne soit pas là pour se réjouir avec nous.

Un mois plus tard, l'aînée des sœurs Lanzetta s'embarquait de Naples sur un navire qui l'emporterait jusqu'à Rio de Janeiro. La princesse Eugenia, qui avait largement contribué aux frais entraînés par le mariage célébré sans faste, mais avec une grande élégance, déclara à Antonia :

— Une de partie. Dans peu de temps, il faudra aussi caser les deux autres.

— Nous avons le temps, marraine, répliqua Antonia.

— Je ne nourris pas grands espoirs sur la cadette. Elle est un peu terne, la pauvre créature. Tu es sûre qu'elle est la fille de ton mari ?

— Princesse, que dites-vous donc ?

— Eh bien, la première et la troisième se sont épanouies à merveille, mais la cadette, si tu veux bien me pardonner, n'est qu'une petite chose insignifiante. Il faudrait chercher parmi les élèves de son père. Ils sont tous devenus professeurs et on devrait trouver parmi eux un homme sans trop de prétentions, voire un peu ennuyeux, qui voudrait bien d'elle.

La franchise de la princesse frisait souvent l'insulte, mais, pour autant qu'Antonia en souffrît, elle ne s'en formalisait pas. D'ailleurs, elle admettait elle-même que Matilde ne s'était pas épanouie comme ses sœurs.

— Pour Margherita, la rousse, j'ai d'autres idées. Elle est vive comme un renard et ne supporte pas les règles. Elle n'a pas connu l'autorité paternelle et pense que tout lui est dû. Elle va te donner du fil à retordre, j'en suis sûre.

— Pourquoi dites-vous cela, marraine ? Ce n'est qu'une enfant ! protesta timidement Antonia.

— C'est vrai que les mères sont aveugles ! L'enfant, comme tu dis, a déjà à seize ans des formes épanouies qui ne tiennent plus dans les vêtements que tu tentes, en vain, d'allonger et d'agrandir. Elle ne baisse jamais les yeux devant quiconque, encore moins devant les hommes. Et lorsque les hommes sont beaux, elle les couve avec des yeux de chatte. Si tu m'en crois, mon amie, trouve-lui un mari et *presto* !

— Nous allons passer l'été à Torre del Greco, chez les Sogliano. *Donna* Clotilde a deux garçons qui sont à peine plus âgés que Margherita. Qui sait ? répondit Antonia qui espérait que l'une de ses deux filles épouserait un Sogliano.

Elle pensait plus particulièrement à Renzino, qui avait dix-huit ans et était plus instable qu'une mer en furie – sans doute l'homme idéal pour sa rouquine de fille.

Deux jours plus tard, au balcon du palais de Venise, à Rome, Mussolini annonçait que l'Italie était entrée en guerre. Le commandant Antonio Piscopo, qui séjournait à la maison pour une permission de trente jours, fut rappelé dans les rangs. Antonia quitta alors Naples avec ses deux filles pour se rendre à Torre del Greco.

3

— Cette année, nous irons nous baigner à la marina de Chiaia. Par chance, mes deux garçons n'ont pas encore l'âge de servir dans l'armée. On dit que ce sera une guerre éclair, et nous qui ne les avons jamais crus, nous voulons cette fois les croire de toutes nos forces, déclara Clotilde Sogliano lorsqu'elle accueillit Antonia chez elle.

— On ne va pas à Capri ? demanda Margherita d'un air déçu.

— Margherita ! Ne sois pas insolente ! la réprimanda sa mère.

— Elle est spontanée, c'est tout. Mes garçons aussi ont protesté, mais c'est ce que leur père a décidé. Il dit que, lorsqu'un pays est en guerre, ce n'est pas le moment de s'amuser, même si, heureusement, jusqu'alors, rien ne semble avoir changé.

Elles étaient dans les jardins du palais Sogliano et, tandis que Clotilde tricotait un pull-over, Antonia, qui était vraiment habile avec une aiguille et du fil, était en train d'exécuter une broderie élaborée de minuscules perles de corail pour orner l'encolure d'une robe de soirée de son amie.

Les enfants étaient allés en excursion sur les ruines de Pompéi sous la houlette d'un enseignant de la région.

— As-tu entendu la radio ? Ils ont signé l'armistice entre la France et l'Italie, annonça Antonia.

— Tu penses que nous en avons terminé avec ça ?

— J'ai reçu, par des voies détournées, une lettre de notre bon Piscopo. Il soutient que bientôt les Italiens iront occuper la

Somalie britannique. Nous sommes encore en guerre contre les Anglais.

— Parlons d'autre chose. Cela m'inquiète trop. Je veux te prêter un livre que je viens de lire et qui m'a bouleversée. C'est de Buzzati.

— *Le Désert des Tartares ?* Je l'ai lu et il m'a procuré une tristesse infinie. Je préfère Wodehouse et son humour britannique qui est plus joyeux. Regarde ! Que penses-tu de ma broderie ? demanda-t-elle en levant la robe pour la montrer à son amie.

— Quelle merveille ! Tu es vraiment douée et tu as de bons yeux, heureusement. Repose-toi un peu. Si nous allions chercher du granité à la maison ?

Alors qu'elles rentraient, elles entendirent les voix joyeuses des enfants qui rejoignaient l'entrée de la demeure.

— Terminé pour le calme, grommela Clotilde.

— Maman, j'ai faim ! hurla Renzino.

— C'est vrai que l'école se termine un peu trop tôt, murmura Clotilde à Antonia. Ils vont rester jusqu'à la rentrée, au mois d'octobre.

En sueur, mais ivres de joie, les enfants firent irruption dans le jardin.

— Voulez-vous du granité ? proposa madame Sogliano.

— Plutôt de la crème glacée, répondit Saverio.

Les garçons s'installèrent à l'ombre d'une pergola tandis que les filles retournaient dans la maison avec leur mère pour aider la domestique à préparer les glaces.

— Vous êtes-vous bien amusés ? demanda Antonia à ses filles.

— Oui, beaucoup, maman chérie, répondit Margherita. Le professeur Javarone nous a expliqué un tas de choses intéressantes sur la vie quotidienne de nos ancêtres il y a deux mille ans. Maman, savais-tu que les Romaines allaient se baigner en sous-vêtements ? Elles ne mettaient pas comme nous des costumes de bain en tricot lourd.

— C'étaient des païennes qui n'avaient aucune notion de la pudeur, intervint sa sœur.

— Ce que tu peux être barbante, critiqua Margherita.

— Ce soir, nous aurons une petite conversation, chuchota Antonia à sa benjamine.

— Arrête, maman ! Tu me surveilles tout le temps et tu donnes toujours raison à cette morveuse, protesta la jeune fille.

Elles retournèrent au jardin avec une boîte de biscuits tandis que la domestique alignait sur la table de grandes coupes en verre emplies de crème glacée. Margherita alla s'asseoir entre Vincenzo Scapece et Saverio Sogliano, qu'elle appelait « mes chevaliers ».

C'était la plus jeune du petit groupe et la plus courtisée. Il faut dire qu'avec sa peau claire criblée de taches de son et sa crinière flamboyante, rassemblée en longue tresse qui lui descendait dans le dos, c'était aussi la plus belle.

Toutefois, elle avait déjà fait son choix et délaissait Renzino qui cherchait, en vain, à s'immiscer dans le trio.

— J'ai deux billets pour le cinéma en plein air. Ce soir, on y donne un film avec Osvaldo Valenti et Luisa Ferida. Qui vient avec moi ? demanda Renzino en espérant ardemment que Margherita se propose.

Mais elle ne dit rien, et c'est sa sœur qui répondit à sa place :

— Maman ne nous laisse pas sortir le soir.

— Après le dîner, nous devons faire un peu de devoirs de vacances, vint annoncer Margherita en renfort.

Heureux d'apprendre que leur « dame » n'allait pas sortir, ses chevaliers lancèrent :

— En fait, nous aussi, nous devrions étudier !

— Vous allez voir que je vais être obligé d'emmener maman. Elle aime les mélodrames à l'eau de rose, se lamenta Renzino.

— On se voit demain, à la plage, déclara Margherita avant de disparaître dans la maison sans saluer personne.

Ces éclats apparemment sans raison désorientaient les deux soupirants. Ils étaient tous deux éperdument amoureux d'elle et avaient conclu un pacte de loyauté : Margherita serait à eux deux ou à aucun des deux.

Le soir, lorsqu'elles se retrouvèrent dans leur chambre, Antonia se résolut à affronter sa benjamine.

— Mon trésor, j'ai comme l'impression que tu imagines être plus adulte que tu ne l'es en réalité. Matilde affirme que tu n'es qu'une effrontée. Qu'as-tu donc fait pour mériter ce qualificatif ?

— C'est à moi que tu le demandes ? Adresse-toi à madame je-sais-tout, rétorqua la jeune fille, piquée au vif.

— Non, c'est à toi que je pose la question, insista Antonia.

— Je n'ai rien fait, moi !

— Bien sûr que si ! Pendant la promenade, tu es restée tout le temps à bavarder avec Vincenzo et Saverio, la dénonça sa sœur.

— Ce n'est que de la jalousie, parce que tu voudrais que Vincenzo s'occupe de toi, et il ne te voit même pas, insinua sa sœur.

Antonia se dit que sa marraine avait raison lorsqu'elle affirmait qu'il fallait trouver rapidement un mari pour Matilde sans perdre de vue Margherita.

— Arrêtez de vous chamailler. Aujourd'hui, j'ai reçu de Rosina une lettre que je vais vous lire, dit-elle avec un grand sourire. Elle s'adresse aussi à vous deux.

— *Chère maman et chères sœurs, c'est vraiment agréable d'être l'épouse de mon Ruiz. Vous ne pouvez pas imaginer les attentions que mon mari a pour moi. Et pas seulement lui, mais aussi toute sa famille. Il m'a appris à monter à cheval et je vous assure que c'est un sport très amusant. À propos, je porte désormais des pantalons. Même si cela me fait un effet étrange, cela plaît beaucoup à Ruiz. Pour le moment, je ne fais que du trot, pas du galop. J'apprends aussi le portugais, une langue plutôt difficile. Ruiz affirme que Mussolini a fait une erreur en entrant en guerre, et moi je pense au pauvre commandant Piscopo qui, même s'il obtient une promotion, préférerait peut-être monter en grade sans faire la guerre. Vous me manquez beaucoup, toutes les trois, mais surtout toi, maman chérie. Si la guerre s'achève vite, je viendrai au prochain printemps avec mon mari à Naples. J'ai déjà arrangé le voyage du retour parce que je veux que vous reveniez avec moi pour visiter ce pays magnifique qu'est le Brésil.* Il y a aussi un post-scriptum, poursuivit Antonia. Elle dit qu'elle nous a envoyé un colis de bonnes choses, dont un sac entier de café pour moi !

Le colis arriva à Naples cinq ans plus tard, alors que, comme le reste du pays, la cité n'était plus qu'un tas de ruines.

Entre-temps, le commandant Piscopo, époux des plus discrets et beau-père inexistant, avait coulé à pic en Méditerranée, au large de la Grèce, avec son navire et tous ses hommes. La marine accorda à Antonia une pension de veuve d'un héros de guerre.

Saverio Sogliano et Vincenzo Scapece s'étaient engagés dans l'armée à leur tour, mais, en tant qu'étudiants, ils avaient obtenu un poste au ministère de la Marine et n'avaient utilisé leurs armes qu'à une seule occasion : pour tirer des salves de victoire lorsque les Américains avaient libéré la ville.

4

La guerre n'épargna pas davantage l'immeuble où habitaient Antonia et ses deux filles. Dépouillées de leur appartement, les trois femmes allèrent s'installer dans la villa des Sogliano à Capri. C'est là que Matilde fit la connaissance d'un ingénieur naval de Gênes qui, durant la campagne de Russie, avait contracté la tuberculose.

Maintenant qu'il était guéri, sa famille l'avait envoyé en convalescence sur l'île. Il s'appelait Luigi Canepa et, lorsqu'il s'en retourna chez lui, il embarqua avec lui la cadette des Lanzetta pour l'emmener à Gênes, où l'attendait un emploi aux chantiers navals Ansaldo.

Lors de la cérémonie de mariage, où le vieux prince de Belmonte officiait en tant que témoin de la mariée, la princesse eut ce commentaire :

— Qui se ressemble s'assemble. Je n'ai jamais vu couple plus barbant que ces deux-là ! Je n'ose même pas imaginer comment seront leurs enfants !

Antonia rétorqua :

— Mon gendre est un brave homme. Ma fille l'aime et j'espère qu'ils seront heureux.

Aucune des deux n'aurait pu imaginer ce soir-là que, la guerre finie, l'épouse allait planter là son mari pour se mettre à la colle avec un officier des marines américaines, fils d'éleveurs, et qu'elle irait s'installer dans le Montana pour élever des porcs, activité qui lui procurerait énormément de satisfaction. Au cours des années qui suivirent, Antonia reçut, dans les plis qui contenaient les lettres que sa fille lui écrivait régulièrement, nombre de coupures de journaux qui évoquaient

Matilde comme la gagnante d'aussi nombreux concours du plus beau cochon.

Je me sens à mon aise, ici, écrivait la jeune femme. *J'étais lasse des bavardages de salon. Je les détestais. Je suis très amoureuse de mon Jack, qui me donne tout ce dont j'ai besoin : du respect, des caresses, beaucoup de travail et beaucoup de joie. J'étais faite pour vivre dans le Montana, mais je ne le savais pas. Dis un peu à mon irresponsable de sœur qu'il y a ici de très beaux garçons qui rêvent d'épouser une Italienne, ne serait-ce que parce que nous savons cuisiner beaucoup mieux que leurs épouses. Qu'elle se hâte de me rejoindre !*

— Moi ? Parmi les sauvages ? dit Margherita. Ma sœur est toujours aussi sotte.

Sa mère se contenta de soupirer sans rien dire. Elle mesurait à quel point elle avait du mal à tenir cette jeune fille sauvage.

Lorsque le sud de l'Italie fut libéré, Margherita avait déjà dix-neuf ans. Elle était d'une beauté foudroyante et elle s'était persuadée qu'elle était heureuse ainsi, à partager son cœur et ses attentions entre Vincenzo Scapece et Saverio Sogliano.

Les deux inséparables amis avaient loué un appartement rue Chiaia à Naples. Ils fréquentaient la même faculté, étudiaient ensemble et, ensemble, s'accordaient pour se partager les faveurs de Margherita, qui les aimait l'un autant que l'autre.

Ce scandaleux « ménage à trois » n'était un secret ni pour Antonia ni pour Clotilde Sogliano, mais toutes deux faisaient de leur mieux pour le cacher aux yeux d'autrui.

Par ailleurs, Clotilde se faisait du souci pour son Renzino, qui s'en était allé combattre en Afrique aux côtés des Allemands. Il avait survécu à la campagne de Libye et à celle de la Cyrénaïque avant d'être fait prisonnier par les Anglais, stade auquel la famille avait cessé de recevoir de ses nouvelles.

Clotilde demanda à Antonia de la rejoindre à Torre del Greco avec sa fille, pour la réconforter, mais aussi pour éloigner la belle Margherita de Naples.

Antonia ferma donc le petit appartement qu'elle avait loué à son retour de Capri et partit avec sa fille qui ne fit aucune histoire pour la suivre. Elles arrivèrent à la résidence Sogliano, où l'activité avait repris au même rythme qu'avant la guerre.

Bientôt, *donna* Clotilde reçut également des nouvelles de Renzino, qui avait été libéré et était parti pour Tobrouk, en Libye, où il s'était associé avec un autre Italien. Il annonçait qu'il n'avait aucunement l'intention de revenir au pays.

Il avait joint à sa lettre quelques clichés de lui et de son ami, avec leurs épouses indigènes respectives.

— Antonia, il s'est marié avec une négresse ! s'exclama Clotilde, consternée. Je ne vais pas avoir le courage de le dire à mon mari !

— C'est donc bien vrai que la guerre a changé le monde, déplora Antonia.

— Comme si la promiscuité ostentatoire des hommes et des femmes ne suffisait pas ! Des Noires maintenant ! Avec toutes les maladies qu'elles ont !

— En fait, expliqua Antonia, il paraît que ce sont les Blancs qui les leur ont apportées, ces maladies. Sans compter les honteux massacres perpétrés là-bas par les Allemands et par les Italiens. Je ne veux pas parler de la haine que j'éprouve pour la « race supérieure » d'Hitler, mais je fais allusion à nous, les Italiens, qui, depuis l'époque des croisades, semons l'horreur en tous genres chaque fois que nous débarquons sur le continent africain. Un jour, ces peuples vilipendés viendront se venger !

— Alors que je suis au désespoir à l'idée que mon fils refuse de rentrer, je peux te dire que tes considérations m'agacent !

— Ton fils reviendra. Laisse-le se rebeller, il finira par revenir.

— Comment t'en tires-tu avec Margherita ?

Antonia se mit à pleurer en s'écriant :

— Comment pourrions-nous y changer quelque chose ?

Loin de ses « chevaliers », Margherita passait ses journées dans les ateliers. Elle discutait aussi longuement avec le mari de Clotilde et écrivait très régulièrement à ses deux sœurs. Un jour, à table, elle déclara :

— Avec la fin de la guerre s'ouvrent de nouveaux marchés. Aux États-Unis et en Amérique du Sud, on apprécie tout particulièrement les produits italiens. Rappelez-vous que les Américains qui ont débarqué à Naples ont acheté des souvenirs en corail. Qui sait s'il ne vaut pas la peine d'aller voir un peu là-bas comment se présentent les choses ?

— C'est ce que te disent tes sœurs dans leurs lettres ? demanda Antonia.

— Exactement, confirma Margherita.

— Je ne sous-estimerais pas l'avis de ta fille, déclara *don* Sogliano.

— C'est de ça que vous parlez sans cesse, tous les deux ? demanda Clotilde à son mari.

— Tout à fait. Je crois que le moment est venu d'ouvrir une succursale tout à nous à New York. Nous irons en Amérique, déclara le corailleur à sa femme.

Clotilde et Antonia échangèrent un regard entendu. C'était l'occasion ou jamais de séparer définitivement Margherita de Vincenzo et de Saverio.

— Je veux que vous veniez avec nous, ta fille et toi, dit aussitôt Clotilde à Antonia.

Antonia et Margherita rentrèrent à Naples pour préparer leur voyage. La jeune fille en profita pour aller rendre visite à ses « chevaliers » qui, dans leur appartement de Chiaia, étaient déjà au courant du prochain départ de leur amie.

— Pourquoi n'as-tu pas refusé ? l'interrogea Saverio.

— Nous ne voulons pas te donner en pâture à un Américain ! Je suis sûr que tu trouveras là-bas toute une cohorte de prétendants ! soupira Vincenzo.

— Moi, je pense que c'est le bon moment pour choisir celui de vous deux avec lequel je veux passer le reste de ma vie, précisa la jeune fille.

— Moi aussi, je suis las de partager, Margherita. Épouse-moi, je serai un mari formidable, assura Vincenzo.

C'était la première fois qu'ils évoquaient le mariage entre eux.

— Ah ! elle est belle, l'amitié ! lança Saverio.

Ce fut également la première fois que les deux garçons échangèrent un regard noir de haine authentique. Vincenzo ayant fait le premier pas, Margherita se tourna vers Saverio avec un air interrogateur. Le jeune homme était moins impulsif que son ami, mais tout aussi déterminé à ne pas céder sa place.

— Je ne suis pas encore prêt à me marier, déclara-t-il, mais si tu m'accordes deux ans, je te demanderai d'être ma femme. Et ça, Margherita, c'est une promesse solennelle.

— Je vais y réfléchir, dit simplement la jeune fille. J'ai encore deux semaines avant le départ.

— Et quand tu seras en Amérique, il surgira un troisième larron qui viendra t'enlever à nous ! s'exclama Vincenzo d'un ton anxieux.

— Je n'aime pas ça que vous vous disputiez à cause de moi, se lamenta Margherita. Mais nous ne pouvons pas continuer ainsi et je dois choisir.

— Pourquoi pas une semaine avec lui et l'autre avec moi ? tenta Vincenzo. Si nous sommes d'accord !

— Tu penses vraiment ce que tu dis ? éclata la jeune fille, irritée par cette proposition.

— Arrêtons de dire des âneries ! coupa Saverio avant de sortir en claquant la porte.

— On dirait qu'il perd les pédales, constata Vincenzo.

— Que pouvait-il faire d'autre ?

— Te faire l'amour ! Comme il est parti, nous pourrions nous diriger vers la chambre à coucher ! proposa Vincenzo en tendant les bras vers elle.

Sur ce, Margherita l'évita et quitta l'appartement.

Le jour suivant, Saverio vint lui rendre visite chez elle avec un bouquet de roses jaunes.

— C'est banal, mais je ne sais pas comment te dire autrement que je t'aime et que je suis très jaloux.

— Tu as de la chance que ma mère ne soit pas là. Entre, répondit la jeune fille.

Elle était extrêmement émue. Saverio eut un élan vers elle et la prit dans ses bras pour la serrer contre lui. Profitant de l'absence d'Antonia cette après-midi-là, Margherita fit l'amour avec Saverio.

5

À New York, les Sogliano avaient loué un appartement meublé dans un bel immeuble de Madison Avenue, où logeaient également Antonia et Margherita. Rosina, son mari et ses enfants les avaient rejoints depuis le Brésil et séjournaient à l'hôtel Pierre.

Les premiers jours furent euphoriques. Ils étaient sans cesse invités par les amis américains de la famille. Ils se promenaient dans Central Park ou dans les environs, allaient au cinéma et au théâtre ou faire du shopping dans les grands magasins.

En outre, ils devaient également repérer le meilleur endroit où ouvrir la bijouterie Sogliano qui vendrait des pièces en corail et en perle.

Il s'agissait d'un lourd investissement que *don* Sogliano, expert en corail doublé d'un économe administrateur, devait cependant accepter s'il souhaitait développer son affaire.

En attendant, l'appartement s'était transformé en une sorte de salle de contrôle. C'est de là que partaient et arrivaient les câbles de Torre del Greco, de Tobrouk, du Japon, et des coups de téléphone de partout, y compris du Montana, où les deux éleveurs de porcs repoussaient de jour en jour leur départ pour New York parce que la cadette d'Antonia, enceinte de son premier enfant, éprouvait quelques difficultés dans sa grossesse.

— Je vais aller la voir, décida Antonia.

Elle ne connaissait pas un seul mot d'anglais, elle n'avait jamais voyagé avant de venir en Amérique, sans parler de voyager seule, mais elle se trouvait à son aise partout où elle allait et elle se sentait suffisamment sûre d'elle et insouciante.

Margherita passa du temps avec les enfants de sa sœur Rosina et fraternisa avec son fascinant beau-frère, qui n'en restait pas moins un mari très amoureux.

D'ailleurs, comme les Sogliano, il mit à profit son séjour en ville pour développer ses affaires. Souvent, les deux sœurs confiaient les enfants à une nurse anglaise, engagée pour aider la femme de chambre que les Ruiz avaient amenée, et passaient du temps ensemble à sortir et se divertir.

Cela faisait près d'un mois qu'ils étaient à New York que, alors qu'elles prenaient un verre au bar de l'hôtel Pierre, Margherita se confia enfin à sa sœur :

— Je crois que je suis enceinte.

— Tu plaisantes, n'est-ce pas ? s'exclama Rosina.

— Je n'ai jamais été aussi sérieuse et aussi inquiète. J'ai vingt jours de retard dans mon cycle et tu sais parfaitement que j'ai toujours été réglée comme une horloge.

— Qui est le père ?

— Saverio Sogliano, répondit la jeune fille dans un murmure.

— Et Vincenzo ? s'enquit sa sœur.

— J'ignore comment il va réagir, avoua Margherita.

— Je le savais ! J'en étais sûre que cette histoire finirait mal ! Je te l'ai même écrit, mais, toi, depuis quand écoutes-tu les autres ? Tu as pensé à ce que maman va dire lorsqu'elle l'apprendra ?

— Ne me fais pas un sermon, ce n'est pas le moment. Si je n'étais pas obligée d'en rendre compte à Vincenzo et au monde entier, je pourrais peut-être réussir à être heureuse de ma situation.

— Tu es vraiment idiote ! s'exclama sa sœur, si fort que les autres clients lui jetèrent un regard de désapprobation.

Margherita éclata alors en sanglots. Rosina l'entraîna hors de l'hôtel en disant :

— Écoute-moi bien. Tu dois aller dans une clinique pour un examen et un curetage. Il n'y a aucune autre manière de conserver ta réputation.

— Peut-être, mais je perdrais tout respect pour moi-même. Je ne me libère pas d'un enfant pour conserver ma réputation intacte ! Je suis désolée, parce que je sais que maman va avoir beaucoup de peine, mais elle a surmonté la perte tragique de notre père et elle peut surmonter aussi la naissance d'un enfant naturel, affirma la jeune femme.

— Non seulement tu es idiote, mais tu es folle. N'espère pas que je t'aide à avoir cet enfant.

— Mon pauvre petit bébé. Il a à peine commencé à germer que tu voudrais l'éliminer. Jamais ! Tu entends : jamais !

— Margherita, je te préviens : tu vas déclencher la guerre entre les Scapece et les Sogliano ! Pour finir, les deux familles vont te bannir et tu te retrouveras toute seule avec notre pauvre maman à élever un enfant sans père, prophétisa Rosina.

Lorsqu'elles rentrèrent, les yeux rouges et gonflés de Margherita n'échappèrent pas à Clotilde.

— Que t'est-il arrivé ? demanda-t-elle.

— Rien. Je me suis disputée avec Rosina.

— Je me demande quand tu cesseras de te disputer avec tout le monde !

— Vous ne voulez pas savoir pourquoi ? dit la jeune fille d'un ton de défi.

— Non, pas du tout.

L'amie d'Antonia était sur le point de sortir et n'avait pas de temps à perdre. Avant de partir, elle ajouta cependant :

— Ta mère vient de téléphoner, et tu es tante pour la quatrième fois. Ta sœur a accouché d'un garçon, et tous deux vont bien. Antonia m'a dit que tu ferais bien d'aller la retrouver le plus vite possible dans le Montana parce que les éleveurs de cochons t'attendent.

Restée seule, Margherita demanda un appel intercontinental. Tandis qu'elle patientait pour qu'on la mette en communication avec Naples, en proie à une grande anxiété, elle tourna dans l'appartement.

Elle se disait que Rosina avait raison en affirmant qu'elle risquait de déclencher les hostilités entre les deux familles et qu'elle allait se retrouver seule avec l'enfant.

Toutefois, elle se dit que, des deux amis, c'est Saverio Sogliano qui lui avait toujours offert le plus de garanties en matière de maturité et de fiabilité.

Lorsque la sonnerie du téléphone retentit, la standardiste annonça :

— Naples en ligne.

Aussitôt après, la voix de Vincenzo demandait :

— Quand reviens-tu ?

— Très bientôt. Je crois que je vais rentrer en avion. En attendant, je voudrais parler à Saverio.

— Il est à Torre. Et pourquoi tu veux lui parler, à lui, et pas à moi ?

— Parce que c'est lui que je vais épouser.

Au bout d'un long silence, si long que la jeune femme se dit que la ligne avait été coupée, son interlocuteur demanda :

— Et c'est avec ce calme que tu me donnes un coup de couteau dans le dos ?

— La décision n'a pas été indolore. J'aurai toujours beaucoup d'affection pour toi, Vincenzo, mais cela n'y changera rien. S'il te plaît, veux-tu bien dire à Saverio que je rentre très vite ?

Elle monta seule dans l'avion, tremblante de peur, mais fermement déterminée à prendre le taureau par les cornes. À Rome, Saverio l'attendait sur le tarmac avec un énorme bouquet de roses rouges.

— J'ai allumé des cierges et apporté des fleurs à la Madone de l'Arc, et elle m'a entendu ! dit-il en la serrant contre lui.

Il était heureux. Tandis qu'ils faisaient le trajet en voiture jusqu'à Torre del Greco, Margherita ne put s'empêcher de lui demander :

— Comment a réagi Vincenzo ?

— Il est parti pour les îles Fidji.

— Où est-ce ?

— Quelque part dans le Pacifique, entre la Chine et l'Australie. Avant de me quitter, il m'a lancé un défi.

— Un défi ?

— Un défi de corailleurs. Il a dit : « Je vais acheter des perles et du corail, mais cela ne suffira pas. J'achèterai aussi des coquillages et de la corne de tortue. Je te le ferai payer cher, très cher, Saverio. »

Le jeune homme avait cependant un air de triomphe indéniable. D'une main, il tenait le volant de son Alfa Romeo et, de l'autre, il entourait les épaules de la jeune femme.

— Ne sois pas si sûr de toi, parce que tu n'es pas au courant de tout, insinua Margherita.

— Qu'y a-t-il d'autre à savoir ? Tu as choisi d'être ma fiancée et cela me suffit. Dans deux ans, comme nous l'avons prévu, tu deviendras ma femme, et je serai alors l'homme le plus heureux de la terre.

— Je ne crois pas que nous puissions attendre si longtemps, parce que j'attends un enfant. Tu te souviens de ce qui s'est passé la veille de mon départ à New York ?

Lentement, le bras de Saverio glissa des épaules de la jeune fille. Il gara la voiture sur le bas-côté et arrêta le moteur. Enfin, il se tourna vers elle.

— Cela signifie que nous devons nous marier en un temps record parce que, comme tu le sais, je tiens toujours les engagements que je prends, expliqua-t-il d'un air grave.

— Bien sûr que je le sais. C'est pour ça que j'ai fait l'amour avec toi ! Tu es l'homme de ma vie, déclara Margherita.

Au bout de quelques secondes de silence, Saverio la prit dans ses bras et la serra tout contre lui en murmurant :

— Je t'aime et je suis heureux de t'épouser et d'avoir un enfant de toi.

6

Saverio était penché sur le berceau du petit Michele et lui souriait avec un visage rayonnant. Margherita s'approcha et prit l'enfant dans ses bras pour aller s'asseoir près de la fenêtre. Elle déboutonna son chemisier et offrit le sein au bébé. Saverio alla s'asseoir à côté d'eux et dit :

— Je suis très amoureux de mon fils et de sa maman si belle. Je suis impatient de mettre en chantier un autre enfant.

— Laisse-moi un peu respirer, mon trésor. Peut-être l'an prochain ?

— Peut-être ? Tu n'en es pas sûre ?

— J'ai mesuré à quel point la grossesse était une période prenante, et les douleurs de l'accouchement m'ont terrorisée. Je voudrais avoir le temps de les oublier, expliqua-t-elle.

— Ne me donne pas l'impression que je suis coupable parce que je suis un homme, plaisanta-t-il.

— Que faisons-nous ce soir ? demanda Margherita.

C'était le soir du dîner au yacht-club et, pour la jeune femme, la première soirée mondaine après des mois de vie de recluse.

— Tu ne le sais pas ? demanda Saverio.

Elle n'ignorait rien de leurs projets pour la soirée, d'autant qu'elle s'y était préparée en achetant à Naples une jupe corolle en taffetas noir et une blouse de soie blanche qui mettaient en valeur sa beauté.

Elle savait qu'elle allait y croiser Vincenzo Scapece, qu'elle n'avait pas vu depuis plus d'un an, et, malgré ses craintes, elle voulait s'afficher sous son meilleur jour.

La jeune fille que courtisaient les deux garçons n'existait plus. Elle avait cédé la place à une jeune épouse amoureuse de son mari et qui privilégiait son devoir de mère d'un enfant superbe.

Lorsqu'elle avait épousé Saverio, Vincenzo était encore en voyage, et la nouvelle l'avait atteint alors qu'il se trouvait sur la côte australienne, où il était venu s'installer après avoir quitté les îles Fidji. Deux mois plus tard, son cadeau d'amitié pour celui qu'il considérait comme un frère était arrivé : une lance de pêche à la pointe en corail, et une lettre :

Je sais que c'est Margherita qui a pris la décision de te choisir et je ne ferai jamais rien pour troubler votre mariage, parce que je vous aime tous les deux. Mais tu me connais et tu sais que je n'aime pas perdre. Alors, je me vengerai sur le travail. Je deviendrai le corailleur le plus riche de tous ! Tu vas devoir te démener pour arriver à me suivre, c'est sûr. Tous mes vœux et de nombreux garçons !

Vincenzo était rentré six mois plus tôt, quelques semaines à peine avant la naissance de l'enfant qui était censé être un prématuré de sept mois. Les deux amis s'étaient revus à l'occasion d'une réception de la Chambre de commerce américaine en Italie. Ils s'étaient embrassés avec sincérité.

Saverio était avec ses parents, et Vincenzo avait à son bras sa fiancée japonaise. La fille de l'ambassadeur du Japon à Rome était une créature éthérée qui semblait tout droit sortie en flottant d'une ancienne aquarelle sur parchemin.

Sa voix n'était qu'un murmure, et son sourire, une ombre légère sur le bout de ses lèvres. À table, elle s'était même mise à peler le raisin, grain après grain, avant de l'avaler.

— Alors, tu vas l'épouser ? avait demandé Saverio à son ami.

— La bienveillance de l'ambassadeur ne m'est pas inutile, avait répondu Vincenzo.

— C'est donc un mariage de raison.

— Bien entendu. Je n'ai qu'un objectif que tu connais parfaitement, avait souri Vincenzo en lui donnant une petite tape amicale sur les épaules.

Il avait épousé la jeune femme, d'abord en Italie puis au Japon. De Tokyo, les jeunes mariés étaient partis en train en direction de Kobe, mais il y avait eu un terrible accident de chemin de fer qui avait fait plusieurs morts. L'épouse de Vincenzo faisait partie des victimes.

À présent qu'il était veuf, il pouvait cependant compter sur un important réseau d'amitiés dans le pays du Soleil-Levant.

Ce soir, il serait, comme tout le gratin de la ville, au dîner du yacht-club.

— Bien sûr que je le sais, répondit Margherita en refermant le col de son chemisier.

Elle mit le bébé contre elle, la tête sur son épaule, pour le laisser faire son rot avant d'ajouter :

— Je ne sais pas si j'ai vraiment envie d'y aller.

La nounou qui s'occupait de Michele fit son apparition, et la jeune mère lui remit son enfant avant de sortir de la nursery avec son mari.

— Pourquoi ne dis-tu pas simplement que tu n'as pas envie de revoir Vincenzo ? demanda Saverio.

— Oui et non. Je n'en sais rien, affirma-t-elle en le suivant jusqu'à l'étage des bureaux de l'entreprise.

Ils pénétrèrent dans le cabinet de travail de Saverio, qui alla s'asseoir dans son fauteuil, tandis que Margherita prenait place en face de lui.

— De quoi as-tu donc peur ? insista-t-il.

— Ce n'est pas de la peur, mon chéri, mais je ne sais pas quoi lui dire.

— Eh bien, tu ne diras rien.

— Comment se fait-il que les hommes trouvent toujours tout si simple ?

— Pourquoi les femmes se compliquent-elles les choses et nous compliquent-elles la vie ?

— Parce qu'elles sont plus sensibles et parce qu'elles ont conscience des subtilités de l'existence. Je sais parfaitement que, à Torre, nous allions finir par nous croiser un jour ou l'autre, mais dans un cadre officiel…, où tout le monde aura les yeux rivés sur nous et verra ce qui n'existe pas… Je préférerais l'éviter. Ce qui s'est passé entre nous, avant notre mariage…

— Ce qui a été n'est plus, la coupa Saverio. Mieux, je suis fier d'avoir épousé une femme qui m'a préféré à un autre homme qui lui faisait la cour. Tu n'as rien à te reprocher, mon amour.

Margherita se leva, souffla un baiser du bout des doigts et, avant de sortir, chuchota :

— Je t'aime.

— Je le sais, dit-il en souriant avant de se mettre au travail.

La jeune maman s'accorda un bain relaxant avec des sels parfumés qu'elle avait achetés à Londres, dans une boutique de Jermyn Street, au cours de leur lune de miel. En trois semaines, ils avaient fait le tour des capitales européennes, se déplaçant en train ou en automobile. Parce que Saverio trouvait toujours le moyen de conjuguer loisirs et travail, ils avaient ainsi rendu visite aux bijouteries les plus prestigieuses, qui étaient déjà clientes des Sogliano, et avaient acheté trois nouvelles succursales dans des centres anciens ou à la mode dans les villes de province. À leur retour, ils avaient largement enrichi leur liste de nouveaux clients. Pendant ce temps, le père de Saverio avait réussi à ouvrir sa boutique sur la Cinquième Avenue de New York et, après la lune de miel, Saverio était parti pour l'Amérique. Margherita était donc redescendue dans les ateliers dans le but d'apprendre les arcanes de la profession.

— Mon Dieu, que vous êtes belle, madame Margherita ! On dirait un tableau ! s'exclama la femme de chambre qui était venue l'aider pour sa toilette.

— C'est faux ! J'ai des seins énormes, et mon ventre n'a pas encore dégonflé, rétorqua-t-elle en se regardant dans le miroir.

Elle n'aimait pas recevoir des compliments et n'acceptait volontiers que ceux de son mari. Ce soir-là, Saverio n'en fut pas avare, autant lorsqu'elle apparut devant lui que lorsqu'il tentait laborieusement de fermer les poignets de sa chemise avec ses boutons de manchette.

Elle était prête à affronter ses amis et connaissances. Elle était prête à affronter Vincenzo Scapece.

Avec son mari, elle le retrouva devant l'entrée du club, où il fumait une cigarette. Il vint à leur rencontre avec un large sourire.

« Toujours aussi séduisant », pensa Margherita sans éprouver cependant aucune émotion. Elle lui rendit son sourire, lui tendit la main qu'il effleura à peine de ses lèvres, puis Vincenzo donna une tape amicale à Saverio.

— Ta femme est encore plus belle depuis que tu l'as épousée.

Il se tourna vers elle et ajouta :

— Le mariage et la maternité t'ont transformée en véritable chef-d'œuvre.

— Toi aussi, tu m'as l'air en grande forme. Je te croyais un peu triste après ce qui t'est arrivé, dit-elle en faisant allusion à son deuil récent.

— Je le suis, mais je n'ai pas l'intention de m'apitoyer, mes amis, répliqua Vincenzo.

Elle aurait voulu lui dire qu'elle n'était guère convaincue de sa peine, mais ils montaient déjà les marches pour se diriger vers le restaurant qui se remplissait peu à peu.

Les parents de Saverio vinrent s'asseoir à leur table et, dans le vacarme ambiant, tout le monde se saluait et émettait de grandes exclamations.

Le directeur du restaurant s'approcha de leur table en murmurant :

— Monsieur Saverio, votre femme de chambre au téléphone. Elle affirme que c'est important.

Le jeune homme se leva sans hésiter et, à son retour, il annonça à voix basse à ses parents :

— Renzino est de retour. Il est à la maison. Avec quelqu'un. Il est venu avec une femme.

7

— Ton père et moi, nous allons rentrer immédiatement. Excuse-nous auprès des autres, déclara Clotilde à son fils.

— Nous venons avec vous, intervint Margherita.

— Il n'en est pas question, coupa *don* Sogliano.

Au cours des années, Renzino avait procédé à la rénovation et l'agrandissement d'un hôtel à Addis-Abeba, qu'il avait rebaptisé hôtel Europa.

De temps à autre, il éprouvait des problèmes de trésorerie, et ni son père ni son frère n'osaient lésiner sur leur aide financière, même s'ils savaient que c'était jeter l'argent par les fenêtres parce que le « pauvre Renzino » n'avait aucun sens des affaires. C'était le rêveur de la famille.

Toutefois, peu de temps auparavant, devant une énième demande de prêt, le père avait répondu un non des plus secs en expliquant son refus par le fait que la famille avait investi tout son avoir disponible dans l'ouverture d'une boutique prestigieuse à New York.

Renzino n'avait alors plus donné de nouvelles, et son père espérait qu'il était en train de se mettre un peu de plomb dans la tête.

Voilà que, sans prévenir, il revenait au foyer familial en compagnie d'une femme !

Tandis que ses parents rentraient à la résidence, Saverio annonça aux autres convives l'arrivée impromptue de son frère. Ensuite, il se tourna vers sa femme :

— Margherita, il s'agit de mon frère et je veux aller là-bas pour comprendre ce qui se passe, expliqua-t-il.

— Alors, je rentre avec toi. Qu'est-ce que je ferais ici toute seule ?

— Reste, je t'en prie. Il s'agit d'une soirée importante, et la présence d'un Sogliano est indispensable.

Elle hocha la tête avant de chuchoter :

— Comment vais-je rentrer ?

Saverio n'eut aucune hésitation.

— Vincenzo, demanda-t-il en regardant son ami, pourras-tu raccompagner mon épouse à la fin de la soirée ?

— Je te remercie de ta confiance, répondit son ancien rival.

— Je ne me fie pas à toi, serpent venimeux, mais à Margherita ! plaisanta Saverio.

— Il l'a fait exprès, murmura Vincenzo lorsque les Sogliano se furent éloignés.

La jeune femme fixa son ancien soupirant d'un air pensif en se disant qu'il avait peut-être raison : son mari avait voulu les laisser entre eux.

— Pendant tout ce temps, je me suis sentie coupable de ne pas t'avoir téléphoné au moins pour te dire adieu. Comme s'il ne s'était rien passé entre nous ! J'aurais voulu t'expliquer pourquoi j'avais choisi Saverio. J'aurais voulu te dire que je t'aimais, même si j'avais choisi de l'épouser, lui. Je te suis tellement reconnaissante pour les beaux moments que nous avons passés ensemble, tous les trois. Tu sais que tu es mon meilleur ami, n'est-ce pas ?

— Peut-être, mais pourquoi l'avoir choisi, lui ?

— Je me suis rendu compte que tu voulais toujours ce que Saverio possédait. Je crois que tu ne m'aimais que parce qu'il m'aimait. J'aurais voulu te dire ça il y a un an, mais nous n'avons pas eu le temps parce que tu étais déjà parti et que je ne savais pas où te joindre.

Il lui jeta un regard triste et murmura :

— Je savais que j'avais perdu une femme extraordinaire et je n'arrive pas à haïr Saverio qui a su te conquérir.

Les portes de la salle à manger s'ouvrirent sur un bataillon de serveurs chargés de lourds plateaux débordants de nourriture. L'euphorie tapageuse de la centaine de convives n'avait pas empêché les deux amis de partager un bref moment d'intimité.

— Que faisons-nous donc ici, toi et moi ? demanda Vincenzo.

— Notre devoir social. Nous sommes, comme tous les autres, des corailleurs, et nous sommes ici pour parler de nos difficultés, nous vanter de nos succès, pour évoquer les personnalités les plus compétentes parmi lesquelles sélectionner le nouveau président de notre association, expliqua patiemment Margherita.

À cet instant, le président s'installa à la table avec le maire et le commandant de la police locale. Tous étaient accompagnés de leur épouse respective. L'ancien prélat de la cathédrale, monseigneur Peppino Priore, qui connaissait pratiquement tous leurs secrets, vint s'asseoir en dernier.

— Comment se fait-il que ton mari et tes beaux-parents soient partis ? interrogea aussitôt le prêtre.

— Renzino vient juste de rentrer d'Afrique, répondit Margherita.

— Sans prévenir ?

— Sans prévenir, oui.

— Ne m'oblige pas à te tirer les vers du nez ! s'impatienta l'homme d'Église.

— Monseigneur Peppino, si j'en savais davantage, je vous le dirais. Venez demain matin à la maison, et *donna* Clotilde vous racontera tout, répliqua la jeune femme.

— Dis plutôt à ce fils prodigue qu'il vienne à moi soulager sa conscience ! recommanda le serviteur de Dieu en considérant le sujet clos.

— Ne trouvez-vous pas cette dorade délicieuse ? intervint le maire.

— Depuis que nous avons commencé à nous relever de la guerre, nous avons cessé d'apprécier les poissons pauvres de nos mers. À présent, dans les restaurants, les gens réclament du saumon et du homard, et, lorsqu'on demande de la dorade, on vous regarde de travers parce que c'est un poisson peu onéreux.

— À propos de nouvelles modes, vous saviez qu'on vendait désormais des mouchoirs que l'on jette après s'en être servi ? demanda Vincenzo Scapece.

— Qu'est-ce que cela veut dire ? demanda l'épouse du commandant de police.

Les bavardages étaient toujours de mise en prélude aux débats plus profonds qui seraient abordés entre le dernier plat et l'arrivée du dessert.

À la table voisine, quelqu'un citait des extraits de vieilles anecdotes inhérentes à leur « pain quotidien ».

— Dès 1540, dans un testament, on peut lire qu'un noble lègue à sa fille onze colliers d'argent « *quorum due habunt manicum de curallo* »… À l'époque comme aujourd'hui, le corail était apparenté à l'or, l'argent et les pierres précieuses.

— En des temps plus anciens, les récifs coralliens étaient censés provenir du sang de la Méduse qui se répandit dans la mer. Souples dans l'eau, les branches durcissaient et se pétrifiaient dès qu'elles entraient en contact avec l'air. Ce n'est qu'ensuite que le corail devint aussi le symbole du sang du Christ, expliqua un autre convive. Déjà, on croyait que le corail chassait le mauvais sort et favorisait et protégeait les récoltes.

— Je voudrais rentrer, réclama Margherita.

Elle se sentait enfin en paix avec elle-même et avec Vincenzo, et elle voulait savoir ce qui se passait dans sa famille avec le retour de son beau-frère et de cette mystérieuse femme.

— Je te raccompagne, commença Vincenzo.

— Laisse tomber, c'est moi qui m'en occupe, indiqua le père Peppino.

Le curé savait bien ce que les gens racontaient et il en avait par-dessus la tête.

— N'oublie pas de dire à ton mari que je n'ai pas rempli ma mission pour me soumettre à un ordre bien supérieur, plaisanta Vincenzo.

Lorsqu'il se pencha vers elle pour l'embrasser sur la joue, comme il l'aurait fait avec n'importe qui, il lui chuchota cependant :

— Je ne t'oublierai jamais.

8

À son arrivée, il était déjà onze heures du soir, et le palais Sogliano était plongé dans le silence. Tout le monde s'était retiré dans sa chambre, sauf Saverio qui l'attendait au salon en passant en revue un tas de cartes géographiques.

— Tu rentres tôt.

— Juste à temps pour la dernière tétée de Michele, répliqua Margherita.

— Pourquoi Vincenzo n'est-il pas monté jusqu'ici ? demanda Saverio.

— C'est le père Peppino qui m'a raccompagnée. Le dîner n'était pas terminé, mais j'avais hâte de rentrer.

— Tu es toujours aussi inconsciente. Tu sais que ce curé conduit comme un ivrogne ! déplora son mari.

— C'est pour cette raison que vous, ses paroissiens, lui avez offert une automobile ? plaisanta la jeune femme.

Quelque temps plus tôt, les familles les plus aisées de Torre s'étaient engagées à lui acheter une Fiat, qui allait faciliter non seulement ses déplacements dans la paroisse ou jusqu'à l'archevêché, à Naples, mais aussi ses allées et venues dans la région, lorsqu'il apportait son réconfort aux familles locales. Avant, il utilisait une motocyclette pétaradante qui remontait à l'avant-guerre et qui tombait sans cesse en panne.

Le religieux avait obtenu son permis de conduire auprès d'un examinateur qui avait certainement fermé les deux yeux pour le lui délivrer, sans doute dans l'espoir de se doter de la miséricorde du Seigneur.

— Tu es adorable, sourit son mari.

— Je vais me changer avant de te rejoindre, parce que je veux tout savoir, dit Margherita en quittant le salon.

Elle réapparut peu après, le bébé dans les bras, qui protestait parce qu'il avait faim. Elle s'installa dans un fauteuil et lui donna le sein.

— Renzino a emmené une chanteuse de variétés. Enfin, c'est ce qu'il dit, même si moi, je pense qu'elle pratique le plus vieux métier du monde. Maman et papa sont furieux, d'autant qu'il l'a présentée comme sa fiancée. Il a cédé son hôtel à un Français parce qu'il était criblé de dettes et, d'après ce que j'ai compris, il a l'intention de s'installer ici avec sa maîtresse ! s'exclama son mari.

Margherita regarda le visage courroucé de Saverio : le rôle de père de famille l'avait totalement transformé, et il avait mûri si vite qu'il n'y avait plus aucune trace de l'étudiant insouciant qu'elle avait rencontré quelques années plus tôt.

— Nous sommes à peine mariés depuis plus d'un an que nous ressemblons déjà à un vieux couple borné. Renzino revient déçu, avec une femme qui, selon toute probabilité, l'aime… Et toi, tu l'as déjà classée comme une femme de mauvaise vie. Et si tu manifestais un peu de compassion ?

— Si je te montrais la montagne de documents qu'il m'a remise, avant de faire montre de compassion, je suis sûr que tu aurais toi aussi envie de le frapper, ce misérable. Dire que, en tant que frère aîné, il est censé donner l'exemple ! Mais, comme d'habitude, maman compatit parce que, pauvre petit Renzino, qui sait ce qu'il a traversé en Afrique, d'abord comme soldat, puis comme prisonnier ?

Désormais rassasié, le petit Michele s'était endormi. Margherita tira sur la sonnette pour que la nounou le porte à son lit.

— Tu me l'as donné tout propre et parfumé, mais je crois qu'il est de nouveau sale, dit la jeune mère.

— Je vais le changer et il dormira comme un petit ange. Je n'ai jamais vu un enfant plus sage, déclara la femme en le prenant dans ses bras.

Lorsqu'ils se retrouvèrent seuls, Margherita dit doucement à son mari :

— Ton frère me fait de la peine. As-tu seulement pensé à toutes les horreurs auxquelles il a pu assister pendant la guerre ? Crois-tu vraiment que ce sont des choses que l'on peut oublier facilement ? Moi, je me souviens de lui quand il était enfant. C'était le plus sensible de nous tous.

— Mais les années passent et il faut devenir adulte. Il est resté un enfant, observa Saverio. De plus, on ne rentre pas à la maison en imposant à sa famille cette espèce de Belle Otero qui, d'ailleurs, a un nom à coucher dehors. Jolie Georgette, voilà comment elle se fait appeler !

— Elle est française ?

— Australienne, de Sydney à ce qu'elle dit. Elle parle l'anglais des faubourgs et s'appelle en fait Mary McDonald. Elle affirme que sa famille est d'origine irlandaise, que son père installe les câbles des réverbères dans la campagne et que sa mère est couturière.

— En d'autres mots, ce sont d'honnêtes travailleurs. Dis-moi comment elle est, physiquement. Est-elle belle ?

Margherita était curieuse d'en apprendre davantage. Après tout, elle trouvait l'histoire captivante.

— Je n'en sais rien, je l'ai à peine regardée. Maman pleurait, papa tentait de réprimer sa colère… Cette femme ne doit pas rester ici… Demain, ce sera sur toutes les lèvres.

— Mon chéri, allons nous coucher. Je suis lasse et toi aussi. Demain, la situation nous paraîtra moins dramatique.

Lorsqu'ils furent couchés, Saverio étreignit son épouse en lui disant :

— Merci, mon amour, tu arrives toujours à me raisonner. Tu es vraiment une compagne précieuse, et moi, je suis un mari très heureux.

— C'est moi qui te remercie pour ces douces paroles. Dormons, veux-tu ?

Ils éteignirent les lampes, mais Saverio ne cessait de se retourner dans le lit. Margherita ralluma sa lampe de chevet et lui demanda :

— Veux-tu que je descende à la cuisine te préparer une camomille ?

— Pourquoi ? Je ne suis pas agité !

— Bien sûr que si.

— Je voudrais savoir comment cela s'est passé avec Vincenzo ! s'écria-t-il en livrant le fond de ses préoccupations.

Margherita le caressa.

— Ne doute jamais de moi. Je te suis reconnaissante de m'avoir offert la possibilité d'éclaircir les choses une fois pour toutes. Je crois que Vincenzo a compris… Comme j'ai compris qu'il était déterminé à te dominer dans les affaires. C'est un teigneux, tu le sais mieux que moi. Il t'aime, mais il n'aime pas perdre, et, comme il n'a pas eu ce qu'il voulait avec moi, il veut se refaire par le biais du prestige professionnel. Tu devras t'en accommoder.

— Tu sais ce que je pense du prestige ? Par rapport aux Scapece, la noblesse des Sogliano est plus ancienne de cent ans au moins, et personne ne nous retirera jamais cette primauté. Allez, dormons, bâilla Saverio, désormais apaisé.

Le jour suivant, lorsque la famille eut terminé son petit-déjeuner pris dans un silence lourd de tension, et après que tout le monde se fut dispersé dans la résidence, Renzino fit son apparition sur le seuil du salon, où se trouvaient seulement Margherita, le bébé et la nounou.

— Puis-je te parler ? demanda-t-il timidement à sa belle-sœur.

La jeune femme réalisa que les longues années d'éloignement avaient transformé le bel homme qu'il était jadis en individu un peu minable. Renzino personnifiait parfaitement la figure du perdant qui a renoncé à lutter.

— Bien entendu. Mieux, tu le dois, sourit-elle.

Elle alla à sa rencontre et l'étreignit avant de faire un signe à la nounou pour qu'elle les laisse seuls.

— Enfin quelqu'un qui me sourit dans cette baraque, soupira-t-il. Je suis si malheureux. Tu sais combien j'aime rire et plaisanter, mais ma propre famille a réussi à me donner l'impression d'être un intrus.

— Moi, je veux bien que tu me fasses rire. D'abord, sonnons pour réclamer du café et raconte-moi tout, proposa-t-elle en tapotant la place à côté d'elle sur le divan.

— Tu veux que je te parle de mes deux épouses somaliennes ? Elles m'ont été offertes par un chef de tribu auquel j'avais donné une corne en corail rouge. Je pourrais aussi te parler de l'Égypte et de la beauté des femmes berbères, du fascinant mystère du sphinx, des plans secrets des pyramides ou du fait que Dieu paraît plus présent dans l'effrayante désolation silencieuse du désert que dans l'opulence de nos églises. Je pourrais évoquer aussi l'innocence des femmes d'Afrique qui se donnent avec naturel à un inconnu alors que nos jeunes vierges sont pleines de méchanceté. Je n'ai pas envie de te parler de la faim et de la soif dont j'ai souffert, ni des brutalités auxquelles j'ai assisté ou encore des maladies qui m'ont tourmenté. Je ne dirai jamais rien de tout cela, parce que, trop de fois, j'ai eu honte d'être un Italien civilisé et que je veux oublier tout.

Une domestique entra pour servir le café. Une fois qu'elle fut ressortie, Margherita demanda :

— Pourquoi ne me parlerais-tu pas de cette Mary McDonald ?

— La pauvrette est dans ma chambre. Après l'accueil glacial qu'elle a reçu, elle n'ose plus se montrer ! C'est une brave fille, crois-moi. Juste qu'elle n'a pas eu de chance, comme moi.

— Tu as de la chance, Renzino, affirma Margherita en reposant sa tasse de café après en avoir avalé une petite gorgée. Tu as de la chance parce que ta famille t'aime, j'en suis sûre.

9

Un Sogliano n'aurait jamais abandonné un ami en difficulté. Margherita le savait bien, elle qui avait joui, avec sa mère et ses sœurs, de leur protection en des temps plus lointains. Ils se montrèrent encore plus protecteurs avec leur fils, bien qu'ils eussent du mal à se résigner à accepter sa compagne.

Donna Clotilde l'avait cataloguée comme une chanteuse de variétés de la plus basse extraction.

— Elle est là depuis six mois et elle n'a pas encore appris un seul mot d'italien, avait-elle précisé pour prouver la justesse de son jugement.

Entre-temps, *don* Sogliano avait pourvu ce qu'il fallait pour la remettre en selle en fournissant à son fils l'argent nécessaire pour lui refaire sa garde-robe, payer les dépenses chez un dentiste et acquérir un piano afin qu'elle puisse s'exercer.

Margherita l'avait, quant à elle, emmenée dans les ateliers pour lui apprendre à trier les coraux en fonction de leur valeur en carats et avait fait d'elle une bonne ouvrière.

Saverio, qui avait par ailleurs accepté d'être secondé par son frère dans ses tournées promotionnelles, avait fini par admettre à son père :

— Renzino est loin d'être idiot, mais son grand défaut est de faire confiance à tout le monde. C'est pour ça qu'on a profité de lui et qu'on l'a dépouillé de son hôtel. Et qui sait ce qu'on aurait pu lui voler encore si, en lui refusant d'autres prêts, nous ne l'avions pas obligé à fermer boutique et à rentrer à la maison.

— C'est la raison pour laquelle je préfère ne pas trop l'engager dans nos négociations professionnelles. Toutefois, nous pourrions lui confier la direction d'une boutique. Qu'en penses-tu ? avait répondu le père.

— C'est toi le patron et je sens que tu as déjà quelque chose en tête, avait répliqué le fils.

— Je voudrais que nous le gardions à portée des yeux encore six mois et je l'enverrai ensuite à New York. Tu serais d'accord ?

— Pourquoi se presser ? Voyons d'abord comment il se débrouille dans les succursales de Naples. Ce n'est pas loin et cela nous permettra de mieux le surveiller.

— En revanche, j'aimerais me libérer du poids mort qu'il traîne à sa suite, avoua *don* Sogliano en faisant clairement allusion à sa maîtresse australienne. Nous avons déjà de la chance qu'il n'ait pas l'intention de l'épouser !

— Papa, cette Mary représente aussi un poids pour lui, mais il est tellement gentil qu'il n'ose pas la congédier.

— Mon instinct ne m'a jamais trahi. S'il l'emmène en Amérique, il se passera quelque chose.

À New York, ce « quelque chose » prévu par *don* Sogliano eut effectivement lieu. Renzino se passionna pour la gérance du prestigieux point de vente, et Jolie Georgette obtint un engagement pour un spectacle de danse acrobatique dans une émission de télévision. Le premier danseur tomba amoureux d'elle et, comme elle n'attendait que d'être aimée, elle reçut la bénédiction sincère de Renzino pour une vie plus satisfaisante.

À Torre, la nouvelle de la liberté retrouvée du fils éloigné parvint aux Sogliano au moment où ils fêtaient en famille la deuxième grossesse de Margherita.

— Une raison de plus de porter un toast au bonheur, ajouta le vieux Sogliano.

— Papa, tu avais raison ! s'écria Saverio.

— Fie-toi toujours à ton instinct, mon fils. Il ne te trahira jamais, répéta son père.

Les années qui suivirent furent des plus sereines. Margherita accoucha d'une fille qu'ils baptisèrent Priscilla, puis vint la douleur de la troisième naissance, celle d'Archetta, qui s'avéra pratiquement aussitôt atteinte de la trisomie 21. *Don* Sogliano lui prédit qu'elle aurait d'autres enfants, mais elle chercha pour sa fille les meilleurs enseignants, en fit une nageuse compétente et lui offrit toujours le meilleur. Le seul point noir était qu'Archetta ne parvint jamais à saisir le concept des nombres et, partant, la valeur de l'argent. Enfin naquit Edoardo. Après deux jours et une nuit de douleurs déchirantes, un travail pénible et long, Margherita déclara à son mari :

— Saverio, je te préviens, ce sera le dernier enfant que je t'offre.

Son mari acquiesça :

— Je suis d'accord. J'espère surtout ne pas commettre d'erreur de navigation.

— Plus que l'espérer, tu devrais prier, parce que ta santé risque d'en pâtir. Je te jure que, si cela devait se produire, je t'étranglerai de mes propres mains.

La menace était une plaisanterie, mais la requête était inéluctable et, connaissant bien son épouse, Saverio fit de son mieux pour ne jamais s'égarer en route.

Les enfants s'épanouissaient, et les ateliers étaient leur salle de jeux. Margherita s'installait sur les bancs avec les ouvrières pour les aider lorsqu'il fallait une paire de mains en plus pour terminer une livraison à temps. Pendant ce temps, les plus jeunes observaient et apprenaient.

Comme tous les enfants, ils se montraient avides de connaissances et s'enthousiasmaient beaucoup plus pour les anecdotes et les légendes des temps anciens liés au domaine du corail que pour les contes des frères Grimm. Des sauvetages miraculeux sous l'égide de la Madone, des pêches abondantes favorisées par les saints, telles étaient les histoires qu'ils préféraient. En grandissant, ils étaient de plus en plus captivés par la description des flottes de coralliennes qui partaient de Torre et, naviguant en Méditerranée, pêchaient sans relâche le précieux matériau. Ils voulaient tout savoir des pauvres femmes de la région qui, en l'absence de mari et de soutien financier, étaient obligées de vendre leur corps pour nourrir la famille en attendant le retour des bateaux. Ils souhaitaient connaître tous les détails sur le roi Ferdinand de Bourbon qui, le premier, avait eu recours aux femmes dans les manufactures pour leur fournir des moyens de subsistance. Ils demandaient également qu'on leur révèle la manière dont les femmes avaient appris à exécuter les travaux les plus délicats comme la sculpture de minuscules rameaux, le perçage des perles, le tri par nuance et la confection des colliers.

— Imaginez, mes enfants, racontait Margherita, que, vers la fin du XIXe siècle, Torre del Greco comptait quatre-vingt mille habitants. Le quart de ceux-ci partait en mer pour pêcher le corail, et trois mille femmes étaient employées au façonnage. Nombre d'entre elles étaient d'habiles perforatrices, et elles savaient faire courir à toute vitesse le petit arc autour du fût des tours.

L'auditeur le plus attentif de tous était Michele. L'aîné des enfants était également le plus sensible. Si le père avait un faible pour la petite Archetta, parce qu'elle était la moins chanceuse, Margherita éprouvait pour son premier-né un amour incommensurable, qu'elle dissimulait avec soin.

À Naples, les Sogliano possédaient un appartement dans la rue Chiaia, dans l'immeuble qui abritait leur prestigieuse boutique de perles et de coraux. Margherita avait décidé qu'après l'école élémentaire, les enfants fréquenteraient le lycée classique que Saverio avait fréquenté.

Cinq jours par semaine, elle allait par conséquent s'installer avec son fils dans la rue Chiaia en emmenant aussi le petit Edoardo, pendant que Priscilla et Archetta, les deux filles, demeuraient à Torre avec leur père. Au cours des années, Saverio avait espacé les voyages après avoir créé un réseau de vendeurs et d'agents qui se déplaçaient pour lui.

Étudiant brillant, Michele était également doté d'une mémoire prodigieuse. Tandis que ses camarades passaient leurs après-midi à préparer leurs devoirs, il ne lui fallait qu'une demi-heure pour boucler le tout.

Lorsqu'il avait terminé, il descendait à la boutique du rez-de-chaussée, qui était dirigée par une parente de Clotilde, corailleuse experte doublée d'une femme élégante, assistée de deux commis à la loyauté sans faille et d'une jeune apprentie.

Lorsque les clients entraient dans la boutique de la rue Chiaia, Michele se faisait des plus discrets, mais, lorsqu'il se retrouvait seul avec le personnel, il ne cessait de poser des questions. Il voulait tout savoir, depuis les critères qui présidaient au garnissage des vitrines au nombre d'articles enfermés dans le coffre-fort en passant par leur valeur commerciale, la différence entre l'ancien et le moderne, ou les prédilections de la clientèle en fonction de leur nationalité.

En fin de semaine, quand il rentrait à Torre avec sa mère et son petit frère, il emportait une nouvelle liste de questions pour son père qui passait avec lui le samedi après-midi à lui expliquer les mécanismes complexes du commerce.

À dix-huit ans, son bac en poche avec la mention excellente, Michele partit avec Saverio à New York en première classe. Pour *don* Sogliano, c'était d'abord un voyage de travail, car, depuis quelque temps, les affaires de la boutique de la Cinquième Avenue semblaient connaître un certain ralentissement, et les bilans semestriels de Renzino, qui en était toujours le gérant, ne le satisfaisaient plus. Michele finit par passer davantage de temps dans la boutique qu'en visites touristiques à travers la cité ou à effectuer les excursions que son père avait organisées pour lui. Depuis que Renzino était rentré d'Afrique, sa santé n'avait jamais été bonne. Il souffrait de diabète, avec les complications de crises de fièvre rhumatismale qui le clouaient au lit pendant des jours. Il était alors obligé de confier la responsabilité de la boutique à son assistant, un bel homme à l'allure aristocratique, mais aux vues restreintes.

— Tu devrais retourner en Italie pour te faire soigner, dit Saverio à son frère. Tu as besoin de mener une vie plus calme, avec le soutien de la famille.

Très inquiet, il ajouta :

— C'est décidé, tu passes six mois à la maison et, dès que tu es remis, tu reprends le chemin de l'Amérique.

— Mais qui va s'occuper de tout ici ?

— Michele prendra ta place.

— Il n'a que dix-huit ans !

— Mon fils est certainement plus mûr et responsable qu'un homme fait, affirma Saverio.

IO

Ce soir-là, père et fils allèrent voir un film dont on faisait la publicité dans tout New York sur d'immenses panneaux lumineux : *007 Permis de tuer.* Ils se laissèrent gagner par les péripéties spectaculaires, les gadgets diaboliques et les belles espionnes.

Ils rentrèrent à pied à l'appartement en bavardant comme deux amis plus que comme père et fils.

— Je sais que mon oncle ne se porte pas bien, commença Michele.

— Je veux le ramener en Italie. Il a besoin de soins adaptés et d'une famille qui prendra soin de lui, révéla enfin Saverio.

— Je suis d'accord avec toi, mais, dans ce cas, qui de nous deux reste ici pour surveiller la boutique ? Cet élégant Harry Dalton ne me semble pas à la hauteur, observa le garçon.

— Aimerais-tu t'en occuper pendant quelque temps ? demanda son père.

Michele écarquilla les yeux.

— Tu parles sérieusement ?

— Je n'ai jamais été plus sérieux.

— Et l'université ?

— Tu pourrais prendre une année sabbatique. Je l'ai fait moi aussi à l'époque de mes études, même si je n'étais pas aussi mûr que toi à ton âge.

— Crois-tu que maman donnera son accord ?

— Elle me traitera d'inconscient ! Tu te souviens de la manière dont je t'ai appris à nager quand tu étais petit ?

— Tu m'as emmené au large dans le canot et tu m'as jeté

dans la mer ! Mais, bébé déjà, je savais me débrouiller dans l'eau.

— Tu baignes dans le corail depuis ta naissance. Si tu es d'accord, je te jette dans la mer et je sais que tu nageras.

Le lendemain, lorsqu'ils téléphonèrent pour annoncer la décision, Margherita entra dans une rage folle.

— Tu es fou à lier ! déclara-t-elle à son mari.

Puis elle lui ordonna :

— Passe-moi mon fils.

— Je vais te le passer, mais pas avant de t'avoir fait remarquer que ton fils est aussi le mien, qu'il a grandi et que, quelques mois loin de tes jupes ne lui feront que tu bien. Tu l'as suffisamment couvé et il est devenu si solide qu'au lieu de continuer à se faire cajoler comme un bébé, il veut exploiter toute son énergie. New York sera son banc d'essai. D'ailleurs, il ne s'agit que de quelques mois, jusqu'à ce que Renzino se sente mieux et reprenne son poste, expliqua patiemment Saverio.

— Je veux parler à mon fils, siffla-t-elle.

Fier des responsabilités dont son père l'investissait, Michele fit tout pour tranquilliser sa mère et y parvint.

L'inquiétude revint quelques mois plus tard, en plein cœur de l'hiver.

Alors que l'oncle Renzino tardait à revenir à New York, Michele contracta une broncho-pneumonie. Bien que soutenu avec toute l'affection possible par de fidèles amis des Sogliano, le garçon ne se remettait pas. Son père lui écrivit une longue lettre en le suppliant de tenir bon jusqu'à ce qu'il trouve un moyen de le ramener à la maison.

En mars, lorsque Saverio retourna à New York pour aller chercher son fils, il se retrouva devant un garçon émacié qui continuait obstinément à travailler.

— Les comptes sont en ordre. Au cours des quatre derniers mois, nous avons augmenté la facturation d'au moins quarante pour cent, annonça-t-il aussitôt.

— Je suis au courant. Tu es un vrai champion ! Mais, comme ta mère te réclame, nous repartirons sur-le-champ.

Michele esquissa un sourire, son premier signe de joie depuis des mois de souffrance.

Lorsqu'il fut de retour à Torre, les soins et l'amour de sa mère n'eurent cependant pas l'effet espéré. Michele manquait d'appétit et souffrait d'incessants accès de fièvre qui l'affaiblissaient toujours davantage. À l'hôpital, on découvrit qu'il avait une hypertrophie cardiaque congénitale qui, avec la bronchopneumonie jamais totalement guérie, avait aggravé son cas. Il mourut à la fin avril, un mois après son retour des États-Unis.

Margherita maudit son mari qui ne retourna à New York que pour fermer la boutique et confier à un agent immobilier la corvée de vendre l'appartement où Michele avait vécu pendant son séjour. Il ne remit jamais les pieds sur le sol américain et, vaincu par la douleur, il tomba également malade quelques années plus tard.

Lorsque la sentence tomba, « cancer de la prostate », le médecin expliqua :

— Nous allons tenter de l'opérer, mais je ne sais pas si nous pourrons le sauver parce que sa maladie est à un stade avancé.

Margherita pensa que Dieu le punissait pour avoir éloigné leur fils de sa famille, mais elle ne dit rien. Pendant les années qui suivirent, elle resta aux côtés de son mari qui subissait un traitement intense et dévastateur.

Ce n'est que lorsqu'il comprit qu'il était en train de mourir que Saverio demanda pardon à sa femme.

— Tu ne pouvais pas savoir, mon chéri, parce que je l'ignorais aussi, que notre Michele était né avec une malformation cardiaque, lui dit-elle avec douceur.

Au cours des années, elle avait péniblement surmonté la perte de son aîné et, depuis quelque temps déjà, elle se résignait aussi à celle de son mari.

— Il ne serait pas mort aussi jeune s'il était resté dans sa famille, avait objecté Saverio.

— Qui peut le dire ? Les Grecs de l'Antiquité disaient que ceux qui meurent jeunes sont aimés des dieux. Saverio, la vie nous donne beaucoup et, à la fin, elle reprend une part de ses dons. Rien de tout cela n'est notre faute.

— La vie m'a fait cadeau de toi. Tu es une femme exceptionnelle, Margherita. Nous avons vécu de merveilleuses années, et j'espère que tu les garderas en mémoire parce qu'elles te seront utiles dans les moments difficiles que tu devras sans nul doute encore affronter. Je te confie nos deux filles et je te demande de protéger Archetta, la lumière de mes yeux. Quant à Edoardo, suis-le de près.

Il héritera du patrimoine et, jusque-là, il devra étudier et travailler sans relâche. Il est tout à fait conscient de ce qui l'attend et il n'ignore pas qu'il devra surmonter de nombreux obstacles, des difficultés, des déceptions. Je lui ai promis qu'il bénéficierait toujours de ton soutien, déclara Saverio.

— Ce sera le cas, le rassura-t-elle.

— Tu sais, il y a un moment, j'ai eu la visite de Vincenzo. Nous avons beaucoup parlé. C'est un vrai pirate, mais un ami aussi, l'ami le plus cher que j'aie jamais eu. Pendant toutes ces années où nous avons livré bataille, nous avons toujours combattu loyalement. Je sais que, si le besoin s'en faisait sentir, il vous aiderait.

— À finir dans le fossé ? s'écria Margherita d'un ton ironique.

— À ne pas y tomber. Il m'a donné sa parole et je le crois.

— Je le crois aussi, affirma Margherita.

STEVE

I

— Malgré sa réputation de requin dans le monde du corail, Vincenzo Scapece est un homme bien, et moi, je l'ai aimé. Deux ans après la mort de sa première femme japonaise, il a épousé une brave femme qu'il a largement trompée. Il disait qu'il était en quête de fantômes. Je crois qu'il a continué à chercher, sans jamais les retrouver, les frissons de la passion juvénile. Il n'a jamais tenté pour autant de troubler mon mariage avec Saverio et, pour cela, je lui suis reconnaissante, conclut Margherita.

L'avion dans lequel voyageaient les deux femmes était sur le point d'atterrir à Genève.

— Mais tu pleures, ma petite, constata Margherita.

— Votre histoire, répondit Orsola, m'a émue et m'a également aidée à comprendre quelque chose sur moi et mes sentiments. Merci.

Elles étaient arrivées. Le pilote coupa les moteurs, et les passagers commencèrent à sortir. Orsola et sa belle-mère quittèrent l'aéroport dans un taxi qui les conduisit au Président Wilson, l'hôtel où logeait toujours Edoardo.

À cette heure, le soleil se couchait sur les eaux calmes du lac, entre les sommets enneigés de la chaîne de montagnes toute proche.

— Chaque fois que je viens en Suisse, j'ai l'impression de pénétrer dans un dessin animé de Disney. Tout est si ordonné, propre, toiletté et lisse qu'on a l'impression que c'est faux, n'est-ce pas ? Nous venons d'une culture tapageuse, parfois opulente, souvent misérable, où les couleurs, comme les sentiments, ne connaissent pas de demi-mesure, où le soleil t'aveugle et te coupe le souffle, où le froid te glace, où les pulsions n'ont aucune limite, expliqua Margherita.

— En Suisse, au contraire, règne le monde feutré des grandes fortunes, commenta Orsola.

— Et des faibles sentiments, murmura sa belle-mère.

— Vous êtes nerveuse ?

— Tu t'en es aperçue ? C'est pour cela que je parle pour ne rien dire.

Elles avaient apporté chacune un seul petit sac de voyage que le garçon de l'hôtel prit des mains du chauffeur de taxi.

— Bienvenue, mesdames Sogliano, les accueillit le portier déférent.

Avant de poursuivre, il s'éclaircit la voix :

— Nous avons reçu la nouvelle… de la perte… de monsieur Sogliano. Je vous prie d'accepter mes condoléances au nom de tout le personnel.

— Merci, dit simplement Margherita.

— La direction vous a réservé l'une de nos meilleures suites, au prix de la suite standard que monsieur Sogliano réservait habituellement, précisa le solennel portier.

Elles disposaient de deux chambres, deux salles de bains et d'un salon en commun, où elles trouvèrent des fleurs, des fruits et des amuse-bouche, sans parler d'une série de bons pour des séances dans le spa de l'hôtel.

— Tu crois que nous aurons du temps pour ces frivolités ? demanda Margherita.

— Je pense que, demain, nous aurons autre chose à penser. Steve va rester avec nous jusqu'à l'heure du dîner, et je me demandais comment nous allions le divertir pendant toute la journée.

— Peut-être que le petit souffre des mêmes inquiétudes en ce moment ! Je lui ai apporté un cadeau. Regarde, crois-tu que cela lui plaira ? demanda Margherita en lui montrant un livre intitulé *Le Journal d'un dégonflé*.

— C'est le libraire qui me l'a conseillé, ajouta-t-elle.

Aussi agitées l'une que l'autre, elles prirent un dîner léger, se couchèrent tôt et, le lendemain matin, à dix heures, elles étaient reçues par la directrice du collège. La femme avait libéré Steve de ses activités scolaires habituelles et leur avait conseillé de ramener l'enfant au moindre signe de malaise.

— Steve attend avec impatience votre arrivée. Vous le trouverez dans le jardin.

Elle les escorta jusqu'à la sortie située sur l'arrière des bâtiments.

— Mère, attendez-moi ici, je vais aller le chercher seule, dit Orsola en descendant les quelques marches qui donnaient accès à un parc d'arbres séculaires.

Steve était avec deux autres garçonnets, un petit Indien et un blond nordique. Orsola observa le trio avec une bouffée de tristesse : des enfants déposés comme des colis dans une cage dorée par des parents trop riches et trop occupés pour prendre soin d'eux.

Certes, ils s'habituaient vite à tisser une toile de liens internationaux, apprenaient à nager avec élégance, à monter à cheval et à jouer au golf, à parler tous les idiomes du monde, à s'inventer un code de communication qui leur était propre, mais ils apprenaient surtout à taire leurs émotions et leurs sentiments.

Certains deviendraient des chefs d'entreprise froids et calculateurs, uniquement soucieux des résultats financiers des sociétés qu'ils seraient appelés à diriger. D'autres se comporteraient comme des bons à rien et dilapideraient les capitaux de leur famille. D'autres encore seraient précipités dans le puits sans fond des vices illicites.

Des enfants qui ne connaissaient pas la chaleur des câlins et qui, lorsqu'ils passaient leurs vacances en famille, étaient submergés de cadeaux inutiles et coûteux, de flatteries sentimentales, alors que les enfants percevaient, avec la sensibilité aiguë de leurs pairs, que leurs parents étaient impatients de se libérer de la présence encombrante de leurs « chers petits ».

Du reste, Edoardo n'avait pas fait exception à la règle en le déposant là. Ne l'avait-il pas arraché à l'affection de sa famille ? Sans ses grands-parents chinois, aussi humbles soient-ils, et sans sa mère, l'enfant avait dû se forger tout seul une existence. Orsola sentait qu'il était urgent de recréer un cadre affectueux pour cet enfant malchanceux et, indépendamment de la réaction de ses enfants, elle était prête. Toutefois, il lui restait encore à obtenir l'autorisation de la famille chinoise de Steve.

Lorsque le garçon l'aperçut, il se détacha de ses camarades et se précipita presque en courant vers elle.

— Bonjour, Orsola ! s'écria-t-il d'un air toutefois prudent.

— Bonjour, Steve ! Puis-je t'embrasser ?

L'Indien ténébreux et le blond nordique se retournèrent avant de s'éloigner en se donnant des coups de coude. Orsola prit Steve dans ses bras pour le serrer contre elle avant que tous deux ne s'installent sur un banc de pierre.

— Comment vas-tu ? demanda-t-elle.

— J'ai fini l'année scolaire avec les meilleurs résultats, répondit-il.

— Je suis au courant et je tiens à te féliciter. Mais cela ne me dit pas comment tu vas, insista-t-elle en frappant légèrement sa paume sur sa poitrine.

— À la fin du mois, mon beau-père, monsieur Cremonesi, viendra me chercher pour m'emmener en vacances avec ma mère et ma petite sœur qui vient de naître. Ils l'ont appelée « Carrie ». Maman m'a expliqué que c'était en souvenir de sa *nǚshì*, une pianiste anglaise qui l'avait élevée. Tu as tenu ta promesse et tu es venu me voir, alors, merci. Je vais bien, tu vois. Et toi, comment vas-tu ? répondit le garçon.

— Moi, je dois me battre sur tous les fronts, mon petit ami. La mort soudaine de ton père a engendré toutes sortes de difficultés. Et puis, je dois surveiller mes enfants. Le plus grand, Saverio, a endossé la responsabilité de diriger notre affaire, les deux plus jeunes commencent à comprendre que leur contribution est nécessaire. Et puis, il y a toi, mon petit. Je pense que tu as droit à une place dans la famille Sogliano. Cela fait partie des difficultés que je dois régler et j'ai l'intention de le faire de la manière la plus équitable qui soit, expliqua Orsola.

Elle avait conscience que Steve possédait une capacité de compréhension élevée pour un garçon de son âge. D'ailleurs, il répondit :

— Je comprends, même si ce n'est pas à moi de m'imposer.

Orsola se leva, aussitôt imitée par Steve, et, ensemble, ils se dirigèrent vers les marches.

— Aujourd'hui, j'ai emmené quelqu'un, avoua-t-elle.

— Je le sais. C'est la mère de mon père.

— Es-tu d'accord pour aller la rencontrer ?

Margherita était assise dans le patio du collège, les mains serrées sur son sac. Dès qu'elle aperçut l'enfant, elle se raidit, cherchant dans ses traits quelque souvenir de son fils disparu trop tôt, et elle vit, dans la forme du visage et des lèvres, le visage et les lèvres d'Edoardo.

— Bonjour, madame ! s'exclama Steve en français.

— Bonjour, Steve, je suis ta grand-maman, murmura Margherita dans la même langue.

Enfin, elle pouvait se détendre.

2

Sur un canot à moteur qui fendait à peine la surface de l'eau, ils se rendaient dans un restaurant peu éloigné de Genève.

— Tu sais, j'ai choisi cet endroit pour déjeuner parce que les propriétaires sont de Torre del Greco, comme nous, et que nous nous connaissons depuis longtemps. Le samedi, le restaurant est fréquenté par les familles et, en été, il y a des clowns et des mimes du théâtre traditionnel napolitain qui donnent des représentations sur la pelouse pour divertir grands et petits pendant le repas, expliqua Margherita à l'enfant qui était assis en face d'elle, à côté d'Orsola qui lui tenait la main.

— Connais-tu le costume de Pulcinella ? ajouta-t-elle.

La femme âgée parlait sans cesse pour compenser le silence de Steve. De toute évidence, son esprit d'enfant voyageait sur une autre planète. Cette grand-mère sortie de nulle part cherchait sans doute à connaître ses pensées, et l'enfant était prêt à les lui révéler. Brusquement, alors que la vieille dame évoquait un plat de macaronis, il demanda :

— Les adultes font toujours ainsi des choses qu'ils dissimulent parce qu'elles ne sont pas bonnes ?

— Peux-tu m'expliquer ce que tu veux dire ? Je ne comprends pas bien ce que tu veux savoir, répondit Margherita.

L'enfant tourna les yeux vers la vitre pour regarder un vol de mouettes avant de répondre :

— Cela ne fait rien, ce n'est pas important.

— Moi, je crois que ta question est importante. Très importante, murmura Orsola en serrant davantage la main de l'enfant.

Alors, Steve se tourna vers sa grand-mère :

— Mon père m'a toujours tenu caché, et ce n'est que maintenant qu'il est mort que je fais ta connaissance et celle d'Orsola. Pour moi, cela signifie qu'il pensait que je n'étais pas une bonne chose pour vous.

Bouche bée, les deux femmes ne savaient que répondre. L'enfant poursuivit :

— « Ne pose pas trop de questions à ton père, parce qu'il ne peut pas toujours y répondre », disait ma mère. Mais, si je n'étais pas une bonne chose dans sa vie, pourquoi m'aimait-il ?

— Je suis certaine que ses enfants, toi compris, sont les meilleures choses que ton père ait eues dans sa vie. C'est seulement qu'il lui était difficile d'avouer à Orsola qu'il avait eu un fils avec une autre femme. Ton père ne voulait faire souffrir personne, et surtout pas Orsola qu'il aimait tant. C'est pour cette raison qu'il ne nous a pas parlé de toi. Cependant, il a laissé une lettre pour nous informer de ton existence et parce qu'il voulait que nous venions te chercher pour prendre soin de toi. Moi aussi, je suis venue et je me prends d'affection pour toi, parce que tu es mon petit-fils au même titre que les autres enfants d'Edoardo, expliqua Margherita en réprimant ses larmes.

— Nous voudrions t'accueillir dans notre famille, si toi aussi tu le veux, mais nous devons d'abord en discuter avec ta mère, ajouta Orsola.

— Tout est tellement compliqué ! s'exclama Steve en français.

— C'est pour cette raison que nous devons nous donner du temps pour mieux nous connaître. Le reste suivra tout seul, conclut Margherita qui était amusée de la réaction de l'enfant.

Ils étaient arrivés à l'embarcadère du restaurant. Ils descendirent du hors-bord, longèrent la passerelle en bois et se retrouvèrent sur une pelouse vert émeraude. Des enfants jouaient à s'attraper et d'autres faisaient un cercle autour de quelques acrobates qui s'exhibaient tandis que deux clowns les imitaient en riant. Curieux, Steve s'arrêta pour les regarder. Plus loin, les clients du restaurant mangeaient des pizzas, des calzones et des fritures de poisson.

Vêtu à la mode napolitaine, le patron du restaurant vint à leur rencontre en les saluant d'une révérence.

— *Donna* Margherita ! Comme le monde est petit ! s'exclama-t-il en l'ayant reconnue. J'avais bien vu qu'il y avait un Sogliano dans les réservations, mais jamais je n'aurais imaginé que ce soit vous ! Et le jeune homme ? Nous ne nous connaissons pas !

— Bonjour, je suis Steve, annonça le garçon en lui tendant la main.

— Aniello, pour vous servir, répliqua le patron en escortant ses hôtes vers une table bien située, de manière à ce que l'enfant puisse assister au spectacle tout en mangeant.

— Comment se passent les choses, Aniello ? demanda Margherita.

— Avec l'aide de Dieu, des saints et de la Madone, je n'ai pas de quoi me plaindre. Que voulez-vous manger ?

— De la pizza ! s'écria le garçonnet.

Il avait retrouvé l'insouciance de l'enfance et, après avoir dévoré le contenu de son assiette, il se joignit aux jeux des autres de son âge.

— Mon Dieu, après toutes ces questions graves, nous avons heureusement retrouvé un peu de légèreté ! soupira Orsola.

— C'est un enfant précoce, commenta sa belle-mère, et très réfléchi. Ce ne sera pas facile d'approfondir le lien.

— D'après moi, ce sera plus facile que vous ne le croyez. On lit en lui à livre ouvert.

— Je n'en suis pas si sûre. Il cache des doutes, des questions, mais aussi des craintes.

— Nous devons trouver une manière de lui être plus proches. Comment faire alors qu'à la fin du mois il doit partir en vacances avec sa mère avant de retourner au collège ? observa Orsola.

— Je me sens tellement maladroite. Je n'ai même pas trouvé le moyen de lui donner le livre que je lui ai acheté. Tu dois discuter avec sa mère afin de savoir si nous pouvons le prendre avec nous quelques jours, déclara Margherita.

— Je m'en occupe dès demain, à notre retour.

— Nous pourrions faire un arrêt à Milan pour parler avec la mère de Steve, proposa Margherita.

— Mais que lui dire ? Que je lui propose de renoncer à ses vacances avec son fils pour qu'il puisse rester avec nous ? Ou que nous alternions, comme le font les enfants des couples divorcés ?

— Tu pourrais lui demander de les accompagner où qu'ils aillent. Comme elle doit s'occuper d'un bébé, elle te sera peut-être reconnaissante de l'aider.

— Pas question, je ne la connais même pas. Enfin, si, mais pas vraiment. La longue conversation que j'ai eue avec elle n'a pas été facile du tout. Il faut aussi que je pense à mes propres sentiments, maman.

— Et à ceux de l'enfant, ne l'oublie pas. Il est plus important que toi ou moi, insista sa belle-mère.

Lorsque les saltimbanques s'en allèrent, on était déjà en plein cœur de l'après-midi. Le restaurant se vidait, et Steve, échauffé mais heureux, revint à leur table.

— Je me suis vraiment bien amusé, merci, dit-il. Je suis allé plusieurs fois au cirque, mais je ne pouvais que regarder. Ici, c'est différent.

— Mon trésor, je crois que nous devons partir, annonça Margherita.

— On pourra revenir une autre fois ?

— Certainement, répondit Orsola tandis qu'ils reprenaient le hors-bord qui devait les reconduire au ponton du collège.

— Ce soir, quand j'appellerai maman, je lui raconterai tout dans le moindre détail. J'espère ne rien oublier !

Lorsque l'embarcation quitta la rive, Margherita ouvrit son sac pour en sortir le livre qu'elle avait apporté.

— Je t'ai choisi un livre à lire.

— Oh ! merci. J'espère qu'il est en italien, parce que je veux mieux apprendre la langue de mon père. Ah ! *Le Journal d'un dégonflé !* Un camarade de classe m'en a parlé.

— Alors, je dirai au libraire qu'il a été d'un bon conseil, se réjouit sa grand-mère.

Prise d'une impulsion, elle annonça :

— Écoute, Steve, j'ai décidé de séjourner à Genève jusqu'à

samedi prochain. Nous pourrons retourner voir les saltimbanques. Et si demain ou dans les prochains jours tu as envie de faire quelque chose avec moi, il suffira que tu m'appelles à l'hôtel. Qu'en dis-tu ?

— Et Orsola ? demanda Steve.

— Elle doit se rendre à Milan, mais tu la reverras sans doute bientôt.

Si sa belle-mère voulait passer du temps seule avec l'enfant, Orsola décida de l'aider.

3

L'après-midi était bien entamé et, après son arrivée à Milan, Orsola avait rejoint son amie Damiana dans sa boutique.

— Il y a encore beaucoup de gens en ville ? lui demanda-t-elle après l'avoir saluée.

— Tu crois ça ! Avec la chaleur qu'il fait, toutes mes clientes sont parties depuis des lustres. Ça restera encore ouvert deux semaines, et je ferme pour mes congés. Tu m'as l'air plus en forme qu'il y a deux mois.

— Parle-moi de ton fiancé et de sa mère envahissante, dit Orsola en s'installant sur un tabouret rembourré.

Damiana congédia sa vendeuse qui revenait d'une livraison dans un hôtel voisin en lui disant :

— Demain matin, je viendrai plus tard. Vous remettrez à la couturière les deux vestes à raccourcir. D'abord, parle-moi de toi, fit-elle en se tournant vers Orsola.

— Ma belle-mère m'a pratiquement ordonné de quitter Genève. Elle voulait demeurer seule avec Steve pour mieux faire sa connaissance. Pour l'instant, mon plus grand souci est de savoir comment mes enfants vont réagir en apprenant la nouvelle. Ils ne sont toujours pas au courant. Je crains qu'ils ne s'érigent en juges contre leur père. Cela me déplairait souverainement. Gianni, le plus imprévisible de tous, s'est mis à se conduire en corailleur responsable ! Je ne sais pas du tout d'où lui vient ce changement radical et si ce n'est pas qu'un feu de paille. En fait, je ne sais rien du tout !

— Essaie de te détendre un peu ! Une mère anxieuse n'arrive à rien avec ses enfants.

— Damiana, tu n'as pas d'enfants et tu ne sais pas ce que c'est que d'habiter avec cinq individus tous plus différents les uns que les autres, avec autant de différences en matière de maturité et de sensibilité. Ils s'aiment, je le sais, mais ils n'arrêtent pas de se chamailler pour un oui ou pour un non et ils passent leur temps à réclamer mon approbation.

— C'est vrai, mais je t'envie parce que j'aurais aimé avoir des enfants. Cependant, n'oublie pas que tu fais partie intégrante du lot, avec tes exigences et, surtout, ton droit sacré à une certaine sérénité, lui rappela Damiana. Écoute, ajouta-t-elle, il est presque sept heures et demie. Je ferme et nous allons manger un bout quelque part parce que je n'ai rien de prêt à la maison.

Un air lourd et stagnant pesait sur la ville, et les ombres tardaient à rafraîchir la touffeur de juillet.

Damiana échangea des saluts et quelques réparties avec les propriétaires des boutiques voisines qui, comme elle, étaient en train d'abaisser leur rideau.

Peu après, les deux amies s'installèrent sous la tonnelle du Don Lisander pour déguster un tartare de bœuf accompagné d'une salade composée et de verres de vin pétillant Berlucchi très frais.

— Au fait, mon dernier fiancé en date m'a plantée là de la pire manière qui soit : avec un texto ! Cela te donne la mesure de sa petitesse et de sa lâcheté, révéla Damiana.

— Pourquoi n'admets-tu pas que tu as tout fait pour qu'il te quitte ? s'impatienta Orsola.

— C'est vrai que j'avais perdu le précieux saphir qu'il m'avait offert, mais, s'il avait été vraiment amoureux, il aurait dit que cela n'avait aucune importance et qu'il m'en offrirait un autre. Et puis, il aurait aussi annoncé qu'il avait mis les choses au point avec sa mère et qu'elle ne se mêlerait plus de notre vie, reprit Damiana, peu convaincue.

— Je vois bien que tu souffres, ironisa Orsola, et que tu as reçu une claque qui t'a anéantie !

— Moque-toi ! J'ai les épaules assez larges et j'ai l'habitude que personne ne me comprenne, même mon amie la plus chère.

— Si nous prenions des fraises des bois ? proposa Orsola.

C'était une manière de détourner la conversation qui devenait de plus en plus épineuse.

— Non, moi je veux une grosse part de tarte avec de la crème anglaise et de la chantilly parce qu'il faut que je compense mes carences affectives avec du sucre et de la graisse.

Orsola hocha la tête en souriant.

— Dans ce cas, moi aussi. Tu n'es pas la seule à avoir besoin d'amour.

Damiana croyait que son amie avait toujours été inondée d'amour : son mari était fou d'elle ; Alberto était encore amoureux d'elle ; ses enfants l'aimaient sans condition. Que lui fallait-il d'autre pour qu'elle mesure la chance qu'elle avait ?

Elles piquèrent leur fourchette dans la tarte moelleuse au fort arôme de vanille.

— J'ai appelé Alberto l'autre fois, déclara Orsola.

— Vraiment ? Que vous êtes-vous dit ?

— Pas grand-chose. Il était de garde et on l'a appelé en salle de travail. Il m'a expliqué que sa femme l'avait quitté parce qu'elle ne supportait plus ce ménage à trois, c'est-à-dire elle, lui et mon fantôme.

— Comme Diana avec Camilla d'Angleterre, plaisanta Damiana. Continue, ajouta-t-elle. Quoi d'autre ?

— Il a dit que nous pourrions nous revoir.

— Cela me semble une excellente idée.

— Excellente pour qui ? Pour lui ou pour moi ? Ou peut-être pour toi qui pourras vivre par procuration une histoire d'amour que tu n'as jamais voulu vivre à la première personne ?

— Comment le disait ta mère, tu peux être très méchante, rétorqua Damiana. Je ne sais pas ce que tu décideras, mais, en ce qui me concerne, je t'avoue que, franchement, à cinquante ans, je commence à comprendre à quel point il serait ridicule d'envisager une relation passionnée avec un type de mon âge ! Mieux vaut laisser ça aux jeunes qui découvrent la vie. Les corps lisses, minces et fermes de deux jeunes gens qui font l'amour constituent une belle image, presque sacrée parce qu'elle correspond à un instinct que Dieu nous a accordé à tous et toutes. Les corps un peu las, qui commencent à manifester les premières traces du passage du temps, ne me plaisent pas.

Même si les psychologues, les andrologues et autres sexologues qui passent à la télé glorifient le sexe des vieux ! En outre, je ne me sens pas seule. Les amis, les bonnes lectures, tous mes centres d'intérêt remplissent bien mes journées, merci. Si j'avais rencontré l'amour fou à vingt ans, comme cela t'est arrivé, je serais sans doute heureuse de me retrouver à côté de mon compagnon. Je n'ai pas eu cette chance, mais je pense qu'il est temps que j'accepte mon sort. Je veux vieillir avec dignité, en sachant que je suis entourée par quelques amis, peu nombreux mais fidèles, un travail qui me plaît, l'affection de mes neveux et la possibilité d'éprouver encore beaucoup de curiosité pour le monde qui m'entoure.

— Tu sais quoi ? s'exclama alors Orsola. Je suis d'accord avec toi… Ce qui n'empêche pas que, ce soir, je rappellerai peut-être Alberto.

4

Plus tard, seule dans l'appartement de la rue Melzo, Orsola repensa au récit de sa belle-mère en se disant que Margherita s'était montrée plus libre et plus indépendante qu'elle. Encore aujourd'hui, avec ce petit-fils sorti de nulle part, elle n'en faisait qu'à sa tête.

Elle l'avait pratiquement chassée de Genève parce qu'elle avait décidé de forger un lien familial qui pourrait s'avérer être le pilier dont elle avait besoin pour surmonter son deuil et donner un nouveau sens à son existence crépusculaire.

Margherita était, en effet, un exemple extraordinaire de féminité et de vitalité. Sous son apparence douce et compréhensive, et malgré son âge, elle était aussi forte qu'une lionne.

Orsola se dit que la vieille dame devait lui servir de modèle. Elle commença par réfléchir à sa santé et à son corps, et décida qu'elle allait prendre rendez-vous chez le dentiste, mais aussi avec un salon de beauté pour se faire soigner les pieds, les mains et le visage, sans parler de profiter de délicieux massages relaxants sur tout le corps. Oui, elle allait s'accorder des moments à elle. Pour l'automne, elle se referait une garde-robe et irait choisir en librairie les auteurs qu'elle aimait : Vito Mancuso, Gianfranco Ravasi, Andrea Camilleri, Marco Malvaldi, mais aussi un roman d'Hemingway pour se plonger dans l'aventure et un livre d'Alan Bennett pour son humour et ses éclats de rire. Elle ferait aussi un tour à son ancienne paroisse pour faire un don au curé qui venait au secours des familles indigentes. Oh ! pas pour soulager sa conscience, mais parce qu'elle avait l'habitude de donner à l'Église dans la mesure où elle savait que les fonds allaient là où il fallait.

En outre, cela lui permettait de respecter la philosophie prônée par Libero Luraghi, son père, qui lui avait appris la valeur des actes concrets pour aider les plus faibles.

Armée de ces décisions, elle se glissa dans son lit, éteignit la climatisation parce que la chambre était assez fraîche et s'endormit.

Elle fut réveillée par un grand tapage et éprouva aussitôt de l'irritation pour son sommeil précocement interrompu. Toutefois, lorsqu'elle jeta un œil au réveil, elle se rendit compte qu'elle avait dormi onze heures de suite.

Elle bondit du lit comme un ressort et découvrit dans la cuisine l'aide-ménagère de Damiana qui lui préparait son petit-déjeuner.

— Oh ! d'où viennent toutes ces merveilles ? lui demanda Orsola.

Sur la table, elle voyait, en effet, du café, de la salade de fruits frais et des beignets fourrés de crème pâtissière.

— C'est votre amie qui vous les envoie, répondit la femme.

— Ah ! j'ai compris : elle va venir déjeuner avec moi !

Sur ce, elle fila dans la salle de bains. Peu après, Damiana la rejoignit dans la cuisine.

— Cette chaleur me tue ! s'exclama-t-elle. C'est peut-être parce que je vieillis, mais, aujourd'hui, je n'ai aucune envie d'aller à la boutique.

— En ville, la chaleur est toujours plus difficile à supporter, et tu dois être fatiguée par cette année de travail sans vacances. Tu as besoin de te reposer, c'est tout, la réconforta Orsola.

— Alors que toi, tu es fraîche comme une rose et tu as le regard lumineux de celle qui a fait un truc pas ordinaire… Ou qui va le faire.

— Bonne pioche pour la seconde assertion, répliqua Orsola. J'ai envie de passer quelques jours à me chouchouter et à faire des achats.

— Et tu me vois dans ton programme ?

— Uniquement pour ce qui concerne ma garde-robe d'automne que j'achèterai dans ta boutique, et pour les dîners. Mais pas de cuisine, uniquement des restaurants.

— Ça marche. Je ne t'ai pas encore dit que, à la fin du mois, je partais avec deux amies ? Nous allons conduire vers le nord, jusqu'à Paris et peut-être Calais. Qui sait, nous pourrions aller en Angleterre. Tu veux te joindre à nous ?

— Il faudrait que je m'organise. Nous fermons les ateliers pendant quinze jours en août. Les enfants vont aller en vacances et je ne vais pas pouvoir me joindre à eux, ne serait-ce que parce qu'ils ne voudront pas de moi. Comme elle le fait depuis quelques années, ma belle-mère s'installera dans la villa de Positano avec sa famille qui viendra du Brésil. En somme, ta proposition me paraît parfaite.

À cet instant, son portable se mit à sonner.

— Je viens juste de le rallumer et j'ai déjà une fille sur le dos, grommela Orsola.

Elle répondit :

— Oui, Cristina.

— On peut savoir ce que vous fabriquez, toi et grand-mère ? attaqua la jeune fille.

— C'est de la curiosité ou de l'inquiétude ? s'exclama Orsola.

— Excuse-moi, mais nous n'avons eu aucune nouvelle depuis votre départ. Grand-mère affirme que tu es à Milan.

— Je suis, en effet, à l'appartement. Chez moi. Margherita voulait être seule. Toi et tes frères avez quelque chose contre ça ? ironisa-t-elle.

— Ben, tu nous manques, admit sa fille.

— Je vais revenir bientôt, soyez tranquilles. Si vous avez un problème, n'hésitez pas à m'appeler. Je t'aime fort.

Elle coupa la communication avec un sentiment palpable de satisfaction.

Damiana, qui n'avait pas perdu un mot de la conversation, commenta :

— Je ne t'ai jamais vue aussi décidée avec tes enfants !

— J'essaie de recommencer à vivre pour moi. C'est toi-même qui me l'as conseillé, hier soir.

— Eh bien ! Tu as suivi les instructions au pied de la lettre !

— Parce que tu as raison. On se voit ce soir ?

C'était aussi une manière de la congédier que Damiana accueillit sans aucun commentaire.

Comme elle se l'était promis, Orsola passa quelques jours à s'occuper d'elle-même. Ce n'est que le soir, lorsque les boutiques fermaient, qu'elle rejoignait Damiana pour le dîner.

— Avec ce temps lourd d'humidité, je me transforme en loque alors que toi, pardon de le répéter, mais cela me met en rage parce que tu as toujours l'air si fraîche ! s'écria son amie avec un regard jaloux.

— Si mon allure te gêne, je te prie de m'en excuser ! rétorqua Orsola.

— C'est juste que ça m'énerve, grommela Damiana. Je voudrais tant que tu aies l'air aussi fatigué que moi ! Cela m'aiderait !

— Merci, ma belle, tu es une vraie amie !

— Que fais-tu donc de tes journées ?

— Je dors, je lis, je me fais faire des massages relaxants, je fais des achats, mais, surtout, je suis en paix avec moi-même, répondit Orsola.

— Bon, sourit Damiana. Alors, tu viens en vacances avec moi ?

— Je t'ai dit que oui. À présent que nous avons terminé de dîner, nous rentrons à la maison ?

Lorsqu'elles sortirent de l'ascenseur, elles se souhaitèrent une bonne nuit, et Orsola rentra chez elle pour se préparer à se mettre au lit. Toutefois, elle téléphona d'abord à Alberto.

Il répondit à la première sonnerie.

— Où es-tu ? demanda-t-il.

— Chez moi, à Milan.

— Alors, on peut se voir ? proposa-t-il aussitôt.

— D'accord, demain soir ? Nous pourrions dîner ensemble.

— Huit heures au Baretto ?

— Je t'y retrouve, répondit Orsola.

Elle coupa la communication, étouffa un bâillement et alla se coucher.

5

Alberto l'attendait devant l'entrée du restaurant et, dès qu'il la vit, il alla à sa rencontre. Ils échangèrent un regard et un sourire, s'étreignirent, et il la prit par la main pour la conduire à l'intérieur de l'établissement, où ils furent accueillis par un serveur qui les guida jusqu'à leur table.

— Puis-je vous servir un apéritif ? proposa le serveur.

— Un blanc pétillant pour deux, commanda Alberto.

Lorsque le serveur se fut éloigné, il prit la main d'Orsola entre les siennes et demanda :

— Alors, où en étions-nous restés ?

— Dans ce restaurant, il y a dix ans.

Il hocha la tête avant de déclarer :

— Tu es encore plus belle qu'il y a dix ans.

— Avec quelques fils blancs dans les cheveux, comme toi d'ailleurs.

— Orsola, dit-il dans un murmure, dis-moi comment tu vas.

— Je suis un peu émue.

Le serveur vint poser deux verres glacés de franciacorta de Lombardie ainsi que de minuscules tartines chaudes.

Orsola regarda autour d'elle. Les tables étaient occupées par les habituels clients discrets et aux manières impeccables. Les femmes arboraient un bronzage idéal sous des vêtements élégants tandis que leurs compagnons avaient l'air pâle de celui qui travaille nuit et jour.

— Tu n'es que séparé ou tu as divorcé ? demanda Orsola à brûle-pourpoint.

— Ma femme m'a quitté il y a environ deux ans. J'ai fait de mon mieux pour être un bon mari, mais il semble que je n'aie réussi qu'à être un compagnon affectueux et un peu distrait, expliqua-t-il.

— Elle avait probablement raison.

— Bien sûr qu'elle avait raison.

— Ta femme te manque ?

— C'est toi qui me manques, avoua-t-il en souriant.

Ils dégustèrent une entrée de coquilles Saint-Jacques dorées au four.

— Écoute, j'ai cinquante ans, c'est-à-dire que je suis une femme d'âge mûr. Toi, tu es jeune. Un gamin par rapport à moi ! Tu dois te trouver une femme de ton âge pour être à tes côtés.

— C'est là le genre de paroles qui me mettent en rage. Lorsqu'un homme est amoureux, il n'a rien à faire de l'âge de la femme. Tu m'obsèdes ! Est-ce que tu peux comprendre ça ? Peu importe ce que je fais, ce que je vois, ce que je pense, j'ai envie de le partager avec toi. Lorsque j'essayais de vivre un moment de bonheur avec ma femme, je me rendais compte que je n'y arrivais pas parce que je ne pouvais cesser de penser à toi. Pour finir, elle aussi s'en est rendu compte. C'est pour cela qu'elle est partie. Si tu savais combien de fois je me suis détesté moi-même ou que je t'ai détestée, toi aussi, à cause de cette obsession !

— Je suis désolée, mais tu comprends bien qu'il nous faille mettre notre relation de côté pour toutes les raisons que tu connais. Je suis désolée aussi, poursuivit Orsola, que ton mariage ait échoué, mais je ne me sens aucunement responsable de cet échec. Selon moi, tu es un peu comme Damiana qui court après des chimères parce qu'elle a peur de la vie de couple. Je crois que, dans un mariage, le quotidien peut éteindre la flamme du désir parce qu'il fait apparaître les défauts de l'autre. La routine est impitoyable, fait surgir des malentendus et des incompréhensions et, lorsque l'engagement n'est pas solide, cela peut mal finir. Tu n'as pas cessé de penser à moi parce que nous étions séparés par des kilomètres, parce que…

— Arrête un peu avec tes arguties ! Non, je ne suis pas d'accord. Je sais seulement que je suis amoureux de toi et j'espérais que tu ne m'avais pas oublié, dit Alberto.

Ils ne s'étaient pas aperçus que le serveur tentait d'attirer leur attention.

Pour la suite, ils avaient opté pour des tagliatelles aux fleurs de courgette et aux crevettes sautées à la poêle avec un accompagnement de légumes grillés.

— Alors, est-ce que je me trompe ? insista Alberto lorsque le serveur se fut éloigné.

Sans répondre, Orsola se contenta de lui sourire. Il lui caressa la main et ajouta à mi-voix :

— Les années passent, mais toi, tu restes dure comme une pierre. Si tu essayais de te laisser un peu aller ?

— Je l'ai fait une fois, et tout est devenu plus difficile. Pour moi, mais aussi pour toi, répliqua-t-elle en souhaitant qu'il ne proteste pas.

À cet instant, Alberto leva la main pour saluer quatre hommes qui venaient d'entrer dans la petite salle du restaurant et qui s'approchèrent de leur table. Alberto fit les présentations :

— Le docteur Galli, le docteur Squinzi, le docteur Allegri…

Mais Orsola avait les yeux rivés sur le docteur Sergio De Santis, qu'elle ne s'attendait pas à rencontrer.

— Sergio ! s'exclama-t-elle. Tu sais, ajouta-t-elle en se tournant vers Alberto, c'est le médecin de Torre, notre médecin de famille.

Le docteur De Santis lui lança un regard interrogateur. Il savait bien qu'Alberto était le gynécologue qui avait opéré sa patiente des années plus tôt.

Orsola, en revanche, se demandait ce qu'il faisait à Milan avec des médecins de la polyclinique. Comme s'il avait lu dans ses pensées, l'homme expliqua :

— Nous avons fait nos études ensemble, tous les quatre. Après mon diplôme, et après avoir trahi le monde du corail pour étudier la médecine, j'ai cherché à apaiser mon sentiment de culpabilité en retournant dans ma région natale.

— Et Milan a perdu un excellent médecin interniste, intervint Alberto. Je vous aurais bien demandé de vous joindre à nous, mais nous avons terminé et j'étais sur le point de raccompagner madame.

— Je rentre à Torre dès demain matin, ajouta Orsola en direction de De Santis.

— Moi aussi. J'ai réservé une place sur le train de dix heures.

— Magnifique, c'est le train que je prends. Nous voyagerons donc ensemble !

Ils se saluèrent, et le groupe des médecins fut escorté à sa table tandis qu'Alberto et Orsola terminaient leur café.

— C'est un bel homme que ce Sergio, commenta Alberto.

— C'est un bon médecin et un ami très proche. Les De Santis forment une lignée très ancienne de corailleurs, comme les Sogliano. Sergio, le dernier de huit enfants, a préféré la médecine au métier de la famille et, depuis vingt ans, il prend soin de ses concitoyens, expliqua Orsola.

— C'est vraiment un bel homme, insista Alberto.

— Moi, je ne l'ai jamais considéré sous cet aspect, mais, maintenant que tu le dis, je dois avouer que c'est exact. Tu sais, il a été pendant des années l'amant d'une femme plutôt bavarde, une importatrice de perles assez célèbre dans notre milieu. Divorcée. Quand elle est allée s'installer aux États-Unis, il s'est retrouvé seul et, depuis, il est célibataire. Tu me raccompagnes ?

Lorsqu'ils furent dans la voiture, Alberto posa la question qui le taraudait :

— Nous n'allons plus nous revoir, n'est-ce pas ?

— Mais nous pourrons continuer à nous souvenir de notre histoire. Elle a été si belle, non ? répondit doucement Orsola.

Ils descendirent de l'auto, et Alberto escorta Orsola jusqu'au portail de l'immeuble. Ils s'embrassèrent comme de vieux amis et échangèrent un regard voilé de tristesse.

— Je t'aimerai toujours, tu sais, déclara-t-il.

— Je ne t'oublierai pas, répondit-elle.

Elle ouvrit la porte et se tourna vers lui pour lui envoyer un baiser du bout des doigts. Il fit mine d'attraper le baiser au vol et lui lança un dernier sourire.

6

Orsola sonna à l'appartement de Damiana qui lui ouvrit aussitôt, comme si elle l'attendait derrière la porte.

— Entre, dit-elle en s'effaçant pour la laisser passer.

Elle était vêtue d'un pyjama blanc en coton léger, et son visage luisait de crème tandis que ses cheveux étaient enroulés en boucles fixées par des pinces.

— Tu allais te coucher ? demanda Orsola.

— J'allais me mettre à table.

— Si tard ?

— J'ai d'abord procédé à une opération de ravalement : épilation des jambes et de la moustache à la cire, crème dépilatoire sous les aisselles, gommage sur tout le corps, masque tonifiant sur le visage et douche presque froide, expliqua Damiana.

Elles allèrent s'installer dans la cuisine, où la table était mise pour une personne. L'appartement de son amie parut particulièrement agréable et accueillant à Orsola.

— Je décèle un nouveau parfum qui me plaît bien, observa-t-elle.

— C'est Soir de lune de Sisley, ma nouvelle crème pour le corps. Je l'ai prise à la parfumerie juste avant de rentrer. Je vais manger. Tu bois quelque chose ?

— Juste un verre d'eau gazeuse.

Elles s'installèrent l'une en face de l'autre à la table. Pendant que Damiana se régalait d'une salade verte avec des œufs durs et des copeaux de parmesan, Orsola lui dit :

— J'ai revu Alberto et nous avons dîné au Baretto.

— Et ?

— Et rien. Nous sommes deux amis qui ont beaucoup d'affection l'un pour l'autre.

— Je comprends…, commenta Damiana. Si j'avais rencontré quelqu'un comme Alberto, je serais allée au bout du monde avec lui. Mais nous savons que, de nous deux, c'est toujours toi la plus chanceuse.

— Je ne vais même pas te répondre. En revanche, je t'apprends que je rentre à Torre dès demain.

— Et ta garde-robe d'automne ? Je t'ai mis de côté des vêtements, un manteau…

— Garde tout ça pour la prochaine fois, fit Orsola.

Elle vida son verre d'eau et se leva.

— Demain matin, j'ai quelques trucs à régler et je ne pourrai pas venir te voir. Je te dis donc au revoir maintenant, annonça-t-elle alors que son amie se levait aussi.

— Je t'attends à la fin du mois ? demanda Damiana.

— J'ai vraiment hâte de passer ces vacances avec toi, sourit Orsola en l'embrassant.

Elle pénétra dans son appartement, retira ses sandales à talons hauts, si belles, mais qui vous massacraient les pieds, et sa robe en soie bleue avant d'enfiler un peignoir confortable. Elle prit son téléphone dans son sac et le ralluma pour découvrir deux appels manqués de Margherita. Elle rappela sa belle-mère.

— Je n'avais rien d'urgent à te dire. Je voulais simplement te confirmer que je quitte Genève demain matin.

— Moi, je pars à dix heures et j'arriverai à Torre dans l'après-midi.

Orsola fut sur le point de lui confier qu'elle avait rencontré Sergio et qu'ils feraient le voyage ensemble, mais elle se dit qu'il lui faudrait fournir trop d'explications et préféra se taire.

— Comment ça s'est passé avec Steve ? lui demanda-t-elle plutôt.

— Mon petit-fils est adorable ! Nous nous sommes vus tous les jours. Au fait, as-tu parlé avec sa mère ?

— Vous savez, j'ai pensé qu'il serait mieux que ce soit vous, la mère d'Edoardo.

Margherita ne fit aucun commentaire.

Orsola prépara son sac de voyage pour le lendemain, éteignit la climatisation et se réfugia dans sa chambre à coucher. Elle s'installa à sa coiffeuse, un beau meuble de la fin du XIXe siècle avec miroir basculant, qu'elle avait hérité de sa mère, qui l'avait à son tour hérité de sa grand-mère et qu'elle appelait la « peigneuse ». Jadis, Diletta s'installait devant la glace pour se coiffer et se poudrer le visage.

Autrefois, la tablette supportait la brosse à cheveux ovale avec sa poignée en argent, un peigne, une coupe débordant d'épingles, une autre pour la poudre et la houppette, une brosse à habits, un flacon bleu d'eau de rose Roger & Gallet, un pot de crème de nuit et un flacon en cristal avec un vaporisateur en caoutchouc revêtu de soie rose qui contenait l'eau de Cologne. Tous ces objets avaient cependant disparu, et il n'y avait plus sur la coiffeuse que des crèmes antirides, si coûteuses et si inutiles, des toniques et des lotions, des bocaux de coton hydrophile, des ciseaux à ongles, des pinces à épiler et un flacon d'Eau du soir de Sisley, le parfum favori d'Orsola.

Jadis, sa mère accrochait au miroir une petite mantille en voile de coton ornée de dentelle, qu'elle posait sur ses épaules lorsqu'elle se brossait les cheveux.

Qui sait où avait fini cet accessoire ? Aujourd'hui, on ne s'en servait plus, pas plus que les filets que Diletta posait sur ses cheveux la nuit. Et, à l'époque, il n'y avait pas de cosmétiques : Diletta ne se maquillait pas, et sa fille non plus. Elles avaient aussi cela en commun.

Orsola ouvrit un pot de crème hydratante, y préleva deux doigts de cette pommade parfumée qui promettait l'illusion de la jeunesse éternelle et commença à se masser le visage qu'elle venait de nettoyer. Ce faisant, elle observa une série de très anciens clichés glissés dans le cadre du miroir à côté d'images religieuses et d'un vieux portrait de Mikhaïl Bakounine. Orsola ne comprenait pas ce que le père fondateur du mouvement anarchique faisait aux côtés des images de la Vierge en train de piétiner le serpent ou celles de saint Pie qui montrait ses mains marquées de stigmates. C'est sans doute son père qui avait ajouté le portrait de Bakounine pour se moquer de la veine mystique de sa compagne ou, peut-être, pour lui prouver qu'il n'y avait pas de différence entre les saints et les révolutionnaires, car ils étaient animés de la même foi en un idéal vers lequel tous devraient tendre.

Tout en se massant les joues en mouvements circulaires, Orsola se demanda si les saints et les anarchistes avaient jamais aspiré à la sérénité qui était désormais son idéal de vie.

Elle s'essuya les doigts avec un mouchoir en papier et retira du bord du cadre une petite photographie en noir et blanc de ses parents. Libero et Diletta étaient jeunes alors, et la photo avait dû être prise au cours d'une fête de famille, car on apercevait, au fond, les visages brouillés d'autres personnes en train de sourire.

Son père portait un gilet, une chemise blanche aux manches roulées, fermée au col par une lavallière noire.

Des boucles en bataille retombaient sur le front, son visage avait une expression inspirée. Libero avait les bras levés à la manière d'un chef d'orchestre.

« Je parie qu'il était en train de faire écouter à ses proches *Orphée* de Monteverdi, se dit Orsola. C'était l'œuvre lyrique qu'il préférait et il affirmait que c'était la mère de tous les opéras qui viendraient ensuite. Assise à table, ma mère le contemplait avec un sourire attendri. À la musique classique, Diletta préférait les chansons milanaises sur la pègre. Elle connaissait par cœur la musique et les paroles de la balade de la "pauvre Rosetta", un "ange" assassiné par la police, et qui battait le pavé de Saint-Laurent pour gagner son pain. À sa mort, "toute la pègre était vêtue de noir". »

C'était l'une des premières chansons qu'Orsola avait apprises de sa mère, ainsi qu'une autre plus récente, *El Mé Gatt*, une chanson contre la guerre en dialecte milanais. Elle raconte l'histoire de la vieille grincheuse Ninetta qui bat à mort un chat dont le maître tente de se venger ; lorsqu'il est arrêté par la police, l'homme déclare en sanglotant : « C'est la justice qui est injuste : Ninetta est vivante, mais le chat est mort. »

Orsola se dit que ses parents avaient eu de la chance parce qu'ils avaient vécu honnêtement de leur travail, qu'ils s'étaient nourris de rêves, croyant en un monde meilleur, et qu'ils s'étaient aimés.

Elle remit la photo en place et en prit une autre aux couleurs un peu passées qui la représentait avec Edoardo, en costume de bain, sur une petite plage de Sardaigne.

Elle était allongée sur une serviette-éponge à se faire bronzer tandis qu'un petit vent lui ébouriffait les cheveux. Un tube de crème solaire dans la main, son mari était penché sur elle pour lui passer le produit sur le dos.

Elle aurait bien aimé revenir trente ans en arrière pour rattraper ce moment de leur voyage de noces et revenir à cet instant riche de promesses et d'espoir. Ce jour-là, Edoardo avait dit :

— Personne n'est plus heureux que moi. J'ai une femme à aimer, la perspective d'avoir de nombreux enfants et un travail solide où je suis le meilleur.

— C'est tout ? avait plaisanté Orsola.

— Que voudrais-tu d'autre ? avait-il répliqué en lui chatouillant la plante des pieds.

En riant, elle avait tenté de libérer ses pieds de son emprise en hurlant :

— Moi, je ne veux que du sexe, du sexe et encore du sexe !

À ce souvenir, elle sentit son visage rayonner, et elle se dit qu'à présent, à cinquante ans, tout ce qu'elle voulait, c'était la paix.

7

À la gare centrale de Milan, Orsola se dirigea vers le quai du train pour Naples. Elle aperçut Sergio De Santis à la hauteur des voitures de première classe.

— Dans quelle voiture es-tu ? demanda Sergio en venant à sa rencontre.

— Numéro trois.

— Moi aussi ! Quelle chance !

Ils s'embrassèrent sur les joues et montèrent à bord.

Elle avait enfilé ce matin une paire de jeans fins, un débardeur blanc, qui découvrait ses bras encore parfaitement modelés, et des sandales basses en cuir, qui révélaient ses ongles soignés, laqués de rouge sombre. Le médecin portait une chemise Lacoste bleu ciel et un pantalon de lin un peu froissé. Il traînait une valise à roulettes qui paraissait plutôt lourde et qu'il glissa entre deux sièges avant de s'emparer du sac de voyage d'Orsola pour le placer sur le porte-bagages. Il s'installèrent l'un en face de l'autre dans la voiture presque vide. Il posa sur la tablette une liasse de journaux du jour et demanda :

— Tu as déjà pris ton petit-déjeuner ?

— C'est ma priorité lorsque je me lève. Et toi ?

— Idem. Se réveiller en ayant faim est un signe de bonne santé.

— Je sais, c'est la question que tu posais toujours lorsque mes enfants étaient petits et que nous venions te voir parce qu'ils étaient malades. À moi, tu ne me l'as jamais demandé.

— Si tu y tiens, je peux poser mes questions maintenant ! Bien que nous nous connaissions depuis vingt ans, j'étais plus en contact avec Edoardo qu'avec toi, expliqua-t-il.

Orsola observa le beau visage sympathique du médecin et, pour la première fois, s'arrêta un instant pour considérer son air franc, ses yeux bleus qui souriaient, sa peau ambrée caractéristique de nombreux Méridionaux, son épaisse couronne de cheveux blancs.

Il avait cinquante ans, comme elle, mais elle se souvenait de lui à trente ans, lorsqu'il avait commencé à exercer à Torre del Greco. À cette époque, il avait déjà les cheveux blancs, comme son père le corailleur De Santis et l'une de ses sœurs, qui les teignait cependant en noir.

Sergio la scrutait avec autant de curiosité.

— Tu peux commencer à poser tes questions, dit-elle.

Le train se mit en branle.

— Es-tu très proche du docteur Somaschini ? demanda-t-il.

— Nous sommes amis, mais nous ne nous étions pas revus depuis dix ans. Depuis que je suis guérie, en fait.

— Dois-je présumer que, si tu l'as revu, c'est que tu as eu une récidive ?

Il avait l'air vraiment inquiet.

— Tu l'aurais su. Non, heureusement, je vais bien.

— Je suis soulagé de te l'entendre dire. Depuis que je vous ai vus au restaurant, je n'ai pas pu m'empêcher de m'inquiéter, avoua Sergio.

Il allait lui poser une autre question, mais il se dit qu'il valait mieux ne pas le faire. Une hôtesse passa avec le chariot des boissons, et un employé de la voiture-restaurant vint prendre leur commande pour le déjeuner.

— C'est peut-être à mon tour de poser des questions, déclara Orsola.

Il hocha la tête en souriant.

Le train filait à travers la plaine, traversant des paysages brûlés de chaleur, mais, à l'intérieur du train, la température était confortable.

— Pourquoi ne nous sommes-nous pas vus plus souvent ?

Le médecin ne fréquentait les corailleurs que lors des grandes soirées. Lorsqu'il venait soigner un patient à la résidence Sogliano et que c'était l'heure du déjeuner, Margherita ou Edoardo l'invitaient à partager leur repas. Il acceptait rarement, mais, lorsqu'il le faisait, Orsola surprenait souvent le regard pétillant de Sergio sur elle. Il était d'une humeur joyeuse, sympathique, et plaisantait toujours en réussissant à dédramatiser les situations les plus graves.

Après son opération, lorsqu'elle était rentrée chez elle, il était passé la voir. Orsola lui avait raconté en détail ce qui lui était arrivé, mais il était au courant de tout.

— Les médecins affirment que je vivrais parfaitement bien sans mes précieux attributs féminins. Je n'y crois pas du tout. Sans les hormones, je vais finir par avoir au moins de la barbe, et qui sait quoi d'autre ? s'était-elle écriée.

D'un air grave, il lui avait alors répondu :

— Tu vas muer, tes seins disparaîtront et tu verras pousser ton kiki. Alors, tu quitteras ton mari et tes enfants pour pourchasser les femmes.

— Comment peux-tu te moquer de moi dans un moment pareil ? s'était plainte Orsola tout en riant.

D'une voix caressante, Sergio lui avait alors déclaré :

— Tu es une très belle femme, Orsola, et tu le seras encore pour le reste de tes jours. Ta féminité ne souffrira pas de cet incident. Réjouis-toi plutôt qu'un médecin ait décelé la maladie à temps !

Alors qu'ils voyageaient vers Naples, Sergio répondit à la question d'Orsola :

— Si je t'avouais que je tenais mes distances parce que tu me plaisais ?

L'aveu n'avait pas dû être facile pour lui, et ses joues se colorèrent d'une vague rougeur qu'Orsola ne manqua pas. Toutefois, connaissant la nature joueuse de son interlocuteur, elle insista :

— C'est une plaisanterie ?

— Je n'ai jamais été si sérieux, murmura-t-il. Si nous allions manger ?

— Attends une seconde, je veux comprendre.

— Il n'y a rien à comprendre ! Tu peux prendre acte de mon aveu ou bien l'ignorer. Allons-y, répliqua-t-il en se levant pour se diriger vers la voiture-restaurant.

Un serveur tendit la carte à Sergio qui, après y avoir jeté

un regard, commanda deux salades caprese qui n'étaient pas mentionnées sur le menu.

— C'est parfait, dit le serveur. Savez-vous pourquoi ?

— Parce vous venez de donner la dernière assiette de penne all'arrabiata et que vous avez dans vos frigos de belles tomates bien mûres et de la mozzarella de bufflonne à point.

— Exact, monsieur, sauf pour la mozzarella parce qu'elle est à base de lait de vache, mais je vous garantis qu'elle est fraîche, répondit le serveur.

Ils dégustèrent leur salade tout en bavardant et, au moment du café, il prit la décision de prendre de front le sujet qui lui tenait à cœur.

— Tu n'imagines pas à quel point le milieu médical est un point où les bavardages font rage. Il y a dix ans, à la polyclinique de Milan, tout le monde racontait que le brillant docteur Somaschini avait perdu la tête pour une de ses patientes. Même mon confrère qui était au restaurant avec moi hier soir était au courant. Bien sûr, il n'a pas manqué de me le raconter.

— Écoute, j'étais plus jeune alors, et mon extraordinaire médecin m'a seulement accordé un peu plus d'attention qu'à ses autres patientes. Rien d'autre. Toutefois, je suis désormais veuve et j'ai cinquante ans…

— Et tu es toujours plus attirante, dit Sergio.

— Et pas du tout intéressée par les complications sentimentales, se hâta de préciser Orsola.

8

— Voici ce que Steve m'a demandé de te remettre, dit Margherita en lui tendant un rouleau en papier cartonné blanc. Je suis un peu lasse, poursuivit-elle. Cela ne t'ennuie pas si je m'allonge quelques minutes ?

Orsola venait juste de rentrer à Torre, et il n'y avait personne à la maison sauf les domestiques et sa belle-mère, qui était arrivée avant elle de Genève et s'était réfugiée dans sa chambre.

— Voulez-vous que je vous laisse seule ? lui demanda-t-elle.

— Non, mets-toi ici, à côté de moi.

Orsola s'assit sur le lit et déroula le papier. Avec des pastels de couleurs subtiles, Steve avait dessiné leur déjeuner au bord du lac de Genève, avec les jongleurs au fond et, au premier plan, Orsola et Margherita assises à table.

— Ce garçon a même des talents artistiques ! s'exclama-t-elle.

— C'est aussi ce que je pense. Comme son grand-père. Mon époux dessinait avec autant de facilité qu'il écrivait, un peu comme Cristina, observa Margherita d'un air attendri.

— Alors, Steve vous a aussi conquise ?

— Je dirais que oui. J'ai téléphoné à sa mère, aujourd'hui, après qu'il a manifesté le désir de faire la connaissance de ses frères et sœurs. Elle était déjà au courant de tout parce qu'il l'appelle tous les soirs. Elle dit que le professeur Cremonesi, son mari, a proposé d'accompagner Steve. Orsola, il est temps d'apprendre la nouvelle aux enfants.

— Pour le moment, reposez-vous. Nous nous verrons pour le dîner, tempéra Orsola en se levant.

— Non, j'ai besoin de parler. Si tu as le temps de m'écouter, bien sûr ! dit sa belle-mère.

Elle se redressa sur le lit.

— Je suis tout ouïe.

— Je voulais savoir si tu avais l'intention de jouer les veuves éplorées pour le restant de tes jours, demanda Margherita d'une voix douce.

— Pour le moment, je suis encore en deuil, d'autant qu'il ne sera pas facile de remplacer quelqu'un comme Edoardo. C'était un homme véritable, dans tous les sens du terme, et il me manque chaque jour davantage.

— Tu me le dis à moi ? Sa mère ? Le fait est que je n'oublie pas que tu viens d'avoir cinquante ans et je me souviens du temps où je suis devenue veuve. J'ai aimé mon mari comme tu as aimé le tien, mais, malgré la douleur du veuvage, j'ai souffert de l'absence d'un homme. Tu sais, moi aussi j'étais jeune lorsque je me suis retrouvée seule ! Ne me regarde pas comme ça ! Les enfants et le travail ne sont pas tout dans la vie.

Margherita ne cessait de l'étonner.

— Mère, répondit Orsola, vous êtes une grande dame et j'ai beaucoup de chance d'avoir votre affection.

— Je ne te donne que ce que tu mérites ! Ce que je cherche à te dire, c'est que, si tu trouves un compagnon qui te plaît, tu peux parfaitement penser à refaire ta vie. Mais n'attends pas trop longtemps et, si possible, choisis un homme que tu connais bien. Tu sais, les inconnus peuvent nous réserver de mauvaises surprises.

— Je vous promets d'y songer et je vous remercie de vos conseils, murmura Orsola en l'embrassant sur le front. Je vais vous laisser afin que vous puissiez vous reposer.

Elle sortit de la chambre pour monter au deuxième étage, dans sa chambre à elle. Elle vida son sac de voyage, prit une douche rafraîchissante, enfila un vêtement léger et fut prête pour descendre à l'heure du dîner.

Les enfants étaient déjà installés dans la salle à manger et ils riaient de quelque chose qu'elle semblait ignorer. Elle les observa un instant en se disant qu'ils vivaient dans des galaxies qui lui étaient totalement étrangères. Dans quelques années, l'un après l'autre, ils seraient partis. Dans dix ans, elle assumerait le rôle que jouait sa belle-mère, mais, en attendant, elle devait apprendre à vivre pour elle-même. Or, c'était un exercice pour lequel elle n'était absolument pas préparée.

— Maman ! cria Giulietta en se précipitant vers elle.

Sa fille la prit sans ses bras et se mit à déverser un déluge de paroles. Ses autres enfants lui firent également la fête, et elle eut une pensée reconnaissante pour Edoardo qui l'avait aidée à fonder cette merveilleuse famille.

— On peut savoir ce que vous avez fabriqué, toi et grand-mère ? demanda Saverio.

— Nous en parlerons après le dîner, dans le petit salon, déclara Margherita en entrant dans la pièce.

— C'est quelque chose que nous ignorons ? demanda Gianni, une fois que tous les enfants eurent embrassé leur grand-mère.

— J'ai dit que nous parlerions plus tard, répéta Margherita.

La vieille dame se tourna vers Cetta qui patientait à côté de la desserte :

— Tu peux servir.

Archetta, qui était demeurée silencieuse, s'agita sur sa chaise et éclata :

— Vous me rendez nerveuse ! Je vais manger dans ma chambre. Je ne veux rien savoir du tout.

Elle se leva, prit son assiette et se dirigea d'un pas royal hors de la salle à manger.

Au cours du repas, les conversations allèrent bon train, mais les enfants échangeaient des regards en dessous, car ils avaient compris que la nouvelle devait être d'importance.

En fin de repas, Cetta demanda si elle pouvait servir le café.

— Plus tard, lorsque je sonnerai. Va voir si ma fille a besoin de quelque chose, ordonna Margherita.

Suivie des enfants et de sa belle-fille, elle se dirigea vers le petit salon, où Titina était en train de regarder une émission de télévision.

— Où est passée Rosaria ? demanda Margherita.

— Au lit. Elle a dit qu'elle avait sommeil, répondit la domestique avant de quitter les lieux.

Margherita s'installa sur le canapé, Orsola à ses côtés et les enfants en face d'elles.

— Maintenant, écoutez-moi attentivement, commença la grand-mère. Et sans m'interrompre. Votre maman m'a accompagnée à Genève afin que je puisse faire la connaissance d'un jeune garçon. Il a neuf ans et s'appelle Steve Tang. Sa mère est originaire de Taïwan. Quant à son père, c'était mon fils Edoardo. Votre père.

9

Margherita et Orsola racontèrent en détail l'histoire de Steve, de sa mère et de la rencontre de cette femme avec Edoardo. Elles ne laissèrent rien de côté et, lorsqu'elles se turent, le silence tomba dans le salon, jusqu'à ce que, le premier, Gianni se décide à le briser.

— Alors, ce serait notre frère ?

— C'est un bâtard de papa ? Je me trompe ? s'écria Cristina d'un ton agressif.

— J'y crois pas ! Je ne peux pas admettre que papa ait fait un truc pareil ! hurla Giulietta.

La jeune fille avait l'air d'être sur le point d'éclater en sanglots.

— Je n'admettrai pas que quiconque se permette de juger votre père, siffla Margherita. Votre mère et moi, nous avons fait la connaissance de votre frère. C'est un garçon très seul qui a besoin de la chaleur d'une famille. Rappelez-vous que, lorsque vous aviez son âge, vous aviez la chance d'être entourés, aimés, câlinés, insouciants et heureux. Lui n'a personne avec qui partager ses joies et ses peines.

Orsola montra alors à ses enfants le pastel que Steve avait remis à Margherita pour elle.

— Regardez donc le petit chef-d'œuvre qu'il a dessiné pour moi.

Les enfants se passèrent le dessin.

— C'est très beau, murmura Cristina du bout des lèvres.

— On vous reconnaît bien, toutes les deux, admit Gianni.

— J'aime bien son choix de couleurs, déclara Giulietta.

— Et le voici avec votre père, annonça Orsola en montrant

l'une des nombreuses photographies qu'elle avait dénichées. Si vous voulez, je peux vous lire ce qu'il y a d'inscrit au dos afin que vous vous rendiez compte que votre père aimait beaucoup cet enfant. Il a même sacrifié son lien avec lui pour ne pas vous blesser.

Le silence s'installa de nouveau dans la pièce.

— Alors, n'avez-vous rien à dire ? demanda la grand-mère.

Elle se tourna vers Saverio avant d'ajouter :

— Surtout toi qui n'as pas ouvert la bouche.

Maintenant une expression impassible, Saverio secoua la tête en murmurant :

— Il y a bien une chose que je voudrais savoir, mais pas tout de suite. Pour l'instant, je suis en train de digérer la nouvelle.

Il tendit la main vers la photo de son père avec Steve en demandant :

— Puis-je la garder ?

Orsola hocha la tête.

Les deux femmes avaient l'impression que les jeunes Sogliano étaient sur le point d'ouvrir une porte dans le mur d'hostilité qu'elles avaient toutes deux tenu pour acquis.

— Quelqu'un a-t-il une autre question ? demanda Orsola.

— Et où est le gosse en ce moment ? interrogea Giulietta.

— À Genève, au collège du Rosey que papa avait choisi pour son éducation. Vous devez savoir que sa mère vit à Milan avec son mari, un sinologue italo-chinois, et qu'elle vient d'avoir une petite fille. Steve est un élève brillant et, quand il était petit, qu'il habitait avec ses grands-parents à Taïwan, papa allait le voir et lui parlait de nous, de notre famille et du corail…

— Exactement ! Il l'a inscrit dans le collège le plus prestigieux d'Europe ! observa Cristina.

— De toute évidence, à ses frais ! s'exclama Gianni.

— Tu trouves quelque chose à y redire ? le provoqua Orsola.

— Par pitié ! J'étais juste en train de penser que l'enfant du péché lui avait coûté un paquet !

— Gianni, arrête donc ça ! intervint Saverio.

Il se leva, glissa sa main dans sa poche et quitta la pièce, bientôt suivi par les autres. Orsola et sa belle-mère échangèrent un regard et, ensemble, laissèrent échapper un soupir de soulagement.

— Nous avons réussi à rompre la glace, constata Margherita.

— Je craignais que cela se passe plus mal, avoua Orsola.

— Je suis très fatiguée. Je vais me retirer dans ma chambre.

Orsola se réfugia également dans ses appartements. Elle avait chaud et elle était éreintée. Cette nuit-là, elle dormit profondément pour se réveiller tôt.

Elle descendit dans la salle à manger pour prendre son petit-déjeuner, où elle trouva Gianni qui, étonnamment, la salua avec un grand sourire.

— Tu te lèves tous les matins si tôt ? demanda-t-elle.

— Tu vois, avec tout le travail que j'ai mis en route…, répondit-il.

Il alla se servir une tranche de *pastiera* napolitaine à peine sortie du four qui embaumait encore de l'arôme de la ricotta et de la fleur d'oranger.

— Que fais-tu exactement ? demanda sa mère tout en se versant un nuage de lait dans sa tasse de café.

— Je mets de l'ordre dans toutes les archives de l'entreprise. Il y a un sacré bazar dans les vieux papiers, des trucs de famille mélangés à des documents commerciaux, des dessins de bijoux et des plans cadastraux… On dirait que papa n'a jamais voulu mettre le nez là-dedans ! Pourtant, il faut que quelqu'un s'en charge. Tu savais, toi, que nous possédions un immeuble dans le Campo de' Fiori, en plein cœur de Rome ? Il a été vendu dans les années 1930 et, avec l'argent, notre bisaïeul a acheté deux immeubles à Naples, raconta le jeune homme.

— Pourquoi ne demanderais-tu pas de l'aide à ta grand-mère ?

— J'avais justement l'intention de le faire. Pour passer à autre chose, j'ai pensé à ce petit frère et je dois te dire que j'ai sincèrement envie de faire sa connaissance.

— J'en suis heureuse et je crois que, là-haut, ton père t'en est reconnaissant.

— Maman, je dois t'avouer que je te considère comme une

grande dame. À ta place, une autre femme aurait piqué une crise.

— Il y a dix ans, ton père et moi, nous avons eu une période difficile. C'était quand j'étais malade et il se sentait très malheureux.

— C'est quand on t'a opéré de cette tumeur ?

— Exactement. J'étais insupportable. Comme le dit ta sœur, papa était un homme sensible et il en a beaucoup souffert. Nous avons fini par surmonter ensemble cette période difficile. Pour ton père, la famille et les enfants étaient tout ce qui comptait.

— Cependant, tu vas devoir supporter Giulietta qui s'est fermée comme une huître et qui ne veut pas entendre raison, avertit-il.

— Ce n'est que de la jalousie. Papa a toujours été son idole, raisonna Orsola.

Elle rappela à Gianni que, lorsque sa sœur n'était qu'une fillette, elle se nichait entre les bras de son père en disant :

— Papa, dis-moi que je suis ta princesse.

— Tu n'es pas ma princesse, répondait Edoardo en plaisantant.

— Et pourquoi ? demandait Giulietta en refoulant ses larmes.

— Parce que tu es ma reine. Tu m'as attaché le cœur et tu pourras toujours me demander ce que tu veux. Moi, je suis ton roi et je te l'accorderai, répliquait Edoardo en la prenant par les aisselles pour la soulever le plus haut possible.

— Et on se mariera quand je serai grande ? insistait la petite fille.

— Le roi épouse toujours la reine.

Alors, Giulietta réclamait qu'il la repose et courait dans tout le bâtiment en annonçant à tout le monde que son père allait l'épouser. Cet épisode se reproduisait fréquemment, mais, à huit ans, Giulietta tomba amoureuse d'un camarade d'école et l'histoire prit fin. Plus âgé qu'elle, Gianni s'en souvenait.

— C'est vrai, tu as raison, maman. Elle est jalouse, confirma-t-il.

Orsola se leva, s'approcha de son fils et déposa un baiser sur ses cheveux en chuchotant :

— Merci.

— Merci à toi, maman. Pour tout.

Elle passa la matinée entre les bureaux et les ateliers, heureuse de savoir que tous ses enfants étaient là, à ses côtés, et qu'ils travaillaient et vivaient en harmonie.

IO

Au cours de l'après-midi, Orsola et Margherita rendirent visite au notaire de la famille.

Onorato Spinelli les invita à prendre place sur les fauteuils et s'assit en face d'elles, de l'autre côté de sa table de travail, pour les écouter.

Cesarina, la vieille secrétaire, leur servit le café avant de s'éclipser en refermant soigneusement la porte insonorisée, de manière à ce que leurs voix ne filtrent pas.

— *Donna* Margherita, commença l'homme de loi, vous défiez les lois de la nature ! Ne me dites pas quel âge vous avez parce que je ne vous croirais pas.

— Onorato, range donc tes violons ! Les années pèsent leur poids, crois-moi, et Dieu m'est témoin que je voudrais bien en avoir vingt de moins, surtout à présent que je me retrouve avec un petit-fils tout neuf, que j'aimerais bien voir grandir, déclara la vieille dame.

— Alors, vous avez fait sa connaissance ?

— Je crois qu'elle en est folle ! intervint Orsola.

— C'est vrai, convint sa belle-mère avec un sourire heureux.

— Vous en avez parlé aux enfants ? demanda le notaire.

— Oui, ils ont eu le temps de digérer la nouvelle. Nous voudrions maintenant savoir quelle est notre position par rapport à la mère, savoir quelles sont nos responsabilités et jusqu'à quel point il nous est permis d'intervenir sur les décisions qui concernent l'avenir de mon petit-fils, dit Margherita.

— C'est aussi, expliqua Orsola, qu'il nous déplaît de le savoir là-haut, en Suisse, tout seul. Cette école dorée qui offre tout, sauf l'affection d'une famille. Après en avoir parlé avec la mère de Steve, j'ai compris que, pour autant qu'elle aime son fils, elle a désormais un mari et un bébé à élever. Par ailleurs, elle semble nourrir une sorte de respect obséquieux pour les décisions d'Edoardo. Mon mari avait d'abord confié Steve à ses grands-parents qui vivent en Chine afin de la laisser libre de refaire sa vie, puis il a opté pour le collège en Suisse.

— Vous pensiez à une adoption ? interrogea l'ami.

— C'est une hypothèse envisageable, répondit Orsola.

— Vous avez imaginé les commérages qui ne manqueront pas de surgir ?

— Onorato, tu me connais assez pour savoir que les commérages ne me préoccupent pas ! indiqua Margherita. Cet enfant n'est pas le premier et il ne sera pas le dernier des enfants illégitimes de Torre. Je sais que les gens aiment bavarder, notamment lorsqu'il s'agit d'une famille aussi importante que la nôtre. Mais moi, tout ce qui m'importe, c'est d'avoir la conscience tranquille et de m'occuper de ma famille. Et Steve fait partie de notre famille.

Onorato hocha la tête.

— La mère de l'enfant, continua Orsola, a bien voulu nous le confier pendant quelques jours. Nous voulons d'abord voir comment Steve se sentira dans ce nouveau cadre, plus agité. Au bout du compte, je pense que ce devrait être à lui de choisir de rester ou non dans ce collège ou de vivre et étudier ici, à Torre, comme l'ont fait ses frères et sœurs. Le reste viendra avec le temps. Certes, l'adoption est notre objectif final. Pour l'heure, il s'appelle Tang, comme sa mère et ses grands-parents chinois, mais je voudrais qu'il puisse un jour porter le nom de Steve Sogliano Tang, ne serait-ce que parce qu'il me paraît juste qu'il n'oublie pas ses racines.

— Je ne suis pas expert en droit de la famille, répondit le notaire, mais, quand le moment sera venu, je vous adresserai à un confrère de Naples qui est un spécialiste en la matière. Je sais que l'adoption est toujours une opération longue et pénible, d'autant que l'enfant n'est pas de nationalité italienne. À propos, est-il chinois ou américain ?

Les deux femmes l'ignoraient. Tout ce qu'elles voulaient, c'était s'occuper de lui.

— On dirait que cette histoire vous offre une seconde jeunesse, constata le notaire d'un air ému.

À leur retour à la maison, Margherita et Orsola se sentaient légères, presque heureuses. Elles furent accueillies dans l'entrée par Saverio et Titina qui déclarèrent :

— La pauvre Rosaria est vraiment mal. Nous avons appelé le médecin, qui est auprès d'elle.

Depuis quelques jours, la vieille domestique donnait des signes manifestes d'affaiblissement. Titina raconta que, le matin même, Rosaria n'avait pas voulu se lever parce qu'elle disait avoir encore sommeil et que, à midi, lorsqu'elle avait essayé de lui donner à manger, son amie lui avait fait un signe négatif de la main et s'était assoupie à nouveau. Dans l'après-midi, elle ou Cetta avaient tenté en vain de la réveiller, mais elle continuait à dormir profondément.

— On a de la peine à être sûr qu'elle respire. J'ai posé l'oreille contre sa poitrine et j'ai entendu son cœur battre très lentement, expliqua Titina en se mettant à pleurer.

Les deux domestiques avaient alors alerté les enfants qui étaient accourus, et Saverio avait appelé le docteur De Santis. Tous se retrouvèrent dans la chambre autour du lit de Rosaria pendant que le médecin l'auscultait. À l'entrée de Margherita et d'Orsola, il s'était redressé et avait secoué la tête.

— Elle est dans le coma, expliqua-t-il.

— Je vais vous demander de sortir, tous, ordonna Margherita. Toi, Titina, tu peux rester, ajouta-t-elle en tirant une chaise pour s'approcher du chevet de la femme qui avait servi les Sogliano pendant toute son existence.

En silence, les enfants et Orsola sortirent et se rendirent au salon.

— Quand je pense à toutes les fois où je l'ai fait enrager quand j'étais petite… J'ai tant de remords, pauvre Rosaria ! lâcha tristement Giulietta.

— Avec Titina, elles étaient toujours la cible de nos blagues, admit Saverio.

— Tu te souviens quand nous avons pris les draps à laver dans la corbeille et que nous avons fait notre apparition dans les cuisines costumés en fantômes ? rappela Cristina.

— Vilains garnements ! sourit Orsola.

— C'est vrai ! s'écria Gianni. Cette fois-là, elle s'est presque évanouie de peur !

— Oui, mais quand elle a repris ses esprits, elle nous a poursuivis avec son balai et, comme elle n'arrivait pas à nous attraper, elle nous l'a lancé comme un javelot ! ajouta Cristina.

Peu après, le médecin apparut sur le seuil du salon en compagnie de Margherita :

— Hélas, Rosaria nous a quittés.

La disparition de la vieille domestique, qui était considérée comme un membre de la famille, plongea tout le monde dans la peine.

Ce soir-là, ils lui rendirent hommage en mangeant son dîner favori : des spaghettis à la tomate et au poivron, du pain à l'huile d'olive avec une pincée de sel.

Ensuite, ils récitèrent le rosaire avec le père Bartiromo qui était venu bénir le corps. Enfin, ils retournèrent au salon, où Titina remit à Margherita le testament de son amie : Rosaria laissait aux enfants Sogliano les économies de toute une vie, une somme rondelette qu'elle avait déposée à la poste locale.

— Elle était presque riche ! s'écria Saverio.

— Elle n'a jamais rien dépensé pour elle, observa sa grand-mère.

— Je propose d'utiliser cet argent pour lui faire faire une tombe somptueuse, déclara Gianni.

— Oui, elle la verra du paradis et elle en sera heureuse, admit Margherita.

Le médecin prit congé, et Orsola le raccompagna à la porte.

— Veux-tu aller faire un tour sur le port ?

Orsola hocha la tête. Après une journée pareille, elle avait besoin de prendre l'air.

II

Sur la mer s'était levée la brise du soir qui venait rafraîchir l'air. Orsola et Sergio descendirent à pied, côte à côte, jusqu'au bord de l'eau.

— Je me souviens d'une promenade comme celle-ci avec mon père qui était venu pour mon mariage avec Edoardo. J'avais vingt ans, et lui, plus ou moins l'âge que nous avons aujourd'hui. Il n'était pas très enthousiaste à l'idée que je me marie et, jusqu'au bout, il n'avait cessé de me répéter : « Tu en es sûre ? Vraiment sûre ? Il est encore temps de changer d'avis ! » Mon cher papa ! Il ne se passe pas un jour sans que je pense à lui. Il me manque tellement ! Ma mère aussi me manque, murmura Orsola.

— Mais tu étais amoureuse d'Edoardo, observa Sergio.

— J'étais folle de lui, et lui, de moi. Nous étions unis par l'amour, mais aussi par des affinités intellectuelles et par une grande attirance physique.

Ils s'assirent sur les marches de pierre de la jetée, et Sergio alluma une cigarette.

— Je pourrais continuer pendant des heures à te raconter ma vie avec Edoardo. J'ai été très heureuse avec lui, ajouta Orsola.

— Ne t'enferme pas dans les souvenirs ! Tu risques de te rendre malade à force de regrets, dit doucement Sergio en lui caressant le visage.

Elle sourit alors que lui revenaient en tête les vers d'un poème de Giovanni Pascoli qu'elle avait appris à l'école élémentaire : *Au dernier soir de ma vie, le jour le plus noir devint le plus rose.*

— Tu as raison : plus le temps passe et plus j'idéalise

Edoardo. Mais pourquoi devrais-je résister si cela me fait du bien ? demanda-t-elle à son ami.

— Parce que tu risques de t'emprisonner dans le passé au lieu de regarder vers l'avenir.

— Et cela pourrait te nuire ? lança Orsola en riant.

Il se mit à rire aussi.

— Une autre de tes qualités est l'humour, dit-il.

Il se leva d'un bond, lui tendit la main pour l'aider à se remettre debout et, dans l'élan qu'elle fit pour se relever, elle se retrouva dans les bras du médecin. Elle huma son parfum et apprécia le frôlement de ses lèvres lorsqu'il se pencha vers elle.

La jetée était bondée et, en se détachant de Sergio, Orsola commenta :

— Voilà, tout le monde nous a vus, et les commérages vont aller bon train.

— Cela t'ennuie-t-il ?

— Pas du tout, parce que, dans peu de temps, ils auront un sujet bien plus croustillant à se mettre sous la dent.

Orsola lui raconta toute l'histoire du petit Steve.

— Si les choses se passent comme tu le veux, as-tu réfléchi au fait que ce sera toi qui devras t'occuper d'élever cet enfant ?

— J'en ai bien élevé cinq ! répliqua-t-elle.

— Mais tu avais ton mari à tes côtés. Tu seras seule désormais. Tu sais, ce n'est pas vrai qu'il suffit d'une mère pour qu'un enfant s'épanouisse… Il lui faut également une figure paternelle, souligna le médecin.

Amusée, Orsola observa :

— Tu es encore en train de me faire l'article pour te vendre ?

— Un peu, mais pas seulement.

— Saverio et Gianni pourront se substituer efficacement à un père.

Ils reprirent le chemin du palais Sogliano tandis que Sergio insistait :

— Tes enfants ont leur vie, les études, le travail, leurs petites amies…

— Alors que toi, tu te vois bien dans le rôle de père, d'autant que tu n'as pas eu d'enfant. Tu n'en as pas, n'est-ce pas ?

— Pas que je sache.

— Quand même, je dois admettre que tu ne te laisses pas décourager facilement, remarqua Orsola.

— Tu as tout à fait compris.

Ils étaient arrivés devant la porte de la maison. Orsola se laissa prendre la main que Sergio effleura légèrement de ses lèvres, puis elle monta directement à sa chambre. Giulietta s'était installée dans son lit pour l'attendre.

— Je croyais que tu n'allais jamais rentrer ! Te rends-tu compte qu'il est presque minuit ? attaqua la jeune fille.

— Mais au douzième coup, je suis là, aussi ponctuelle que Cendrillon !

— Où étais-tu ? Et avec qui ? poursuivit sa fille.

— À quoi devons-nous cette brusque inversion des rôles ? demanda Orsola.

Sans attendre de réponse, elle alla dans la salle de bains, se déshabilla, enfila un pyjama, fit ses ablutions et retourna vers sa fille.

— Je t'ai vue sortir et rentrer avec le docteur, lâcha Giulietta.

Orsola se glissa dans le lit à côté d'elle.

— Et alors ?

— Et alors ? Si je me souviens bien, ce type a un faible pour toi.

— Vraiment ?

— Ne me dis pas que tu ne t'en es pas aperçue !

— Jamais, je le jure !

— Bah ! cette histoire ne me plaît guère. Tu aurais dû rester à la maison avec nous tous pour respecter la disparition de la pauvre Rosaria.

Orsola leva le bras pour entourer les épaules de sa fille et l'attirer vers elle.

— Ce n'est pas comme si j'étais partie faire la fête, quand même ! Je suis seulement allée faire un tour jusqu'au port. Je ne suis pas une Nordique insensible et tu le sais parfaitement. La mort de Rosaria, que je connais depuis beaucoup plus longtemps que toi, m'a attristée. Mais elle m'a aussi rappelé l'inéluctable, une chose à laquelle tu ne penses sûrement pas : il y a deux autres vieilles dames dans cette famille, ta grand-mère et Titina. Je prie Dieu qu'elles demeurent encore longtemps parmi nous, mais je sais qu'il est impossible d'aller contre les lois de la nature. Il y aura d'autres deuils, d'autres peines. Trop précoce, la disparition de papa a, en outre, été une véritable tragédie qui a bouleversé nos existences. Si tu ajoutes à cela la découverte de ton frère Steve…

— Demi-frère, précisa Giulietta en s'éloignant de sa mère.

— Tu peux l'appeler comme tu veux. Disons plutôt que ce petit garçon n'a pas eu la chance que vous avez eue, toi et tes frères et sœurs. Steve a dans les yeux beaucoup de solitude. Il est désorienté et a besoin de repères. Ton père l'aimait beaucoup et, par amour pour lui, nous ferons de même. N'es-tu pas d'accord ?

— Mais c'est moi la petite de la famille ! protesta sa fille.

— Jusqu'à quand, ma puce ? Tu as presque dix-huit ans. Tu es une femme. Peut-être même as-tu déjà un amoureux.

— Plus d'un ! Je les attire, affirma Giulietta sans hésiter.

— Je ne suis pas surprise que tout le monde t'aime. Ne pourrais-tu pas donner un peu de cet amour à Steve ?

— J'y réfléchirai, accepta la jeune file en se levant. Je vais dormir dans ma chambre. Tu sais que je t'aime, maman chérie. Au fait, est-ce qu'il va t'appeler « maman », lui aussi ?

— Il a déjà une mère. Il a surtout besoin de sœurs et de frères qui lui donneront de l'affection.

— Ben, bon courage ! plaisanta-t-elle.

Lorsqu'elle fut près de la porte, elle ajouta :

— Et ne crois pas que je ne me pose pas des questions sur ta promenade avec le docteur De Santis !

Orsola eut un sourire, éteignit la lampe et, dans le silence feutré de la chambre, elle revit le visage de Sergio, sur lequel vint se superposer celui d'Edoardo qui lui demandait : « Veux-tu devenir ma femme ? »

Orsola et Edoardo

I

— Le monde change, les usages évoluent, mais, vous, les paysans, vous restez toujours les mêmes ! Vous ne pouvez pas vous empêcher d'être jaloux, se plaignait Orsola.

Elle jeta un regard féroce à Edoardo avant de se réfugier dans la salle de bains.

— Je ne suis pas jaloux, se défendit le jeune homme.

En enroulant le drap autour de sa taille, il se leva du lit et la rejoignit alors qu'elle était sur point d'entrer dans la cabine de douche. Il la prit dans ses bras et, en la regardant avec une grande douceur, il répéta :

— Je ne suis pas jaloux, mais, comme tous les hommes, je ne suis pas sûr de moi. J'ai peur que tu ne fasses des comparaisons et que tu le trouves mieux que moi !

— Edoardo, je n'étais qu'une enfant ! Je voulais savoir comment c'était de faire l'amour et j'ai vite compris que, s'il n'y a pas une profonde entente, le sexe devient un exercice aride, voire ennuyeux. C'était un garçon arrogant qui se vantait de sa fortune, qui considérait les femmes comme une espèce inférieure et qui ne comprenait pas que je ne sois pas béate devant lui. Je dois admettre que l'expérience m'a servi de leçon. Alors, par pitié, arrête de te ronger les sangs !

Edoardo lui déposa un baiser bruyant sur la joue, la regarda d'un air joyeux et déclara :

— J'ai faim. Dépêche-toi !

On était aux premiers jours du mois de mars lorsqu'Orsola s'était décidée à lui téléphoner. Cela faisait plus de deux mois que sa mère était morte et, entre-temps, il lui avait envoyé de nombreux messages sur son téléphone portable.

— Je n'espérais plus entendre parler de toi, avait-il d'abord répondu.

— Je viens de passer des semaines très difficiles. En outre, j'ai commencé à enseigner, et la classe que l'on m'a confiée est un peu sinistrée, c'est le moins qu'on puisse dire. Disons que je recommence seulement à vivre, avait expliqué Orsola.

— J'ai très envie de te revoir, mais je dois aller au Japon et je ne reviens que dans une dizaine de jours. Je prendrai un vol pour Milan à mon retour et je t'appellerai, avait-il promis.

Orsola lui avait parlé de son père, fou de chagrin depuis la disparition de Diletta, qui se traînait péniblement de la maison à la boutique. Il avait apporté le tourne-disque et, toute la journée, il écoutait *Orphée*, mais, cette fois, sans jouer au chef d'orchestre. Non, lorsqu'il écoutait le récit d'Orphée qui bravait le monde des ténèbres pour aller retrouver son Eurydice, il pleurait toutes les larmes de son corps.

Quand Orsola revenait de l'école, avant de monter réchauffer le repas qu'elle avait préparé la veille au soir, elle allait l'appeler dans son échoppe. Elle le trouvait assis devant son établi, travaillant sans entrain, tandis que la pièce résonnait de la puissante musique de Claudio Monteverdi que son père accompagnait en chantant à travers ses larmes :

— *Tu se' morta, mia vita, ed io respiro ? Tu se' da me partita per mai più non tornare, ed io rimango ?*

Elle arrêtait alors brusquement le disque en lançant :

— Papa, ça suffit !

Libero séchait ses larmes, esquissait un sourire et répondait :

— Ta mère était ma vie. Je voudrais que les Enfers existent bel et bien pour pouvoir descendre l'y chercher.

— Mais ils n'existent pas, et moi, j'ai besoin de toi ! répliquait sa fille.

Un jour, elle lui avait dit :

— Papa, tu sais, cet Edoardo dont je t'ai parlé. Il va venir me voir à Milan.

— C'est celui qui n'avait pas d'argent pour te payer le restaurant ? Le riche capitaliste ?

— Je ne sais pas si c'est un capitaliste. Ce que je sais,

c'est que sa famille est plutôt riche, en effet, et qu'il travaille beaucoup.

— As-tu au moins regardé ses chaussures ?

— Faites à la main, facture exquise.

— Mocassin ou lacets ?

— Lacets, naturellement.

— Un point en sa faveur. Il te plaît, ce paysan ?

— Beaucoup, papa.

— Tous mes vœux, avait grommelé Libero.

Il aurait préféré un ouvrier, un artisan, un intellectuel engagé dans la lutte contre les puissances corrompues, voire un compagnon anarchiste.

Ce matin-là, à l'école, alors qu'elle enseignait aux enfants les rudiments de l'analyse logique et expliquait la différence entre les compléments d'objet direct et d'objet indirect, ses pensées s'étaient envolées vers Edoardo qui, à cette heure, traversait le ciel à bord d'un avion pour atterrir bientôt à Milan.

Le fait qu'il défie les lois de la gravité pour voyager sur ces gigantesques machines le faisait paraître tel un héros légendaire. Orsola n'aurait jamais au grand jamais accepté de monter dans un avion.

À son retour, elle avait mangé avec son père qui était ensuite allé faire une sieste. Elle rangeait la cuisine lorsque le téléphone avait sonné. C'était lui.

— Je suis à Milan, à mon hôtel. Je prends une douche, je me rends présentable et je vous rejoins où vous voulez.

Orsola, qui ne s'était jamais sentie aussi émue, avait spontanément répondu :

— Je suis chez moi, en train de faire la vaisselle. Retrouvons-nous à cinq heures rue Manzoni, dans le salon de thé Alemagna.

— À tout à l'heure.

Elle avait terminé de remettre l'appartement en ordre, s'était changée et coiffée avec soin.

Puis, elle avait préparé un café pour son père et l'avait réveillé. Libero avait bu son café et se préparait à redescendre dans son échoppe quand sa fille lui avait annoncé :

— J'ai rendez-vous avec Edoardo à cinq heures. Je ne

sais pas quand je rentrerai parce que nous dînerons peut-être ensemble. Cela ne t'ennuie pas de rester seul ?

— Ça ne m'ennuie pas si tu me dis que tu es contente, avait répondu Libero.

Heureuse, elle l'avait pris dans ses bras.

Lorsqu'elle était sortie pour aller à la rencontre d'Edoardo, elle avait l'impression d'avoir des ailes. Il l'attendait devant le salon de thé, balayant la rue du regard pour la voir arriver.

Elle était allée à sa rencontre et s'était laissé étreindre tandis que la joie déferlait dans son cœur comme un torrent impétueux. Elle avait l'impression de connaître ce jeune homme depuis toujours, comme s'il lui était destiné, et elle avait ri de bonheur en se disant qu'elle ne le lâcherait plus.

Ils étaient entrés dans le salon de thé pour aller s'asseoir à une table située dans un recoin plus sombre. Ils avaient commandé du thé et des pâtisseries.

— Racontez-moi tout, avait-il dit.

Comment pouvait-elle lui décrire la félicité qui l'avait envahie à l'idée de le revoir, le réconfort qu'elle avait retiré de ses messages au cours des longues semaines de deuil, les larmes de son père qui tentait en vain de vaincre la solitude ?

— C'est vous qui commencez ! avait répondu Orsola.

— Vous vous souvenez, ce jour dans le bar bondé à l'angle de la rue Verri, lorsque je suis parti comme un voleur parce que j'avais un rendez-vous de travail et que je vous ai laissée payer la note ? Après vous avoir quittée, je me suis demandé si j'avais envie de vivre avec vous pour le reste de ma vie et la réponse a été oui. Dès que je vous ai vue, je suis tombé amoureux de vous. Je voulais vous le dire, le soir, au restaurant, mais vous aviez un air si sévère que je me suis senti mal à l'aise. Vous étiez vraiment fâchée ! Bref, le reste, vous le savez.

Une heure plus tard, ils sortaient de l'Alemagna et, alors qu'Edoardo proposait de la raccompagner, Orsola avait demandé :

— Où logez-vous ?

— Au Principe di Piemonte.

— Jusqu'à quand restez-vous à Milan ?

— Je pensais vous proposer de passer la journée avec vous

demain, puisque c'est samedi. Hélas, dimanche, je dois rentrer à la maison.

— Oui, c'est samedi et je n'ai pas classe. J'aimerais rester avec vous jusqu'à votre départ.

Ils étaient allés jusqu'à l'hôtel sans cesser une seconde de parler. Ce n'est qu'après avoir fait l'amour avec Edoardo qu'Orsola avait téléphoné à son père.

— Je suis avec Edoardo. Je vais rester avec lui cette nuit. Ne dis rien, papa, je sais déjà tout. Je voudrais seulement que tu ne te fasses pas de souci parce que je suis heureuse, avait-elle expliqué.

Au bout de quelques instants de silence, Libero avait demandé :

— Tu ne vas pas l'épouser quand même ?

— S'il me le demande, je répondrai oui. Je sais que c'est un paysan, papa, mais je suis si amoureuse !

Ils descendirent dîner au restaurant de l'hôtel et, tandis qu'ils savouraient un risotto à la milanaise, Edoardo posa la question :

— Veux-tu devenir ma femme ?

2

Ils finirent leur risotto et, lorsque le serveur eut emporté leur assiette, Edoardo insista :

— Tu me tiens en haleine ! C'est oui ?

— Bien sûr que oui ! répondit-elle. Je ne m'attendais pas à ce que tu poses la question. Je crois que j'associerai pour toujours les arômes et les couleurs dorées du safran du risotto à ta demande en mariage. Dans mes rêves romantiques, j'imaginais plutôt une serre pleine de fleurs colorées qui embaumaient de leur doux parfum… Tu te serais agenouillé devant moi, une main tendue pour m'offrir une superbe bague dans son écrin de velours pendant que résonneraient les notes d'une valse de Strauss et que les anges me chatouilleraient le visage avec leurs plumes !

Edoardo éclata d'un rire plein d'allégresse.

— Tu es impayable, mon Orsola ! Faisons comme si cela s'était effectivement passé ainsi. Quant à la bague, tu l'auras dès demain. Nous irons tous les deux chez Mariani, parce que j'ai une immense dette envers ceux qui m'ont permis de te rencontrer. Je choisirai une bague, je la glisserai à ton doigt, je jetterai l'écrin et, si tu retires cette bague, j'en souffrirai comme un damné.

— Moi aussi, je veux te faire un cadeau, murmura Orsola en souriant à demi. Dès que nous retournerons dans ta chambre…, précisa-t-elle avec un air coquin.

— Si je comprends bien tes intentions, je pense que Dieu a dû te créer dans un moment d'extrême euphorie. Je t'aime, mon Orsetta.

— Orsetta ?

— C'est comme ça que je te vois : une petite ourse, à la fourrure douce et blanche, capable de me briser. Et je suis si amoureux que je suis prêt à te laisser faire.

— Pour l'instant, dépêche-toi de terminer ton dessert, parce qu'il y a un grand lit moelleux qui nous attend !

Le jour suivant, ils se dirigèrent main dans la main vers le centre-ville, visiblement ivres de bonheur.

— Mon père ne va pas être très content de notre mariage, confia Orsola en riant.

— Qu'est-ce que j'ai qui ne va pas ? s'inquiéta Edoardo.

— C'est un vieil anarchiste qui est convaincu que les riches sont une race à part, une race indigne de sa fille.

— Alors, je dois t'avouer aussi que ma famille ne sera pas enchantée que je t'aie choisie.

— Parce que je ne suis pas riche ?

— Parce que tu es du Nord et que tu n'appartiens pas à notre monde. Les habitants de Torre del Greco se marient généralement entre eux, mais je sais que ma mère a confiance en moi et qu'elle comprendra que j'ai choisi la femme qu'il me fallait.

— Et la fiancée que tu avais avant de me rencontrer ?

— Une jeune fille très bien, mais je n'ai jamais envisagé de l'épouser et elle le savait parfaitement.

— Moi, je voudrais quand même en savoir un peu plus sur elle.

Ils étaient arrivés à proximité de la bijouterie Mariana.

— OK, c'est toi qui décides : soit je te parle d'elle, soit j'achète la bague de fiançailles.

— Je choisis la bague, répondit Orsola sans hésiter.

Peu après, l'annulaire d'Orsola s'ornait d'un anneau de brillants Top Wesselton taillés en baguettes montées sur or jaune. C'était une bague précieuse, mais pas ostentatoire.

Cependant, Libero la remarqua aussitôt lorsque sa fille pénétra dans sa boutique en compagnie d'Edoardo, et il ne put réprimer une grimace de déception.

— Papa, voici l'homme que j'aime ! s'écria la jeune fille en le lui présentant.

Libero serra la main d'Edoardo et fit signe aux jeunes gens de sortir de son échoppe :

— Montez à l'appartement. Je vous rejoins.

Edoardo pénétra dans la petite demeure, regarda autour de lui en remarquant l'ordre et la propreté qui régnaient dans ces lieux modestes.

Il aperçut sur une commode une série de portraits de famille et, sur un mur, les visages encadrés de Bakounine et d'Errico Malatesta, l'anarchiste le plus célèbre d'Italie, qui lui firent lancer un regard interrogateur à sa fiancée.

— Tout le monde a ses repères. Il y a ceux qui croient en saint Pie et n'entretiennent aucun doute et il y a ceux qui croient en la désobéissance et doutent sans cesse, expliqua Orsola.

— La rencontre avec ton père ne s'est pas déroulée sous les meilleurs auspices, observa Edoardo.

— C'est vrai, répondit Orsola. Je vais préparer un bon risotto avec des fleurs de courgette et nous pourrons manger avec lui.

Lorsque Libero pénétra dans la cuisine, sa fille était en train de remuer le riz avec du beurre et du parmesan pour qu'il devienne bien crémeux, pendant que le fiancé dressait la table.

— Et donc, c'est toi le gars de ma petite fille, dit-il d'un ton désappointé.

— Je ne vous plais pas, c'est ça ? demanda Edoardo à mi-voix.

— Je n'ai rien contre toi, fiston. Tu pourrais être libertaire, fils d'un camarade ou anarchiste convaincu, tu ne me plairais pas davantage parce que tu vas emmener ma fille. Si tu étais au moins de notre région, je pourrais mieux avaler la pilule. Mais tu vas l'emmener loin d'ici et je ne la verrai plus aussi souvent. C'est ce qui me fait souffrir.

— Je suis désolé, chuchota le jeune homme. Le fait est que je suis vraiment très amoureux de votre fille, ajouta-t-il.

Émue, Orsola étreignit son père. Ils s'installèrent ensuite à table pour manger le risotto à l'arôme aussi appétissant que ses couleurs orangées des fleurs contre la blancheur du riz.

Tout en dégustant ce plat typiquement milanais, Libero observa discrètement les deux jeunes gens. Comme la passion qui les unissait était perceptible, il finit par sourire et par déclarer :

— Avec ou sans ma bénédiction, vous n'en ferez qu'à votre tête ; alors, il vaut mieux que je m'en réjouisse !

— Merci ! s'écria Edoardo.

— Je propose seulement de longues fiançailles, plaisanta-t-il.

Il avait parfaitement compris que le corailleur était pressé d'épouser sa fille et de l'emmener.

— Mon cher papa, intervint Orsola, nous sommes tellement amoureux que nous voudrions nous marier le plus vite possible.

Elle savait que son père souffrait encore de la perte de Diletta et que le départ de sa fille allait augmenter sa solitude. Elle en était sincèrement désolée, mais l'amour qu'elle éprouvait pour Edoardo était plus fort que tout.

3

Orsola descendit du train en gare de Naples et elle était encore sur le marchepied lorsqu'elle aperçut Edoardo qui l'attendait sur le quai. Il était accompagné d'un homme un peu rondouillard qui lui souriait.

— Voici mon oncle Renzino, le frère de mon père, dit le jeune homme qui s'empressa de prendre ses bagages.

L'homme la prit dans ses bras, lui claqua deux bises sonores sur les joues et déclara :

— Exact, je suis l'oncle célibataire et la brebis galeuse de la famille. Bienvenue, petite demoiselle des neiges. Je ne suis allé à Milan qu'une seule fois, un soir de janvier, et le froid m'a arraché les oreilles. En plus, il y avait un tel brouillard qu'on n'y voyait pas à un mètre ! J'avais l'impression d'être dans ce film qui me fait tant rire, avec cette histoire de paysan napolitain qui tombe amoureux de cette actrice de Milan.

En lisant le désarroi sur le visage de sa fiancée, Edoardo s'empressa de la rassurer :

— Nous, les gens du Sud, nous manifestons ouvertement nos sentiments et on dirait bien que mon oncle t'adore déjà !

Ils se dirigèrent vers l'automobile garée devant la sortie de la gare, et Renzino ajouta :

— Tu sais, quand mon neveu a annoncé à la famille qu'il avait l'intention d'épouser une Milanaise, nous étions à table et, pour peu, nous aurions avalé de travers.

Orsola se contenta de commenter :

— Mieux vaut choisir une femme et un bœuf de chez soi…

Renzino éclata de rire :

— Mieux vaut éviter de se marier avec le bœuf !

Orsola espérait que le reste de la famille ne fût pas aussi extravagant parce qu'elle commençait à se sentir mal à l'aise. Au point qu'elle chuchota à son fiancé :

— J'espérais que tu viendrais me chercher seul.

— Résigne-toi, ma douce, tu vas rester l'otage de toute la famille pendant tout ton séjour, répondit Edoardo avec un sourire amusé.

— Pourquoi ne m'as-tu pas prévenue ? souffla-t-elle.

— Tu ne serais pas venue ! Écoute, ce n'est pas la fin du monde.

Mais quand ils arrivèrent à la résidence Sogliano, elle en avait bien l'impression. À peine l'entrée franchie, alors qu'elle parcourait l'immense hall du bâtiment dans la main d'Edoardo, elle aperçut une foule de visages qui pointaient leur nez depuis les ateliers, et un gamin passa en courant et en hurlant :

— La Milanaise est arrivée !

Elle entendit un murmure qui s'élevait en disant :

— Mon Dieu, qu'elle est belle ! Aussi belle qu'une peinture !

D'un geste vif de la main, Edoardo fit disparaître les visages. L'oncle Renzino disparut, et les deux jeunes gens se dirigèrent vers l'escalier.

— J'ai l'impression d'être un animal rare exposé au zoo, dit Orsola qui était sur le point de se mettre à pleurer.

Edoardo posa les bagages sur une marche, la prit dans ses bras et l'embrassa avec fougue.

— Tu es dans le Sud ! À quoi t'attendais-tu ?

— À peut-être un peu plus de discrétion, répondit-elle.

— Je te promets de t'emmener dès cet après-midi dans mon refuge d'Ercolano. Là, nous y serons seuls.

Ils s'arrêtèrent au premier étage, où les attendait une femme de chambre vêtue d'un habit à carreaux blanc et bleu et d'un tablier blanc.

— Bienvenue, mademoiselle. Je m'appelle Rosaria, pour vous servir, dit la servante en esquissant une révérence.

Puis, sans attendre de réponse, elle s'empara des deux valises de la jeune fille et commença à grimper jusqu'au deuxième étage. Orsola allait la suivre quand Edoardo l'arrêta.

— Nous sommes arrivés. Ma mère est dans le petit salon, expliqua-t-il en la guidant à travers une grande pièce sur laquelle ouvraient de nombreuses portes.

— Qu'y a-t-il à l'étage au-dessus ? demanda-t-elle timidement.

— Deux appartements, dont l'un n'est pas encore meublé. L'autre, c'est celui que j'occupe.

— Alors, ce soir, nous serons seuls, tous les deux ?

— Toi, tu seras seule ! Nous devons respecter les formes. Moi, je dormirai dans la chambre voisine de celle d'Archetta, une de mes tantes, répondit-il avec assurance.

Certaines portes s'entrouvrirent sans que personne n'apparaisse. Edoardo entoura de son bras les épaules d'Orsola pour lui donner du courage et la poussa vers le fond. Ils s'arrêtèrent devant une nouvelle porte, Edoardo frappa et, sans attendre la réponse, il ouvrit le battant en murmurant :

— Ma mère t'attend. Elle s'appelle Margherita.

Orsola entra pour découvrir une dame de haute taille, svelte, qui la dominait d'une tête. Elle avait les cheveux cuivrés, ramassés en un lourd chignon sur la nuque et maintenu par des épingles en écaille de tortue. Elle portait un vêtement de soie vert émeraude, serré à la taille par une ceinture en cuir de la même nuance bleue que ses chaussures à talons hauts qui mettaient en valeur ses mollets fins.

À leur entrée, elle était en train de disposer des roses jaunes et des iris bleus dans un vase au centre d'un guéridon rond d'époque napoléonienne. Elle se tourna vers eux en souriant.

Orsola reconnut immédiatement dans le visage de sa mère les traits d'Edoardo.

— Bonjour, Orsola ! lança-t-elle avec entrain en allant à la rencontre de la jeune fille.

Elle lui tendait la main, où brillait une bague à deux perles, une blanche et une noire.

— Bonjour, madame, répondit Orsola en prenant la main qui dégageait une douce chaleur.

— Bienvenue dans ma maison, continua la femme en la prenant par le bras pour l'inviter à s'asseoir dans un fauteuil.

Elle se tourna vers son fils et ajouta :

— Mon chéri, peux-tu aller dire que nous serons à table dans dix minutes ? Nous vous avons attendus pour déjeuner.

Pendant que le jeune homme sortait de la pièce, la femme s'installa en face d'Orsola et lui demanda :

— Tu es lasse ? Le voyage est long, et Edoardo m'a dit que tu n'aimais pas prendre l'avion. Tu as dû te lever très tôt. Au cas où tu aurais besoin de te reposer, sache que, après le déjeuner en famille, tu disposeras du reste de l'après-midi avec ton fiancé.

Elle avait un ton amical, presque affectueux.

— Je suis confuse et, par amour pour Edoardo, je ferai de mon mieux pour ne pas me mettre à pleurer, avoua Orsola.

Margherita lui sourit à nouveau.

— Je tiens à te rassurer sur nos sentiments à ton égard. Si je n'imaginais pas que mon fils irait choisir une jeune fille du Nord, je pense que, s'il l'a fait, c'est que tu en vaux la peine. Alors, courage et allons affronter les Sogliano ensemble.

Orsola fit la connaissance des tantes Archetta et Priscilla, ainsi que de son mari. Bien entendu, l'oncle Renzino déjeunait également avec eux et, prêtes à servir les lasagnes et la daube, il y avait Titina et Rosaria, les deux domestiques à demeure.

Tout le monde paraissait fort joyeux, tandis qu'Edoardo lui lançait des regards qui disaient clairement : « Je t'aime, tiens bon. »

L'après-midi était déjà bien entamé lorsque les fiancés purent enfin s'éloigner.

— Merci, déclara Edoardo alors qu'ils grimpaient dans la voiture pour se rendre à Ercolano.

— Je ne l'ai fait que par amour pour toi.

— Je le sais, mais tu vas t'y habituer, assura-t-il.

Ils franchirent un portail pour se retrouver dans un immense jardin avant de s'arrêter devant une petite maison ancienne qui donnait sur la mer.

— C'était l'une des résidences de campagne des Bourbons. Ce sera notre refuge pendant tout le temps où tu resteras ici, dit-il en la prenant par la main.

Orsola remarqua la beauté des pièces ornées de fresques et l'élégance du mobilier. Elle se laissa conduire dans une petite chambre, où trônait un grand lit recouvert d'une courtepointe de satin doré, et s'y laissa tomber. Edoardo retira ses chaussures et ses bas, déboutonna sa veste, se pencha vers elle et murmura :

— Tu veux dormir ou faire l'amour ?

— Dormir, s'il te plaît, répondit Orsola qui était éreintée.

Elle l'entendit s'installer à ses côtés, le sentit qui la prenait dans ses bras, puis elle s'endormit. À son réveil, le soir tombait.

— Bonjour, mon Orsetta, dit-il en souriant.

Elle regarda autour d'elle en se souvenant ce qu'elle faisait ici. Elle se leva, regarda son fiancé et lança :

— Cette baraque serait ta garçonnière ?

— Je n'aime pas la manière dont tu dis cela ! répliqua-t-il.

Il se leva à son tour et s'approcha d'elle pour l'embrasser. Orsola le repoussa et insista :

— Avec combien de femmes as-tu fait l'amour dans ce lit ?

— Très peu, mais quelle importance ?

— D'accord. Alors, je ne ferai pas l'amour avec toi dans cette pièce. Je ne fais pas partie de cette troupe de « très peu » de femmes avec lesquelles tu as été. Si ta famille a décidé qu'il était nécessaire de sauver les apparences, je sauverai également le contenu. Tu n'aurais jamais dû m'amener ici !

— Ne me dis pas que tu es jalouse ! s'écria Edoardo, qui tentait de réprimer un sourire.

— Mais si, je suis jalouse, admit-elle fermement.

— Mais tu n'es pas une paysanne !

— Je suis une femme qui défend sa dignité, qui n'aime pas les mensonges et les subterfuges. Retournons à Torre del Greco, décida-t-elle en enfilant derechef ses bas et ses chaussures.

Edoardo éclata d'un rire franc.

— Orsola, tu es aussi sauvage qu'un cheval ! Tu ne veux pas que je sois jaloux du garçon que tu as connu avant moi, mais tu es jalouse des femmes qui sont passées avant toi ?

— Je suis furieuse parce que tu as pensé une seule seconde à faire l'amour avec moi dans un lieu que je ne juge pas adapté à notre amour. Tu crois que je n'ai pas envie de faire l'amour avec toi ? J'en ai envie à mourir, mais je ne le ferai pas, et je t'ai expliqué pourquoi, fit-elle en sortant de la chambre.

Il la rejoignit d'un bond et la prit par le bras en disant avec tendresse :

— Pourquoi suis-je tombé amoureux d'une fille comme toi ?

— Je n'en ai aucune idée, rétorqua Orsola, mais, si tu veux encore m'épouser, sache que je ne tolérerai aucun mensonge. S'il t'arrive de me tromper, veille à ce que je ne l'apprenne jamais, parce que tu me perdrais pour toujours.

Il la serra tout contre lui et chuchota :

— Comment pourrais-je ne pas être amoureux de toi ? Je ne te trahirai jamais, mon Orsetta. Parole d'honneur.

Le Palais des silences

I

Étendue à présent dans son lit dans sa demeure de Torre, Orsola pensa que, vingt ans plus tard, Edoardo l'avait bel et bien trompée avec la mère de Steve et qu'elle l'avait également trompé avec Alberto. La trahison de son mari était advenue juste au moment où elle aurait eu besoin qu'il lui manifeste encore plus son amour, et elle attribuait sa relation éphémère avec Alberto au traumatisme de la maladie et au fait que le médecin lui avait sauvé la vie.

Aucun des deux n'avait cependant avoué sa faute, comme s'ils craignaient tous deux de briser leur mariage, qui était ce qu'ils avaient de plus précieux.

« Pauvre Edoardo, pensa-t-elle, comme cela a dû lui coûter de garder secrète l'existence du garçon ! » En fin de compte, c'était elle la plus égoïste des deux. Son mari était resté un homme solide, fiable et généreux. Et, sur ces certitudes, elle finit par trouver le sommeil.

Le matin, lorsqu'elle descendit dans la salle à manger, tout le monde avait déjà fini de déjeuner et était parti vaquer à ses occupations. Il ne restait plus que Gianni et Margherita qui évoquaient la pauvre Rosaria.

— Comment s'appelait-elle ? demandait le jeune homme à sa grand-mère.

— Esposito, comme Titina. C'étaient des enfants du péché, des fillettes abandonnées qui ont été élevées par des religieuses.

— Notre frère aussi est un enfant du péché, mais…

— Arrêtons de dire des stupidités ! le coupa Orsola. Steve avait un père ! Un père qui se souciait de son éducation, et il a une mère qui l'aime et qui se préoccupe de lui !

— En entrant dans notre famille, Rosaria et Titina ont trouvé un peu d'amour, ajouta Margherita. C'est *donna* Clotilde qui leur offrit cette chance. Ma belle-mère les a accueillies et les a traitées avec bienveillance et affection, tout comme elle nous a accueillies, ma mère, mes sœurs Rosina et Matilde, et moi.

— La tante du Brésil qui est morte et la tante américaine des cochons, précisa Gianni.

— À ce propos, dans quelques jours, nous attendons l'arrivée des cousins du Brésil avec leurs conjoints respectifs, fit remarquer Orsola.

— Antonio et Consuelo, précisa encore Gianni qui était occupé à passer en revue l'histoire de la famille.

— Comme d'habitude, j'irai les chercher à l'aéroport avec ton frère, conclut Orsola.

Malgré l'éloignement et le passage du temps, les liens avec la famille d'Amérique du Nord et celle d'Amérique du Sud ne s'étaient jamais distendus. La grand-mère Lanzetta était morte à Rio, lorsque sa fille Rosina venait d'accoucher de sa troisième fille. L'enfant, prénommée Juanita, était devenue religieuse et avait fait vœu de silence.

Elle séjournait désormais dans un couvent de Jérusalem. Matilde, la sœur de Margherita qui avait quitté son mari pour suivre un éleveur américain, avait cessé de s'occuper de ses cochons, mais, malgré son âge avancé, elle continuait de guider la famille d'une main de fer.

Les fils de Matilde étaient également attendus à Torre, où ils venaient chaque année après la fête de Thanksgiving. En revanche, les Brésiliens préféraient l'été.

Ils séjournaient quelques jours à Torre del Greco avant d'aller s'installer pendant une quinzaine dans la villa de Positano, puis de louer une voiture pour visiter l'Italie.

— Cette fois, je viens avec toi les accueillir à l'aéroport, déclara Gianni qui devenait chaque jour plus présent dans la famille.

Les funérailles de Rosaria se déroulèrent au coucher du soleil. À la sortie du cimetière, où le père Bartiromo avait officié, Orsola s'approcha du vieux curé et lui chuchota :

— Je voulais vous dire que toute la famille est désormais au courant de l'existence du fils secret de mon mari.

— Comment l'ont-ils pris ? demanda l'homme d'Église en se dirigeant vers son automobile.

— Ma belle-mère est folle de lui, et les enfants ont accepté de faire sa connaissance. Nous voulons le faire venir à Torre.

Avec un sourire, le père commenta :

— Je n'en attendais pas moins des Sogliano. Par ailleurs, j'ai entendu dire que les affaires allaient bien, alors…

— … alors, mon père, il va falloir que vous vous dépêchiez d'acheter ces bancs neufs pour l'église, sinon les Sogliano ne pourront pas assumer les dépenses de la restauration de cette fresque qui vous tient tant à cœur.

— Mais quoi ? Tu me fais chanter ?

— Cela me paraît évident !

— D'accord ! L'argent des bancs, je ne l'ai plus ! Il a servi à ces pauvres familles qui ont investi toutes leurs économies gagnées à la sueur de leur front dans ces armateurs qui les ont mis sur la paille ! cria le prêtre en montant en voiture.

Dès le lendemain matin, Orsola alla frapper à la porte du presbytère pour remettre au prélat une enveloppe avec un chèque consistant. Elle ne dit pas un mot, mais le père Antonio Bartiromo sourit largement.

— Que Dieu te bénisse, ma fille ! Tu sais que tu n'es pas la seule : le redoutable Scapece s'est surpassé, et les autres corailleurs ont fait leur devoir. J'espère qu'un jour, ces pauvres gens que l'on a escroqués obtiendront justice.

— La justice nonchalante habituelle de nos tribunaux ? demanda Orsola qui n'était pas surprise que Vincenzo Scapece ait aussi généreusement exprimé sa solidarité.

— Crois-moi, un jour ou l'autre, la justice, aussi lente soit-elle, finit toujours par atteindre sa cible.

Ils dégustèrent le café que leur prépara la bonne avec des grains aromatiques tout droit venus du Brésil (les Sogliano veillaient à ce que le prêtre n'en manque jamais).

Au moment où Orsola prenait congé, le père Bartiromo lui demanda, comme ça, en passant :

— À propos, vous êtes au courant, non ? Pour Gianni et Maria Sole ?…

Il termina sa phrase avec des gestes en croisant les index de manière éloquente.

Surprise, Orsola n'en répliqua pas moins :

— Bien sûr, je sais que…

Elle fit le même geste, mais en rapprochant simplement ses index au lieu de les croiser.

— Je te dis qu'ils sont comme ça, insista le curé qui croisa à nouveau les doigts.

— Les mères ne sont-elles pas toujours les dernières informées ?

— Oublie les reproches pour remercier le bon sens de la jeune fille qui a remis ton fils dans le droit chemin.

— Je ne comprends pas.

— Elle l'a d'abord fait mijoter jusqu'à ce qu'il soit à point avant de lui donner ses ordres : ou il devenait raisonnable et se mettait au travail ou elle le quittait, raconta l'homme d'Église avec un sourire malicieux.

— Vous prétendez que c'est Maria Sole qui serait à l'origine du changement de mon fils ?

— Par chance, elle ne ressemble pas à son père !

— Je comprends maintenant pourquoi mon Gianni est devenu brusquement si différent, murmura-t-elle en s'apprêtant à saluer le curé.

— Comme d'habitude, il faut haïr le péché, mais aimer le pécheur. J'ai fait une exception dans le cas qui nous occupe parce qu'il n'y a pas de péché et que les deux enfants semblent avoir des intentions sérieuses pour leur avenir.

Orsola quitta la sacristie d'un pas léger en souhaitant mentalement aux deux jeunes gens une longue relation.

2

Le petit Steve était arrivé à Torre depuis deux jours. C'est son beau-père, le professeur Cremonesi, qui l'avait accompagné, et les Sogliano étaient censés le raccompagner, la semaine suivante, au bord de la mer où l'attendraient sa mère et sa nouvelle petite sœur. Il avait suffi de quelques heures pour que l'enfant gagne la sympathie de tous. Il était assis dans le jardin et jouait aux dames avec Giulietta sur la table en pierre. Entre deux déplacements, les deux enfants échangeaient quelques mots et apprenaient à mieux se connaître.

— Dis-moi, que te souviens-tu de notre père ? demanda la jeune fille.

Steve leva les yeux du damier et répondit :

— Son immensité.

— Je ne comprends pas.

— En comparaison de mon grand-père Tang, c'était un homme immense ! Il avait de grandes mains, de grands yeux, des jambes très longues. Moi, j'avais du mal à le suivre lorsqu'il venait m'emmener en promenade. Il m'a appris à faire des roulades, à nager et à jouer au tennis, à parler italien, à distinguer le corail japonais, plus grossier, à l'âme blanche, du corail méditerranéen, plus fin et très précieux, expliqua-t-il.

— On dirait qu'il t'a aussi appris à jouer aux dames parce que tu es en train de remporter une partie après l'autre ! Moi, il ne m'a jamais appris ça ! répliqua Giulietta.

— Papa ne jouait pas aux dames. C'est mon grand-père Tang qui a été mon maître.

— La prochaine fois, nous jouerons à un jeu où je ne me sentirai pas totalement débile. Je vais peut-être te mettre une raclée au tennis.

— D'accord, mais la partie risque d'être serrée parce que, là, je suis vraiment bon.

— Tu sais quoi ? Je hais les premiers de la classe. Bon, j'ai du travail. Je vais retourner à l'atelier, et toi, tu n'as qu'à trouver un jeu qui se joue tout seul ! lança-t-elle, vexée.

— Si tu veux, la prochaine fois, je te laisserai gagner, murmura-t-il.

Elle sourit et lui donna une caresse.

— OK, viens donc dans les ateliers avec moi. Je vais demander à tante Archetta qu'elle t'aide à trier les perles, dit-elle.

— Qu'entends-tu par « trier les perles » ?

— Il faut trier les grains de corail polis en fonction de leur taille. Dans ce domaine, ma tante est une spécialiste, expliqua Giulietta.

— Pourquoi, le soir, quand nous passons à table, la tante Archetta porte-t-elle un diadème en corail ?

— Tu le lui demanderas !

— Je le lui ai déjà demandé et elle a répondu que c'était un cadeau de mon papa. Elle a l'air un peu drôle, la tante.

— Elle est âgée, mais elle est restée aussi innocente que lorsqu'elle était enfant.

À cet instant, Margherita sortait des ateliers qu'elle venait de faire visiter à Rosita Mongiello, un privilège rarement accordé à un étranger à la famille.

En entendant les dernières reparties de Giulietta et de son frère, les deux femmes échangèrent un sourire.

— Tu les entends ? Ces deux-là bavardent comme s'ils se connaissaient depuis toujours. C'est un véritable plaisir de voir comment le petit s'intègre avec aisance dans la famille, expliqua Margherita en guidant son amie vers le jardin.

À la veille de s'installer définitivement sur la Côte d'Azur, *donna* Rosita était venue faire ses adieux à son amie et, bien qu'elle ait déclaré en avoir terminé avec le petit monde du corail, elle brûlait d'envie d'en savoir davantage sur le fils secret d'Edoardo. Ces jours derniers, le sujet avait, en effet, fait l'objet de tous les commérages. Les deux femmes prirent place à l'ombre du jasmin, et Margherita déclara :

— Tu sais ce qui m'a poussée à insister pour que le petit

vienne nous rendre visite ? Je ne l'ai pas fait par générosité ou par sens du devoir, mais par pur égoïsme. Cet enfant me permet de m'évader des pensées sombres de la vieillesse. Si tu savais quelle joie il me donne ! Il est vif comme un gardon, curieux de tout et tendre comme de la mozzarella fraîche. Hélas, dans quelques jours, il va nous falloir le raccompagner chez sa mère ! En attendant, nous faisons de notre mieux pour qu'il ait envie de demander à s'installer définitivement chez nous. Je crois qu'il pourrait devenir un bon corailleur.

Elles se mirent à déguster un sorbet aux fruits que Cetta venait de leur servir.

— Et comment ta belle-fille vit-elle cette situation ? interrogea Rosita.

— C'est elle qui, la première, a eu le coup de foudre pour le garçon. Alors, tu peux rassurer les commères en leur disant que les Sogliano ont reçu de leur cher disparu un magnifique cadeau. Edoardo nous a donné du baume pour soigner notre deuil.

— Je comprends. Dieu donne et Dieu reprend. Maintenant, il vous donne un enfant à aimer, commenta Rosita qui allait prendre congé.

— Quand reviendras-tu nous voir ? demanda la maîtresse de maison.

— Qui le sait ? *Don* Ciro n'est pas dans une forme éblouissante. J'espère que le repos le remettra en selle. Nous reviendrons peut-être pour quelques jours à Noël, d'autant que je sais que vous aurez de ce succulent panettone que vous faites venir chaque année de chez Giuseppe, le pâtissier de Pioltello, dans la région de Milan.

— Cela fait trente ans qu'il nous fournit et, cette année encore, tu auras droit au tien, assura Margherita.

Elle raccompagna son invitée jusqu'à la sortie des jardins avant de monter dans ses appartements pour attendre l'arrivée de sa belle-fille et de Gianni qui étaient allés jusqu'à Rome pour accueillir leurs parents brésiliens.

C'est alors que Giulietta la rejoignit en annonçant :

— Steve ne se sent pas bien. Alors, je l'ai mis au lit.

— Mais comment ? Qu'est-ce qu'il a ? demanda aussitôt Margherita sous le coup de l'inquiétude.

— Il tremble, il a le visage en feu et souffre de la gorge.

Margherita préleva un peu de glace pilée dans le congélateur de la cuisine, la mit dans un verre avec quelques gouttes de sirop de cerise. Elle ajouta une paille et, précédée par sa petite-fille, se rendit dans la chambre du garçonnet. Steve paraissait dormir. Elle lui effleura le front des lèvres ; il était brûlant. L'enfant ouvrit les yeux et lui adressa un regard abattu.

— Bois ça, cela te fera du bien, déclara sa grand-mère en lui tendant le verre de granité.

En se tournant vers Giulietta, elle ajouta :

— Appelle le docteur, trouve-le où qu'il soit et dis-lui de venir immédiatement.

Giulietta sortit de la chambre, et Margherita s'installa sur le lit à côté de son petit-fils qui suçait le granité avec avidité.

— Tu as mal à la gorge, c'est ça ?

Il hocha la tête.

— Cela t'est déjà arrivé ?

Steve hocha à nouveau la tête.

— Tu sais, quand ils étaient plus jeunes, il arrivait aussi à tes frères et sœurs de tomber malades. Ne t'inquiète pas, j'ai envoyé chercher le médecin et il nous dira ce qui ne va pas. En attendant, la glace devrait te rafraîchir et soulager ta gorge. Moi, je vais rester avec toi.

Steve termina le granité avant de s'assoupir tandis que sa grand-mère le veillait. Le docteur De Santis fit son apparition peu après. Il était escorté de Giulietta, Cristina et Saverio, qui s'inquiétaient tous pour l'enfant.

— Il y a trop de monde dans cette chambre, ordonna-t-il. Tout le monde dehors, sauf madame Margherita.

De ses mains expertes, il examina le malade en le retournant délicatement. Il l'ausculta et lui prit le pouls avant de scruter sa gorge avec une lampe.

— Tu es en pleine forme, mais tu as une mauvaise angine. Je vais te prescrire un traitement et, dès ce soir, tu te sentiras mieux. Demain, tu seras guéri.

3

Le hall résonna d'un grand remue-ménage mêlé de rires et de voix fortes : les parents du Brésil étaient arrivés ! Dès qu'on leur eut annoncé que Steve était souffrant, Orsola et Gianni firent irruption dans sa chambre.

— Pas de panique, ce n'est qu'une angine, expliqua Margherita.

Gianni se pencha sur son petit frère qui le regardait d'un air désorienté.

— Salut, champion, on dirait que tu n'as pas la pêche.

L'enfant esquissa un sourire, mais il était épuisé et il dut se contenter de bafouiller :

— Je suis tellement désolé.

Orsola posa une main sur son front en chuchotant :

— Veux-tu que nous en informions ta mère ?

Il fit signe que non tandis que le médecin déclarait :

— Il n'y a aucune raison d'alarmer sa mère pour une banale angine. Dans un ou deux jours, il sera comme neuf.

Il rangea ses instruments dans sa sacoche, la referma et, tandis que Margherita retournait s'asseoir à côté du lit de son petit-fils, il se tourna vers Orsola.

— Je ne t'ai jamais vue si inquiète pour tes propres enfants ! lança-t-il d'un air interrogateur.

— Je me sens responsable de la santé de Steve.

— Sortons d'ici, proposa-t-il en la poussant hors de la chambre.

Lorsqu'ils se retrouvèrent dans le petit salon, le médecin rouvrit sa sacoche et, d'un geste qui n'autorisait pas de protestation, la fit asseoir.

— Je vais prendre ta tension, expliqua-t-il. Depuis la disparition d'Edoardo, je ne t'ai pas examinée. Cette nuit-là, tu as eu une hausse importante et il ne faut pas plaisanter avec ça, tu sais.

Elle tendit le bras, et il fixa le brassard de l'appareil.

— C'est parfait, tu es dans la norme avec douze-huit, constata-t-il. Tu sais que la mort de ton mari a failli t'expédier dans l'autre monde, toi aussi ?

— Ce n'est pas à cause du chagrin causé par sa mort que je me suis évanouie, mais parce que j'avais découvert son secret. Heureusement, nous considérons désormais tous Steve comme un don de mon mari, expliqua-t-elle.

Il acquiesça.

— Edoardo était un homme extraordinaire, mais cela ne veut pas dire que tu dois passer le reste de tes jours à vénérer son souvenir. Cela ne fera rien de bien à ta santé physique ou mentale. Et ne crois pas que je te parle uniquement dans mon intérêt ! J'ai parmi mes patientes une ou deux veuves toutes desséchées qui n'arrivent pas à surmonter leur peine et qui s'étiolent dans le souvenir de leur cher disparu. Pense à cette célèbre reine de Castille qu'on surnommait « Jeanne la Folle »…

— Celle qui traînait toujours derrière elle la dépouille de son mari ? Elle était vraiment folle. Je n'ai pas l'intention de me dessécher. Le fait est, mon ami, que de penser à Edoardo me procure beaucoup de joie. Je n'ai jamais été aussi sereine, aussi amoureuse de la vie, aussi animée de l'envie de faire toutes sortes de choses. Mais tu es un homme et tu es sans doute incapable de comprendre les mécanismes de la psychologie féminine, rétorqua Orsola.

Elle se dit que, en elle, le souvenir de toutes ces années qu'elle avait eu le privilège de vivre aux côtés d'Edoardo était encore très vif. Elle pensa à la passion et à la tendresse qu'il lui avait témoignées, aux confidences, aux projets et aux inquiétudes qu'elle avait partagés avec lui, le soir, lorsqu'ils se retrouvaient seuls dans leur appartement. Presque avec consternation, elle se demanda s'il était possible de continuer à être amoureuse d'un homme qui n'était plus.

Des autres pièces leur parvenaient les voix des parents qui venaient d'arriver.

— Et dire qu'on dit que nous sommes bruyants, nous, les Napolitains ! Que dire des Brésiliens ? plaisanta Sergio en la quittant.

Orsola le précéda dans l'escalier en murmurant :

— Je m'attends à passer des jours agités. Nous avons loué une salle pour un grand dîner au yacht-club, et ma belle-mère a invité beaucoup d'amis.

— Je suis au courant. J'ai été invité, moi aussi, remarqua le médecin. Et toi ? Quand est-ce que tu vas te décider à prendre un peu de repos ?

Alors qu'ils traversaient le hall, Orsola dit :

— À la fin du mois, je pars avec Damiana, ma vieille amie de toujours, ainsi que deux autres femmes. Nous avons prévu de visiter le nord de l'Europe en voiture. C'est une chose que je n'ai jamais faite, et cette perspective me remplit d'allégresse.

Alors qu'ils franchissaient le seuil, Sergio demanda enfin :

— As-tu pensé à nous deux ?

Sans prononcer un seul mot, Orsola lui sourit en hochant la tête.

— Alors ? insista-t-il.

Elle lui adressa un regard empreint de douceur et déclara :

— Tu es un ami précieux et je ne tiens pas à te perdre. Quant au reste, la vie m'a donné plus que ce que je pouvais en souhaiter et je me sens totalement apaisée.

— Alors, je te souhaite de bonnes vacances. Au fait, à la fin du mois, je pars aussi visiter le nord de l'Europe avec deux confrères, célibataires comme moi. Ce serait drôle de se croiser par hasard, en Normandie ou près des falaises blanches de Douvres.

Orsola sourit.

— Qui sait ! Tout est possible ! lança-t-elle.

Elle le regarda monter dans sa voiture et retourna au premier étage pour voir comment Steve allait.

Remerciements

En 2006, à l'occasion du bicentenaire du travail du corail à Torre del Greco, au sud de Naples, je fus invitée à parrainer la remise des récompenses pour un concours de jeunes talents. Je me retrouvai ainsi propulsée en plein cœur d'un monde dont j'ignorais tout et qui me fascina sur-le-champ.

Des années plus tard, je suis retournée à Torre et j'ai rencontré différents représentants de cet univers fascinant. J'ai écouté leurs histoires, et il en est né un roman.

C'est pourquoi je tiens à remercier tous les corailleurs, qu'ils soient pêcheurs, ouvriers, courtiers ou joailliers, qui m'ont ouvert les portes de leur demeure et dévoilé les aspects de leur vie et de toutes leurs aventures.

Je tiens tout particulièrement à exprimer ma profonde gratitude à Mauro Ascione et à sa sœur Caterina, à Gioia De Simone et à sa mère, à Gennara Borriello et à ses enfants, à Vincenzo Liverino, Franco Ràiola et Giuseppe Rajola (dit « Beppe ») et Matia Mazza. Je remercie en outre Luciano Lanza, directeur de *Libertaria*, bourgeois-anarchiste (tel qu'il se définit lui-même) qui m'a inspiré le personnage du cordonnier anarchiste Libero Luraghi.

Enfin, je remercie les filles de chez Sperling, mes « déesses tutélaires », et Donatella Barbieri qui, depuis toujours, se charge de la relecture de mes manuscrits.

Du même auteur

Léonie,
un secret de famille

Dans une grande villa des environs de Milan, vit la famille Cantoni. Une dynastie prestigieuse et respectée. Apparemment, tout va pour le mieux chez les Cantoni qui semblent avoir des vies tranquilles, presque banales. Pourtant, chacun dissimule des secrets et des cicatrices. Mais, dans la famille il y a une règle : on ne parle pas de certaines choses.

D'ailleurs, ils gardent soigneusement le silence sur la folie de Bianca, la matriarche. Un jour, Léonie Tardivaux, une Française fait irruption dans la vie des Cantoni en se mariant avec Guido, le petit-fils.

Et, comme les autres, Léonie a un secret : pourquoi se rend-elle, une journée par an, dans un hôtel des rives du lac de Côme ? Quel est ce secret qu'elle protège coûte que coûte, et qui risque de faire éclater l'unité familiale ?

Mensonges, trahisons et sentiments :
une saga familiale haletante.

ISBN : 978-2-8246-0332-2